绿 宝 石
Fall into your light

多吃维C
DuoChiWeiC
Works

著

十四句

江苏凤凰文艺出版社

Fourteen lines

有些事有些人
就是因为成了遗憾才会让你念念不忘

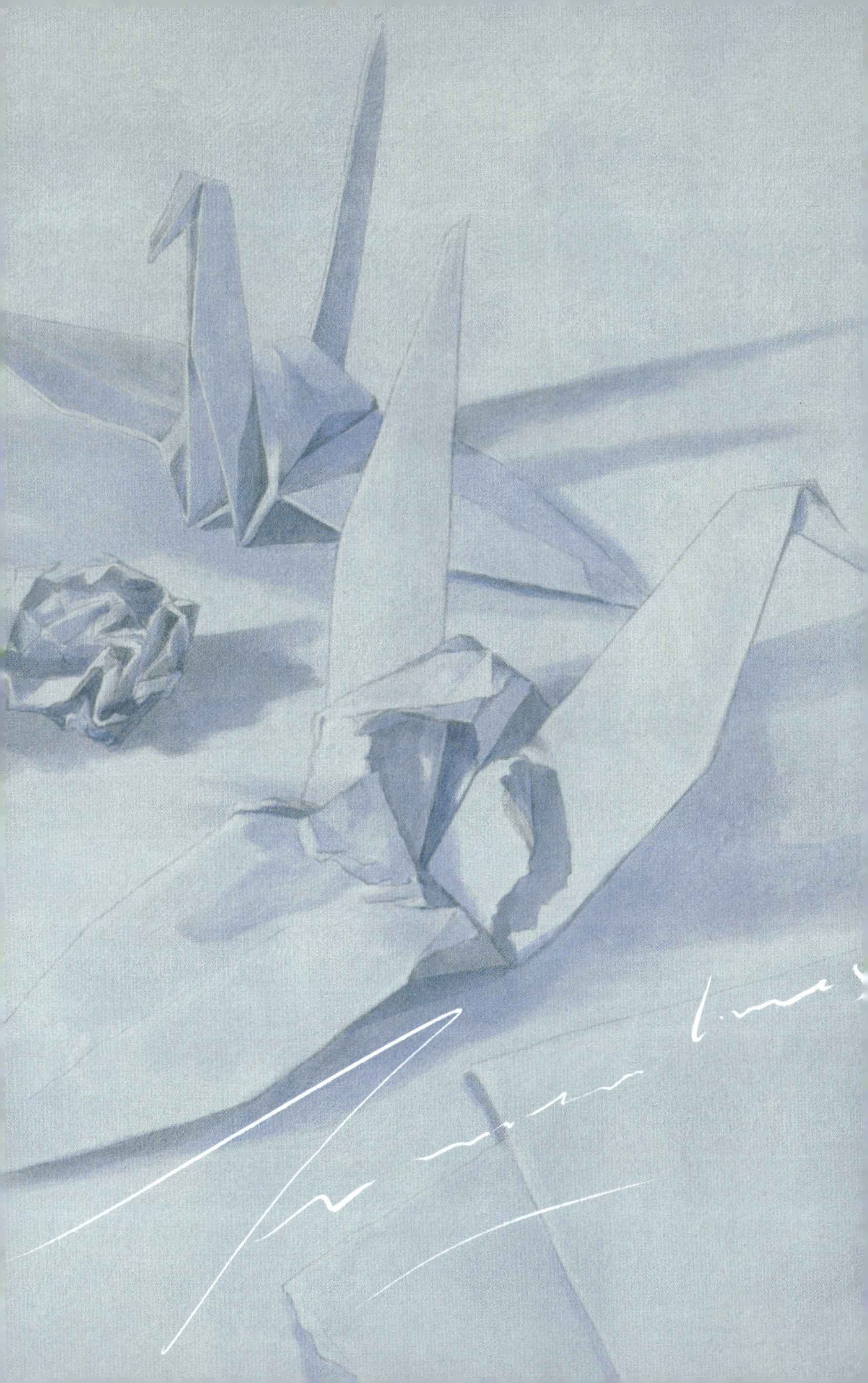

Contents

☾ 出版番外　不及南柯一梦长　293

☾ 番外三　关于林衍　288

☾ 番外二　此恨何时已　276

☾ 番外一　此水几时休　264

● 后记　263

一 明月几时有，把酒问青天	1
二 不知天上宫阙，今夕是何年	16
三 我欲乘风归去	32
四 又恐琼楼玉宇，高处不胜寒	47
五 起舞弄清影	61
六 何似在人间	79
七 转朱阁，低绮户，照无眠	105
八 不应有恨	124
九 何事长向别时圆	145
十 人有悲欢离合	168
十一 月有阴晴圆缺	198
十二 此事古难全	217
十三 但愿人长久	230
十四 千里共婵娟	244

一　明月几时有，把酒问青天

> 真的是殿堂吗？
> 或许时间再长一些，就成了坟墓。

江心大剧院矗立在观澜江畔，夜晚的万家灯火把城市装点得美轮美奂。星光璀璨也不及江边高楼大厦五光十色的灯光秀，而大剧院像一钩巨大的弯月，点缀着整座江心市。

赵无棉站在镜子前，看着自己普普通通的脸蛋。穿着礼服化了妆的她也不过如此。上大学时，她就见识了不少美女，那些莺莺燕燕环绕在她周围，说不自卑是假的。都说音乐学院的学生是有艺术气息的，可惜她没有，放在人群中就是普通路人的颜值，放在音乐学院更是惨不忍睹。这是她给自己的评价。

"小赵老师，离演出还有一会儿，您先坐。"剧场的一位工作人员戴着挂牌，挪了把椅子到她旁边，又奉承似的说道，"您穿这身真是太美啦！"

赵无棉礼貌地笑着："谢谢。"

她跟美实在沾不上边。一张标准的圆脸，没有精致的尖下巴，鼻子不够挺翘，嘴巴不丰润，只有亮晶晶的眼睛和卷翘的长睫毛稍微出彩一些。"天下美女那么多，怎么就不能多我一个？"这么想着，她拿起手机，看着微信列表里的红点。

"预祝女儿演出成功！"爸爸妈妈在三人家庭群里发了个玫瑰表情。

"小演出啦。"她回道。

"姐妹儿！等我一下，马上到！"是阿秋的微信。

"你快点儿，我要上台了。"

阿秋秒回："马上马上，已经在门口了！"

赵无棉的手指点在与秦时远的对话框上，他们的对话还停留在下午4点25分，赵无棉给他发了一个可爱的表情包，然后对方没有再回复。

赵无棉的脑中浮现出秦时远穿着警服一脸严肃的样子，即使在家里，他也不会有太多表情。有时他加班到很晚，赵无棉也等不来他的电话，只能主动联系他，怯生生地问："时远，什么时候回来？"秦时远一般都是不急不躁地回答她"还有一会儿"或者"还不一定"，然后就是"你先睡吧，不用等我"。

如果是个旁观者，她会认为这是一种不对等的关系。二十四五岁的时候还是个快乐的"单身狗"，赵无棉幻想过自己未来的婚姻——丈夫会和她打闹，会因为家长里短和她吵架，会在冷战后和好如初……总之，所有平常夫妻会经历的生活情节，他们都会经历。现在的赵无棉作为当局者，看着如今自己置身其中的真实婚姻，发现这与她想象中的不太一样。秦时远比她大九岁，沉稳干练的他极少和她嬉戏打闹。两人都在家时还好，一上班就没什么交流了。刚认识时，赵无棉相当矜持，秦时远不找她，她就憋着气，也不说话，可惜她天生没出息，没过三天又忍不住问长问短的。就这么相处着，两人携手走进了婚姻的殿堂。

真的是殿堂吗？或许时间再长一些，就成了坟墓。

赵无棉自认为是个现实的乐观主义者，她本身就是个好脾气的，平时生活中几乎没和身边人发过火。她关了对话框，挑挑眉，觉得自己对秦时远已经极尽温柔了。

赵无棉二十六岁时，身边的同龄人大都结婚生子，只有她和阿秋每天疯疯癫癫，不着调。父母着急了，母亲每天唉声叹气："女孩子到了这个年龄还不嫁，越大越难嫁啊。"

赵无棉纠正她："妈妈，人不是非要结婚生子的呀。"

"不结婚生子，你的人生哪里算圆满？等你老了，就你一个人，到了晚年多凄惨！"

"可是我没有结婚对象呀,我去哪里找?"赵无棉转移问题。

"你去接触呀!你让单位的叔叔阿姨们给你介绍——说起来,你入职也半年了,没有一个人给你介绍吗?这老干部局可是最容易接触到资源的地方,你在单位人缘是不是不行?"

又来了。赵无棉暴躁地挠着头,父亲忙打圆场:"这种事急不得。"

"不急才怪了。"母亲瞪着眼,"成了大龄剩女就更难嫁了。"

"我已经是大龄剩女啦!"赵无棉玩着游戏,心不在焉地说。

然后换成了母亲暴躁地挠头。

赵无棉单位的叔叔阿姨和爷爷奶奶们中总是有热心人。终于有一天,一位和蔼的爷爷在一个风和日丽的下午捧着茶杯转悠到赵无棉的办公室。他啜着茶叶问:"小赵啊,你成家了吗?"

"小赵还是单身呢!曹老,有没有合适的优秀青年介绍一下呀?"同办公室的主任抢着说道。

"哦,那正好,我就是为这事来的。"曹老笑吟吟地坐在窗边的长椅上。

赵无棉压住激动的心,让自己的面部表情显得落落大方。

"我有个外甥,是名警察,在市局上班,人品是没有问题的,相貌也端正,就是年纪大了点儿,小赵介不介意?"

"我不介意呢,"赵无棉保持微笑,"只要聊得来,上下五千年我都能接受。"

曹老哈哈大笑:"好呀,找个时间,你俩认识认识。小赵啊,不是我吹,我外甥可是青年才俊,他入选过江心市的十佳青年呢!"

"曹老,你外甥确实优秀啊,但是为什么还没成家?"另一位阿姨接话,"这你可得跟我们小赵说清楚。"

"说起来你们别不信,他身体健康,也没有不良生活习惯,就是个工作狂!就为这工作拼着,才耽误了自己的事,不然能年纪轻轻就成了副局长吗?"曹老有些自豪地笑着。

"那曹老,你们之前没有给他介绍过姑娘吗?"赵无棉小心翼翼地问道。

"当然有啦!三十多的人了还不结婚,家里也着急啊,每次给他介绍呢,他不是说工作忙,就是说过几天再看,被他这么一拖,居然拖到了现在!"

"哟,这该不是心里有人了吧?"主任皱着眉头。

"不会不会，"曹老连忙否认，"他就是懒得花时间，他一心就只有工作。"

"那人家怎么肯见我？"赵无棉耸耸肩，怎么听都觉得不靠谱。

"这次他答应啦！我妹妹，哦，就是这孩子的妈妈，前段时间跟他闹了一番，说他再不带个媳妇儿回来就跟他断绝关系！"

办公室的人都笑了，赵无棉也跟着傻笑。

"小赵，只要你同意，这事儿就包我身上了，如何？"

"谢谢曹老，我没问题的。"

"好，我到时候就找你！"曹老满意地喝了口茶，又去别处转悠了。

二十多岁的女孩子，嘴上说着对婚姻不在意，其实心里还是有一定期待的。

赵无棉还记得第一次见秦时远那天，阳光很好，老干部局的茉莉花开得正盛，在院子里散步就能落得个"弄花香满衣"。赵无棉带着一身馥郁来到办公室外宽敞的走廊，看到曹老又抱着茶杯来串门，他站在屋里，背对着门口，正在高谈阔论。赵无棉被院子里的花香四溢感染得很开心，蹦蹦跳跳地进了办公室，随即撞进一双沉静的眼中——

办公室窗户大开，阳光照进来，洒在这双眼睛的主人身上。坐在沙发上的秦时远一身警服，刚毅的脸上带着客气的微笑，黑色的警服衬得他有些严肃，硬朗的五官线条与他肩上银色的警衔标志相得益彰，被光一照，就这么照进了赵无棉心里。

"小赵来了。"主任笑着招呼，"来看看，这位是曹老的外甥。"

曹老转过身，大声说道："小赵啊，来认识一下，我外甥秦时远，江心市公安局副局长。"

赵无棉感觉耳朵有点儿热，她有些局促地打了个招呼："秦局长好。"

秦时远客气地站了起来，笑笑说："你好。"

低沉的声音荡过赵无棉耳边，再悠悠地浸在她心里。

赵无棉那天有些兴奋，她没有对父母说这件事，但第一时间告诉了阿秋。她迫不及待地打着字："姐妹儿，我相亲了一个极品！"

人与人之间的第一印象实在太重要了。即便在后来的很长时间内赵无棉在秦时远那儿碰的刺不少，但之后她又会马上想起那天阳光正好的午后，秦时远端正地坐在沙发上，眼中明明无笑意，嘴角上扬的弧度都带着疏离，却一直留在她的脑海里。

"小棉花!"一声大喊,赵无棉的思绪消散。她闭了闭眼睛,回过头对大喊的人嫌弃地说:"你能不能不用那么大声叫我的小名!我要'社死'了。"

"哎哟,你这个人咧,忘本得很,对自己的名字还难为情啊!"阿秋拎着两杯奶茶,递给了她一杯。

"我不喝奶茶。"

"我知道,我给你点的果汁,睁大你的眼睛看看吧。"

赵无棉接过果汁,满意地点点头:"辛苦秋秘书了。"

"不用客气,赵局长——"阿秋阴阳怪气地说,忽然正色,"哎,说起来,你家秦局长呢?"

赵无棉的眼睛似乎有一瞬间暗淡。

阿秋看在眼里,流星是一闪而过的耀眼,好友刚刚的眼神正好与之相反。

"哦,他要加班。"赵无棉一副满不在乎的样子,"他们的工作嘛,你知道的,加班是常有的。"

"好吧。"阿秋不置可否,"官大嘛,就顾不上自己的小家了,是吧?"

"你行了。"赵无棉吸了一口果汁。是清甜的梨汁。

"小赵,"一位看着很慈祥的奶奶走了过来,"今天穿得真好看。"

是穿得好看,不是长得好看。赵无棉一边敏感地捕捉着字眼,一边站起来笑脸相迎:"王主任好。"

王主任看了眼阿秋:"你们好。"

"她是我的好朋友。"

阿秋也跟着站起来打招呼。

"你好,"王主任点点头,"小赵啊,你老公今天来了吗?"

"没有呢,他在加班。"

"哦?今天市局又加班吗?"王主任一愣,又马上改口道,"那估计又是临时有事了。唉,他们这一行就这样。"

"是的,反正我们以后也会有很多演出,有他看的。"

"是这么回事。"王主任笑呵呵地看着她们两个,又打量着赵无棉,"唉,你们年轻人啊,怎么样都好看,不像我们,老咯。"

"对呀,年轻的时候大家都一样,"赵无棉不卑不亢地说,"但不是谁到了您这个年纪还会有这么好的状态,我要尽量向你们看齐呢。"

"你呀你,就是嘴甜。"王主任眼里的笑意更加明显,"行了,你先招待你朋友,我去那边看看。"

"好,待会儿我再找你们玩。"赵无棉笑盈盈地说。

"哎,是你同事吗?"阿秋戳戳她。

"算是吧,反正就是退休干部嘛。"

阿秋羡慕地说:"我觉得你这份工作真不错,每天在老干部局吃喝玩乐——"

"阿秋,"赵无棉不满地打断她,"我纠正你几百次了,我的工作是丰富老干部们的日常生活,不是吃喝玩乐。"

"是是是,"阿秋敷衍着,"总之,是个好工作没错啦,资源也好,不然你哪会攀上市公安局的副局长呀……"

喝进嘴里的梨汁凉意蔓延,又流进喉咙。

"阿秋。"赵无棉轻声问,"你也觉得是我高攀了他?"

"啊?"阿秋愣了一下,"我开玩笑的呀,就随口说一说的!"阿秋有点儿紧张,她们俩开玩笑从来都随意,不知道刚刚的话会戳中好友的内心,"你别往心里去。棉棉,你们俩有什么高攀之说,都是为人民服务嘛!而且他比你大那么多,是他占了便宜,对吧?"

"你别这么紧张,"赵无棉推了她一把,"我没有这么敏感的,我只是……"

阿秋一动不动,等着她说出后面的话。

"算了,我就是敏感。"赵无棉泄了气,"我也就跟你说说,你知道我俩各自的条件,他真的比我好太多。"

"你认真的?"阿秋有些不可置信,"你为什么会这么想?你一直是这么想的吗?"

"嗯。"

后台熙熙攘攘,不同的交谈声混在一起,还伴随着舞台试音响伴奏的杂音,奏成了一首听不清主旋律的交响乐。

"你从没跟我说过,"阿秋开口,"你们都结婚一年了吧?为什么突然不自信?他是不是对你不好了?"

"没有突然,我一直都是这么想的。"赵无棉实话实说。

"就算你一开始会这么想,已经结婚一年了,这种想法也该消除!"阿秋瞬间严肃起来,"我真没想到,你居然会有这种自卑心理。你有这种心理也是他当丈夫的无能。"阿秋越说越激动,"这段时间,你大大小小的演出也有好几场了,他这个当丈夫的来看过一次吗?"

"阿秋!"赵无棉按住了她的手,"越说越严重了,你真是——"

"我早该觉得不对劲。"阿秋冷冷地说。

"没什么不对劲啊。好了,我们不说这个了——"

"棉棉,我平时跟你开玩笑,今天要正经地告诉你,你没有配不上他。你年轻漂亮,家境良好,就算他勉强算个官宦世家,你也是书香门第。你俩的学历也是对等的。哦,他还比你大那么多,是他高攀了你!你知道吗?"

赵无棉看看四周,做了个手势:"小点儿声啦!"

阿秋瞥了眼周围,呼出了一口气。好在没人注意这边。

赵无棉盯着自己把玩裙角的右手:"阿秋,我时常觉得自己一无是处,那是因为我确实一无是处。"

"好的婚姻就不会让你这样想。"阿秋没好气地说道,"还有,你不是一无是处。"

"这跟我的婚姻没有关系——"

"小赵老师?"有人打断了不愉快的谈话。

"我在这儿。"赵无棉站了起来,长长的礼服快要拖地,她又不自然地把裙摆往上提了提。

"演出开始了,你们是第二个节目,准备一下。"工作人员走近她,说道。

赵无棉拿起小桌子上的琴谱,对阿秋说:"你在这儿等我,我去集合同事们。"

9月初,江心已到初秋,江边的凉风伴着观澜江的浪花,凛凛地袭击着岸上的人。剧院内的空调开得很足,而在后台等待的演员数量众多,大家都有些热了,纷纷把手中的谱子当成扇子为自己制造凉风。

这次演出的演员大多是中年人的样子,大家都化着舞台妆,一张张浓妆艳抹的脸和一身身花哨的礼服裙拥挤在狭小的后台。赵无棉拿着琴谱穿梭在或是熟悉或是陌生的人群中,一会儿客气地说声"让一下",一会儿又要小心翼翼地注意脚下不要踩到别人的长裙,也因此她每经过一个小群体,都会有人看向她。赵无棉又觉得脸有些发烫了,她下意识地用右手拿着的琴谱遮住半张脸,一边快速寻找自己的同事。

在集合一部分演员后,仍然有五六位没有到场,赵无棉拿起手机想在群里喊人,一位叔叔皱着眉头说:"你在群里说,别人未必能看到。"

赵无棉尴尬地说道:"那我打电话。"

"你现在喊一声,大家不就都听到了吗?"叔叔又提议。

赵无棉为难地抿了抿嘴,刚刚在人群中寻找同事就让她觉得不好意思,要是在这么多人面前大喊,她会更加恐惧。

"那个……我还是打电话吧。"她怯懦道。

"小赵脸皮薄,不愿意喊呢。"同办公室的姚主任似乎看出了她的心思,"我来叫他们。"说着就转头大声呼道:"市老干部局的同志们!!来这儿集合!听到了吗?"

赵无棉感激地看了眼姚主任,顺便揉了揉耳朵——主任的声音真够有穿透力的,下次主唱换她好了。

演出终于拉开了序幕,一男一女两个主持人挺胸抬头走向舞台中央。赵无棉看着女主持高挑的身材和标志性的脸,心生羡慕,多美的女孩子呀。

手机振动了一下,打断了赵无棉黏在女主持背影上的目光,她看着手机上的微信,是秦时远发来的:"我在台下,晚上一起回去。"

赵无棉心一动,嘴角弯了起来,伸着脖子往观众席看。可是舞台的灯光聚集在两位主持人身上,台下黑压压的一片,她看不清什么,于是又低下头回微信:"你今天不是加班吗?"

主持人的声音响起,微信没有动静。身后的阿姨们聊天的声音此起彼伏地传进赵无棉耳朵里。

"这个女主持真是蛮漂亮的,之前那场演出也是她吧?"

"是经常见到,好像是个大学老师呢,这是才貌双全啦。"

"哎哟,那不是何静吗?她老公才厉害呢,前几年南州市刚上任的副市长,可是当年我们这儿出的最年轻的一个副厅级,叫什么来着……反正就是他夫人。"

"宋宁,是吧?确实是个年轻有为的小伙子。"

8

"对对对，就是他，哎呀，现在干部是越来越年轻化了。"
"那可真是郎才女貌啊，这姑娘长得多漂亮啊。"

赵无棉转头看了眼窃窃私语的阿姨们，又把目光投向台前，想多看几眼女主持。

两个主持人说完开场白，第一个节目的演职人员依次上台，女主持拿着话筒向后台走来。赵无棉看着她窈窕的身姿和渐渐清晰的脸，当真是个美人。

"第一个节目时间比较短，各位准备好哦。"赵无棉好不容易把目光从美女身上转移开来，看向拿着合唱谱的叔叔阿姨们。

"小赵啊，待会儿别忘了上台顺序。"负责指挥的周老师拍拍她，开始给合唱团整列上台的队伍。

耳边传来高跟鞋踩地的声音，赵无棉侧过头，余光看到那位叫何静的女主持向她们走过来。

何静走路一直直视着前方，在经过赵无棉时，轻轻地瞥了她一眼。

赵无棉也下意识地看了眼她，只看到她被阴影遮着的若隐若现的瓜子脸。

手机又振动了一下，是秦时远回的信息。

"工作提前完成了。"

赵无棉抬起手摸着自己的圆脸，又回头看了眼坐在凳子上休息的何静。

"既然她老公在南州，她怎么还在江心呀？"姚主任站在赵无棉身后，又问着八卦的阿姨们。

"喏，刚被调回江心，又出任江心的副市长了哦。"

"哦哟……南州可是省会城市，这是暗降哪……"

阿姨们压低了声音，赵无棉伸长了脖子也再难听得到一点儿清楚的信息，她只好耸耸肩，继续给秦时远回信。

"下一个节目就是我们。"她发道，"是等我演出完就回家还是看完这场演出再走？"

此时第一个节目已经结束，主持人再次登场，这次只有女主持。

"快，大家准备好。"指挥站了起来。

赵无棉看着对话框。秦时远还没有回复她，也没有出现"对方正在输入"

这几个字。她有些失落,自己可是几乎每次都会秒回他的消息呢。

这时阿秋拿着奶茶走了过来:"下一个是你的吗?"

"嗯。"赵无棉点点头,把手机递给了她,"帮我拿手机。"

"请欣赏江心市老干部局合唱团带来的混声合唱《在希望的田野上》。指挥:周平。钢琴伴奏:赵无棉。"

周平带领着老干部们鱼贯而出,赵无棉看着大家把队伍站好,然后走上台。舞台上的灯光照得人浑身发热,她的眼睛对着台下一扫而过,但没有看到秦时远。

赵无棉挑挑眉,老实地坐在琴凳上,看向周平。

指挥与钢琴伴奏对接好眼神,两个人都点点头,钢琴声由弱到强地飘向整个音乐厅。

不到三分钟的时间,合唱就结束了。台下响起不热烈也不敷衍的掌声,不热烈是因为节目不惊艳,不敷衍是因为台下的领导们礼节性的表达。赵无棉站起来扶着琴,和指挥一起向观众鞠躬致谢。在直起身的时候,她终于惊喜地看到了第三排座位上秦时远沉静地跟着大家一起鼓掌。

赵无棉不自觉地向他微笑,过了两秒,发现他的目光已经看向后台,她只好把这尴尬的笑容继续献给观众。

第一排最左边的男领导年纪有些大,看起来已经昏昏欲睡。

赵无棉心里笑着,还有十个节目呢,慢慢熬着吧。

演员们又依次走下了台。

"这么短呀,这就完了?"阿秋把手机还给她,"有你微信。"

赵无棉迫不及待地打开手机,看到秦时远两分钟前发给她的消息:"看完吧。"

"今天辛苦大家了,想看完演出的可以去后面那几排坐着看哈,想回家休息的就直接回去吧。我们过几天再排一些新的曲子。"周平拍拍手说着,又看向赵无棉:"小赵啊,辛苦了。我就先回去了啊……走了,各位,明天见!"

"明天是周末!"赵无棉笑嘻嘻地提醒道。

"哎哟,我给忘了。那就周一见!"

"没事儿,周老师,你要是想来上班,我们也没意见。"合唱团的成员们打趣着,又乱糟糟地互相打着招呼离开后台。

赵无棉收回笑容,拉着阿秋跟着大家走:"阿秋,我们要不把演出看完再回去吧?"

"你要看完吗?你不累呀?"

"秦时远说他想看完再走。"赵无棉把手机给她看,"我们看完再送你回去。"

"我可没兴趣,我就是来看你的,既然你老公来陪你了,那我就先走了。"

"别呀,一起嘛——"

"赵无棉。"一个好听的声音打断了她。两人同时看向声音的主人。

"嗯……你好。"赵无棉抬起头看着比她高半个头的何静。

"你们的曲子很好听,你弹奏得也很好听。"何静笑盈盈地看着她。

"谢谢,"赵无棉也笑了,"何老师,你好漂亮。"

"你怎么知道我姓何?"她抿嘴一笑,"你认识我吗?"

不念主持词的何静说话不再刻意地字正腔圆,能听出点儿江心人的口音,带着江南女孩儿的柔软。

"哦,我刚刚听到同事们说的,他们都在夸你才貌双全呢。"

何静把额前散落的碎发别在耳后:"才貌双全可真是不敢当,不过听着还是挺开心的。"她友善地笑了一声,"我刚刚看到秦局长在台下看你演出呢,这是丈夫来为你助阵呀。"

"你认识他吗?"赵无棉有些不好意思,"他也不常来看我演出。"

"嗯,我们以前是同学。"

"哈?这样啊。"赵无棉惊讶地和阿秋对视了一眼。

"是呀,我丈夫和他也认识。不过,说实话,我们工作之后联系少了,关系确实也淡了。但是他也太不够意思了,连结婚也没通知我们。"

"我们结婚没有大操大办,只是两家人一起吃了个饭。"赵无棉不好意思地说,"改天请你们来我家做客!"

"好呀。"何静歪了歪漂亮的脑袋,"等会儿又到我了,我先过去了,回聊。"

两人目送何静婀娜的背影离去,阿秋赞叹道:"我刚刚就注意到她了,她真的好漂亮。"

"是的,我刚刚听叔叔阿姨们说她老公是副市长呢。"

11

"那年纪得很大了吧？"
"反正肯定比她大。"

阿秋坚持不要当电灯泡，赵无棉只好给她叫了个车送她回去。送走阿秋，她又看了眼手机——没有新消息。她叹了口气，踩着不舒服的半高跟往观众席走去。

赵无棉弯着腰溜进一排阴暗的座椅边，费了半天劲找到了秦时远，松了口气，坐到他身旁。

秦时远看了她一眼，拍拍她的手，又眼无波澜地看向舞台，似乎在认真看节目，又好像在想什么心事。

"今天怎么有兴致来看演出？"赵无棉凑近他问。

"下了班就来看看，正好接你回家。"他淡淡地说。

赵无棉心里甜滋滋的，她握住秦时远温暖的右手，撒娇道："那我们回去吧，还有很久才结束呢。"

"来都来了，就看完吧。"

赵无棉点点头，乖巧地坐在一旁，两人便没再说话。

接下来的演出不过是歌舞与朗诵，没什么新意。赵无棉有些无聊地看着手机，不时地看一眼身边的秦时远。他保持着靠在椅背上的姿势，面无表情地看向舞台。赵无棉又拽了拽他的衣袖："你是不是认识何静呀？"

"嗯？"秦时远斜过身子朝她说话，但眼睛依旧看着台上。

"今天的女主持人何静。"赵无棉朝他耳朵说道，"她刚刚跟我打招呼来着。"

"哦，是认识。"

"都没听你说过呢。我刚刚近距离看她，她真的好漂亮呀。"

一支舞蹈结束，充斥在音乐厅里的巨大背景音乐声终止。

秦时远终于移开了视线，又点点头："嗯，她是很优秀。"

"那你们关系不好吗？她说你们俩是同学，连我们结婚都没叫她。"赵无棉刷着朋友圈问。

"也没有，咱俩结婚不是没办酒席嘛。"秦时远调整了个姿势，右手搭在

12

座椅的扶手上,食指和中指轻轻扣着。

"我也是这么说的。"赵无棉有些懒散地靠着他右臂,"你认识她老公吗?听他们说是刚调过来的副市长。"

秦时远没有说话。何静亭亭玉立地站在舞台上,声音娓娓动听:"我们常把国与家联想到一起,方方正正的'国'字,像是一片热土,而家就是热土中那块珍贵的宝玉。国乃家之因,家乃国之果。爱家先爱国,爱国如爱家。请欣赏歌曲演唱《国家》。"

主持人娉娉婷婷地走下舞台。赵无棉回过神来,又在心里感叹了一句"真是风姿昳丽"。

"见过几次。"秦时远低沉地声音传来。

"啊?"赵无棉愣了会儿神,反应过来,回道,"哦,那他们很般配。"

"你怎么知道他们般配?"秦时远看着她反问道,"你又没见过。"

"我在后台听阿姨们说的,"赵无棉不以为然,"那你带我去见一次好了。"

"算了吧,"秦时远淡淡一笑,"这种应酬,只怕你尴尬。"

演出热热闹闹地结束了,赵无棉迫不及待地站起来,牵着丈夫往出口走。来到剧院大堂,两人才停下,等人流减少,秦时远不紧不慢地整理了一下有些皱的警服。

赵无棉看着灯光下的秦时远,身姿凛凛,棱角坚毅,不管是在家里还是在工作中,都是一副沉稳持重、坐立寡言的样子。赵无棉仰慕自己的丈夫,所以总是觉得自己配不上他。父母曾打趣说她都快三十了却稚气未脱,难为秦时远能看得上她。这些话都像层薄薄的灰蒙在她心底。旁人也是这么看的吧,平平无奇的妻子和卓尔不群的丈夫,他们一点儿也不般配。

赵无棉忽然想到了刚认识的何静,她秀外慧中,温婉,端庄。自卑感又一次油然而生。

"你没有配不上他。是他高攀了你。"

阿秋的声音在赵无棉脑海里飘过。

"你在想什么?"秦时远不疾不徐地问,"呆呆的,干吗呢?"

赵无棉回过神来:"哦,我——"

还未说完，何静经过秦时远身后，在离他们俩有些距离的位置朝赵无棉招了招手。

赵无棉开心地挥手致意，接着就看到何静被一位穿着西装的男人揽住。赵无棉没有看到那个男人的正面，只见到他挺拔的背影。

秦时远回头，不到两秒又转过身来，挑挑眉，拉着赵无棉："走吧。"

"不去打个招呼吗？"

"下次吧，现在人多，挤过去麻烦。"

两人走出大堂。

江心大剧院建在江边的观澜广场内，宽阔的广场在星光和路灯的辉映下显得亮堂堂的。赵无棉极少和秦时远一起在这温和的夜景下散步。恋爱三个月，结婚快一年，两人也没风花雪月过。她以前只当是丈夫太忙，结婚后发现，他就不是卿卿我我的性子，但也就是这带着冷漠的自持持续地吸引她。

"你今天忙了些什么？"赵无棉没话找话地问道。

"也没什么，主要是会多，市里在强化民警教育培训。"秦时远淡淡地说，"你下午不是说胃痛嘛，现在好了没？"

赵无棉默默翻了白眼，亏他想得起来。这种不痛不痒的关心让她有些不舒服，但她还是笑呵呵的："早没事了，不然今晚还能这么蹦跶吗？"

秦时远嗯了一声："我猜也是。"

远远地，何静夫妇俩互相揽着腰走向广场另一边的地下车库。赵无棉指了指他们："他们真的很般配。"

秦时远顺着她指的方向看了眼，认同地说："是啊，天作之合。"

"那我和你呢？"赵无棉心里默默地问了一句，但她没有宣之于口，只是随口说了一句："他们俩感情好好。"

秦时远漫不经心地看向她，半晌，似笑非笑地说："你可真够八卦的。"

赵无棉怔住了，她跟在秦时远身后，脑子机械地想着刚刚他说话的语气。她不想让自己太敏感，只是他的眼神和语态透着不可忽视的讥讽。是她哪句话说得不合适吗？

夫妻俩上了车，没再多说一句话。生活中好像经常这样。她有时兴致盎然地跟他分享一些事，他要不草草敷衍，要不冷言冷语地浇灭她的热情。

马上就是中秋佳节，街边的商场橱窗贴满了节日期间的活动和福利信息，有创意的更是在店门口摆放着巨大的月球灯或兔子玩偶,吸引着行人的目光。五花八门的街景飞快地闪过,又出现一排排新的色彩。赵无棉一直偏着头看向车窗外,倒有些目不暇接。于是她闭着眼放松了一会儿,又望向夜空中的满天星斗。

"怎么不说话?"秦时远低沉的声音平静地响起。

"嗯?"赵无棉回过头,"说什么?"

"你不是一向话多吗?"秦时远盯着前路,漫不经心地说道,"怎么忽然这么安静?"

赵无棉沉默了两秒,又问道:"你觉得我话很多?你觉得有些烦,是吗?"

"我可没这个意思,"他否认道,"我是怕哪儿又惹你不高兴了。"

"你会怕这个?"赵无棉自嘲地笑笑,"即使我不高兴了,也没见你哄过我。"

秦时远偏过头看了她一眼。

"那是什么事让你不高兴了?你说出来,别让我莫名其妙。"

他说话的口气并不差,但赵无棉只觉着胸腔内酸意上涨。

车厢内又是一阵静默。

"没有。"赵无棉轻轻地说,"就是有点儿累。"

"哦,"秦时远又瞥了她一眼,随即点点头,"今天是有点儿累,那等会儿回去早点儿休息。"

"嗯。"

"还有,过几天中秋,妈说那天晚上有家宴,大概长辈们都会到。"秦时远转了下方向盘,小区的大门映入眼帘,"我看了,那天是周末,你要是没事就跟我提前过去。"

"好。"赵无棉淡淡地应着。

在车子停下来时,她下了车,又看了眼夜空。

今夜没有月亮,只有漫天的繁星。

结婚前每一年中秋,赵无棉都是和自己家人一起过的,即使在江心市待了这么久,也没忘记月是故乡明。

她想家了。

二 不知天上宫阙，今夕是何年

> 我从不认为爱是一眼定情，是目成心许，
> 爱应该是细水长流，与日俱增。

陀思妥耶夫斯基说过，要爱具体的人，不要爱抽象的人。

赵无棉在见到秦时远第一眼时就不自知地露出了笑容。她的一见倾心太过显而易见，连当时在场的曹老和姚主任都看出来了。

曹老像个可爱的月老，笑容可掬地拍着赵无棉的胳膊，把她带到秦时远身边："时远，这是我们老干部局服务管理中心的小赵，今年刚考进来的，平时负责我们文艺团的排练，教教大家音乐，工作嘛，还是蛮认真的。"

赵无棉努力自信地直视着秦时远的双眼，但双手还是紧张地捏住了衣角。

姚主任在一旁看得细，打趣道："小赵是第一次相亲，害羞着呢。"

整个办公室哄堂大笑，赵无棉红了脸，这尴尬的红润又快速蔓延到耳朵。秦时远也跟着客气地笑了笑，大方地向她伸出了右手："你好。我叫秦时远，现在在市公安局工作。"

赵无棉轻轻颤着睫毛，右手迎上去搭住了对方的手。

不过一瞬间，两人同时把手放开。

"你好，"赵无棉轻声细语地说，"我叫赵无棉。"

曹老很是高兴，拊掌大笑："好哇好哇，年轻人见面就要多聊聊才能了解彼此。时远，让小赵带你到院子里转转，这几天我们这儿的茉莉花开得正

好呢。"

秦时远也没推脱，对办公室的长辈们点点头，就示意赵无棉一起出门。

茉莉和桂花都是江心市的市花。赵无棉去过很多城市，江心的茉莉花不同于其他地方的，这儿的茉莉淡姿盈盈，清芬久远。每当它们盛开时，整座城市就陷入了"人间第一香"。

秦时远生于江心市，长于江心市，从小就看多了这"濯濯冰雪花"，也闻多了这袅袅清香。他对老干部局的满园芬芳漫不经心，只是随意地瞅了几眼，就直视着赵无棉："你是哪里人？"

"宛东人。"赵无棉呆呆地仰头看着他，"你呢？"

秦时远比她高了一大截，好在两人站得不算太近，才让他说话时没有显得过于居高临下。

"哦，我是江心人。"他双手插兜，不经意地打量着她，"宛东？就是邻省，离江心有点儿距离吧？"

"不远不近吧。"赵无棉冲他腼腆地笑了笑，"嗯——你平时工作忙吗？今天怎么有空来……嗯……来——"

"来相亲，是吗？"秦时远打断她，伸出右手随意地摸了把自己短直的黑发，"不知道我舅舅有没有告诉过你我的年龄，"说着又自嘲地笑了笑，"大概你也能看出来，我已经到了而立之年，还没成家，家里就急了。"

"哦，曹老跟我提过。"赵无棉不以为意，"但我看不出来你的年龄，我只知道你比我大一些。"

"三十五。"秦时远干脆地说，"已经是大龄青年了。"

赵无棉听到过不少人说她口齿伶俐、冰雪聪明，这些正面的评价如果多于三句，就能把人砸得有些飘飘然。可此时，站在秦时远身边，她有些木讷，不知道该说什么才不会冷场。茉莉花团团簇簇地立在枝头，风一吹，它们就争相摇晃，随即散落满身的花香。赵无棉站在满院子的茉莉花中间，随便看向哪儿都能被那一枝枝的乳白和翠绿迷了眼。

"我没有觉得这个年纪很大……我一直以为四十五以下都是风华正茂的年纪。"她喃喃地说，"所以妈妈说我二十六了还不结婚不像样，我也不以为然。"

秦时远笑了笑，朝她走近一步："听我舅舅说，你已经在江心定居了，江心哪里吸引了你呀？"

"小时候来这儿旅游过，这儿满城的花和景让我印象深刻，长大后来了这儿上学，毕业了就留下来了。"

"哦？哪个学校毕业的？"秦时远挑了挑眉头，又伸出一只手拨弄了一下垂在他眼前的枝叶。

"江心师范大学。"

"哦，音乐系，是吗？"

"嗯。"赵无棉也跟着他把玩着身旁的花草。

有花香的地方就有鸟语，叽叽喳喳的鸟鸣声在两人耳边环绕。赵无棉听着很是悦耳，秦时远却觉得吵闹。

"留个电话吧。"秦时远放开满手的花叶，回过身说道，"这样我们回去也好有个交代。"

赵无棉是个敏感的人，那时却没有听出话外之音，又或者听出来了也不愿多想，就只是羞涩地拿出手机和他交换了电话号码和微信。

两人加完微信后，秦时远就没有再主动联系过赵无棉。曹老在事后问过她一次对自己外甥印象如何，赵无棉大方承认自己对他有好感。老人家满意地拍拍她，让两个人多联系多相处，就走了。倒是当时在场的同事们关心得很，没几天就问她："和那位秦局长发展得怎么样了？人家不联系你，你去联系人家嘛。现在这个年代，好男孩子都很内敛的，那么女孩子就要主动一点儿喽，真这么好的机会，要抓在手中……"

赵无棉被她们的话吵得头昏脑涨的。她翻看秦时远的微信，寥寥无几的朋友圈几乎都跟工作有关，只有一条有些生活气息，是一张映月湖中的荷花浮满湖边的照片，发布时间是一年前。赵无棉又往下翻了翻，也没翻出什么来，于是点回对话框，在同事们的怂恿下，鼓起勇气给对方发了一句问候的话。

秦时远是晚上回复微信的。他礼貌地告诉赵无棉，自己在忙，所以刚刚看到她的消息。

赵无棉得到这一句信息，开心地拿着手机在阿秋面前蹦跶，脸都热红了才停下来。

阿秋有些无语："你不至于吧？抓住机会是重要，但也别太上赶着了。"

"我知道！"赵无棉撞了一下好友，"然后呢？然后怎么回？"

"你想说啥就回啥呗,"阿秋拉着她坐下,"既然你已经主动了,就别胆小。明天周末,约他去映月湖看荷花。"

"荷花还没开呢。"

"那就看湖,反正约他,看他出不出来。"

"这么快就约人家出来吗?不聊几天熟悉熟悉呀?"赵无棉看着手机上空空如也的对话框。

"我感觉他不是很主动,你跟他聊天未必聊得起来。"阿秋指了一下手机。

阿秋的感觉是对的,赵无棉努力想找话聊,秦时远却冷冷淡淡的。就这么坚持了几天,她泄气地跟阿秋说:"我看出来了,我有仰高之情,人家没有俯就之意,白让我高兴一场。"

"什么就仰高俯低的,你别轻看了自己。"阿秋皱起眉头,"我也承认他条件很好,但要说你配他,那也是绰绰有余。"

赵无棉删掉了和秦时远的对话框,瘫在阿秋身上:"我要是再漂亮点儿就好了。"

"你很漂亮了。"阿秋安慰道。

"我要是再有趣点儿就好了。"

"你一直很有趣。"

咖啡厅的灯光不及室外的月光动人,但洒在两个女孩子头顶,形成了一道道柔和的光圈。

赵无棉以为她和秦时远的缘分也就到此为止了。直到那天,江心市满城桂花香时,赵无棉在周末被拉去加班,带着文艺团排练了一上午,大家都饿得不行了才结束。她因为早上早起又累了一上午,本来是有些昏昏欲睡的,但刚走出老干部局大门,就看到秦时远穿着便服站在阳光底下友善地朝她挥手。

赵无棉在看到他时仿佛初见那日,阳光一如既往地明媚,照在秦时远高大的身躯和坚毅的脸庞上,又让她眼前一亮。她记着之前的事,压制住心动,走近他,客客气气地问道:"你怎么在这儿?"

秦时远亲和地笑着:"我听舅舅说你们今天有排练,所以来找你。"

"找我?"赵无棉扬起眉,"有什么事吗?"

"今天天气不错,一起出去转转?"

赵无棉被这突发状况弄得摸不着头脑，没有马上答应，但脸又不自觉地红了。

"可是我今天约了朋友。"她轻声细语，"下次吧。"

秦时远注视着她显而易见的羞涩，也跟着笑了笑："是男朋友吗？"

"不是。"赵无棉迅速否认，随即又反应过来自己的表现太过明显。

"那就行。"秦时远退后了一小步，"等你有空再约我，可以吗？"

"好。"赵无棉有些恼怒自己没事就脸红。她和对方道了别，飞一样地逃走了。

"你怎么不跟他去？"阿秋用吸管戳着刨冰，"他怎么忽然转变了态度？之前不是爱理不理的吗？"

"不知道。我跟你约好了呀，所以拒绝了人家嘛。"

"你跟我说一声就是了，多难得的机会。"

"算了吧，我俩都不熟，直接这样出去玩，我会尴尬死的。"

"说到底不是因为跟我有约才拒绝他的，是因为自己尴尬。"阿秋撇撇嘴，"我不高兴了，今天你埋单。"

"行，请你一次。"赵无棉笑嘻嘻地啃了一口刨冰，"你觉得他为什么又来找我了？"

"你想听真话？"阿秋瞅着她，"真话可不好听。"

"我知道，你说吧，我承受得住。"

"我猜，可能是又见识了一些人，最后还是觉得你的条件最好，所以又回头了。不过，我猜得也不一定准。"

"有这个可能。"赵无棉赞同道，"这话挺好听的，你说我条件好呢。"

"你条件本来就好。不知道你一天天哪儿来的自卑感。"阿秋没好气地说，"这次你不要主动，等着他来约你。"

赵无棉到底还是没听好友的话。

秦时远开始主动联系她，时常问候一句，也是不咸不淡的，却没有再提过约会的事。

江心市举办文艺晚会，离休干部合唱团准备了两首合唱曲目，其中一首由曹老领唱。演出那晚，曹老西装革履，昂首挺胸地在后台闲逛。看到赵无棉，他高兴地拍拍自己的衣袖，有些得意地问："怎么样，小赵，我这身像不像个正经的歌唱家？"

赵无棉觉得曹老颇为得意的样子甚是可爱，便笑嘻嘻地给他捧场："我要是不认识您，那就肯定以为您是今晚的特邀嘉宾，是专门请来的男高音歌唱家。"

曹老听了一辈子的恭维话，但每每遇到小一辈的孩子们夸赞自己时，仍然心花怒放。

"就你嘴甜哟！"他的开心溢于言表，"对啦，今天我那个外甥也要来看节目，他还没看过你上台吧？咱们露一手给他看看！"

赵无棉不好意思地笑笑。秦时远下午已经告诉过她，受邀观看今晚的演出，还预祝她演出成功。

那天唱的什么曲子、曹老表现得怎么样，赵无棉已经记不清了，只是依稀记得坐在观众席第二排的秦时远又穿上了庄严的警服，刚毅的脸在昏暗的灯光下更显沉着，平静的目光在触到台上的赵无棉时，又友好地对她笑了笑。

赵无棉晕晕乎乎地下了台，在微信上问他："我表演得怎么样？"

秦时远难得秒回："非常好，你穿礼服很漂亮。"

赵无棉打了字又删掉，接着又打了出来，闭上眼按了发送键："明天周末，要不要出去走走？"

和秦时远约会从来很平淡，没有风花雪月，更没有什么海誓山盟。两个成年人在江边散步又不论景，在山中攀爬也不看云，在湖边观鱼却不望月，在亭中避暑但不听雨。赵无棉不会欲擒故纵，所以从不掩饰自己对秦时远的喜爱，她温柔也热情，阿秋偶尔提醒她："你收着点儿吧，多让他为你付出。"赵无棉听着听着，也就当成耳旁风了。

在赵无棉又一次演出时，秦时远没有到场观看。赵无棉装作不开心的样子，他就赔着笑说："今天忙嘛，下次一定到。"一直到后来，他几乎再也没看过她的演出。

在一次共进晚餐时，秦时远平静地问："你愿不愿意去见一下我的父母？"

赵无棉睁大眼睛："这么快吗？"

秦时远不置可否："我爸妈想见见你，就当去我家玩，也不代表什么。"

"哦……"赵无棉懵懵懂懂的样子，"好的。什么时候？"

"你要是方便，就明天吧。"

赵无棉又想问"这么快吗"，但还是闭了嘴。反正早见晚见都得见的，不如速战速决好了。

赵无棉精心地挑了一堆东西，大包小包地从家里提出来。她平时习惯穿舒适的球鞋，这次为了好看，穿上了小靴子，脚后跟隐隐疼痛着，似乎在向她抗议。

秦时远在车内等着，看着女友出来，不疾不徐地开了车门，走向她。

"我来。"他一手接过礼品盒放入后备厢，又坐上了驾驶位。

赵无棉甩甩手，用力拉开车门，有些一瘸一拐地上了副驾驶位。

"我也不知道叔叔阿姨喜欢什么，就买了点儿水果和茶叶。"她揉着被勒红的手说。

"挺好了，表示个心意就行。"秦时远不再看她，专心开着车，"我看你大冬天穿个裙子，不冷啊？"

"不冷，这样好看。"

"也没见着多好看，你平常那样就行。"

赵无棉噘着嘴，心里埋怨着他不会说话。

秦家住在老市委大院中，秦父秦母都是老知识分子，面目和善，待人以诚。秦母满面笑容地接过赵无棉手中的礼盒，不经意间打量着她，客客气气地说着："真是个清秀的小姑娘，就是看着比我们时远小太多了呀。"

秦父也笑呵呵地看着她："不是看着小，是本来就小，大哥不是跟我们说过嘛，二十五还是二十六来着？"

赵无棉又不自觉地红了脸："虚岁二十七，马上到三十了。"

秦时远没有参与三人的对话，他把赵无棉带来的东西放好，又倒了杯水递给她："爸，妈，坐下说吧。"

"好，小赵，来，这边坐。"秦母招呼着她，"饭马上就好。"

赵无棉放下水杯："我来帮您吧……"

这话说得实在心虚，她根本不会做饭，也极少进厨房。

"不用不用，"秦母笑笑，"时远，你进来帮我摆盘。"

赵无棉坐立难安，求助地看向秦时远，想让他留下来陪自己。可惜秦时远全程都没怎么注意她，听到母亲的话就直接进餐厅了。

秦父倒是和颜悦色，就是江心口音太重，赵无棉又不是本地人，一老一小艰难地进行了几句对话就开始大眼瞪小眼。赵无棉想着喝口水缓解尴尬，把杯子端起来才发现水是凉的，只能忍着凉意喝了一小口。

好在没过几分钟，秦母就招呼大家吃饭。那一桌子菜倒是很丰盛，基本都是江心市的特色菜。大家都入座后，秦母夹了一筷子水煮鱼给赵无棉，和蔼地说："小赵，来尝一尝我做的菜符不符合你的口味。"

赵无棉斯斯文文地吃了一口，是江心人喜爱的清淡偏甜口味，她微笑着对秦母说："真好吃。"

"喜欢就好咯，我们也不知道你是什么口味，问他嘛，他也说不出来，"秦母说着，又瞪了一眼秦时远，这一眼倒也不是真的责怪，更多的像是在调侃，"他说就按我们平时的口味来，你都可以。喏，以后要常来我们家吃饭啦。"

那一餐吃得还算愉快。秦父一直呵呵地笑着，时而转动餐盘把菜品送到赵无棉碗前。秦母的普通话说得比秦父好，跟赵无棉沟通起来没什么障碍，一边给她夹菜，一边和她聊天。秦时远相比两个老人，倒是有些沉默，其实也不算沉默，只是比平常更安静。

赵无棉是如实描述给阿秋听的。阿秋听了也是若有所思："我听你平时说起来，他本身也不是个爱说话的人。不过你去见他父母，全靠他爸妈招呼你啊？他是一点儿心思都不用的？"

"也没有呀，他就这个性格嘛，可能……不怎么爱交际？"

"这跟交际有什么关系啊？他面对的又不是那些领导同事，是他爸妈和未婚妻。"阿秋翻了个白眼。

"什么未婚妻呀！"赵无棉嗔怪着推了一下好友。

再后来，秦时远依然平静地问："你有没有想过什么时候结婚？"

"没有哎，"她诚实地说，"我对自己没有特别要求结婚年龄，遇到想嫁的人就嫁咯。"

秦时远点点头，又问："你觉得我可以吗？"

"什么？"

"我觉得我们了解得差不多了。或者你对我有什么不满意的吗？你可以直接告诉我。"他坦率地问。

"没有……"赵无棉有点儿蒙，又顺着他的话问，"那你对我有什么不满意的吗？"

"我也没有。"秦时远的手指点着桌面，"如果你愿意的话，抽空带我去见一下你父母吧。如果双方都没什么问题，我们就领证好了，你觉得呢？"

赵无棉年少时幻想过自己被喜欢的男孩儿求婚的场景，如今喜欢的人坐在眼前，对方求婚的话语听着倒像是在做一桩生意。

"我爸妈下周应该会来看我，"她没有直接回答这个问题，"到时候你要是有空就来我家玩吧。"

赵无棉是独生女，家境不好不差，父母用攒了一辈子的积蓄为她在江心市买了套不大的房子，也算安了家。赵父赵母已经退休，时不时地会来江心与女儿小聚一段时间，但大部分时候更愿意回老家安住。

秦时远如约而至，带着礼物。

赵父赵母对这个准女婿很是满意。尤其是赵母，在看到秦时远高高大大又稳重成熟的样子，欢喜得不得了："时远啊，棉棉她从小被我们养得娇惯，要是有任性的时候，麻烦你多包容包容。她要是不懂事了，你就跟我们说，我们教训她。"

秦时远得体地笑着："她性格挺好的，我们会互相磨合。"

赵母本就厨艺了得，又按照江心人的口味做了一大桌菜肴，轻而易举地把这个准女婿的胃抓住了。

"阿姨，您是考过厨师证吗？"秦时远很是讶异，"真的很美味。"

赵母乐得合不拢嘴："我就按着你们江心人喜欢的味道烧的，也不知道你爱不爱吃。"

赵父也跟他碰了一杯："喜欢就好，以后常来吃，跟自己家一样就行。"

从赵家出来那天晚上，赵无棉牵着男友的手，蹦蹦跳跳地在小区门口的公园消食。秦时远听着她叽叽喳喳个不停，只是淡淡地笑着，偶尔搭一句话也是慵懒的。两人走了两公里的路，见小溪边有张干净的长椅，就一同坐下来歇息。

秦时远沉默了半晌，认真地问一旁的人："你想好了吗？"

"啊？"赵无棉正准备把撸上去的袖子放下来，"什么想好了？"

"领证。"秦时远注视着她，"双方父母都没问题，那就看我们两个当事人了。"

"你这么笃定我爸妈也没问题吗?"赵无棉甜甜地笑了,"我还没听到他们对你的评价呢。"

"我在体制内待了这么久,察言观色的能力已经炉火纯青了。"秦时远有些自嘲地扯了扯嘴角,"你父母对我很满意,我看得出来。就看你怎么想了。"

赵无棉没有说话。秦时远也没再追问,两人就这么静静地坐着。

"我很喜欢你,从见你第一面就很喜欢,"赵无棉轻轻开口,"你肯定也能看出来。但我俩交往不过三个月就结婚,是不是太仓促了点儿?"

"我不这么认为,"秦时远拍拍她的手,"我们对彼此的家庭、性格都已经能确定得差不多了,再相处下去也不过如此,拖的时间太长了反而不好。或者,你希望交往多久才会考虑结婚?"

"我——"赵无棉刚开口,就被一阵孩童的哭泣打断。

两人循声而望,是个小男孩儿摔倒在地上。赵无棉往四周看了看,没有见到周围有监护人走过来,想是谁家小孩儿自己出来玩耍跌倒了。两人都站了起来。秦时远快速地大步走到小男孩儿身边,低下身子询问孩子的伤势。

那天秦时远穿了件白色衬衣,被路灯照出了一圈极淡的光晕。赵无棉看着站在灯下弯着腰的男人,脑海里忽然浮现出一段记忆。

那是她刚毕业时,去江心市第二人民医院看过敏性结膜炎。在医院宽敞的大堂内,一位老人忽然晕倒,家属吓得大叫,赵无棉被惊得停住了脚步,还没反应过来,就看到一道白影飞奔到患者身边。紧接着,她就看清那是一位身着白大褂的男医生,他俯身看了看老人,接着迅速做起了心肺复苏。那位医生在奔跑时,工作牌掉在赵无棉脚下。她拾起牌子看了眼,就还给了就近的一位志愿者。那道在大厅明亮的灯下发光的白色身影,深刻地印在赵无棉心中。

秦时远扶着小男孩儿起身,确定没什么事后,便目送着他跑到一旁的网球场去了。

赵无棉站在不远处,望着在灯下有些耀眼的男人,他与脑海中尘封已久的那道白色身影重叠,心动摇了一下。

秦时远送赵无棉回小区。在单元门门口,两人告别。他刚刚转身,又被赵无棉拉住。

秦时远回过头:"怎么啦?"

女孩儿踮了踮脚,似乎想对着他的耳朵说些悄悄话,但又够不到。

秦时远疑惑地俯身。

赵无棉抱着他的左臂，亲了一下他的嘴角。

男人怔住，随即就笑了。

一钩弯月挂在夜空，在赵无棉的余光中似隐隐摇晃。

女孩儿红着脸，有些含糊不清地说道："那就晚安咯。"

赵无棉向父母提出了领证的想法。

赵父震惊地问："你们才交往多久？"

赵母也不太放心："你对他家了解透彻了吗？我们不是本地人，对人家还不算知根知底。你急什么啊？"

"妈妈，不是你着急吗？"赵无棉嘿嘿地笑着。

"我是怕你一直拖到三十岁还不结婚……我不是催你上赶着把自己嫁出去！"赵母是个急性子，和赵父稳妥温和的性格截然相反，"我不同意啊，你们至少得谈个一年半载的吧。"

赵无棉撇撇嘴，转身求助父亲："那爸爸呢？"

"我跟你妈妈想的一样。"赵父比妻子冷静很多，"结婚是一辈子的事，怎么能这么急匆匆的？"

"现在都是这样啊，"赵无棉心虚地说，"大城市生活节奏快嘛！"

"你别偷换概念，这跟生活节奏没关系。"赵父脸色严峻。

赵母刚坐下，又突然站了起来。

"棉棉，"她的脸沉下来，"你实话跟我说！"

"什么实话？"赵无棉看着母亲阴沉的脸，往沙发的另一边挪了一寸。

"现在年轻人闪婚，好像有很多奉子成婚的。"赵母盯着女儿的腹部，"你跟我们说实话——"

"什么啊！"赵无棉大叫，又哭笑不得地说，"妈妈，这个分寸，我还是有的，我发誓我们没有越雷池一步！"

赵父拉着妻子坐下："你别着急，我也相信棉棉还不至于。"

赵母放下心来，又重重地坐回沙发上。

赵无棉松了口气，她从小最怕的就是母亲发脾气。

"结婚是你的想法还是他的想法？"赵父又给妻子递了杯水。

"他提的。"

"你应该不会马上同意了吧?他用什么理由把你说服的?"赵父了解女儿的性子,算是涉世未深,但绝不是胸无城府。

"他说……"赵无棉自己也愣住了,秦时远当时给她的理由好像并未说服她。那让她改变自己想法的到底是什么?

"他说了什么啊?"赵母皱着眉头问。

"我忘了。"赵无棉呆呆地说。

赵母气得又站了起来:"你——"

"好了,我知道了!"赵父一把拽住妻子,"告诉他,我们不同意。他要真这么迫不及待娶你,让他自己来跟我们说。"

"哦。"赵无棉看着怒气冲冲的母亲和面色不快的父亲,飞快地点着头。

这场不愉快的谈话就这么结束了。

秦时远真的上门"提亲"了。

赵无棉告诉了他自己父母的想法,他沉默了好一会儿,然后对她说:"我再去拜访一次。"

阿秋一直在质疑:"他干吗急着结婚啊?是家里催的还是他自己想要结?多了解了解不是更稳妥吗?"

赵无棉这个时候已经有些当局者迷。

"其实我觉得他说得也对呀,我们已经了解得差不多了,再拖一年也没什么意义,对吧?"

阿秋不说"对",也不说"不对",只是看着好友沦陷在不知名的感情里。

秦时远平时虽然是一副不善言辞的样子,但到底是在体制内摸爬滚打的,关键时候还是能说会道的,他单独和赵父赵母聊了一下午,竟真把两个老人说通了。

赵无棉不想办婚礼,主要是不愿意办酒席,她自己嫌麻烦。但办不办婚礼不是她一个人说了算的,所以她没主动提过自己的想法。直到秦时远在领完证后问她:"你们家对酒席有什么要求吗?比如——"

"没有的,"赵无棉第一次打断他,"我们家亲戚少,到时候请他们吃顿饭意思一下就行了,不准备在老家办。你们家想怎么办?"

"我爸妈也是这个意思,你们想办就一起,你们觉得不用,那就不办了。"秦时远欣欣然地说,还难得地笑着拍拍她的头。

两家父母其实并不是这个意思，老一辈的人总觉得结婚办酒席是传统。

"我和棉棉都觉得没有必要，他们家也无所谓。"

"我真的不太想办，我理想中的婚礼是在教堂里听神父主持，然后我们交换戒指宣誓……妈妈，我们倒也没有准备去教堂啦……反正我不要在聒噪的环境中穿着礼服敬酒……"

"女方都不介意这个，我们就不必坚持了吧。我们两家到时候吃个饭就好了呀。再说，大操大办对我的工作也有影响……"

"我觉得有办酒的钱还不如拿去新婚旅行呢。"

酒席到底没办，两家长辈都依了这对新人。秦时远答应妻子，等日后有空两人就去补上一次新婚旅行。

秦父秦母在之前就给儿子准备好了新房，说好让两个人年后再入住。

在领证那天清晨，阿秋早早地到了赵家门口，避开赵父赵母，严肃地问好友："你想好了吗？我知道秦时远是个有责任心又踏实可靠的人。但结婚应该是两个相爱的人在一起。你确定他对你是真心真意的吗？你那么聪明的人，我本不想跑过来多事的！"

赵无棉还没睡醒，她愣愣地听着阿秋不友善的语气，然后笑了，撒欢地抱住好友。

"我就知道姐妹儿最关心我！"赵无棉开心地说，"你放心好啦！"

阿秋推开她，脸上依旧没有笑容。

赵无棉不再嘻嘻哈哈，她深吸了一口气，又缓缓吐出来。

"阿秋，我从不认为爱是一眼定情，是目成心许，爱应该是细水长流，与日俱增。"

清早的阳光没有正午刺眼，还把人沐浴得暖洋洋。

两个年轻人领证那天，江心市满城枫叶红似火。赵无棉在一条层林尽染的道路上捡了一片完整的落叶，炫耀般给丈夫看："时远，你看这片枫叶好好看！可以拿回去做书签哎！"

秦时远笑了笑："别幼稚了，你是小孩子吗，还捡树叶玩？"

于是，赵无棉又把手中的火红丢掉，枫叶孤零零地飘到地上，又成了一枚落叶。

赵无棉就这么迷迷糊糊地结了婚。

阿秋嗤之以鼻地说，她从未见过这么简易的结婚流程。

"我还想当你伴娘呢，看来这辈子是没希望了。"

赵无棉新婚伊始就到了元旦。她在街头看到一对对情侣嬉戏打闹，女孩子们手中或捧着娇艳的鲜花，或抱着可爱的玩偶，或提着精致的蛋糕，五花八门的礼物和街边玻璃橱窗内摆放的琳琅满目的商品交相辉映，在这座城市中形成一道道亮丽的风景。

阿秋在微信上问："你老公新年送你什么礼物了？"

赵无棉诚实地回答："没有。他没有送过我什么，不过每次去公公婆婆家，他们都会让我带回不少东西。"

"这不一样，你爸妈也没少给他带东西。"

"他不是年纪比我们大嘛！没有那么多仪式感啦。"

赵无棉在经过一家花店时，看到店门口摆着一束束生机勃勃的向日葵，和周边娇滴滴的红玫瑰、清爽爽的小甘菊、秀丽丽的白百合、粉嫩嫩的满天星截然不同。在一片花团锦簇中，那几束向日葵扬着笑脸迎着匆匆的行人。赵无棉觉得它们甚是可爱，就买下了一束，然后在跨年夜满心欢喜地双手递到秦时远面前："好看吗？"

秦时远看着比她脸还大的花，淡淡地笑了笑："好看，从哪儿摘的？"

"花店买的，觉得很可爱。"赵无棉没有收回手，"送给你了。"

"你喜欢就自己留着好啦。"秦时远没有接。

"我想送给你，你要不要？"

"那我拿走喽？"他接过向日葵，"欣欣向荣的花，很像你。"

赵无棉歪着头问："你喜欢什么花？"

"我平时对花草都不怎么了解，好看的，都喜欢。"秦时远左手插兜，右手拿着花又垂了下来，"你要是喜欢，以后在家里多养几盆好了。"

赵无棉对花草同样不了解，她也没有养花的兴趣，不过因为秦时远随口说的话，他们新房的阳台上放了一盆水仙和一盆铃兰，都是她从赵父那儿"薅"来的。

赵无棉一直希望跨年夜和爱人一起过，这是他俩新婚第一年。可是当晚在秦家吃完晚饭，秦时远就问她，要不要送她回去。

公公婆婆都在，赵无棉邀请他跨年的话有些羞于启齿。

"今天不是有跨年夜吗？我看好多年轻人都在市里逛，还有什么等零点活动呢，你们俩不去玩玩呀？"秦父坐在沙发上呷了口茶。

赵无棉不好意思地笑笑，刚想开口，就听到秦时远说："我们俩不爱凑这个热闹，而且明天我可能要加班。"

"哦哟，出去逛逛不要太晚回来就好了嘛，"秦母看向儿媳妇，"小赵是个小姑娘，喜欢热闹的，是吧？小赵要不要出去逛逛的？"

一家三口都看向了她。

赵无棉看着秦时远无表情的脸和无波澜的眼，满心的期待被按了下去："那不用了，让他今晚好好休息吧。"

"那也好，你俩先聊着天，小赵晚一点儿再回去哦。"

赵无棉泄了气，也没有什么心情再玩了，她草草地吃了几口水果就想打道回府。

秦时远从不挽留她多待一会儿，听她说要回家，就跟着站了起来。

"不用送了，今天我想自己走回去。"赵无棉悻悻地说。

秦父看了眼窗外："听说今晚好像有雨呢，不过现在还没下。"

"哦，那我拿把伞吧。"赵无棉也跟着看了看窗外。

秦时远从阳台上拿了一把伞递给她："你确定不要我送吗？"

"嗯，我消消食。"

"好，你到家跟我说一声。"

赵无棉离开后，秦母从厨房走出来："时远，小赵是不是有点儿不高兴呀？她怎么不让你送？"

秦时远看着电视上主持人报幕，眼睛不离屏幕："不会，她没那么多心思。"

"那你也应该坚持送一下嘛。"

"年轻人的事，你就别操心了，他们有他们的相处方式。"秦父拿着茶杯焐手，半晌，又语重心长地对儿子说："时远，小赵是个好姑娘，她年纪小，所以心思单纯。你既然结了婚，就跟她好好过日子，以前的事，都要抛掉的。"

秦时远的眼睛微颤了一下，仍然盯着电视屏幕："我知道了。"

赵无棉甩着伞柄一路晃回了家。赵母看到她一个人回来，往阳台外探了探头："时远怎么不上来？"

赵无棉耸耸肩："他明天要加班，我让他先回去了。"

赵父正在看新年晚会，也跟着回过头："这么早回来，你们没出去玩什么跨年的啊？"

赵无棉坐在沙发上，一副笑得开心的样子："那是年轻人爱玩的，我不凑这个热闹。"

"你不也是年轻人嘛。"赵父笑着摇摇头，"我记得你以前最喜欢凑这个热闹了，这叫什么仪式感，是吧？"

"我们棉棉结了婚就成熟了。"赵母欣慰地看着女儿，又打趣道，"时远倒是个不错的人，青年才俊啊，被你捡了个大便宜。"

赵父哈哈大笑，赵无棉也跟着笑。

窗外的一弯残月慈爱地看着星星点点的万家灯火。

那弯玉弓渐渐圆润，揉成了一轮满月。

赵无棉正望着它出神，忽然被一道声音打断了思绪："你还不睡？想什么呢？"

她回过神来，看着秦时远站在离她不远的茶几边，客厅里的灯没有全开，他高大的身子被阴影遮住了一半。

转眼结婚快一年了。

赵无棉抱起刚换下的礼服，柔柔地说："你先去睡吧，我等会儿就来。"

秦时远也没再多问："少发呆了哦，那我不等你了。"说着转身进了卧室。

月亮像往常一样把余晖送进各家的窗口，流到窗帘上，沾在女主人的发丝中，又溢进她的眼里。

要爱具体的人，不要爱想象中的人。

三　我欲乘风归去

明明已经在这个城市安了家，
却是此夕羁人独向隅。

中秋小长假来临，让工作了许久的人们兴致盎然。街边五彩斑斓的饰品、商场内熙熙攘攘的顾客、电视中层出不穷的晚会节目、超市里花样百出的月饼，还有高铁站摩肩接踵的旅人，无不洋溢着假期的喜悦。

"好久没回去，有点儿想家。"阿秋收拾着行李，"这票可真难买。"

"是你买晚了，人家都提早好久买的。"赵无棉坐在床上，"你记得替我跟叔叔阿姨问好哦。"

"晓得了。我要是经过你家就去你家坐坐，看看你爸妈。"

"对了，你回来的时候要是方便就带几盒宛东的芝麻糕，我婆婆很爱吃这个。"赵无棉顺手叠了一件衣服，"不方便就算了，下次再让我爸妈带。"

"没问题。"阿秋接过她手中的衬衫，"你还挺细心的，每次都记得从家里带那个芝麻糕。"

"我就记得她说她爱吃那个。"赵无棉站起来，帮她拉好行李箱。

阿秋把行李箱立起来，又检查身份证："你明天是要去他们家过节吗？他们家举办家宴？"

"是呀，说是秦家聚会。"

"那些亲戚，你都见过吗？人怎么样？"

"都是一面之缘,还没怎么相处过呢。时远很少带我去走亲访友。"

"行吧,到时候你自己机灵点儿,见人嘴要甜。"阿秋拉起行李箱,"我走了,车要到楼下了。"

"你怎么跟我妈似的?"赵无棉笑着轻推了她一下,"上车了跟我说一声啊。"

送走阿秋,已经快十一点了,赵无棉看了看正当头的烈日,一路小跑到了公交站。桂花香伴着她一路前行,甜甜的微风扫过她脸颊,让人嗅着很惬意。

赵无棉回到家,卷起袖子准备做午饭。在结婚前一个月,她还十指不沾阳春水,却向丈夫夸下海口说自己的厨艺和妈妈一样好,然后用一个月的时间加班加点地学习,直到做出自己满意的成品,才拉着秦时远一同品尝。

秦时远也不客气,吃了一口就揭穿了她:"不是说和你妈做的不分上下吗?这也差太远了。"

赵无棉涨红了脸:"那是因为我好久没做了,再复习复习就能赶上我妈了。"

秦时远点点头,但表情仍然是似笑非笑的不信。

赵无棉自己只会摸琴键的双手跟着爸妈学习家务,然后经过近一年的实践,终于熟能生巧,把自己练成了一名能干的小厨娘。

看到丈夫吃着她做的饭露出笑容,赵无棉是很骄傲的。

因为怕来不及,赵无棉抓紧时间做完几道菜,终于在快十二点时搞定。但秦时远还没到家。

赵无棉又看了一眼挂在墙上的钟,走到沙发边,从衣服里摸出了手机。

手机上显示着秦时远十分钟前发来的微信。

"临时开会,中午不回来吃饭了。"

赵无棉回过头,看了看桌子上热气腾腾的菜。光忙着做事,也不知道看一下消息,这几道菜只能自己享用了。

农历八月十五,傍晚的天空被大片的橙红铺满,还有一道道的锅黄和寥寥几笔的拿蒲黄,融汇在观澜江上方。几艘小渔船在江上摇摇晃晃地行着,青色的群山安然地立于江对面。

远山如黛,近水含烟,落霞孤鹜,秋水长天。

无论四季,江心市都美得像幅画,且四时佳兴与人同。

赵无棉在江心待了近六年，每次看到这怡人的景时，都会为之感叹。她在阳台上看着无际的观澜江，忐忑地期待着晚上的家宴。

手机里的微信消息不停地闪烁着。

赵母发了一个视频过来，赵无棉点开。是奶奶录的。

"小棉花，在江心好不好哇？听你妈妈说今天要去参加他们的家宴啊，那奶奶就在家里祝你中秋快乐！"

摄像头转了个方向，赵父赵母的脸出现在屏幕中："棉棉啊，你今年在秦家过节，我们就不去江心了。你晚上忙去，也不用跟我们打电话，家里都挺好的……"

摄像头开始摇晃，伯伯和姑姑的声音也传了出来："姆妈叫绵绵记得吃月饼呢！"

"她一直都不爱吃月饼，过节还是要吃一口的……"

赵父又接过了手机："棉棉，你去忙吧，到了秦家自信一点儿，要不卑不亢。"

赵无棉笑着退出了视频，眼睛却红了。

她回到对话框，刚想打字，秦时远的来电显示出现在屏幕上。

"时远，我准备好了，现在下来吗？"

"棉棉，真不好意思，我们这儿临时有个酒局，今天你能不能自己过去？"

"今天还有酒局？"赵无棉也没生气，只是惊讶地问，"可今天是家宴呀，你不去也不太好吧？"

"主要是在今晚慰问各区值班民警的，李局也在，我不好不去。我刚刚跟爸妈说过了，没关系，他们能理解。"

那她也没有理由不理解了。

赵无棉沉默了半晌，不着痕迹地叹了口气："好吧，长辈们能理解，我也没什么可说的。"

对方也静默了几秒，接着温和地说："对不起，棉棉，以后不会了。"

"没事，你去吧。"赵无棉望着窗外水天一色美如画的景，兴致顿减。

"我不能送你，你自己打个车吧，提一堆东西不方便。"

"好。"赵无棉转身拉开阳台的门，回到客厅，"你要是结束得早，就再过去。"

沉静的黑一点点地卷走绮丽的余霞。赵无棉到饭店时，秦家的人几乎全到了。

秦母接过儿媳手中的礼物，兴致勃勃地拉她到大圆桌前："小赵来啦！"

秦家的人似乎很久没有聚得这么齐过了，大家都兴高采烈地聊着，听到秦母的话，一齐把目光转向她们。

赵无棉尴尬得手指蜷缩起来，想打招呼又不知道该先叫谁，大部分人都只是在她结婚时与她见过一面，而她又因为紧张，对所有人具体的称呼也没有了记忆。

赵无棉文静地对所有人笑着，腼腆地说道："不好意思，我来晚了。"

秦父挥挥手，开心地说："不晚，来得刚好。小赵是替时远来的，这小子不孝顺，家宴都没他工作重要的！"

大家都笑了，一位和秦父长得十分像的男人放下茶杯，大声说道："得啦，老二，你少炫耀，时远是个工作狂，也难怪他年轻有为！"

"这些小辈可比我们当年强多咯！"另一位和秦父眉眼相似的男人靠在椅背上，正拿茶杯焐手，"青出于蓝啊！"

秦母把赵无棉引到一个年轻女人的左边："来，小赵，你坐这儿，你们小辈坐在一起，也好说话。"

赵无棉坐了下来，和右边的年轻人们一一打招呼："大哥，大嫂；二姐，姐夫。"

秦时远的堂姐继承了她爸爸的高鼻子和薄嘴唇，显得有些严肃；而他的堂哥长得像妈妈，有双温和的眼睛和白皙的皮肤。

两对夫妇都客气地对赵无棉笑笑，堂嫂微笑着把离她最近的一盘糖果转到赵无棉面前："小赵吃糖。要喝饮料吗？"

堂姐接过自己丈夫递过来的一大瓶橙汁："小赵喝这个吗？还是一会儿喝酒？"

赵无棉双手接过橙汁："谢谢，就这个吧，我不怎么喝酒。"

"她看着像个孩子，"堂姐对其他人说，"我们老咯。"

一位面目慈祥的妇人坐在赵无棉左边："小赵多大来着？"

"二十七，"赵无棉转过头，"姑姑，您坐这里吗？"

姑姑笑着点点头："我坐你旁边，我也不喝酒。秦慧呢？待会儿喝不喝？"

堂姐把饮料放在一旁的小桌子上："我喝一点儿吧。"

服务员依次端出了前菜，包厢渐渐安静下来。

"上次大家都到齐还是前年呢，"秦父移了移凳子，"今天可算——"

"今天也没到齐啊，"另一位妇人说道，"时远不在。"

大家又一致地看向赵无棉。

"他也太没道义了，不想跟我们聚就算了，还让老婆孤零零地独自前来，"秦慧半开玩笑地看着她，"小赵回去收拾他！"

哄堂的笑声让赵无棉红了脸。她伸手拿起刚开的红酒，给自己倒了半杯，然后端起酒杯站了起来："今天家宴缺席是时远不对，我代替他向姑姑伯伯们道个歉，这一杯敬大家。"

看着赵无棉从容地将红酒一饮而尽，大家又喧闹起来："等会儿他要是过来了，让他自罚三杯！"

主菜开始上桌，赵无棉偷偷看了眼手机，没有秦时远的消息，只有同事们的中秋祝福回信和阿秋发给她的几张图片。

酒店里灯火通明，窗外月色点缀着夜色，包裹住人间一片花好月圆。

秦家一大家子成员说起来不多，但聚在一张桌子前，队伍就显得庞大了。主菜都上得差不多了，大家开始三三两两地聊了起来。

秦慧一家、秦帆夫妇和赵无棉不是很熟，照顾般和她聊了几句就顾不上她了。姑姑和伯母坐得近，赵无棉平日跟她们相处得也不多，只能有一搭没一搭地说几句话。秦父秦母和她离得远，又忙着和其他长辈叙旧。偶尔大家遇到一致的话题，开始一起聊天，可说的都是江心方言，赵无棉也搭不上话，只得默默地吃着眼前的菜，却又不好意思转动餐盘，只能喝一小口饮料夹一点点菜，慢吞吞地磨着时间。

大家正聊得高兴，大伯母忽然看向赵无棉："小赵啊，我们说江心话，你能不能听懂呀？"

又是所有人的目光都投向她。

"我……能听懂一半。"赵无棉颤了颤睫毛，心虚地说。她一句都听不懂。

"叫时远教你好了，江心话很好学的。"姑姑侧头看着她。

"好。"赵无棉轻轻点头。

一屋子人的话题忽然又转向了她："小赵性格蛮斯文的哦。"

"时远也不怎么爱说话,他俩性子还挺像。"

秦慧四岁的小儿子围着餐桌跑来跑去,又冲到了秦母怀中。

"哦哟,小祖宗,你消停点儿好啦!"秦母接住小男孩儿,又扬起眉看向赵无棉:"小赵啊,你们准备什么时候要个孩子?"

秦父也放下了刚夹起的菜:"我们长辈不好催,今天就问一下,明年能不能让我们抱个孙子啊?"

赵无棉又红了脸,秦时远暂时不想要,她也觉得自己还没准备好。

"我们俩再看吧。"

"哦哟,这可不是再看的事,时远都多大了,小赵是年轻些,但也快三十了。孩子还是早点儿要比较好——"

"哎呀,妈妈,这个是要看跟小孩子的缘分的……"秦帆打断了自己母亲的话,后面又跟了句江心话,赵无棉也没听懂。

酒宴上的话题总是峰回路转,不一会儿,大家就把重心从赵无棉身上转到了别处。秦时远仍然没有给她发一句消息,看来今晚的家宴是等不到他了。

赵无棉率先给他发了一句:"你那边结束了没?还能来吗?"

直到晚宴结束,她也没能等来秦时远的回信。

一顿中秋团圆饭吃完,在一桌子的残羹冷炙前,大家陆续起身,端起酒杯敬血浓于水的亲情,再一一告别。

出了酒店,大家都感到一些凉意,纷纷拉起了外套的扣子和拉链。赵无棉抱起双臂,抬头看了眼当空的皓月。

"打个电话问时远结束了没,这都几点了?"秦父走过来,"让他来接你。"

赵无棉拨通电话,但没人接。

"没事,我自己逛回去也行。今晚吃得好饱。"她挂了电话,手里拿着一盒酒店定制的月饼,包装很别致,让她有些爱不释手。

"那怎么行,这路可不近。或者让秦帆他们送你,你们两家顺路。"赵母又说,"你要是不累的话就去我们家坐坐,等时远过来。"

"他今晚可能要喝些酒,估计都要别人送他回去呢。"赵无棉把玩着精致的月饼,"我真的想消消食。"

秦父秦母对视了一眼,没有再坚持:"那也行,你到家了跟我们说一声。"

"好。爸、妈，我先走了。"赵无棉挥挥手，向着宽阔的马路走去。

她没走出几步，秦父又叫住了她："小赵，我们两个老人怕血压高，不敢吃月饼。我看你们年轻人就喜欢这种花里胡哨的——"秦父把自己手中不同图案的小盒子递给了她，"你也拿回家吧，时远跟他妈一样，就爱吃这种糕点。"

赵无棉看着特地跑到她跟前的公公，有些摸不着头脑，但还是顺从地接过了月饼。

秦父拍了拍她的肩膀，轻叹了口气："孩子，今晚委屈你了。"

赵无棉随即明白过来，摇了摇头："怎么就委屈啦，您别这么说。"

"我们没顾得上你。时远也是……不像话！"

"爸爸，我今晚挺开心的，"她笑着说，"您回去吧，我没那么娇情。"

秦父认可地点点头，也不再多说什么，挥挥手，转身离去。

晚风徐徐，把赵无棉心头升起的一丝烦闷吹得一干二净。

正是桂花飘香的季节，空气中都是甜甜的味道。赵无棉在空荡的马路边行走，桂花在她头顶上空熠熠生辉，原是天上的那一团玉盘赋予的光。

"玉颗珊珊下月轮"。赵无棉拾起一枝落下的桂花，那翠绿的叶子衬着颗颗乳白，香气沁人心脾。应是嫦娥掷与人呀。

大概人们大多在阖家团圆，路上行人比往日少了很多，但他们三两成群地说着江心话，或是赶着路，或是悠悠然散步。赵无棉看着他们，再看看自己一个人孤零零的影子——明明已经在这个城市安了家，却是此夕羁人独向隅。她扔了手里的桂花，往江边走去。

观澜江在月辉下平静地呼吸着，江边的行人多了起来，有人信步而行，有人驻足望月。赵无棉抬起眼，跟着月亮走。

"西北望乡何处是，东南见月几回圆。"

她望向江对岸隐没在夜色下的群山，和山上微微闪烁着的照明灯。天上那只孤轮清辉不减。

手机振动了一下，赵无棉连忙点开屏幕。是赵父发给她的照片。照片里奶奶和妈妈在分月饼，堂哥跟伯伯碰着酒杯。

赵无棉发了个表情，又点开和秦时远的聊天记录。对方仍然没有回消息。她靠在栏杆上，打开导航看了看路。市公安局一般都在江心招待所聚会，如果她没记错的话，招待所离这儿应该是很近的。

38

虽然气温还未降下来,但夜晚的江风吹到人身上,总是有几分凉意的。

赵无棉沿着地图上的路往观澜江左侧的小道走去,不过十分钟,就走到了市招待所东南门。

大门前的保安站得笔直,赵无棉跑到他跟前,踮着脚问:"请问……您知不知道……嗯,市公安局今晚的聚会结束了吗?"

"刚结束。"保安瞥了她一眼,"小姑娘是找人吗?"

"哦,我想问一下,秦局长还在吗?"

"他走了。您有什么事吗?"

"好吧,没事了。"赵无棉尴尬地垂下眼睛,这保安个子真够高的。

"小赵老师?"另一位身着制服的保安走了过来,他的年纪要大一些,"赵老师,您怎么在这儿呢?秦局长都走啦。"

"王叔,"赵无棉扬起笑脸,"您今晚还值班呀?"

"是啊。在家也没啥意思,就在这儿守着吧。"

"辛苦您了。时远他是已经回去了吗?"

"是走回去的,往那条路——"王叔指给她看,"我看他好像喝了不少酒,也不让人送,非得走路回去。应该还没走远,你现在走过去兴许还能追上呢。"

赵无棉看了看还没黑屏的手机,地图上显示江心师范大学滨江校区就在这儿附近。

"哦,那我往那边走,看能不能碰到他。"赵无棉从口袋里拿出一盒秦父刚给她的酒店定制月饼,"王叔,这个给您,中秋快乐。"

"哎哟,谢谢呀!"王叔意想不到似的双手接过月饼,怔了一秒,然后眉开眼笑地说,"小赵老师,也祝您和秦局长中秋快乐!"

赵无棉离开市招待所,本想直接回家,但想到母校的新校区离她很近,又想顺路走过去看看。思索片刻,她还是决定多遛弯,于是往学校的方向走去。

这条道路两旁种满了高大的梧桐树,尽管月光已然把城市照得亮堂堂的,但路灯守在一棵棵树旁,湮灭了如水的蟾光。

十轮霜影转庭梧。赵无棉忽然打了个寒战。许是穿得太薄,她把刚解开的扣子又扣上,往前方路灯渐暗的地方走去。

梧桐树叶蓊蓊郁郁，皎洁的月辉稀稀疏疏地透过片片葱茏中落到树干上，流向大地。

赵无棉已经系好了扣子，身子仍然冷。

秦时远靠在不远处的梧桐树下，他面前站着一个亭亭玉立的女人。那女人仙姿玉貌，赵无棉见过她一面就不会忘记。

"何静，你后悔吗？"

是秦时远有些醉意的声音。

"我自己做的决定，从不后悔。"何静清脆的声音落在习习晚风中，"倒是你，过节不去陪家人，到这儿来堵我，实在没风度。"

"我没风度？"秦时远怒气渐显，"我要是没风度会把你让给他？宋宁又是多有风度？当年不是很得意吗？南州市副市长！怎么又带着你回来了呢？在省城混不下去了吗？"

"不是你让的，是我自己选择的。"何静打断他，"宋宁的仕途还轮不到你做评价。但我很奇怪，你已经结了婚，你今天这样算什么？"

"我跟她，只是合适罢了。"秦时远的叹息声很轻，但如海啸般呼啸进赵无棉耳朵里，"我一直都对不起她。当初跟她交往时，我就害怕自己坚持不下去……所以我急着结了婚……我母亲一直在催促我——"

"那就是你们夫妻的事了，我不感兴趣。"何静干脆地说，"我还要去值班，学生们在等我。"

秦时远伸手拦住了欲离开的何静，似乎想拥抱她："今天家宴，我也没去……"他确实喝多了，说话已经有些含糊不清，"我听说你在这个校区，我就想来看你一眼……"

何静一惊，立即挣脱开，又果断地说道："秦局长，我建议你回家醒醒酒。"

九月的微风吹不动葱茏的树叶，中秋的月光照不到立于树叶下的人。赵无棉闭上眼，聆听着那风的声音，想乘着那风飞往广寒宫。

"昨风一吹无人会，今夜清光似往年。"

何静往校门的方向走来，赵无棉看着她离自己越来越近，也没有躲开。

"赵无棉？"何静吓了一跳，又迅速回头望向秦时远的方向。男人没有跟过来，只是低着头，无力地靠在树干上。

"何老师，"赵无棉轻声说，"我在江师大四年，还从未来过滨江校区。"

"哦……那要我带你进去转转吗？"何静有些慌乱地说，"不过它没有本校好看。"

"下次吧。"赵无棉眼睛亮亮的，"何老师，您在我的母校任职，那也是我的老师。"

"哪儿啊，"何静看着面无波澜的赵无棉，放下心来，笑着说，"我今年刚任职呢。别把我当老师，下次你有空来玩，记得找我。"

"好。"赵无棉从口袋里拿出最后一盒定制月饼，"今晚还要值班，真是辛苦了，送您盒月饼吧。"

何静巧笑嫣然，收下了精巧的月饼："谢谢你。这月饼好可爱。"

"那我先走了，您回学校吧。"赵无棉双手插兜，淡淡地一笑，"何老师，我替我丈夫酒后失态向您道歉。中秋快乐。"

何静怔住了，看着赵无棉远去的背影，好一会儿才缓过神来。

赵无棉没有去管还没醒酒的秦时远，独自回了家。这次她回的是自己的家。爸妈不在，房子里冷清清的，但她觉着这儿比今晚待的任何地方都要暖和。她开了一盏小灯，坐到沙发上，静默了良久。

手机又是一阵振动，是秦母的电话。

"小赵，你到家了没？你碰到时远了吗？打他电话也没人接。"

赵无棉缓缓直起身子："刚到。他喝多了，我就先让他睡下了。"

"那好，今晚辛苦你了啊，那小子真是不懂事！"秦母不高兴道，"我回头真要说说他！"

赵无棉笑了："他可太懂事了。妈，您儿子是个重情又孝顺的人——我爸妈常说，我捡到宝了。"

秦母在电话里听着儿媳妇明显的笑意，也跟着笑："行啦，你也快休息吧。还有两天假期，要是有空就来多看看我们两个老人。"

赵无棉嗯了一声，便挂了电话。

她点开了自己的朋友圈，一张一张地翻看着。

她翻到了一年前一张对戒的照片，配着一个心形的图案；跨年夜，秦时远一只手拿着向日葵，被她偷拍；观澜江边，霞光万道，秦时远走在她前方的背影；他在秦家包饺子的照片……

这些为数不多的照片里，没有一张两人的合照。

这些为数不多的照片，全部来自赵无棉的朋友圈，秦时远一张都没发过。

赵无棉认认真真地翻看着，一张张回忆，然后将它们一张张删除。

她把玩着颈间的戒指。她从不习惯在手上戴戒指，也怕把戒指丢掉，所以就把结婚戒指穿在项链上，戴在脖子上，从未取下来。

"当初跟她交往时，我就害怕自己坚持不下去……所以我急着结了婚……"秦时远的声音在她脑中一遍遍回放。

"结婚应该是两个相爱的人在一起。你确定他对你是真心真意的吗？"阿秋在清晨的阳光下严肃地问。

"棉棉，我和你妈妈同意了。但今天我还要再问你一次，结婚是人生大事，你真的确定是这个人了吗？"赵父在昏暗的灯光下慈爱地抚着她的左肩。

"阿秋，我从不认为爱是一眼定情，是目成心许，爱应该是细水长流，与日俱增。"

"爸，妈，时远对我很好，我会过得很好的。"

民政局里的新人在宣誓。

"我们自愿结为夫妻，从今天开始，我们将共同肩负起婚姻赋予我们的责任和义务：上孝父母，下教子女，互敬互爱，互敬互勉，互谅互让，相濡以沫，钟爱一生。"

"我们永远不要在自己所看重的人或事上投入不切实际的期待，附加不着边际的价值。"

赵无棉站起身，解开项链，把戒指放进了抽屉。她抹了一把眼睛，走到阳台上。只要一抬头，看到的还是那轮明月，月下仍是那条水波不兴的观澜江。

江月年年望相似。

好一个中秋佳节啊。

秦时远在中秋夜醉醺醺地回到家，几乎是倒头就睡。他醒来时才发现妻子不在家，而且好像一夜都没回家。他打了个电话给赵无棉，但没人接，于是又打到了父母家。

秦母接到电话，听出是儿子的声音，先不由分说地训斥了一顿："酒醒了？你说你像话吗？家宴没个影子，连自己老婆也不管。昨天我们打你几个电话，你自己看看，还以为你出什么事了。最后还是小赵帮你报的平安——小赵在你旁边吗？她昨天没生气吧？"

秦时远愣住了，他昨晚并没有醉到不省人事，所以清楚地记得赵无棉没有回家。

"没生气，"他搪塞着，"她去买早点了……昨天的事替我跟姑姑伯伯道个歉……嗯，我实在赶不过去。"

"行行，你有理，就你最忙。"秦母没好气地说，"你老婆已经替你道过歉了。懒得跟你说话了，你姑姑过来了……"

秦时远几句话敷衍完母亲，再一次给赵无棉打了个电话。

嘟嘟声响了很久，电话终于被接起。

"棉棉，你昨晚去哪儿了？"秦时远的声音还有些沙哑，"刚刚妈说你替我报了平安，你回来过吗？"

"回去了，你忘记了。"电话那头传来冷冷的声音，"酒醒了吗？"

"醒了。"秦时远不好意思地说，"对不起啊，妈刚刚已经说过我了，我——"

"醒了就行，"赵无棉打断他，"我今天临时加个班，先不回去了。"

秦时远沉默半晌，又问道："你生气了吗？"

只是话还没说完，电话就已经挂了。

秦时远愣住片刻，然后笑了。原来她生气的时候是这样的。

赵无棉在家中坐了一夜，直到月亮西沉，旭日东升，她才站起身来。

她刚挂了秦时远的电话，秦母又打了微信视频电话。

"小赵啊，哟——这是在你家吗？时远呢？"秦母皱起眉头，"你俩是不是吵架了？我刚刚骂过他了！"

"妈，我们没什么可吵的了。"赵无棉静静地说，"我今天起得早，就回自己家收拾一下。"

"哦，那就好，"秦母没听出异样，又高兴地把屏幕转向一边，"你看，姑姑来了。"

"小赵啊，昨天休息得好不好哇？"姑姑入镜，客气地跟她摆手打招呼。

赵无棉实在无心聊天，只能说自己还有事，秦母倒也没多说什么："好，你挂吧。"

赵无棉放下手机,吐出一口浊气,准备倒杯水喝。

手机里却又传出秦母和姑姑的声音。赵无棉低头看了一眼,两边都没按红色的视频结束键,秦母的手机屏幕对着棕色的桌面一动不动,但声音清晰:"这小赵性格挺内敛的啊。"

是姑姑的声音。

"是啊,话确实不多。时远刚把她带过来的时候,我还有些惊讶呢——说实话,家里给他介绍的都是不错的女孩子,小赵吧,是个好孩子,但一开始,我心里倒不是很满意的。"

"确实,先不说她不是本地人,有点儿外地媳妇儿的拘谨。主要是这条件——我说了,你别不高兴,她这条件不能让人顶满意的:相貌,家庭,工作——工作倒还马马虎虎,是个事业编嘛!"

"时远之前的那个女朋友,你还记得吧?叫何静的,我当时真的顶喜欢她的。唉,可惜人家心气高,跟了个年纪大的哟。"秦母叹了口气。

"我记得,那女孩儿条件确实是一等一的好,时远对她也是真用心的咧。唉,也是可怜小赵,时远对小赵可真不是很上心。"

"这件事,我和他爸都提醒过他!但又不好多说什么的,那毕竟是小夫妻俩的事。小赵倒是真心真意待时远,我当时就觉得对这女孩儿满不满意的都这样了,只要他们俩能过好日子就行……你等会儿把这两盒月饼都拿走……"

赵无棉拿起手机挂了视频。原来是这样啊。

江心市老干部局文艺团临时收到一个演出邀请,需要去南州市,中秋节后就得马上出发。负责合唱指挥的周平在电话里询问赵无棉可不可以临时出差时,她欣然接受:"好的,周老师,我这两天先去单位练练琴,您把谱子发给我,谢谢了。"

"哎哟,哪里的话,小赵啊,你可真是帮了我大忙,他们几个都推脱呢。我要谢谢你啦!"周平操着浓重的江心口音,"这次就去个两三天,时间不会很长的。"

"去三个月都行。"赵无棉平和地说。

"哈哈哈哈,就你嘴贫!去三个月,你们还不联合起来揍我?好了,我把谱子发给你。练好了跟我说,我们尽快合一遍!"

赵无棉连着两天没有回家,只是对秦时远说好友阿秋有些事,需要陪她两天。

"你朋友不是回家了吗?"秦时远疑惑地问。

"又回来了。"

"那你要陪她一整天呀?"秦时远低声笑着,"白天晚上都不分点儿时间给自己家里吗?"

"我们临时受邀,中秋过完就出差,"赵无棉的声音听不出任何情绪,"得加班,先挂了。"

秦时远还没来得及多说一句话,就被挂了电话。

他点开微信,锲而不舍地发问道:"你是不是还生我气呢?"

赵无棉没再回他的微信。

赵无棉叫了个出租车去高铁站接回城的阿秋。阿秋见到她的第一时间就给了她一个大大的拥抱。

"你今天怎么有空来接我?不在家黏着你老公啊?"

"他有事。"赵无棉替她拉住行李箱。

"有那么忙吗他?连个假期都没有的啊?"阿秋把双肩包背好,仔细地看了一眼好友,"你怎么了?脸色这么差?"

赵无棉没说话,只是帮阿秋把行李箱放进出租车后备厢,然后两人一起进了车后座。

阿秋把车窗打开,窗外是风清云净的江心市。

"阿秋,等会儿你还有事吗?"赵无棉把手伸出窗外,秋风拂过她细腻掌心。

"没什么事,收拾下屋子就好了。"阿秋侧过头看着她,"你有什么事吗?"

"有。"赵无棉把手收回来,"我想和你分享一些故事。"

出租车行驶在江心宽阔的马路上,和风习习,赵无棉趴在车窗上感受着秋风拂面,不一会儿又被阿秋拉了回来。

"小姑娘,不要趴车窗哦,"司机师傅瞟了眼后视镜,用江心话说道,"系好安全带啦!"

"你什么情况啊?"阿秋忍不住着急了,"是跟家里吵架了吗?"

"我只是觉得这风吹得很舒服。"赵无棉关上了一半的车窗,"你知道吗,中秋那晚,月亮特别好看,我站在树下被风吹的时候,就在想象自己乘着那几道风飞去蟾宫了。"

"你是小孩子啊,"阿秋不以为然,"十五的月亮十六圆,今晚你要不要跟我一起赏月?"

农历十六晚上,明亮的满月如约而至。

赵无棉背靠着墙壁,面无波澜地望着月。

"未必素娥无怅恨,玉蟾清冷桂花孤。"

四 又恐琼楼玉宇，高处不胜寒

☽ ☽ ☽ ☽ ●

我被爱冲昏了头，我咎由自取。 ☽

中秋桂花开得甚好，浅黄，清幽，浓香久留，只要开了窗户，室内也能闻到一阵阵的馥郁芬芳。

有花的地方就能吸引鸟儿，江心市已是莺歌燕舞，鸟语花香。

赵无棉坐在阳台上，桂花香气四溢，却久而不闻其香；鸟鸣娓娓动听，但"番语枝头雀，不似家山鸟"。

阿秋已然坐不住了。

"这家子都是什么德行啊？既然看不上外地人，当初谁跟催命一样地催你嫁过去？哦，还看不上你？有毛病吧？"她站在端坐着的赵无棉跟前，手指拍着阳台的铁栏杆，"他们家是出了几个当官的，就真以为自己是什么皇亲国戚了，是吧？"

赵无棉没吭声，捧着水杯的手微微颤抖。

"秦时远自己是个什么样子，他自己不清楚吗？比你大了近十岁！谁高攀了谁？"阿秋在狭小的阳台上走来走去，"还有，我承认他这个人是很优秀，但是他们家在江心……到处都是裙带关系，他这个副局长是怎么来的？全靠他自己吗？"她又看向好友，"你才是正经靠本事在江心扎根的！你比他强一百倍！你自己看看，你挑来挑去，挑了个什么玩意儿？！"

手机振动起来，赵无棉看了眼来电显示，又挂断了。

"接啊？怎么不接？"阿秋涨红了脸，"接了告诉他，你不伺候了！趁着你俩还没孩子，跟他离婚！"

阿秋看着她不声不响的样子，恨铁不成钢："我当初怎么跟你说的？你听进去了吗？你但凡听进去一句，也不至于这样！"

赵无棉抬起头，缓缓开口："阿秋，我被爱冲昏了头，我咎由自取。"

阿秋心疼好友，静默良久，坐在她身旁。

"其实也不能全怪你，"她把手搭在赵无棉后背上，"说句实话，秦时远太能迷惑人。我看他平时一副稳重的样子，也以为他是个负责任的可靠之人——结果呢？不喜欢你还对你催婚，在自己家办家宴的时候去人家学校门口堵人。嘀，"阿秋嗤笑了一声，"可真有他的，难怪何静看不上他。"

赵无棉把水杯放下，双手撑着下巴。

"知人知面不知心吧，"她淡淡地说，"可我至今也看不透他。"

"现在看透了。"阿秋接话道，"然后呢？你有什么打算？"

"阿秋，中秋那天晚上，我和你想的一样，我想和他离婚。"赵无棉靠在椅背上，直视着好友，"但现在我已经冷静下来了。我不是傻子，难道在这之前我能不清楚他对我的态度吗？我都快三十的人了。"

窗外的小鸟叽叽喳喳，但仔细一听也婉转悠扬。

"我骗我自己，只当他性格就是如此。他不是不关心我，他是天性冷漠；他不是不想搭理我，他是天生内敛，不善言辞；他不是不在意我，只是忙于事业。我一直抱着期待，即使是不够喜欢的人，结了婚总会日久生情，只要我做得够好，他就会被打动。"赵无棉又垂下了头，"阿秋，你还没结婚，我的经历就是前车之鉴——不要对任何人心存幻想。"

"确实。覆车之戒，我会牢记。"阿秋拍拍她，"但你们的婚姻错绝不在于你。"

"我看到何静时，实在是自卑。你见过她的。"

"不要想何静了，说说你，你之后该怎么办？"

"如果我再年轻一点儿，我在二十出头的年纪，应该会在那晚毫不犹豫地提出离婚。"

"你现在也很年轻。不要老是想着自己快三十了，你就是快四十了又怎样？年纪不应该是你的枷锁。"

48

"这些道理，我都明白。年纪只是一小部分。我冷静下来后，仔细地想了一晚。如果我提离婚，我会面临些什么？"

一只小鸟扑棱着翅膀飞到窗台上。江心市的绿化做得非常好，这儿的鸟不怕人，在马路边的参天大树中，偶尔还能蹿出一只小松鼠。

"我也希望自己能有说离就离的勇气。可是我的生活不是小说，也不是电影，我是身在现实中过日子。秦时远并没有实质性出轨，我轻易提离婚，他顾着自己的身份和之后的日子，不会同意。如果我和他闹起来，即便我真的成功离了，会有哪些后果？我会伤到父母的心，他们为我的前半生已经操了不少心。我一个外地人身在几乎全是江心人的体制内工作，对方又是秦家……阿秋，你能理解我吗？我觉得自己很懦弱，我不想面临那些无端的猜测和流言蜚语。有多少人觉得是我高攀了秦家呢？还有我的后半生，离了婚就真的会比现在要好吗？"

"你不试一下怎么知道？"阿秋握着她的手。

"我不敢轻易尝试。"赵无棉抽出双手，捂着脸，"我不知道自己为什么这么自卑，就连听到他妈妈和姑姑说的话都不敢反驳。阿秋，我最痛恨的事已经不是秦时远待我如何，而是我对不起我自己。"

秋风送爽，阳台上的小鸟唱着歌和风一起飞走了。

"阿秋，我想了这么多，绝不是池鱼之虑。"赵无棉把手放下来，吐了口气，又重复道，"我的生活不是小说，也不是电影。"

阿秋进客厅把凉了的水加热，在客厅站了好久，才回到阳台上。

"我也带入自己想了想，"阿秋拿着水杯靠在阳台门口，"有些事确实不是说断就断的。你说得对，这是现实生活，不是小说、电影——如果换成我，当我冷静下来，也会瞻前顾后。"

"你问我打算怎么办，老实说，我也不知道。我还没想好。我只知道我和他是回不到从前了……唉！我们何曾有过从前呢？从前都是靠我自欺欺人地撑着。"赵无棉仰着头看向阿秋，"如今梦醒了，原来这一年关于我婚姻的所有美好都只是一枕邯郸。"

阿秋把水杯递给她："好了，喝口水吧。你的日子还长，有什么决定都可以慢慢想，一切都来得及。你这几天就先别回去了，我陪你去你自己家住，或者你在我家住下来，都可以。"

秦时远看着被挂掉的电话，有些不知所措，赵无棉这两天似乎是在刻意回避他。他想了半天，决定去妻子的单位把她接回来。

老干部局位于江心市老城区较偏的一角，有点儿闹中取静的意思。那几栋办公楼是20世纪90年代和周围的职工宿舍一起建造的。那个时候江心市刚刚发展起来，整个老城区朝穿暮塞，百堵皆兴。

秦时远很喜欢这一栋栋的老房子，因为政府保护得较好，所以它们不但没有变成破瓦颓垣，相比新城区的高楼林立，反而多了些韵味。这些老房子保留了江心市日新月异的发展轨迹，对繁荣的市中心记载着这座城市的源远流长。

何静身着长裙，娉娉袅袅地出现在老干部局门口。她看到秦时远迎面走来，也没退却，大方地上前和他打招呼。

"秦局长，来接你太太吗？"

秦时远点点头，坦率地看着她："是的，你今天怎么在这儿呢？"

"我送大伯过来，现在要回去了。"

"好，你去忙吧。"

两人似乎都忘了前天晚上的不愉快，简单对完话，何静越过他，走向停车处。

"何静。"秦时远叫住她。

何静身形一顿，皱了皱眉头，又转身面对他："怎么了？"

秦时远站在原地，转过身来："前天晚上的事，实在对不起。"他坦诚地抱歉道，"希望你忘了那晚的冒犯，我喝多了，以后不会了。"

何静看着他带着歉意的眼，走近了一步："我就当是你酒后失言。时远，曾经带给你的伤害，我很抱歉，可人都是要往高处走的，你也一样。但你最应该感到抱歉的人不是我，而是你的妻子。"

秦时远转头看了眼老干部局的大门，又看向何静，诚恳地说道："你说得对。我会改正的，我也该改正了。"

"赵无棉是个聪明的小姑娘，她那晚独自去找你，听到你对我说的那些话，第一时间不是上前质问，也不是闹得满城风雨，而是代替你向我道歉。"何静严厉地看着他，"她比你小那么多，倒是比你懂事。反省一下你自己吧。我只是你生命里的一个过客，但她要是真想离开你，只怕你后悔都来不及。"

秦时远在老干部局的大门口站了很久。何静已经走远，他仍然呆立在原处。

秦时远飞奔进音乐排练室时，只有周平和几个退休干部还在讨论歌曲的唱法。大家都兴致盎然,一个阿姨眼尖,看到了慌乱的秦时远,马上笑着向他打招呼:"小秦,接老婆啊?"

几个人的目光都转向了他,周平也开心地招了招手:"秦局长,小赵老师已经排练完,回去了。"

秦时远不知道为何,心慌得双手有些不听使唤:"她走多久了?"

"有一会儿了吧,估计这会儿都到家了。"周平看看表,"你们小两口怎么时间都对不上啊,老是错过咧。"

"行了,小秦,我们要排练了,就不招呼你了。你赶紧回去吧,路上说不定能碰上她。"

排练室里精神矍铄的老人们围着周平,兴致勃勃地继续学习新的歌曲。

秦时远轻喘着气,定了几秒,又打了个电话给赵无棉,可惜依旧没有人接听。

赵无棉拿着化验单穿梭在医院的大厅里。昨天下午和阿秋谈完心,她就开始一阵阵反胃。她有季节性肠胃炎,所以没太在意,可是阿秋不放心,硬是在医生下班之前把她拖到了距离最近的江心市第二人民医院。化验完,第二天才能出结果。赵无棉嫌麻烦,在上午排练完才磨磨蹭蹭地到医院拿单子。化验单上指标正常,她也安心了些,拍照发给了阿秋。想到明天就要去南州出差了,于是她脑子里打着草稿,盘点要带的东西:洗漱用品,琴谱是不能少的,还有……

一阵振动打断了思绪,赵无棉从口袋里掏出了刚放进去的手机,秦时远的名字赫然在目。又是他。

赵无棉看着那熟悉的名字在屏幕上闪了好久,最终接了电话。

"喂。"她轻声地应付着,一边拿着单子漫无目的地在医院里瞎走。

"棉棉,你在哪儿?"秦时远焦急的声音从手机中传来,"在你朋友家吗?我现在去接你。"

"我在医院拿个单子,一会儿就回去。"赵无棉疑惑地听着他慌慌张张的语气,"怎么了?出什么事了吗?"

医院的人实在太多,使得耳边的声音嘈杂不已,赵无棉有些烦躁。看到左侧有一扇大门,她随手推开门走了进去,关上门,耳边瞬间安静下来。

"医院?你怎么了?"

51

"没什么事，就是验个血。"赵无棉打量着自己进的这道门。原来是楼梯间，现在人都愿意坐电梯，宽敞的楼梯间像是已经被废弃了，没有一个人使用。

"你哪里不舒服？"

"老问题，肠胃不舒服。"

"那结果怎么样？"

"没什么事。"

"哪家医院？是在江二吗？我去接你。"

"啊！！！"门外忽然传来一阵尖叫。

赵无棉一惊，赶忙回过头，想透过门缝看外面的情况："不用麻烦，我这就要回去了。"

可惜门缝非常窄，这条走廊又在拐角，什么也看不到，但门外此起彼伏的尖叫声与杂乱的碰撞声持续进行。她紧张起来，右手紧紧地抓着门把手。

秦时远那边没了声音，沉默在电话里蔓延。

赵无棉等几秒，见他不出声，急匆匆地说："那我挂了啊。"

"棉棉。"

"嗯。"

秦时远停顿了一会儿，又轻轻地说："那我等你回来。"

"嗯。"

她匆匆挂了电话，快速思考着此时应该出去看看情况还是待在这儿不动。她不知道外面发生了什么，也不能轻易报警……报警？

已经挂了秦时远的电话，她马上打开手机，准备打回去。

砰的一声，门被撞开，赵无棉吓了一跳，大叫了一声，见一个穿着白大褂的男人踉跄着撞进来，然后用力关上门，接着，就像没劲了一样滑倒在地。

赵无棉吓得两腿发抖，缓了五六秒钟才反应过来这是一位医生。这位男医生此时垂着头重重地呼吸着，她这才看到他已经被血染得红透的肩膀。

赵无棉抖着腿半扑过去，想凑近看看他怎么样了。男医生一只手捂着受伤的手臂，抬起眼和来者四目相对——

"林医生？"赵无棉睁大了眼睛。

男人满脸都是汗水，嘴唇的血色肉眼可见地褪去，他点点头，艰难地说道："外面……他们要杀我……报警。"

赵无棉想马上拿起手机，但手指已经发软，她极力按下紧急报警按钮，一只手颤颤巍巍地把手机抬到耳边,一只手抖动着紧握住医生的手。

不到两秒,电话接通:"您好,110报警电话。"

"喂,江二医院!有人行凶!一位医生已经被伤到了……你们快来!"赵无棉这才发现自己的声音已经带了哭腔。她的脑子已经凌乱,她想为眼前这个伤势严重的人做些什么,但是不知道该怎么做。

"好的好的,你别急,你告诉我是哪个院区?"

"滨江院区!你们快点儿吧……他伤得很重……他会很痛的……拜托你们快一点儿……"

男医生受伤的那只胳膊的手指忽然一颤,他再次抬起眼看向赵无棉。

"我们马上就到,你们注意安全,先找个地方躲起来,不要挂电话……"

事情就如戏剧一样巧合,赵无棉的手机剩余的电量已经撑不住了,通话戛然而止。她呆呆地拿下手机,又呆呆地看向男医生:"手机没电了。"

男医生皱了皱眉头:"没事,他们已经知道地址了,在这儿等着吧。"

他的声音已经比刚刚稳了一些,这个受伤的人看上去比她还要冷静。

赵无棉在想他是不是已经痛得麻木了,血流如注的肩膀实在不堪入目,她不忍直视着伤处,但双手下意识地迅速脱下上身的薄外套,把男医生受伤的地方包住,然后用尽力气想要扎紧。

"你忍一下啊,他们很快就来。"她有些含糊不清地说,"很快就不痛了……"

男医生点点头,虚弱地说:"谢谢你。"

门外的尖叫声仍然存在,还有什么东西被撞倒在地的声音。

赵无棉一只手紧拽着包扎胳膊的外套,一只手用手背为男医生擦去了脸上的汗,因为此时她的两只手都已经沾上了鲜血,白衬衫也像男医生的白大褂一样被染出大片的红。

男医生头靠着墙,眼睛看着她,又慢慢地闭上眼,仿佛要睡着。

"林医生,"她凑近他轻轻唤着,"不要睡哦,他们马上就到。不要睡,好吗?"

男医生渐渐睁开眼睛,半响,嘴角扯出了一个相当勉强的笑。

赵无棉继续用手背为他擦汗:"再忍一下……一下就好。"她把耳朵贴到门上,听着外面的动静。

"谢谢你。"男医生再次虚弱地感谢。

或许该引导他说话，分散他的注意力？

赵无棉这样想着，握住他的手，稍用力捏了捏："林医生，外面的人是谁？你认识吗？"

"嗯。"他看着她，嘴唇泛白，"之前患者的儿子。"

赵无棉瞬间明白了："是医闹？"

他微微点头。

又是"砰"的一声巨响，接着传来一个男人嘶吼的声音："林衍，你他妈给我出来！你这个害人的庸医……"

接着又是另一个男人的声音："庸医！庸医！害了我爸爸！！"

林衍的喘气声开始变得沉重，他的上眼皮带动眼睫毛剧烈颤抖着。

赵无棉迅速捂住了他的耳朵："别听他们的！他们没有良心，他们不正常……"她还没想好怎么安抚他的情绪，就看到他紧闭的双眼涌出了两行泪。

赵无棉一阵心酸，右手拭去他的眼泪，又继续捂着他的双耳，大拇指缓缓摩挲着他的脸颊。

"林医生，别听他们的，好吗？求你了……"她说着说着，忽然带动了自己的情绪。生活不易，每个人都有自己的难处，为他人难过，也为自己的委屈，赵无棉压抑了两天的眼泪不禁涌了上来："别听他们的，你真的是个好医生，相信我吧……"

眼泪打湿了她卷长的睫毛，灵动的眼睛隔着泪看着林衍。

林衍怔住了，半晌，才艰难地发出了几个字。

赵无棉没有听清，连忙凑近问道："您说什么？"

"你认……识我？"

"嗯。"她脸上挂着泪，认真地看着他，"我挂过您的号，很久之前。您肯定不记得了。"接着又伸手为他擦汗。

两人对视着，她努力地向他笑。

"林主任！"

门外忽然传来呼喊声。

"林衍！你在哪儿？没事了！"

接着，呼喊的声音多了起来。

"林衍！你在哪儿？"

"林主任！你怎么样？"

"林主任……"

赵无棉眼睛一亮，摇了摇林衍的手："是你的同事们吗？是他们的声音吗？"

林衍似乎松了口气，轻轻点点头。

赵无棉扶着墙站了起来，推开门，向外喊道："林医生在这儿！"

一群人闻声赶来，七手八脚地将林衍抬放在担架上，送进抢救室。林衍看向赵无棉，好像想说些什么，但他实在太虚弱，又被一群同事围着，很快两个人就被隔开了。

赵无棉想跟上去看看情况，却被一个熟悉的声音叫住："棉棉！"

赵无棉回头，见秦时远带着一群警察站在不远处，此时的他已经顾不上指挥工作，奔向赵无棉。

"棉棉！棉棉，你怎么样……"秦时远明显被吓住了。

赵无棉穿着单薄的衬衫，浑身是血地站在一台电梯旁。

秦时远手忙脚乱地捉住她的双手："伤到哪儿了？医生！这里有伤员啊！"

"时远！"赵无棉连忙安抚他，"我没有事，这不是我的血。"

"那你伤到哪儿了？他们碰到你没有？"秦时远双手颤抖，一如刚刚楼梯间的赵无棉。

"我没有伤到，我没事。"她轻声说道，同时用力按住了秦时远颤抖的手。

"秦局长，给嫂子披件衣服吧，嫂子没穿外套，肯定冷了。"两个警察跟了过来。

秦时远渐渐冷静下来，他快速脱下了警服，披在妻子身上，然后揽住她："我们回家。"

赵无棉点点头，安静地跟着秦时远走出混乱的医院。

医院外已经拉起了警戒线，赵无棉看着警灯闪烁，还有刺耳的警车鸣笛，心安定下来，她转头对秦时远说道："你去忙吧，我可以自己回家。"

秦时远摇摇头："两个嫌疑人都已经被控制住了，我先把你送回家。"

"这么大的事，你不在场不太好，"赵无棉轻轻推他的手，"而且我也没有伤到，我连嫌疑人的样子都没见到。"

"那你怎么弄成这个样子？"

"这是那位受伤的医生的。"

秦时远深深地看着她，点点头："是这样。"

"秦局长，两个嫌疑人都被控制住了。"

"好，带回去审。我先送我太太回家——"

"不用。"赵无棉干脆地拒绝，"张队长，你们回单位吧，我没有受伤。"

张岭不知道怎么回答，又看向秦时远。

秦时远一直看着妻子，半晌，叹了口气："好吧。棉棉，你在家等我，不要到处跑了。"

赵无棉挑挑眉，她什么时候到处跑了？

赵无棉拗不过秦时远，还是被一位小警员护送回了家。她看着熟悉的房子，室内所有的布置，她都没有参与过，在两人结婚前，这间房子就已经装修得差不多了。现在想想，也许这是秦家当时为秦时远和何静的婚事布置的。赵无棉自嘲般笑笑，坐在沙发上。一连两天她都没怎么睡觉，又加上刚刚的惊吓，一在舒适的沙发上坐下来就瞬间觉得身心俱疲。她撑着起来洗了个澡，又把出差要用的东西一一收拾好。一顿操作下来，她已是精疲力竭，就卧在沙发上睡着了。

赵无棉做了个很长的梦。

梦里，她刚毕业，朝气蓬勃，怀揣着对美好生活无限的期待留在了江心市。她考上了理想的单位，年长的同事们对她和颜悦色，大家比肩共事也相得甚欢；肝胆相照的朋友来到了她所在的城市，每当日落而息时，两人都会窝在同一间屋子里促膝谈心；然后她又遇上了喜欢的人。生活都在往好的方向走……

迷迷糊糊中感到有人在动自己，赵无棉的思绪渐渐从梦中退出来，她微微睁眼，看到秦时远蹲在沙发前，在给她盖衣服。

赵无棉清醒过来，她抬起左手遮在眼睛上，又放下："你回来了？审得怎么样？"

"一起严重的医闹事件。"秦时远顺势握住她的手。

"那位医生呢？他伤得怎么样？"

"我走的时候听说他还在抢救。"

赵无棉握紧了双手："他们用什么工具伤了他？"

"两把砍刀。"秦时远拂开她的短发，"那位医生为他们的父亲做过手术。据我们了解,这位病人正在恢复中,没什么大事。但两兄弟仍然认为他们的父亲恢复得不够好,因此认定是那位医生害了他们父亲……"

"这是什么理论?"

"对我们来说,确实不讲理。但从他们的角度来说……这两兄弟从偏远的荷田村来到江心市,等于把所有的希望都放在主治医师身上——"

"这不是他们故意伤人的理由。"赵无棉打断道。

"可惜世界上没有那么多正当的理由。他们现在的思维就是医生害了他们的父亲。"秦时远依旧半蹲在沙发前,半仰着头看着她,"吃饭了吗?"

赵无棉这两天因为心情低落,没怎么吃东西,这会儿也不饿。看着眼前的人,她的神色又暗淡下来。

"我不饿。"她把被握着的手抽出来,淡淡地说,"你今天中午是要跟我说什么?有什么急事吗?"

秦时远双手一空,他看着赵无棉澄澈的眼睛,一时语塞。他想提起前天晚上的事,他想向她认错,他想向她保证……他想说出口的话太多了,却在面对她时一个字都说不出来。

"棉棉……"秦时远再次握住她的双手,却又不敢再看她的眼睛。

赵无棉莫名其妙:"什么啊?"

"你今天也受惊了。你想吃什么?我给你做,好吗?"

一阵尴尬的沉默。秦时远低着头,始终半蹲在赵无棉面前。

"谢谢,不用了。"她打破房子里的寂静,"明天出差,我得去排练了。"

秦时远拦住了想要起身的她:"你不是已经排练完了吗?我上午去你单位找过你。"

"曲子没练好,得继续练。"赵无棉敷衍着说,"你忙你的去吧。"

"那我送你去单位,陪你练完,我们再一起去吃晚饭,好吗?"秦时远起身坐在妻子身旁。

赵无棉反胃的感觉又上来了,肚子也隐隐作痛。

"我跟阿秋说好了,今天去她那儿住,"赵无棉捂着小腹,"她家离我们单位近,明早直接去单位门口坐专车就行。"

赵无棉率先起身,想拿上行李马上出发。秦时远见她站起来,抢先一步拽住行李箱。

赵无棉心里的火开始往外冒:"你——"

电话声灭了还没升起的硝烟。

秦时远看了眼手机。是李局长的电话。他不敢怠慢，第一时间接了电话，但左手仍然紧握着行李箱的把手不放。

"李局，对，我在家。"他看着赵无棉不悦的脸色和垂下的双眼，"实在不好意思，李局长，我太太今天上午就在江二医院，她受到了惊吓，我必须——"

"我没有被吓到，你忙去吧。"赵无棉的声音清晰地传入听筒里，这是她第一次在秦时远接工作电话时插话，"这么严重的刑事案件，社会影响非常恶劣，你应当守在局里。"

李局长一向不苟言笑，在听到赵无棉的话时，倒开始假以辞色："时远啊，你太太看着年纪不大，倒是挺识大体的啊。"李局长爽朗的笑声充斥在秦时远耳中，"娶妻如此，何愁前程不顺啊？"

秦时远被噎得不好再推脱，只能答应道："您说笑了，那我马上过去。"

赵无棉背起装着乐谱的包，拉起行李箱准备出门。

秦时远挂掉电话，再一次拖过行李箱："我送你过去，晚上再去接你——"

"时远，"赵无棉站在他面前，仰着头，眼神冰冷，"你让我安静几天，行吗？"

赵无棉实在不愿面对秦时远，不知是在逃避现存的问题还是在逃避自己。她不想正面自己这场失败的婚姻，虽然深知这些问题是躲不了的，但她仍然想着能回避几天是几天。

秦时远忙完手里的事，在阿秋家门口徘徊了好久，迟迟不敢上去。直到夜深了，他才试探着给赵无棉发了条信息。

"棉棉，我向你坦白。我确实一度忘不了何静，在我们相爱时，她毅然抛弃了我，这件事对我的影响真的很大。我耿耿于怀，即使时间流逝，也没有完全抚平我的心有不甘。但我真的真的从没想过要做什么对不起你的事，我那天晚上真是喝多了，我都不清楚自己是在胡言乱语些什么……我知道我错了，如果你恨我，就骂我一顿，别这么躲着我，好吗？"

"他搞笑呢？别说骂他一顿，就是把他打一顿也弥补不了他对你的伤害。忘不了别人就催你结婚，这是人做的事吗？我想想就来气。"阿秋抱着双臂，"就他们家还自诩不凡呢？我看你嫁进去不是高攀，是倒了八辈子血霉！"

赵无棉没有回信："随他说吧。唉，他要只是一念之差，我还能骗骗自己。可他是有预谋的——我又能怎么办呢？我也是个自作自受的。我就想趁着出差这几天放松一下。"

"你哪里是放松，你是逃避现实。"阿秋正容亢色，"他倒是说对了一句话，你这么躲着他也不是个事，最终还是要面对面解决的呀。"

"我知道，躲得过初一也躲不过十五，等我出差回来再说吧，不差这几天。"

秦时远心里堵得慌，他想到了最坏的结果，就是赵无棉要和他离婚。不管婚前他是怎么想的，但既然结了婚，他就从未想过离婚。他经历了一整天的心慌失措，这会儿又等不到一条回信，一着急，又拨通了妻子的电话。

赵无棉看着秦时远没完没了的短信和电话，本来静下来的心又开始烦躁。

"棉棉！"电话接通，秦时远惊喜交集，"你终于接电话了！"

"你要跟我说什么？"赵无棉郁郁寡欢，"你就不能消停点儿吗？你平常想安静的时候，我可没这么吵过你。"

秦时远心头的一丝喜悦被浇了一壶凉水。

"你别烦我，"他急忙说，"我们谈完话，我等会儿就不吵你了。"

"行行，你说。"

"棉棉，你先告诉我，你是不是对我完全死心了？"

赵无棉嘲讽地笑了一声，不知是在笑电话那头的人还是在笑自己。

"你放心，我不会随随便便就提离婚——当然，如果你想离的话，我欣然接受。"

"我没有！"秦时远急得低吼，"我从没想过这两个字！我从一开始就下决心要和你过下去的！"

"我谢谢你。"赵无棉淡然地说，"我知道，你现在正在仕途上升期，你们领导一直看好你，如果这个时候后院起火，对你没有好处。所以你放心，我不会给你惹这种麻烦。"

秦时远怔怔地拿着手机，片刻后才反应过来："我根本不是这个意思！"他又急又燥，"你下来，好吗？我们当面谈，行不行？"

赵无棉已经数不清这两天自己叹了多少次气。

"等我出差回来，行吧？你就让我消停两天，算我求你。"

秦时远低落地晃到家门口时,抬头看到自己家窗户和阳台都漆黑一片,而周围的房子灯火通明,看起来比夜空中的那轮明月要亮得多。

赵无棉快入睡时,又收到了一条短信:"棉棉,你要和我冷战多久?"

秦时远在冷清的客厅里独自坐着,他没有开灯,任凭清寒的月光涌进屋里。

赵无棉终于回了他信息。

"我不去想什么酒后吐真言,你既是已婚,就该对家庭负责,即使发乎情,也该止乎礼。在我第一次见到你的时候,在我答应嫁给你的时候,你应该都看得清楚,我对你一直真心相待。我即使身为当局者,也心知你对我的态度……其实这些事,我们两个都心照不宣。但我始终信任你,我知道你不爱我,也依旧信任你。因为我想着,我的丈夫自有他的风骨,克己复礼,慎独而行,不欺暗室,我一直坚信我的先生是个诚于中而形于外的君子。原是我高估了你。我不愿见你不是想闹冷战。我只是对你失望,极其失望。"

秦时远没有再用短信和电话去吵她。他独自在家坐了一夜,一如中秋那晚的赵无棉。

五　起舞弄清影

> 夕晖在他身下描绘出一道淡影，
> 　　　　好似一首无声的诗。

　　赵无棉跟随文艺团到达南州市时，南州正处于雨僝云僽的时候，灰蒙蒙的天和淅沥沥的雨让人心神烦躁。大家在招待所安顿好后，就动身到南州剧院排练。合唱团的成员大多是上了岁数的离休干部，经过这一天的折腾，大家是力倦神疲，也没劲再去东游西逛，排练结束后就纷纷回宾馆休息。

　　满满当当的一天结束后，赵无棉的心里又开始泛酸。她一想到自己一败涂地的婚姻，就开始快快悒悒。好在这边郁郁的感觉正挥之不去，那边周平便不让她闲下来："小赵老师，请问你之后的几周有没有什么计划呀？"

　　赵无棉看到周平的微信，知道他又有工作要安排了，于是想都没想就回了个电话过去："周老师，您有事就说吧。"

　　周平难得口气为难："小赵啊，我是真不想麻烦你，我最后一个才找的你。但是他们各个都说有事，各个都推脱得好有理由哦……"

　　"周老师，您直接告诉我什么工作好了，是又要出差吗？"

　　"是的哇，我们的这个混声合唱《乡音乡情》不是得了个一等奖嘛，马上是农历九月九了，上面想以重阳节为主题，让几个优秀的老干部文艺团在省里循环慰问演出。"

　　"所以我们团的节目当选了？这是好事呀。我可以随团演出的。"

周平愣了半响，才接话道："那可太好啦！哎呀，你是不知道啊，这个循环演出要去我省的四个市，要出差半个月的样子呢，时间长就不说了，真是怕累啊！你工作这么积极，我回头一定上报给局里，好好表扬表扬你！"

"谢谢周老师，"赵无棉平静地说，"我累点儿没事，文艺团的成员们愿意吗？"

"大家都是自愿报名的，那兴致都高得很咧。"说着，他笑了起来，"哦哟，你们年轻人哪，可别小看我们老人家！"

"您可不是老人家。"赵无棉说道，"那我们大概什么时候动身？"

"下周二，等于你这次出差完回去待个两天就要出发了。曲子嘛，就还是那首《乡音乡情》，你弹过，也不用练的，每次演出前跟我们合一遍就行。"

赵无棉实实在在地松了口气，她又可以不理家中事了。果然逃避可耻但有用。她在南州忙忙碌碌地过完两天，在第三天中午准备到附近逛逛。赵无棉在出门前特地往窗外看了一眼，雨已经停了，洗去尘埃的南州市尽显繁华，虽然没有江心的风清气爽、莺飞蝶舞，但省会的繁华光景是不可比的。如果江心是温婉貌美的西施，那么南州就是雍容华贵的杨玉环。赵无棉看着窗外车水马龙的街道和轮焉奂焉的高楼，深吸了一口气，调整好心情就下了楼。

秦时远在南州招待所的楼下直挺挺地站着，他抬头看着不高的楼层，想进去又没有勇气，只能泄气般靠在一旁的石柱上发呆。

赵无棉走出招待所大门时，一眼就看到了风尘仆仆的秦时远，他嘴唇周围布满了青青的胡楂，头发也长了些。在看到赵无棉走出来时，他眼睛一亮，但随即又露出一种不知所措的胆怯。这种神情是赵无棉从来没见过的。

一年多前的一天上午，赵无棉从单位排练厅走出来，秦时远站在灿烂的阳光下悠然自得地向她挥手，那样自信又沉稳的神态，在阳光的推送下，悄无声息地流进赵无棉亮晶晶的双眼中。如今在南州市，雨停雾散，太阳还未出山，秦时远在暗淡的光线下站着，满脸疲倦地看着她。赵无棉不想走向他，自己本来已经调整好的心情又开始低落，于是她静静地站在大门的一边，和他对望。

秦时远走过来，脸上疲态更显，他伸手牵起赵无棉的左手，也不说话，只是看了她半响又垂下了眼睛。

赵无棉也看着他，平静地问："你怎么来了？"

"我……想你，"他轻轻说道，"我等不及……就过来找你了。"

"没必要,我明天就回去了。"

"我真的等不及……我自己在家一刻也待不下去了。"秦时远又偷偷抬起眼睛和她对视,"我请了假了,今天专门陪你,明天我们一起回去,好吗?"

赵无棉没有回答,两人尴尬地戳在原地。

"你是不是想出来散散心?"秦时远小心翼翼地问,"我对这块比较熟,我可以带你逛逛。"

"秦局长?"一道欢快的声音打断了两人之间不欢快的氛围,"你怎么来了?"

周平和一位后勤老师结伴正准备出去。

赵无棉飞快地调整好状态,回头对同事们笑了笑。

"哦哟,小夫妻就是感情好哦,老婆出差都要追过来啊?"后勤部的老师年纪比周平大许多,有一种快退休人员的悠闲。

秦时远打起精神对着两人点点头:"二位老师,是要去逛街吗?"

"是的呀,刚还想叫上她一起呢,结果找不到人,搞了半天是老公来陪了啊!"周平的目光落在两人正牵着的手上,又调侃道,"小赵啊,好福气哇!"

赵无棉勉强撑着笑意,抿嘴点头:"嗯,可不是嘛。"

秦时远的右手忽地一僵,随即和赵无棉十指相扣。

"行了,我们不打扰你们两个叙情了哦!"后勤部老师满面笑容地拍了下赵无棉的胳膊,和周平走了。

赵无棉瞥了眼自己被抓得牢牢的左手,倒也没动弹,只是面无表情地看着秦时远。

秦时远有些低落地问:"你是不是不想看到我?"

赵无棉平淡地说:"那你还过来?"

秦时远抿了下唇,没有说话。过了一会儿,他又抬起另一只手,揉了揉她的短发:"你饿不饿?我们去吃午饭?"

"我不饿,你应该也吃不进去。"赵无棉声音不大,语气淡然,"你大老远跑过来,无非是想缓和我们之间的关系。那上去吧,我也不可能一直躲着你。我们上去好好谈。"

夫妻俩在房间的窗边相对而坐,秦时远有些紧张地蜷起了手指。

赵无棉看在眼里，淡淡地说："过几天，我还得出差，大概半个月的样子——你先听我说完，我确实不是很想见到你，但是也请你换位思考一下，如果你是我，你能怎么办。我只是希望能有足够的时间让我清静清静。"

秦时远低着头，声音沙哑："我当然理解你。都是我的错……唉！棉棉啊，"他抬起头来，"我真的好后悔！你要是打我骂我，怎么跟我吵闹我都能忍受。可是你说你对我失望至极，又要躲我这么多天……"秦时远的眼睛布满了血丝，他双手捂住眼睛，又拿下来，"我不知道该怎么办。"

赵无棉依旧面无波澜，她看着秦时远满身颓气的样子，把手边的一杯水推了过去："你后悔什么呢？你是后悔中秋晚上堂而皇之地去人家学校门口被我发现，还是后悔当初思虑不周，娶了我？"

秦时远难以置信地看着她："别这么说吧，你明明知道我的意思。我后悔对你不够好，我后悔中秋那晚做的混账事！"

"原来你知道自己对我的态度啊，"赵无棉轻笑，"我还以为你是生性凉薄呢。有一点我很好奇，你当初是怎么说服你爸妈的？他们对我并不满意啊。"

"为什么这么说？"秦时远紧盯着她，"我爸妈难为你了吗？他们是不是在什么事上为难你了？你告诉我。"

"没有，"赵无棉矢口否认，"在表面功夫上，你父母做得比你好很多。"

秦时远又想伸手拉住妻子放在桌子上的双手，却被她躲开了。两人好一会儿都没说话。

"我告诉过你，我没有想过要因为这件事跟你分道扬镳，那我也就不会跟你闹，"赵无棉冷淡地说，"所以你大可放心。"

"那你也不要不理我。"秦时远低声说。

"嗯。"赵无棉看着窗户上自己模糊的影子，就像她茫然自失的人生。

秦时远顺着她的目光也看向窗户，映入他眼帘的是日出天晴，云开秋霁。

"棉棉，我们重新开始。"秦时远的眼睛亮了起来，神色也比刚刚好了很多，"我们有一辈子的时间……"

赵无棉没注意听他后面说了什么，她眯着眼又看到秦时远的倒影也在干净的窗面上晃着。他今天穿了件白色衬衫，那道温和的白刺了一下她的眼——

"江二医院的那名医生怎么样了？"赵无棉忽然问道，"你负责这个案件的，是吗？"

秦时远愣了一下，随即点头："是的，这次医闹事件社会影响很大，由我牵头负责。"

"那位医生怎么样了?"她追问道。

"已经脱离危险了,正在恢复中。"秦时远温柔地看着她,"你认识他吗?"

赵无棉垂眼想了一会儿,才回答道:"不认识。"

"那次让你看到了血腥恐怖的场面,也是我们维稳不力。"秦时远想摸摸她苍白的脸,又想起她刚刚的抗拒,于是刚抬起的手又失意地放下。

赵无棉摇摇头,依旧垂着眼:"跟你们没关系,是医闹者太猖狂。"接着又小声说了句,"希望他不会有太大的阴影。"

后一句话太轻,瞬间被窗外的车水马龙淹没。

"你说什么?"秦时远目不转睛地盯着她问道。

"没什么。"赵无棉回过神来,看着秦时远的白衬衫,又看了眼他坚毅的脸。

"那我们出去走走,好吗?"秦时远朝她温柔地笑着。

赵无棉无法忽视他眼底的刻意讨好,但自己仍然是茶饭无心。她没精打采地点点头,跟着秦时远站起了身。

两人就这么"和好"了。秦时远看着身边神色如常的小妻子,心情好了很多。他有一种失而复得之后的安心感,也不禁想着,弥缝其阙,来者可追,未来的日子还长,两个人都会好好的。赵无棉的心境却与他不同,和好如初——即便和好也不可能如初的,她的心被蒙了一层薄薄的灰,而这层灰隔的是她云山雾罩的婚姻。

赵无棉同秦时远回到江心后,没休息两天就被拉去随团演出。秦时远几乎每天都要和她打电话,一开始还能应付,还没到三天,赵无棉就开始不耐烦了。她有时忍耐着烦躁的心情敷衍几句,有时直接挂了电话,过了很久才回一句"刚刚在忙,现在要睡了"。

阿秋听了两人的事,似乎有些幸灾乐祸:"你们俩这是反过来了啊,他现在该知道被爱人敷衍是什么感觉了吧?"

"我没有刻意地去冷落他,我当时答应出差就是为了清静几天……你懂吗?让我一个人安安静静地过几天,只要过几天我就好了。"赵无棉无可奈何地说。

"你确定让你安静几天你就会好吗?"阿秋翻了个白眼,"你得正视自己的内心啊,感情这种东西一旦有了阴影,出现了一根刺,是无论如何都恢复不到以前的。"

"我知道啊,"赵无棉词钝意虚,"我应该会好的……反正是搭伙过日子,凑合过就行。"

"你这还不如离了好呢。"阿秋把手机放到一旁,对着视频做起了面膜,"不过你俩也难离掉。他父母那边有没有说什么?你俩前几天的状态,他们应该看得出些吧?"

"没有,我要出差,他就说自己忙,估计没怎么去他爸妈那儿。"

"对了,说起他爸妈,他妈上次不是说,他们家当初给他介绍了不少条件好的女孩儿嘛,他怎么就挑了你骗呢?"阿秋把自己的面膜抚平,又对着屏幕问道。

"我条件最差,所以最好骗呀,"赵无棉轻搓着自己的指甲,"我不是一见到他就沦陷了吗?你看,又是个教训。"

阿秋观察着视频里好友的脸色,并没有太大的起伏,于是继续安心地对镜抚脸:"有道理。我会谨记你的教训的。"

时间流逝得悄然无息,日子就这么一成不变地过下去。赵无棉出差回来后,心中仍然对秦时远有些抗拒,但好在老天帮忙,秦时远需要去进行为期三个月的培训。赵无棉得知这个消息时,着实松了口气。

"棉棉,真对不起,"秦时远拥着她,揉着她的头发沉沉地说,"本来想在你出差回来后好好陪你的……"

"没事没事,你去吧,工作要紧。"赵无棉轻松地说着,又想不经意地从他双臂中挣脱出来。

"你巴不得我走啊?"秦时远不松开她,紧盯着她的眼睛,"你想我快点儿走,是吗?"

"没有没有,"赵无棉赶忙说,"我就是今天累了,我能先睡了吗?"

秦时远的目光渐沉,他用力抱着她,过了好久才松手:"好,你去休息,等我回来,我们去度假,好吗?"

"行。"赵无棉如愿离开他的怀抱,又瞪了下眼睛,"度什么假?"

"我们的婚假一直没休呀,"秦时远撩开她脸颊边的碎发,"你想去哪儿?"

"我……我们到时候再说吧,"赵无棉含糊其词,"你是三个月后再回来,是吗?什么时候出发?"

"我每个周末都可以回家!"秦时远有些咬牙切齿,"棉棉,你就这么不想见我,是吗?"

"你别挑事,"赵无棉离他远了一步,"我刚到家真的超级累,我能去睡觉了吗?"

两个人的相处模式总是不能同步:从前是赵无棉追在秦时远身后跑,而秦时远自顾自地走着,头也不回;如今秦时远每走近赵无棉一步,赵无棉总是不自觉地退后两步。

秦时远发现这个问题的时候,正坐在去往省城的专车里沉思。他看着和赵无棉的聊天记录,本来话多的她现在惜字如金,而且除非有事,不然不会主动找他,两个人的对话从赵无棉无尽的分享到现如今的淡漠寡言。秦时远拿着手机默不作声,在专车快要到目的地时,他返回通话中心,拨通了一个电话。

赵父赵母到达江心时,天气已经开始转凉,金风玉露,秋风送爽。赵无棉受了凉,总觉得嗓子不舒服,于是去江心市第二人民医院挂了耳鼻喉科。在等待叫号时,她接到了父母的电话。

"你们怎么突然来了?"赵无棉有些惊讶,"也没说一声,我在医院看喉咙呢,那我现在去接你们?"

"没事,不用你接,你先忙着,我们在家等你。"

"……叫到我了,先不说了啊,我一会儿就回家。"

父母的到来让赵无棉平静的心起了些波澜,当一家人团聚时,外乡也如故乡。

赵无棉进入诊室,刚放松的心又紧张起来。这间诊室本身并不狭小,但因为里面摆满了各种仪器,再加上医生敲打键盘的声音在安静的房间中显得分外分明,整间屋子的气温似乎比外面低了好几摄氏度。赵无棉敛容屏气,坐在医生对面的椅子上。

"姓名、年龄,哪里不舒服?"女医生严肃地看着她。

"赵无棉,二十七,"她咽了下口水,"喉咙有异物感。"

女医生拿起她手中的取号单和医保卡,又在键盘上啪啪地敲了起来:

"进食是否困难？有没有发热、胸闷、气短的现象？"

"没有，就只是异物感。"

女医生眼睛盯着屏幕，左手往一旁的诊椅上指了一下："坐到那儿去，给你做个间接喉镜。"

赵无棉张开嘴，有点儿紧张地看着医生把小镜子往自己的喉咙里伸。

"读——"医生说道。

"——"还没读完，喉头就有强烈的异物感，赵无棉马上咳嗽起来。

医生拿出小镜子，用了些力拽着她的舌头："再来一次，配合点儿。"

小镜子又伸进了喉咙，赵无棉强忍着不适，喉咙里发出破碎的"一"。

"好了。"医生拿出小镜子，扔进垃圾桶，"你的喉咙肿得很高，应该是咽喉反流，我给你开点儿药，两周后来复查。"

赵无棉又咳嗽了几声，苦着脸从椅子上滑下来。

"喏，去一楼拿药。"医生把单子递给她，"平时吃饭七分饱，睡前三小时不要吃东西。"

"谢谢医生。"赵无棉应着医生的话，接过单子。正准备走出诊室时，她又回头问道："对了，医生，我想问一下，你们院的林衍医生怎么样了？"

看着电脑的女医生抬起头："他恢复得很好。你认识他吗？"

"哦，我之前挂过他的号，上次医闹的时候正好也在，感觉他当时的伤看着挺严重的。"

"谢谢你的关心哈。"尽管隔着口罩，但女医生的眼里有了明显的笑意，"当时林主任中那刀是伤得有点儿重，但是还好只被砍了那一刀，他就马上脱身了，之后那几分钟又得到了好心人的救助，所幸没有大碍。"

"好心人的救助？"

"对呀，好像是有个人帮他包扎伤口止了血，又一直陪他说话来着。"

赵无棉抱着一堆药进家时，赵母正在厨房里忙碌着，听到女儿回来，她拿着锅铲就跑了出来。

"平时让你穿多点儿你不听，喉咙到底是怎么回事？"

"医生说是胃食管反流，"赵无棉把药散在沙发上，跑进厨房张望，"做了什么好吃的？"

"你爱吃的红烧鱼。"赵父把女儿推开，"你站远一点儿，不要碍手碍脚的。"

"爸爸,你们怎么来得这么突然哇?"

"怎么着,不欢迎我们?"赵父瞥了她一眼,"时远打电话给我们说他要去培训三个月,问我们有没有空过来陪你。"

"他叫你们来的?"赵无棉皱了一下眉,"他还说什么了?"

赵母回到厨房,把切菜板上的胡萝卜都倒进锅里:"还能说什么?总归是怕你一个人觉得孤独,到时候自己生活又不规律……"

"我又不是小孩子,"赵无棉没好气地说,"以前都是一个人,有什么孤独不孤独的?"

赵父又抬眼瞥了她一下,赵母不高兴地说:"你这孩子真是不识好歹,人家时远是关心你才会想得多,你瞧你不耐烦的样子,也就他受得了你这脾气。"

赵无棉下意识想反驳,但只是张了张嘴又算了。

"行了,你们两个出去吧,饭马上就好了。"赵母摆摆手,"别三个人挤在一间小厨房里。"

赵无棉跟着父亲走进客厅,从茶几上拿起茶叶,慢悠悠地给父亲泡茶。

"棉棉,你跟时远没闹矛盾吧?"

"没有啊,"赵无棉迅速否认,"干吗这么问?"

"哦,就随便问问。他难得主动给我们打电话让我们过来。"赵父坐在沙发上,"你这段时间是回来住还是在婚房那儿住?"

"回来吧。"赵无棉欣然说道,怕赵父看出什么,又马上接话,"我一个人在那儿是挺孤单的,所以回来陪你们两个老人。"

"你拉倒吧,我们用你陪?"赵父摇摇头,"你把药吃了,等会儿吃饭。"

江心市第二人民医院。

"林主任,今天上班呀?"刘敏端着餐盘打招呼道。

"刘医生。"林衍朝她点点头。

"你的伤怎么样了?不多休息几天?"

"已经没事了。"林衍淡淡地笑着,"谢谢你的关心。"

"哎哟,客气什么。"刘敏耸耸肩,"对了,今天我的一个患者还问起你呢,她说她之前挂过你的号。"

"是吗?"林衍把餐盘放桌上,坐了下来。

"是呢,好像出事当天她也在现场,她今天特地问我你恢复得怎么样了。"

林衍笑了笑:"也是要谢谢他们了,我在养病的时候也收到不少社会人士的关心,真的挺感动的。"

"可不是,我当时也是谢了她。不过那个小姑娘看着很年轻,也挺健康的,怎么还会挂你的号?"

"哦?"林衍微微挑眉,"多大?长什么样子?"

"具体年龄,我忘记了,二十四五岁的样子,短头发,娃娃脸,眼睛亮亮的,睫毛蛮长的,"刘敏笑笑,"反正感觉也挺健康。"

林衍放下筷子:"你记得她的名字吗?"

"名字啊……"刘敏认真想了想,"要是换作别人我还真记不起来了,她的名字有点儿怪,叫什么'无棉'……"

"棉?"林衍认真看着她。

"对的,是有个'棉'字。怎么,你认识的呀?是你的患者吗?"

"听你的描述,可能是事发当天救我的那个小姑娘。"林衍看着她的眼睛说道。

"哎呀,她也没说,我就没怎么注意她的信息,要不这样,我等会回办公室查一下上午的患者记录吧。"

"麻烦你了,我和你一起去。"

"不要客气。那你知不知道她叫什么名字呀?"刘敏夹了口青菜问道。

"不知道,但应该是有个'棉'字。"

刘敏医生坐在电脑前一个个浏览着患者姓名,林衍站在她身后,目不转睛地盯着屏幕。

"咽喉反流……我看看……今天咽喉反流的病人就那么几个,估计很快就找到了……"刘敏嘟囔着拨着鼠标。

林衍沉静地站立着,空调微小的风声在安静的诊室里清晰明了。

"找到了,你看看,是她吗?"刘敏拍拍身后的人,"赵无棉,二十七岁,咽喉反流。"

林衍依旧盯着屏幕:"或许是吧。"

"今天上午一共九个咽喉反流的人……女孩子有两个,就这一个名字里有'棉'的。可惜我们无权调监控录像。"

"她还需要复查,是吗?"

"是的,两周之后,大概在22号的样子啦。"刘敏放下鼠标,转了转椅子,"林主任,我在这个 22 号前后都留意着。回头我跟小李也说一下,如果遇到这个女孩子来复查,我们就马上告诉你啦。"

"好。"林衍淡然的表情总算有了些变化,"那谢谢你们啦,麻烦了。"

"哎呀,不要客气啦。"刘敏看着他温和的笑脸,"既然是你的救命恩人,那也是我们医院的恩人,不夸张的。真是个对比啊,有人被我们救了命还要杀我们,有些只是过路人却又救了我们……"

"人跟人总是不一样的。"林衍的笑容褪去,低声说道。

父母的到来让赵无棉暂时宽心了些,但宽心过后依旧愁绪满怀。在这场婚姻中,她不但高估了秦时远,也高估了自己。已经过了这么多时日,她在与秦时远对话时仍然心存抗拒和不快,更不要说去直面他。

阿秋去赵家做客时,曾悄悄问她,跟秦时远的关系有没有缓和一些。赵无棉摇摇头,又点点头。他们两个现在毕竟是分居两地的状态,每天的例行通话像在做任务,赵无棉不再像从前那样对着秦时远叽叽喳喳说个不停,也没有再通过电话对他表达思念之情。她对阿秋没有秘密可言,于是诚实地说道:"说实话,我清静了这么多天,觉得还是一个人生活更好。我一点儿也不想面对他,我甚至害怕他回来。阿秋,我昨晚想过,要不还是离婚好了。"

"其实我是一直支持你离婚的。但是说实话,你当初的顾虑也是有道理的。"阿秋朝餐厅看了一眼赵父赵母,"以你们俩现在的情况,确实不是说离就离的。他不会轻易同意,而你也会面对一系列的问题。"

"我也是这么想的。"赵无棉盯着杯子中清明的水,"说到底,还是我太懦弱,不愿意去面对问题,是吗?"

阿秋担心地看着好友,却无言以对。

"就先这样拖着吧,我一想到我的婚姻,脑子就乱。"赵无棉对阿秋笑了笑,"所以干脆不想了。走,去吃饭。"

秦时远刚结束前两周的培训就匆忙从省城赶回来,他提着大包小包的礼物来到赵家,一进家门就寻找妻子的身影。

赵母喜笑颜开地把女婿迎进家门。

"哦哟,你看看你,江心什么没有啊,还要你买这么多东西回来!"

"看到一些补品适合你们,就顺便带回来了。"秦时远往卧室方向望了望,"妈,棉棉呢?"

"她去医院复查了。来,你坐着歇会儿,饭快好了,都是你爱吃的!"赵母打量着一身风尘的女婿,喜眉笑眼地把赵父喊过来陪他,自己随即进了厨房。

"医院复查?"刚坐下的秦时远又马上站了起来,"爸,棉棉怎么了?"

"她咽喉反流两周了,年纪轻轻就一堆小毛病。"赵父拍拍女婿的肩膀示意他坐下,"怎么,她没跟你说呀?"

秦时远看着茶几上热气腾腾的茶水,苦笑了一下:"没有。"

赵父细心地观察着他的神色,接着说道:"那可能是怕你担心,本来也就没什么事。"

秦时远点点头,又站起身走向餐厅:"妈,我来帮您吧。"

"哎呀,不用不用,你去跟老赵聊天,等会儿你俩喝一杯,好吧?"赵母开心地说,"打个电话给棉棉,问她好了没。"

秦时远犹豫了一下,随即问岳父:"爸,您来打给棉棉吧……"看着赵父略带疑惑的神色,又赶紧说,"她比较听你们的。"

赵父盯着秦时远,半晌才应道:"好,我来打。"

赵母一边热火朝天地炒着菜,一边打趣:"怎么,她还不听你的啊?她要是跟你耍脾气,你就告诉我们!"

秦时远笑着摇摇头,把一旁洗好的青菜递给了岳母。

江心的天气总是令人捉摸不定,都快到深秋了,这两天又忽然升了温。赵无棉好久都没有打扮自己了。她出门前看到了衣橱里闲置的小白裙,这是之前奶奶送给她的,奶奶曾经笑眯眯地说:"我们小棉花穿上白裙子,像个洋娃娃哦。"赵无棉站在衣橱前摸着小白裙,呆了好一会儿,便换上了。

医院里的空调开得很足,赵无棉坐在冰冷的凳子上一激灵,连忙又站了起来,等着叫号。

人都很烦等待。当然,如果是等待爱人和朋友,无聊就会转化为满怀的欣喜与期待。

好在没过多久,就叫到了她。赵无棉看了看时间,5点12分,估计坐诊医生们也快下班了,叫号的大屏幕上显示她是今天最后一个病人。

赵无棉敲敲门,探头对坐诊医生说道:"您好。"

诊室里的人抬起头,看着是个年轻点儿的男医生,他冲她点点头:"哪里不舒服？"

"哦，我是咽喉反流来复查。"赵无棉把叫号单递给他。

"叫什么名字？多大了？"医生敲击着鼠标。

"赵无棉，二十七。"

"哦？"医生转过头看向她。

赵无棉瞪大眼睛看着他，眼里闪着疑问。

医生看了看电脑上的病历，又看了看她："你先坐那儿，"他指指一旁的诊椅，"麻烦等我一下啊。"

赵无棉点点头，走到诊椅前坐了下来。

"又要做那个小喉镜。"她嘟囔着，摘下了口罩。

医生看向她："是的。你先等我一下。"

"好的，您先忙。"

医生拿着手机走了出去。赵无棉无聊地打量着诊室。她坐下的诊椅很高，于是她不自觉地晃荡起了双脚。

医生走了进来，他朝赵无棉点点头："我来看看。"

赵无棉坐直了身子，有些紧张的手开始捏裙边。

医生没有拿上次的小镜子，而是先拿起了一根长长的扁棍，看着有些像铁制的。他用扁棍压住她的舌头："啊——"

赵无棉皱着眉头，抖着舌头发"啊"声。

"有点儿敏感。"医生嘀咕着，"还是得做间接喉镜，你等等我去对面拿几个。"说着就把扁棍扔进了垃圾桶，转身又走了出去。

赵无棉轻咳了几声，撑着椅子的把手，再次随意地晃荡着双脚。

"还不如直接做那个喉镜呢，这个压舌头也挺难受。"她撇撇嘴。

门又被推开，赵无棉眨着眼看向前方。

不是刚刚的医生，是另一位男医生，比刚刚的医生高了很多，口罩遮着他大半张脸，只露出一双温和的眼睛。

赵无棉歪着头看向他。

男医生摘下了口罩。

赵无棉停止晃动脚。

"林医生？"她绽开一个大大的笑容。

林衍也回馈她一个温和的笑："赵无棉。"

"您怎么知道我的名字?"赵无棉笑嘻嘻地看着他,"您的伤好啦!"

"嗯,好得差不多了。"林衍走近,低着头看向她,绽开的嘴角让他温润的脸庞更显亲切。

赵无棉不太好意思直视他的眼睛,把目光转移到他的右肩:"还痛不痛?"

林衍没有回答,只是注视着她,半晌,才缓缓摇头:"不痛了。"

"哟,林主任。"刚刚的男医生走了进来,手里拿着一把小镜子,"您来了。"

林衍回过头:"小李。"

男医生刚刚的气势好像消了一半,他似乎有些紧张,搓着手带点儿拘束地对林衍说道:"她有些敏感,得拿喉镜看看。"

"嗯。"林衍点点头,让开了一步,但依旧站在赵无棉身边。

赵无棉看着那把小镜子,皱起了眉头,嘴巴也微微嘟了起来。

年轻医生放下手里的一堆小镜子,拿起其中一面,另一只手用纸包裹着开始拽她的舌头。

又开始了。

"放松放松,读——"

"一……喀、喀……"赵无棉艰难地读着,几乎听不出自己在读"一",林衍站在旁边看着她,让她很是不好意思。

小镜子拿了出来。赵无棉不断咳嗽着。

"再来一次。"男医生眨着眼说,"你要放松点儿。"

赵无棉乖巧地点点头,心里嘀咕着"我把镜子塞你喉咙里看你能不能放松"。

男医生局促地看了眼站在一旁的林衍,又眨眨眼,微微用力地扯着赵无棉的舌头,把小镜子往她喉咙里伸。

林衍从一旁的桌子上随手拿起一张病历单:"看这儿。"

赵无棉的目光被吸引过去。

"读——"

"——"她强忍着不咳出来。

似乎有一只手在轻轻拍她的脑袋:"快好了哦……"

是林衍轻柔的声音。

"喀喀喀喀……"赵无棉没忍住,咳了出来。

"好了。"男医生拿出了小镜子,又快速看了眼林衍,"那个,没什么事,还是有点儿红肿,再给你开盒药,吃完应该就没事了。"

"哦。"赵无棉干巴巴地应着,从椅子上滑下来,"之后还要复查吗?"

"如果持续不好或者严重了,你就再来,或者去看看消化内科,病根在胃。"医生在她的病历上快速签名。

"好,谢谢医生。"她接过病历仔细看了看,又对林衍笑了笑:"林医生,那我走啦。"

"嗯,我跟你一起。"林衍拍拍男医生:"小李,我先走了。谢谢你。"

"好的好的,林主任,您慢走。"男医生站起来。

赵无棉跟在林衍身边,又偷偷看了眼他:"林医生,您下班了吧?"

"嗯,今天病人也少。"他放慢脚步,笑着看她。

"您为什么来耳鼻喉科呀?"

林衍双手插在白大褂的口袋里,像老朋友般和她踱着步:"我来找你。"

"找我?"赵无棉轻轻挑眉。

"总算找到你了。"他轻轻笑着,"我想对你道谢,谢谢你救了我。"

"您不用客气。如果我没记错,您当时对我说了两次'谢谢'。"赵无棉放松下来,边走着边时不时仰头看看身边的人。他似乎和秦时远差不多高。

"而且,我也没做什么有用的,"她有些尴尬地说,"您那时候很虚弱,我还一直在吵着您让您说话,因为当时怕您昏过去。"

"你做的是对的。"林衍温和地说,"说实话,我当时知道自己的伤势大概不足以致命,但是那种恐慌与绝望差点儿压倒我,你的陪伴真的起了很大的作用。"

赵无棉灿烂地笑着:"好啦,现在都没事了,不要再想了。"

"好。但是还是要谢谢你。"林衍停下脚步,凝视着她。

"不客气不客气。"她不好意思地说。

他停顿了两秒,又伸出左手碰碰她的背:"你要去拿药,走这边。"

两个人走上了下楼的电扶梯。

"你说你在我这儿看过病?"林衍侧头问她,"你的心血管有什么问题吗?"

"哦,我挂错号了。"赵无棉也偏过头和他对视,"之前单位体检时有医师说我的颈部两侧血管不对称,"她摸了一下自己的脖子,"嗯……她说左边的比右边的宽1.5毫米，让我问问医生这是不是什么临床病变。所以我就挂了您的号。"

"这样啊。"林衍靠着一旁的梯杆，"那应该没什么问题吧，有些人天生就是血管不对称。"

"对，您当时也是这么说的。"两人下了电梯，走向药房，"不过您又建议我去心血管外科看看，但当时挂不到号了。您说我这个症状应该没什么事，所以就顺便帮我问了问外科的一个主任。"赵无棉挠挠头，"他跟您说的一样。"

"我好像有点儿印象。"林衍看向前方，若有所思地说。

赵无棉笑笑，只当是他客气："都是一年前的事了，您应该不记得啦。那天那个体检的医生跟我说的时候还把我吓到了，以为有什么大病呢，"她笑得眼睛弯弯，"我朋友陪我挂你们的号，后来她还说我小题大做。"

"小棉花？"

"嗯？"赵无棉愣住了，停下脚步回身，结果撞在林衍身上。

"呃，对不起……"

"没关系。"林衍扶稳她，"我记得的，你朋友叫你'小棉花'，是吧？"

"您还真记得！"赵无棉刚刚撞到他，有点儿脸红。

"我当时觉得这个绰号很有意思，所以多少有点儿印象。"

两人走到药房窗口，林衍直接接过她的药单，递给窗内的小护士。

"林主任。"小护士朝他打招呼。

林衍点点头："你好。"

小护士看了看药单，又看看赵无棉："叫什么名字？"

"赵无棉。"

护士从框子里拿出贴着名字和服用方法的便利贴，连着一盒药递了出来。

林衍接过药，向护士道了谢，又转身递给了赵无棉。

"谢谢。"赵无棉把药和单子准备装进裙子的大口袋里，又发现口袋里还装了颗奶糖，是中午从阿秋那儿"薅"来的，现在不想吃了。她拿出糖，犹豫了一下，伸到林衍面前："您吃糖吗？"

林衍笑了，然后欣然接过奶糖，放进白大褂的口袋。

两人又往左边走向远处的医院出口。

"你的绰号是怎么来的？"林衍和悦地问。

"那不是绰号啦,是我的乳名。"赵无棉难为情地说,"小时候长辈都这么叫,现在我朋友还经常在大庭广众之下这么叫我,好尴尬的。"

"很可爱。"林衍安慰道,"为什么叫你'无棉'?名字有什么含义吗?"

赵无棉想了想,尽量简洁地解释:"嗯,是这样,我爷爷是个老革命,我出生前几天,他身体已经不行了,所以给我取了这个名字。"

透过医院的玻璃大门,可以看到外面的如火夕阳,傍晚的江心市永远呈现最浪漫的画卷。

两个人走出了医院大门,赵无棉停下脚步,转过身正对着林衍。红日西斜,夕阳欲坠,他一身白色被落日余晖镀上一层薄薄的光。

"然后呢?爷爷为什么取这个名字?"林衍柔和地问。

"取自《水调歌头》,'转朱阁,低绮户,照无眠'后一句就是'不应有恨,何事长向别时圆'。"

林衍缓缓朝她走近了一步。

"嗯……爷爷给我取完名字六天后就去世了。奶奶说,'无眠'意思不好,我以后会睡不好觉的。"赵无棉不好意思地笑笑,长睫毛扑闪了一下,"所以改成了棉花的棉。"

林衍的目光随着她抖动的睫毛,也跟着闪了一下。

"林医生,我要回去了。"

秋风过耳,抚过赵无棉略有些凌乱的短发,又拂向林衍身上干净的白大褂。她胡乱地理了理头发,再看向林衍,他站在绮丽的余霞下,白袍的衣角随风飘动。

"你后面还有事吗?"林衍问道,"介不介意一起吃个晚饭?"

赵无棉笑得心无芥蒂:"今天不行,下次吧。"

林衍目光不离她:"下次是什么时候?"

"嗯,我也不知道。"她诚实地说,"我觉得您应该很忙。"

林衍又笑了。

"我平时是有点儿忙,但是总能找到时间的。可以留个电话吗?"

"好的呀。"赵无棉爽快地点点头。

留完电话号码,赵无棉眼睛亮晶晶地说:"林医生,您真的不用特地感谢我。希望下次我们是以朋友的身份见面。"

林衍微怔,随后点头:"好。我会的。"

赵无棉开心地拿着手机朝他挥手:"那我走啦。"

林衍朝她微笑,也伸出右手挥了挥。

赵无棉蹦蹦跳跳地走出医院大门。当她回头时,林衍仍立于千里暮色中,夕晖在他身下描绘出一道淡影,好似一首无声的诗。

六 何似在人间

此时情绪此时天，无事——小神仙。

　　夜幕降临，华灯初上，赵无棉回到家时已经快七点了。赵母做好了一桌子丰盛的饭菜，秦时远摆好盘子与碗，和赵父赵母相谈甚欢。
　　"你这孩子怎么磨磨蹭蹭的，才回来！"赵母瞪了她一眼。
　　"复查得怎么样？"赵父放下手机询问道。
　　"喉咙还有点儿红肿，又给我开了一盒药。"赵无棉把药和病历单一股脑扔到茶几上，又对秦时远点点头："你回来了。"
　　秦时远看到妻子，第一时间就想拥抱她，想对她说出小别两周的思念，但碍于岳父岳母站在一旁，还有赵无棉平淡的态度，他忍下了自己心头浓烈的情感，把注意力转移到茶几上的药和病历单上。
　　"行了行了，洗手吃饭！吃完你俩今晚就回去住，好吧？"赵母扬了扬下巴，示意了一下女儿，"好好过个周末，时远下周一还得准时回省城。"
　　赵无棉默默地进了洗手间。
　　不多时，大家都在餐厅落座好，准备享用这顿色味俱佳的晚餐。
　　秦时远率先盛好饭递给岳父岳母，又盛了小半碗汤放在赵无棉面前。
　　"我刚刚查了一下，饭前喝点儿汤对胃更好。"他柔声说。
　　赵母欣慰地看着琴瑟和谐的夫妻俩。

餐厅顶的吊灯发出明亮的光,照耀着其乐融融的一家人。

赵无棉和秦时远回到江边婚房。秦时远刚到家,就迫不及待地拿出一束精致的花。

"好看吗?"秦时远摸了摸中间蓝白相间的玫瑰,"下午路过花店,看到这束花真的好漂亮……你喜欢吗?"

"挺好看的,"赵无棉扫了一眼花,"去找个花瓶插起来吧,但是最好不要把它放在室内。"

"为什么呀?"

"因为我有过敏性结膜炎。"赵无棉从玻璃橱上拿下一个花瓶放到他身旁,怕靠近花束,又退后了几步。

"你对花过敏吗?"秦时远愣了一下,"之前怎么没有啊?"

"季节性过敏,"赵无棉耸耸肩,"每到这个季节就会犯,你之前大概没注意过。"

秦时远怔怔地看了会儿她,又垂眼盯着手中的花。

"你刚赶了一下午的路,又陪我爸妈吃饭,应该累了,早点儿休息吧。"赵无棉帮他把行李箱推到卧室。

秦时远跟了过来,从她身后拥住了她。

"棉棉,真对不起。"他低声说。

赵无棉挣脱了他坚实的臂膀。

"你刚碰过花,麻烦去洗个手再碰我可以吗?"她淡淡地说,"过敏犯起来真的很难受。"

秦时远局促不安地放下双手:"好,我现在去洗手,你别生气。"

"我没那么容易生气。"赵无棉平静地看着他的眼睛,"今天我俩都挺累的,早点儿睡觉,行吧?"

"好。"秦时远转身把花放到阳台上,又仔仔细细地用肥皂把双手洗干净。

赵无棉侧躺在卧室宽大的床上,却没有一丝舒适感。她想念自己家次卧的床,卡通图案的被子和枕头一如她没出嫁前,稚气又温馨。赵无棉闭上眼躺了好久也没有睡着,当洗漱完的秦时远靠在她左边的枕头上时,赵无棉双手揪住了枕头的花边。

"棉棉,睡着了吗?"秦时远低沉的声音在她耳边轻响,他宽厚的手掌抚上了她的肩。

赵无棉没吭声,均匀地呼吸着。

秦时远的手又从她的肩滑到她白皙的脖颈儿上,轻轻摩挲着她柔顺的头发。

"我总算知道什么叫小别胜新婚了。"他的声音有些喑哑,但语气相当温柔,"我很想你,真的想你。"

赵无棉放在被子外的手渐渐泛着冷意。

秦时远的右手离开她的发丝,覆盖住了她揪着枕边的手。

"我培训时还碰到了两个大学同学,大家都好久没见了。"他自说自话,"一晃都十多年了,我们都老了啊,"说着又握紧了赵无棉的手,"没想到今天我们三个又成了同窗,第一天上课的时候真觉得恍如隔世。"

赵无棉听着耳后缓缓流淌的充满磁性的声音,竟慢慢开始有了睡意。

"你呢,这两周过得怎么样?"秦时远用下巴蹭了蹭她的发顶,"想我了吗?……是不是也很想我?"

赵无棉刚生起的睡意被他打断,她睁开眼睛,忍耐了一会儿,又闭上继续睡觉。

"不理我吗?"秦时远浅浅地叹口气,揽紧了她,"不理我就当你默认了。你也很想我,对吧?这两天我们好好过周末,你想去哪儿玩?临湖区的阳春公园,你知道吗?这周要开放了,我们去那儿怎么样……"

后来赵无棉告诉阿秋,她总算知道自己之前叽叽喳喳个不停有多烦人了。

阿秋惊讶得眉毛都挑了起来:"打死我都想象不出秦时远话多的样子,他看着就很……很……"

赵无棉替她说完:"沉默寡言。"

"对,"阿秋赞同道,"而且很稳重。"

赵无棉跟着秦时远度过了漫长的两天。

秦时远回省城前,恋恋不舍地抱着她,温存地在她耳边说:"棉棉,等我回来,我尽量每周都回来。"

赵无棉起了一身鸡皮疙瘩,她嗯嗯啊啊地敷衍着,最后说:"好,你上车吧,到了跟我说一声。"

秦时远微微松开她,看着她长长的睫毛遮着黑亮的眼睛,眼里的光却不是投向他的。秦时远沉默了少顷,低头吻了一下她的眼角。

赵无棉有些惊讶地看了他一眼,但没有做任何回应。

秦时远执着地在她耳边重复:"等我回来……记得每天都要接我的电话……"

终于送走了这尊大佛,赵无棉松了口气,有一种无事一身轻的感觉。她心情舒畅地往商业街闲逛。由于季节转换,黑夜接替白昼的时间越来越早,街边的霓虹灯及时亮起,赵无棉放眼望去,整条街流光溢彩,灯火辉煌。她走到一扇大橱窗前。橱窗内是最新出的一款乐高玩具,精致的旋转木马在展示台中央缓缓旋转,灯光一打更是令人瞩目。

赵无棉一直都很喜欢玩乐高玩具,但对她来说,花这么多钱买一款玩具太过奢侈。阿秋曾经送过她一盒类似的积木玩具,并说道:"谁说这是小孩子的玩具?你喜欢,那就是值得的,千金难买心头好!不过姐妹儿我太穷,送不起你贵的。等以后让你老公送你个大的好了。"秦时远当然不会有兴趣陪她逛乐高店,他怕是只会嗤之以鼻地说她幼稚。赵无棉站在橱窗前发呆,又伸出手指隔着玻璃摸着窗内的旋转木马。

"赵无棉?"一道温润的声音在耳边响起。

林屋面回过头。

林衍身着休闲服站在她身后,带着笑意看着她。

赵无棉也笑了:"林医生。"

林衍总给人一种如沐春风的感觉。两个人虽然还不熟,但一看到他,赵无棉的情绪就会无端地放松起来。

"你在看乐高吗?"林衍走近她,温声说道,"你喜欢这个?"

"嗯……还行。"她小声答道,有些不好意思,怕林衍笑她幼稚,又赶忙转移话题,"您怎么在这儿?是来购物的吗?"

林衍仔细看了眼橱窗内的乐高玩具,才把目光投向她:"明天要上班了,今晚就随便逛逛。你呢?"

"哦……我也是,随便逛逛。"

自从两天前两人互留了电话,就没有再联系过了。

"你吃晚饭了吗?"

听他这么一问,赵无棉感到肚子有些饿了,但又怕林衍为了感谢她而请客,于是说道:"吃过了,所以出来消食的。"

林衍点点头,又试探地问道:"那要不要和我一起散散步?"

赵无棉也没推辞:"我得回家了,要往那边走。"她指了一条满是草木的小道,"您顺路吗?"

林衍看向她指的那条路:"这条路太多小野花了,你这个季节会过敏。我建议你往江边走——我可以和你一起。"

赵无棉点点头,于是和林衍往江边的大道上走去。

"林医生,"赵无棉忽然想起什么,"你怎么知道我这个季节会过敏?"

"嗯?"林衍偏过头,柔和地注视着她,"我顺便看过你在我们医院的病历。"说着,他的耳朵有些泛红,但好在在夜色下并不明显。

"哦。"赵无棉也没多问。她时不时看向林衍,余光也看到了夜幕下的观澜江和江对岸藏青色的群山。

林衍和秦时远身高、身材都很相似,性格也都是内敛持重的,但两人气质完全不同。不知是不是职业滤镜的原因,秦时远就像对岸的山,铮铮、佼佼却峻嶒、冷峻,而林衍像眼下的一泓江水,楚楚谡谡也温和、潺湲。

"你在想什么?"林衍柔声问道,"你有过敏史,怎么不做好防护措施呢?"

"我忘了,"赵无棉呆呆地说,"今年还没犯呢。"

"要防患于未然呀——我也没带口罩,"林衍走到她左边,"你走江边吧,我替你挡着点儿这些粉尘。"

赵无棉看了眼林衍身旁的花草树木,比起刚刚她准备走的那条林荫小道确实少很多。

"戴上帽子好吗?"林衍微笑着看着她,"多少能防着点儿。"

赵无棉把自己卫衣的帽子戴在头上,又仰头看向林衍——宽松的帽子又从头顶滑了下来。

林衍双眼中笑意明显,他下意识想伸手为她拉上帽子,但手又在半空中及时停住了。

83

赵无棉正低头拉拽领口的松紧绳,没看到他的举动。

戴好帽子的赵无棉像个小朋友,她看着林衍笑得好看的脸庞,乐陶陶地甩了甩袖子:"我好了,我们走吧。"

林衍也看着她藏在帽子下亮晶晶的眼睛。

今晚没有月亮,只有星星在探头。

赵无棉天生"社恐",她走在林衍身旁,虽然没有太多不自在,但是总觉得两个人不说话就很尴尬。

"林医生,您今天怎么自己散步?"她没头没脑地问道,"不和家人一起吗?"

"我,孤家寡人。"他平和地说。

"哦……"赵无棉有些讶异,她以为这么优秀的人都会"英年早婚"的。

"我看着年纪很大了,是吗?"林衍笑着问。

"没有没有,"赵无棉急忙否认,"您看着和我差不多大!"

"你得了吧,"他和颜悦色地笑,"我比你大了六岁。"

"您这么年轻就是副主任医师了?"

"我上学早,"林衍平淡地说,"又是本硕博连读,所以职称评得快了点儿。"

赵无棉还没从震惊中反应过来,又听到林衍说:"说说你吧。"

"说我什么?我没有您那么优秀。"她的眼睛暗了下来,"我是个很平庸的人。"

"你不平庸。"赵无棉没有再看林衍的脸,只听到他温和又坚定的声音,"你甚至不普通——你很耀眼,不要妄自菲薄。"

赵无棉抬眼对他笑笑:"谢谢你。"

江边有人带着话筒和音响唱歌,赵无棉听到歌声正想往前方看,却被林衍挡住了视线。

"你不自信吗?"林衍凝视着她问,"你很少直视我的眼睛。"

"什么?"她愣愣地看向他,"我是有些自卑,但您不用给我上课,我知道自己的缺点。"

"别生气,我没有想要对你说教。"林衍温柔地说,"我只是想告诉你,我对你的夸赞从不是客套话，那是我最真诚的想法。"

赵无棉心中一暖，鼻子却莫名泛酸。

"你甚至不普通——你很耀眼。"

"我对你的夸赞从不是客套，那是我最真诚的想法。"

这两句话让赵无棉记了好久，因为她已经很久没有听到对自己这么动人的肯定了。

"林医生，谢谢你。"她怕酸意蔓延到眼睛，于是垂下眼帘，又想起林衍刚刚的话，她眨了眨眼睛，目光澄澈地看着对面的人。

林衍看出了她的情绪，他的目光越过她，投向上方的夜空。

"你看今晚的星星，"林衍像哄小孩般柔声道，"繁星满天是最好看的。"

赵无棉也跟着仰望星空。

"是很好看。"她喃喃地说，"可是人们都说百星不如一月——如果月亮也出来了，星星就会暗淡无光。明明是星月交辉，可在大家眼里是众星捧月。"

"是吗？"林衍轻轻一笑，"我倒觉得，星河灿灿比皎月沉沉更夺目。"

赵无棉收回目光，又看向林衍。

林衍也看向她。

赵无棉从他的眼睛里看到了自己的影子，于是她想到了一个词——倾盖如故。

赵无棉到家时，赵父赵母正看着电视聊天，听到开门声，又一同看向门口。

"去哪儿了，这么晚才回来呢？"赵母问道，"吃饭了没？"

"没有，我饿死了。还有什么吃的吗？"她心情很好的样子，蹦蹦跳跳地进了餐厅。

"我给你弄。"赵母放下瓜子，起身走到冰箱前。

"你没吃晚饭，这么久干吗去了？"赵父皱着眉头问道，"时远打了两个电话问你有没有到家。你带手机是干吗的？"

赵无棉一怔，马上掏出了手机。

"我手机静音了。"她尴尬地说，"我现在给他回过去。"

"你真是不像话，"赵母在厨房不满地说道，"都结婚了，还这么任性……"

赵无棉进了书房，回拨电话，那边不到两秒就接了。

"棉棉，你去哪儿了？"秦时远焦急地问。

"我手机没电了，对不起。"她说道。

"那你这么久去哪儿了？"

"我碰到了个朋友，就一起走回了家，所以晚了点儿。真不好意思，让你着急了。"

秦时远没说话，赵无棉等了几秒，又说道："你到地方了吧？明天还要上课，早点儿睡吧。我挂了？"

"棉棉，别对我这么不耐烦，"他沉沉地说，"也别总不接我的电话。你这是冷暴力。"

赵无棉刚刚愉悦的心情瞬间冷了下来。

"我没有。不过，你非要这么想，我也没办法。"她挂了电话，却在原地站了好久。

这句话她似曾相识，好像秦时远曾经对她说过。

两人冷战了两天，秦时远绷不住，主动给她打了电话："吃饭了没有？……你就真的一句好话都不愿意拿来哄我一下的……唉，是我错了，我不该对你发脾气，都是我的错，你不要生气好不好？"

赵无棉接电话时正和阿秋吃着赵母为她俩炸的熏鱼，对于秦时远和她的不快，早已淡忘在脑后了。

江心市文艺会演正紧锣密鼓地排练着，这次演出阵容大，会邀请各界人士观看。今年市老干部局的节目却没有入选，所以服务管理中心的艺术老师们都不用上台。往常若是不用参与演出，大家都兴高采烈，没有演出就会减少很多工作，可这一次赵无棉却听到同事们争相讨论着："这次演出要是能上台，可是个不错的露脸机会。"

"就是说啦，这次什么政界领导都会过来看呢，可难得！"

"别想啦，去年我们出了个舞蹈节目，我们几个教师没有上台，今年呢，更没我们演出的份咯！"

赵无棉听着他们的话，笑道："你们平时能躲就躲，这下好啦，想上又上不了。"

"这不一样嘛！难道你不想上台露露脸给领导们看呀？"王老师嗔笑着打了她一下。

"我也想呀，但是人家不要我们，没办法咯，等下次好了。"赵无棉坐在转椅上慢吞吞地转着圈。

这周三下午下班，赵无棉刚出单位不久，又被临时拉去加班。

"小赵，我只能找你了。"周平这句话不知道说了多少次了，"市政厅出的合唱节目，本来伴奏是已经请好的江师大的一个钢琴老师，哪知道今天排练，他突然病了……哎哟，你就帮帮忙嘛，他们今天就在我们单位的小音乐厅，就那一首歌，你弹完就可以走了，绝对耽误不了多少时间！"

赵无棉刚收到秦时远这段时间不能常回来的消息，心里放松了很多，所以对周平的请求倒是欣然答应了。

"好吧，那我现在回头好了。"她无奈地说。

赵无棉走进老干部局的音乐厅时，台上一大半人的目光都转向了她。

站在指挥位的是一个长相严肃的女人，她看到赵无棉，有些疑惑地挑挑眉。

"呃，周老师让我来伴奏。"在这么多人的目光下，赵无棉又开始不自觉地紧张了。

"为什么会不自信呢？你明明是个很出色的人。"脑中忽然浮起林衍温润的声音，"你不相信我吗？"

当然相信。于是她没有再眼神躲闪，而是抬起头直视着那个指挥。

指挥眉头舒展，对她展开笑容："这么年轻呢，麻烦你来帮忙啦。"

赵无棉走上小台阶，不急不缓地走到钢琴边，又拉出琴凳坐下。

指挥走过来，把琴谱递给她："贵姓呀？"

"赵。"

"好，赵老师。"指挥笑着点点头，凑近她低声说道，"本来今天不要伴奏也行，但是等会儿可能会有领导来看看。"

赵无棉一副明白的样子："知道了，我会认真伴奏的。"

这次的曲子是《长征组歌》中的《四渡赤水出奇兵》。赵无棉展开琴谱时就开心地微笑起来。她从小就喜欢这些老歌红歌，对于这首曲子，上大学时，她就一直想和合唱团合奏，可惜总找不到机会。没想到今天能有幸伴奏，她有些兴奋地把谱子放在谱架上整理好。

指挥看了眼伴奏，小姑娘坐在琴前对她从容地点点头。

低沉的和弦在音乐厅响起。

"横断山，路难行……"女高音在音乐厅里回荡。

一行人出现在音乐厅正门口。

"宋市长，这是咱们市政厅的合唱团在这儿排练节目呢。"

一位穿着深色薄外套的高个儿男人站在他们中间，推了推鼻梁上的眼镜，不显山不露水地应和着："好啊，我听听。"

女高音部分结束，男女混声合唱的声音伴随着钢琴声充斥在大厅内。

"亲人哪送水来解渴，军民鱼水一家人……"

赵无棉弹着活泼的和弦伴奏，听着合唱团整齐有力的歌声，心里激动起来。

音乐的魅力无时无刻不在感染她。

"《四渡赤水出奇兵》。"戴眼镜的男人扬起嘴角，"记得我小时候经常听大院的叔叔阿姨们唱这首歌。尤其是我母亲，也参加过这首歌的合唱。现在倒是很少听到了。"

赵无棉自知有些嚣张了，她因为开心而摇头晃脑地按着琴键，连指挥都忍不住笑着看了她好几眼。

"那个弹钢琴的小姑娘也是市政厅的吗？"戴眼镜的男人忽然问道。

随行的几个人一同望向站在一边的市老干部局副局长。

"这是我们单位的。"孙局长上前道，"本来是请了个江师大的老师，结果那位老师今天忽然病了，所以拉了她来救急。"

戴眼镜的男人点点头，和悦地看向台上的伴奏，没再说话。

赵无棉兴致勃勃地弹完整首曲子，指挥和男中音被她感染了一般，都绽开笑容对她道了谢，就放她走了。

站在后门的一行人听完合唱，纷纷看向为首的宋宁。

"宋市长，这是老干部局最后一站了。"秘书在一旁悄声说道，"接下来您看是去招待所吃晚饭，还是……"

"不用麻烦。今天大家都辛苦了，早点儿回去休息吧。"宋宁温润的眼睛透过金丝边眼镜，瞥了眼赵无棉蹦蹦跳跳的背影，"很灵动的年轻人，这首曲子就让她伴奏好了。"

赵无棉想起办公室的电脑还没关,于是慢吞吞地挪到办公室,关完电脑又磨蹭了好久才出了单位。

她本想像往常一样走回家,但在路边忽然看到几辆崭新的共享单车。

以前赵无棉最喜欢在观澜江的单车道上飞速骑行,尤其是夏天,那时江边凉爽的风和自己飞扬的头发都能让人心旷神怡。好久没骑单车了,她犹豫了会儿,还是挑了最新的一辆,骑往江边。

自从上周送走秦时远,又无意中被林衍开导过,再加上父母都在江心陪伴,还有刚刚合奏了最喜欢的曲子——好久都没这么惬意了,赵无棉一边观着景,一边加快了速度——

"小姑娘,骑得挺快啊。"一道温润的男声从左边传来。

赵无棉侧过头,一个相貌堂堂的男人正和她并排骑行。男人四十出头,虽然着装朴素、简洁,但气质儒雅,给人雍容不迫的感觉。

"这不算快的,"她神采奕奕,"我年轻的时候骑得超快!"

男人声音清朗地笑了:"难道现在年纪大了吗?那我们这个年纪真是不敢和你们比了——我费了些力才追上你的。"

赵无棉闻言便放慢了速度。

"很久之前,有几个骑赛车的男生在路上追赶我都没追到。"

男人看着她骄傲的样子,温和一笑:"那确实很厉害。"

赵无棉又看了眼身旁这个温润如玉的人——说到这个词,她就马上想起了林衍。但不同的是,林衍的温润像清明的风、澄澈的水,而眼前的人双眼中含透着老道和世故。

两人没聊几句,就骑到了岔路口。

江风起,天凉好个秋。

赵无棉很喜欢自己的工作,除了工作性质,也是因为遇到了一群可爱的同事。这天下午快下班时,办公室沉浸在喧闹和谐的气氛中迎周末,赵无棉正拿着一袋薯片和两个老师分享,周平忽然走进办公室。

"哟,老周,都快下班了,又有什么任务吩咐啊?"姚主任问。

周平笑着跟他们寒暄,忽然眼神有些复杂地看了眼赵无棉。

"小赵老师,上面让我跟你说一声,下周的市级文艺会演,市政厅的混声合唱由你来伴奏。"

办公室安静了下来。

赵无棉蒙了好一会儿,才开口问道:"为什么呀?而且我也不属于市政厅呀,不是请了江师大的老师吗?"

"你问我,我哪知道啊。"周平打量了一番她,"反正是上面的意思。"

"哦哟,小赵,挺有本事的啊。"王老师讪笑了一声,"我们这些老教师都轮不到,倒是落到你头上了。"

"小赵前天是不是给他们伴奏了一次?"姚主任解围道,"老周,你跟我说过。"

"是的,"周平点点头,"不过说实话,帮一次忙就把江师大的老师顶掉了……"他有些调侃地扬扬下巴,"你是头一个哦!"

办公室里响起稀稀拉拉的笑声,赵无棉听着平日熟悉的同事们的笑声,却觉得有些冷。

她希望不是自己太过敏感,但那天下班,交好的同事们都没有和她打招呼告别,只有姚主任拍拍她的背说道:"大家都替你高兴呢,老周和王老师平时说话也是大大咧咧的,你别放心里去。"

赵无棉难过地点点头,刚想走出办公室,又听姚主任问道:"是不是你家那位打的招呼啊……这次确实是挺突然的,去年的市级演出大家也是想方设法上台,结果一个都没挤上去。"

赵无棉站住,回头肯定地告诉她:"我不知道这个'上面'具体指的是谁,但不可能是秦时远。"

话虽这么说,赵无棉走出单位时,还是给秦时远打了个电话。

"棉棉!"秦时远语气讶异又开心,"难得你主动给我打电话!是不是想我了?下班了吧?晚上吃的什么——"

赵无棉情绪低落,不想听他多话,打断道:"你知道下周的市级文艺会演吗?"

"什么?"秦时远愣了一会儿,"不清楚,我还没受邀,是有你的演出吗?什么时候?我看看能不能请假回去看——"

"不用了。"她再一次打断,"我只是问问。这次市级演出本来没有我们单位的节目。"

"哦。"秦时远失望地说,"我还以为能看你的演出呢。"

赵无棉讽刺地想:"之前我一堆演出,也没见过你的影子。"她又应付了几句,便挂了电话。

赵无棉正对着江面,靠在江岸的栏杆上,却觉着今天的江风不比昨日。

傍晚的江与天像往常一样美,漫天的粉色和金色照耀着淡青色的江水,渔船悠悠,大雁南飞。

"小棉花?"

熟悉的声音从身后传来,赵无棉回头,见林衍正站在满天霞光下笑意盈盈地看着她。

"林医生,"她有气无力地打了个招呼,"好巧。"

林衍的笑意淡了下去:"你不开心吗?"

"没有。"她否认道,"刚下班,有点儿累。"

林衍沉默片刻,徐徐走到赵无棉身边,也靠在栏杆处。

两人都静默了良久。

"我记得你告诉过我,希望下一次我们是以朋友的身份见面——那么,我是你的朋友吗?"

赵无棉偏过头,对上林衍清润的眼。她点点头。

"那么,你可以向我倾诉你的任何事,"他柔和地说,"受了委屈就说给我听,好吗?我会尽力给你最好的建议。"

赵无棉没有说话,只是低头看着栏杆下的江水。

"如果你不想说,那就不说。我在这儿陪你。"林衍顺着她的目光看着眼下混浊的江水,"如果你需要一个人静静,我就离开。"

薄暮冥冥,天快要黑了。

赵无棉低落地把刚刚的事情说了一遍。

林衍安静地听她说完,思忖了一会儿,又问道:"在得知这个消息的时候,你除了茫然,还有什么别的感觉吗?比如……你自己本身想不想参加这次演出?"

赵无棉仔细想了想,说道:"想,大家都想。"

"好,那我们首先应该认定这是一件让你高兴的事,对不对?"

赵无棉点头:"嗯,上面选定我,针对这个事情,我很开心。"

"干扰到你心情的是你的同事们。"林衍温和地说,"你觉得他们会因为这件事在之后的工作中为难你吗?"

赵无棉又思考了一会儿:"应该不会,我们在体制内都是平级,他们为难不了我什么。"

"我也是这么想的,"林衍赞同道,"他们只会在今天对你表现出不满,这是每个人都有的嫉妒心使然。你很聪明,应该也知道同事之间很少有真正的友谊,尤其是到了争名夺利之时。"

"嗯,我心里一直清楚。"赵无棉抬起眼睛,不再看栏杆下的江水,"但我还是很难过。"

"我能理解。"林衍再一次顺着她的目光看向远方,"等到下周上班,大家明面上的关系又会恢复如常。"

赵无棉盯着太阳渐渐下沉于对岸的群山后,又开口问道:"林医生,你被身边人误会过吗?"

林衍的目光只聚焦于她:"有过。"

"那你会不开心吗?"

林衍没答话,只是静静地看着黑夜降临。

"你看,今晚有月亮。"林衍指了指天上的一眉弯月。

赵无棉的注意力被吸引了过去:"嗯,没有星星了。"

"江心爱下雨,难得这几天的天气都很好。"林衍微微笑着和赵无棉一同望月。

"天气是挺好。"赵无棉嘟囔着,"本来心情也挺好的。"

林衍清和的声音飘进赵无棉心里,像是春雨滴进映月湖:"此时情绪此时天,无事——小神仙。"

赵无棉对着月亮笑了。

"林医生,你刚刚指了月亮。"

"嗯?"

"会掉耳朵的。"

"那我晚上一定护住我的耳朵。"

赵无棉周一上班时,同事们对她的态度又回到了原点。她给同部门的同事们带了母亲做的美食,大家也不再提上周微妙的不愉快。

秋风萧瑟，满城银杏，落叶飘零。江心市实行"落叶不扫"，市内条条道路都堆满了金色的树叶。赵无棉走在路上，玩心大起，踩在由落叶织就的地毯上沙沙作响。

赵母腿部不适，上午在江二医院拍了片子，下午让女儿顺路把片子带回家。

赵无棉下了班，踩着一路的落叶晃到了医院，拿完片子又询问完医生，下楼时看到心血管内科的指示牌，便优哉游哉地甩着大袋子走了过去。

林衍的办公室还亮着灯。赵无棉走近门口，就听到了林衍熟悉的声音："明天就要上手术了，这就是你们的学习态度？"

赵无棉从未听过林衍这么严厉的语气，她有些不知所措，在门口干站了几秒就准备离开。

这时门开了，几个穿着白大褂的年轻人神情严肃地走了出来，经过赵无棉时都侧头看了她一眼。

赵无棉犹豫了一下，又走近办公室，敲敲门，然后探头进屋内观望。

林衍面无表情地整理着一堆杂乱的文件，听到敲门声，抬起头看向门口。

"林医生，我经过这里，就顺便来看看你。"赵无棉身子站在门外，脑袋靠着门边，小心翼翼地说，"还没下班呀？"

林衍在看到她的一瞬间，眉眼就舒展开了。

"你怎么来了？哪里不舒服吗？"他停下了手中的事，走向门外的人，"进来吧。"

赵无棉好奇地打量着他的诊室，接着就看到角落里的一张桌子下摆着一个长方形的盒子，这盒子体积不小，外包装也是五颜六色的，和林衍严肃简单的办公室格格不入。

林衍趁她发愣时，拿起她手中的片单。

"哪里不舒服？"他追问道。

"不是我啦，是我妈妈腿疼，"赵无棉回过神来，"刚刚问过医生了，说没事，就是受凉了。"

"这样啊，"林衍放心地笑笑，拿了张凳子给她，"坐吧。"

"我不坐了。"她摇摇头，"我就顺路来看看你啦，你继续忙。我也要回家咯。"

林衍温煦地看着她，赵无棉被看得不好意思，又接过他手中的X光片：

"那我走了哦。"

还没踏出办公室,她又被叫住。

"赵无棉,能不能帮我个忙?"

她回过头:"好呀,什么忙?"

林衍从角落的桌子下拿出精致的礼盒:"你喜欢这个吗?"

赵无棉凑近看,原来是一盒乐高。盒子上画的是她经常路过乐高店时总会驻足欣赏的那款旋转木马。她下意识点头。

"那可以帮我拿回去吗?"林衍扬着嘴角,语气温和。

赵无棉立即反应过来,马上摇头。

林衍微微垂下眼睛注视着她,"一个朋友给我的,可是我本人对这个没什么兴趣……你不喜欢吗?"

"我……"赵无棉无所适从地抿了抿嘴唇,"您可以送给亲近的人。这个太贵重了,我不能要。"

"可是你刚刚还说会帮我的。"林衍轻声说道,"一直放我这儿也不合适,不愿意帮我这个忙吗?"

赵无棉晕晕乎乎地抱着乐高玩具从医院出来时,天已经黑了。她沿着宽阔的道路往家的方向走。因为天冷,道路上的行人都来去匆匆,街边的橱窗依旧摆放着各式各样的商品,但少有人停留、观赏。

赵无棉经过那家乐高店,精致的旋转木马照旧在摆台上缓缓旋转着,她又低头看了眼自己怀里的盒子——没想到人生中收到的第一份乐高玩具居然是一位相识不久的朋友送的,不过她以后都不用再巴巴地瞧橱窗了,自己可以在房间里研究拼凑出一个一模一样的旋转木马。想到这儿,赵无棉满心欢喜,走路也不再拖延,又是一蹦一跳地回了家。

赵无棉在自己房间里鼓捣了好久,才终于把巨大的旋转木马拼凑成功。她炫耀地把父母叫来看,父母都是敷衍地进房间看了一眼,赵父摇摇头:"你都多大了,还玩积木呢。"

赵母更是在电话里和秦时远聊道:"你再不回来,她可无聊死了,在那儿拼积木呢。"

秦时远听了岳母的话,倒是很开心:"真的吗?她自己这么说的吗……绵绵还是小孩子性格,喜欢玩具啊……"

阿秋倒是很给面子，特地跑到她家观赏："好看好看，花多久拼成的？"

赵无棉对着眼前的成品，把玩了半天，拍了张照片发给了林衍。

林衍刚下手术台，回道："很漂亮，谢谢你发挥了它原本的价值，不然放我这儿只能委屈它落灰。"

12月，江心市秋月寒江，霜天红叶，人们都穿上了厚厚的大衣。赵无棉在一个周末一时兴起，围着红色的围巾独自来到景区赏红叶。今年的枫叶红得早，映月湖周围遍地流丹。赵无棉慢悠悠地在一片片林暗交枫叶中信步而行，又看着身边枫叶荻花秋瑟瑟的景，拍了张映月湖的照片发了朋友圈。

赵无棉在湖的长椅上坐着休息了好一会儿。她看着湖岸边不时地驶过一辆辆小型观景车，以及湖中平流缓进的小船，这些景和物都让人陶情适性，乐以忘忧。

休息好后，赵无棉站起身来继续绕湖步行，还没走一会儿，就被一个卖糖葫芦的老妇人吸引了。

她小时候爱吃糖葫芦，奶奶嫌街边卖的不卫生，经常亲手为她做一串串的红糖山楂。

赵无棉看着糖葫芦，想着自己有多久没回家、多久没见到奶奶了。

"小姑娘，要来一串吗？"老妇人扛着一串串糖葫芦，笑眯眯地问道。

赵无棉咬咬嘴唇，准备挑一串。

"你多大了，还吃这个。"秦时远的声音倏地在脑中荡过。

赵无棉忽然僵住。

那是除夕的晚上，她兴高采烈地拽着秦时远逛街，在街边看到了一家摆着五花八门的糖葫芦的店，她兴奋地跑到窗口前，正想买一串时，秦时远皱着眉看着她。

"你是小孩子吗？成熟点儿啊。"他似笑非笑地说。

不愉快的回忆一闪而过，赵无棉没了兴致，对着老妇人摇摇头，继续往前走。

映月湖的一角养了一群金鱼，赵无棉每次经过都会扒在栏杆上，等着看"鱼跃龙门"的场景。她懒散地靠在一旁，想着一会儿的路线，不多时就被三三两两的游人包围。

她正准备继续出发，一道清和的声音叫住了她。

"赵无棉。"林衍身着深灰色的长大衣，抿唇对她微笑。

赵无棉看着被一身深色包裹着、气质依旧柔和的林衍手中拿着一串和他不太相符的糖葫芦，忍不住笑了出来。

"笑什么？"林衍看着她笑，也眉目舒展，"这个给你。"

赵无棉看着他伸手递过来的糖葫芦："你怎么知道……呃，我是说，你怎么……"

"我刚刚就想叫你，"林衍温和地说，"然后看到了你看糖葫芦的眼神——你为什么没有买？"

赵无棉接过糖葫芦："谢谢。因为我这么大了还吃这个会很幼稚。"

"不会。"林衍否认道，"没有人规定享用它还有年龄限制。"

赵无棉又笑了起来，她扒了扒脖子上的围巾，开心地咬了一口。

山楂红彤彤，糖衣亮晶晶，入口是久违的酸酸甜甜。

"为什么这么巧，江心这么大，我还总能遇见你？"她抬眼问道。

"我在西边的湖心亭，"林衍指了指远处的小亭子，"看到了你发的朋友圈，所以过来碰你。"

赵无棉怕自己吃得太狼狈，于是放慢了速度："嗯……那我们往前走？"

"好。"林衍含笑带着她走出游人圈。

小鱼塘的前方养着几只色彩斑斓的鸟，它们两两相伴地在湖中划水、漂浮。

"你看这些鸭子，都是成双成对的。"赵无棉舔着糖葫芦说道。

"这是鸳鸯，"林衍扬起嘴角，"所以都是相携相伴的。"

"哦，"她心不在焉地点点头，又咬了一口山楂，"怪不得说'只羡鸳鸯不羡仙'呢。"

这边的游客更多一些，林衍四下看了看身边的人，右臂悬空护着赵无棉走出来。

"小心点儿竹签，别扎到自己。"林衍柔和地低声道。

江树一川霞，赵无棉神采奕奕地踩在满地的丹红霜叶上。

"映月湖有'小西湖'之称，"她拽了一下林衍的袖子，"林医生，你看过西湖吗？"

"去过杭州一次。"林衍垂下眼睛笑着看她,"你是宛东人,那应该在长江边上?"

"嗯,"她点头道,"我们家乡有'鱼米之乡'的称号,我小时候喜欢跑到长江边看渔夫撑着船打鱼,那时候天天都缠着我爸妈要坐船。后来,我五岁那年,爸爸带着我乘轮船去上海,坐了两天一夜呢。船开到长江中心的时候,我又有些害怕,想着如果下暴雨,船翻了怎么办,我不会游泳——"

赵无棉说着说着,又戛然而止。

林衍停下脚步:"然后呢?"

"我是不是话太多了?"她尴尬地问。

"多说点儿吧,我喜欢听。"

赵无棉看向林衍温和的眉眼,咽下最后一口糖葫芦,继续说道:"然后我就站在甲板上看天气,每次一有大一点儿的风吹过,我就会躲进房间里,过一会儿再出来。"

林衍自然地拿过她手中的竹签,扔进了一旁的垃圾桶。

"嗯,谢谢……"赵无棉的目光又被脚下的一片心形枫叶吸引。她立马拾起来:"林医生,你看,这片树叶好漂亮!"

林衍回过头,接过她手中的叶子端详了一番,又扫了眼四周的红叶。

"秋风吹观澜,落叶满江心。"林衍弯腰捡起另一片枫叶,"你看这一片,颜色是不是更好看些?"

赵无棉接过两片不一样的树叶,高兴地点头。

"可以拿回去做书签。"林衍看着她亮亮的眼睛,也欣然笑着,"天要黑了,我们回去,好吗?"

"不要,我还想赏映月湖的夜景呢。"赵无棉小心地把两片树叶装进自己的口袋,"你要先回去了吗?我可以送你走到桥那边。"

林衍注视着她:"我和你一起,但是晚上气温降低,会冻着你。"

"不会,我穿得多。"赵无棉无谓地摇头,"林医生,你怕不怕冷呀?"

林衍也摇摇头,从口袋里拿出一颗奶糖:"我也不怕冷。吃不吃糖?"

赵无棉接过奶糖,拆开包装扔进嘴里:"你也喜欢吃奶糖吗?"

"你之前给过我一颗,"林衍没有正面回答,"我想,你应该会喜欢。"

赵无棉倒不记得什么时候给过他糖了。但当糖果的奶香在嘴里化开,她也就懒得再去回想。

"林医生,你是哪里人?"

"江心人。"

"那你没有和家人住在一起吗?"

林衍沉默了。

两人无言地走过几幢红楼,这些建筑虽然年深日久,但仍保留着碧瓦朱檐的华美。

"我没有家。"林衍平淡地说,"在我很小的时候,父母就离婚了,他们各自又组成了家庭,我是个多余的人。"

"你才不是多余的人。"赵无棉怔了几秒,反驳道,"你本就不依附他们活着。"

"是啊,我也只能'自成一家'了。"林衍嘲讽地笑笑,"你很幸福,有家人常伴。"

赵无棉不知道怎么安慰他,于是转移话题道:"林医生,你当初怎么想到学医学呀?"

"我的父母都是医护工作者。"林衍看似轻松地说道,"尤其是我的父亲,他是有名的脑科医生。其实当初我更喜欢文学,但为了能让他重视我,我毅然选择了医学。可惜我的父母似乎并没有为之骄傲。不过话说回来,我本身也是不值一提。"

"怎么会?"赵无棉瞪大了眼睛,正视着林衍,"医术精湛、医德高尚……你就是这些词的代言人啊!你这么优秀,怎么会不值一提???"

林衍站在一棵参天古树下,婆娑树影遮住了他的神情。

"如果在你眼里我是这么好,那确实……我还有些价值。"

后一句被观景车的打铃声掩盖,赵无棉听到清脆的铃声,偏过头,一辆观景车刚刚开过,一对老夫妇正拄着拐杖在湖边散步,此时映入她眼帘的是"碧水丹山映杖藜,夕阳犹在小桥西"。

赵无棉被这幅美景惊住,忙示意身边的人:"你看——"

暮霭沉沉,山衔落日。几只织女银鸥飞过这断霞千里满残红。

"林医生,我每次和你看的景好像都是黄昏时候。"赵无棉笑得眼睛弯起来,长长的睫毛微微抖动。

映月湖和观澜江离得不远,两人沿着景走,就到了江边。

"月亮出来了。"赵无棉拉紧了围巾,"走了这么久,你累吗?"

"不累,"林衍摇摇头,"你呢?要不要休息?"

"我也不累。"她开心地说。

澄江一道月分明。

"市文艺会演的演职人员里,只有我一个无名小卒。"赵无棉边走路边把玩着围巾的流苏,"在后台候场的时候,我就很不好意思。"

"所有大名鼎鼎的人之前都是默默无闻的。"林衍和顺地说道,"有过这一次的露面,下次就有经验了。"

"还会有下次吗?"赵无棉歪着头,"这一次我都不知道是什么情况。我在江心又没有背景,为什么会选中我呢?"

她刚说完,秦时远一家就浮现在脑海中。一阵不快从心里闪过,赵无棉甩甩头,想把不愉快的人和事通通甩往脑后。

"你在学拨浪鼓吗?"林衍碰了一下她大衣后的帽子,"这么用力摇,头会晕的。"

林衍又顺势帮她整理好脖子后的围巾:"为什么不对自己加以肯定呢?你在彩排时和他们合作过一次,一定是因为你能力出众,惊艳到了他们,对不对?"

赵无棉闻言,感激地看向林衍,他总能用最温和却最坚定的语气说出鼓励她的话。

"不要老是听我说呀,说说你嘛!"她扯扯林衍的衣角。

"我吗?我自认为没什么好说的故事。"林衍笑吟吟地看着她,"或者,你想了解我什么?"

赵无棉又想起之前缠着秦时远聊他的工作时,他冷淡地回应。

"我就是对不了解的职业都很好奇,嗯……那你会不方便说或者觉得烦吗?"她犹豫地问。

"不会,我很乐意说给你听。"

寒月高挂,秋江杳霭。两个人一下午缓缓而行,漫漫而游,终于到了尽头。

"林医生,我到家了。"赵无棉站在小区门口,热忱地说,"你要不要上去坐坐?"

"不用了,你这几天也累了,早点儿休息。"

赵无棉抿了下唇，又说道："谢谢你今天陪我。"

月色如水，林衍立于素晖下，显得格外柔和。

"如果你有需要，可以随时找我。"他真诚地说道。

赵无棉会错了意，笑嘻嘻地说："我最近身体很好的，暂时应该不会需要你。"

赵无棉和他告了别，进入小区的背影也渐渐模糊于夜色中。

林衍倒是在原地站了良久，他转身准备往回走时，第一眼就望到夜空中的一盏泓月。

皎皎空中孤月轮。

兔缺乌沉，岁聿其莫。快到元旦之时，江心竟难得地下起了雪。赵无棉生长在南方，很少见到雪景。她在元旦小长假前一天上完今年最后一天班，看着满天的雪飘如絮和满城的银装素裹，手套都没来得及戴好，就兴奋地跑出单位。

"棉棉，听说江心下了雪，你记得多穿点儿。"秦时远在电话里嘱咐着。

秦时远培训的最后两周是封闭式进修，赵无棉一想到还可以有这么多天不用面对他，心情大好，也就难得地和他多说了几句话。

"知道了，你也注意身体。"她心不在焉地说着，腾出一只手接雪花。

"下下周，我就可以回来了。"秦时远满怀期待地说道，"今年过年早，我妈问今年要不要两家一起吃个年夜饭。"

"过年啊……"赵无棉叹了口气，"还没定哎，再说吧。"

"棉棉，"秦时远有些犹豫地开口道，"我妈还问……你怎么最近都不去我们家玩儿了。"

"嗯？有吗？"赵无棉接到了一片完整的雪花，然后看着雪花在她手心中转瞬即逝，"我没注意，那下次去吧。"

"那你下班了吗？在干什么呢？"

"刚下班，要回去了。"赵无棉甩了一下手中的雪水，"不说了，外面冷。"

"好，等你到家再给我打电话，好吗？"

"嗯，"她搪塞道，"挂了，拜拜。"

赵无棉已经有两年没有正式地感受过跨年了，阿秋趁着三天假又回了老家。她想了想，于是买了一堆零食抱回了家。

赵母正在家和奶奶视频，赵父在厨房准备晚饭。赵无棉扔下零食，抢着要和奶奶说话。

"奶奶！"赵无棉像个孩子般蹦到沙发上坐着，一把抢过手机，"奶奶，您吃饭了吗？晚上吃了什么呀？"

视频中的老人笑容可掬："我的小棉花，冷不冷哟，听说你那边下雪了？"

赵无棉把手机镜头对上窗外："您看！是江心的第一场雪！"

奶奶点点头："宛东好久都没见过雪了，没想到江心先下了。"

赵无棉和奶奶说了几句，赵母又接过手机继续聊天。赵父做好了饭，对母女二人招呼道："来吃饭吧，等过了年把妈接来江心玩儿一阵子。"

赵无棉开心地拍手："好哇好哇，让奶奶跟我睡。"

"过年了时远都回来了，你还赖在家啊？"赵母瞪了她一眼。

赵无棉撇撇嘴，不再作声。

跨年晚餐很丰盛，赵无棉酒足饭饱后，瘫在沙发上不想动弹，赵母催促她去公公婆婆家看看。

赵无棉拖拖拉拉，拎着几盒礼物和父母一同去了婆婆家。她想起之前秦母与姑姑的对话，心里总是有些硌硬。

两家大人平日里往来其实不多，但毕竟好久没来过了，于是她浑浑噩噩地听着大人们谈天说地，挨了两个多小时，终于能打道回府。

回到自己家时已经十点多了，赵无棉又一次懒散地靠在沙发上。电视里放着欢天喜地的新年晚会。她本想好好休息一番，可是又接到了秦时远的视频电话。

"时远呀，怎么不打给棉棉呢？"赵母接了电话道，"哦……我们刚从你家回来呢！"

赵无棉偷偷看了眼自己的手机："哦，我的手机没电了，所以没接到。"

"妈，爸，提前祝你们新年快乐。"秦时远低沉的声音传来，"棉棉呢？让我看看她。"

赵无棉不情不愿地挨到母亲身旁，强颜欢笑地招招手："嘿……"

"怎么着，你们俩是不熟啊？"赵母皱着眉瞪了她一眼，"这是你老公！

101

干吗呢你?"

"哦。"赵无棉忙坐直身子,但又不知道说什么。

赵父一直在一旁注视着女儿,半晌,他坐过来,接过手机:"时远啊,最近过得还好吗?具体哪天回来,定了吗?"

赵无棉松了口气,佯装高兴地坐在一旁,听着父亲和他聊天。

地方台的新年晚会邀请了各界人士做嘉宾,镜头在前排的观众席上一一扫着,扫到医护工作者那组时,镜头在一个六十左右的男性脸上停留了三秒。

赵无棉回想着那男人的眉眼,总觉得有些眼熟。

"棉棉,问你话呢?"赵父打了一下她的膝盖。

"嗯?"赵无棉回过神来,茫然地看向视频中的秦时远。

秦时远眼神有些暗淡,但他马上又调整好神态:"棉棉,我听说市文艺会演让你上台了,你是怎么选上的?"

赵无棉呆了呆,她想起刚刚电视上的男人像谁了。

"我没有家。我是个多余的人。"清润的声音在她脑海中响起。

赵无棉应道:"我也不知道是怎么选上的,我那天还打电话问你来着……"一边说着,一边拿起手机,点开和林衍的对话框,却不知道发什么。

"我是你的朋友吗?"

"那么,你可以向我倾诉你的任何事。受了委屈就说给我听,好吗?"

赵无棉心头莫名泛起一丝酸意。

"林医生,你睡了吗?"她看了眼时间,已经十一点多了,"提前祝你新年快乐哦。"

林衍的消息回得意想不到地快。

"我在江边,离你家很近,你愿不愿意出来走走?"

赵无棉缩了下手指,她看了眼手机里的秦时远,接过电话:"我忽然想起约了朋友去江边跨年,就不跟你说了,行吗?"

秦时远伸出手指轻摸了一下屏幕上她的脸。

"好,你早点儿回去。"他轻喃着,"棉棉,等我回来陪你。"

赵无棉把电话交给父亲,戴好围巾和帽子,又拿了一盒赵母下午做好的小蛋糕,全副武装地出门了。

"外面还下着小雪呢,"赵母说道,"你们年轻人真不怕冷啊。"

赵无棉出了小区，赶忙跑到江边。其实她挺怕冷的，但一想到林衍独自一人在江边淋雪，她就于心不忍。

十一点半时，赵无棉远远地看到了林衍挺拔的背影。

"林医生！"赵无棉开心地喊着，在林衍转过身时，朝他用力地挥挥手。

林衍穿着厚厚的大衣，大概是站了一会儿，他的衣领和头发上都覆盖了一层薄薄的雪。在看到赵无棉时，他落寞的眉眼和嘴角都弯了起来。

赵无棉一身毛茸茸的白色，像个小精灵在雪中向他飞奔过来。

"林医生，你什么时候出来的？你不冷吗？"她瞪大了眼睛，看着他满身的雪，下意识想伸手为他掸开一些，但立马想到这举动有些不合适，于是手伸到一半又缩了回去。

说来也奇怪，不停下了几个小时的雪，在无声无息中悄然止住了。

林衍微低下头，注视着她："刚出来没多久。"

赵无棉提起一个精致的小盒子："这是我妈妈做的小蛋糕，送给你。"

林衍笑意更显："谢谢你。这是给你的。"

赵无棉盯着他递过来的袋子："这是什么？"

林衍耳朵有些红："我自己做的，不知道好不好吃。"

赵无棉打开袋子，是两串超级大的糖葫芦。她再仔细一看，糖衣里包裹的不是山楂，而是一颗颗饱满的大草莓。

"你上次提过更喜欢草莓做的糖葫芦……但我在店里没找到。"林衍赧然一笑，"所以挑了些草莓，在家里熬了麦芽糖做的。如果不好吃，我下次就改改……"

赵无棉呆住了，她不知道是想象不出林衍独自熬糖穿草莓的样子，还是因为一股异样的情绪倏然涌上心头。

江的对面是市民中心，江心市最大的跨年零点倒计时活动就在对面进行。若再往前走一些能看得更清楚，此时对面上演的是五光十色的灯光秀。

"快到零点了，要不要往前走走？"林衍温和地问。

赵无棉心里五味杂陈，点点头，随着林衍一同往前。

雪已经停住，江边开始有三三两两的年轻人靠在栏杆上等待江对面的零点倒计时。

"在这之前，我还没有出门看过江心的零点是什么样的，只在家里听到过烟花声——响彻云霄后又万籁俱寂。"林衍温声说道。

"那为什么今天要来看?"赵无棉抱着袋子,低声问。

林衍没说话,只是凝视着她。

心慌的感觉渐渐在胸腔内泛滥,赵无棉不敢直视他。

江对岸的灯光秀停止闪烁,绚丽的红色灯光停在对岸的高楼上。

"因为今天你在。"林衍的声音漫进赵无棉的耳朵。

对岸开始倒计时。

"我平时也不愿在江边游荡,因为我总能看到江对岸的南卮山。在我儿时,父母还未分开,他们时常会在清晨带我去爬那座山,然后看着日出扶桑。"

倒计时十秒。

"我的父母是在西藏的梅里雪山相遇的,那儿有道景叫日照金山。当旭日初升时,人们就会对着雪山祈福,阳和启蛰,品物皆春。可惜我还没去过。"

倒计时五秒。

"他们也带我看过雪景,那时我们一家三口在冬末飞雪中静候春来。"

倒计时三秒。

"谢谢你,今天陪我同淋江心的初雪。"

对岸响起零点的钟声,烟花随之绽放。

钟声鸣响远逝,烟花灿若星辰。

历添新岁月,春满旧山河。

"棉棉,新年快乐。"林衍温润的声音扬扬盈耳。

赵无棉握紧手中的袋边,鼓起勇气看向他。

四目相对,赵无棉撞进他温润的眼中。

风起于青蘋之末,腐余之灰。它拭过行人的衣角,拂起赵无棉落在耳边的发丝,吹向无波的江水。她退后了一步。

落雪摇情,情随风起。

七 转朱阁，低绮户，照无眠

> 两个不相爱的人
> 怎么可能组成一个正常的家庭？

赵无棉逃回家时，赵父赵母已经睡下。她没有开灯，瘫在沙发上。她万万没想到，自己对林衍的仰慕已然发展成了爱慕。赵无棉在黑暗中使劲掐着自己的手腕。她是个已婚的人。

在江边惊慌失措，而后逃之夭夭，现在已然冷静下来，她还是无所适从。她能看出林衍的心意，自己也是情不知所起。

她拿起手机，想和林衍说个清楚，却始终开不了口。

赵无棉脑中生起一个不光彩的想法。瞒着他吧，暂且瞒着他，等一等再说。如果他即刻知道了真相，两人也许就真的老死不相往来了。即便纸包不住火，能拖一天是一天。

赵无棉讽刺地想，她跟秦时远还真是一丘之貉。

赵无棉一夜都没睡好，她上半夜翻来覆去，下半夜好不容易入睡，又接二连三地做梦。她梦到林衍笑得温柔好看，清润的嗓音像溪水一样潺潺流淌："棉棉，下雪了要多穿点儿，不要冻到。"过了一会儿，林衍离她越来越远。接着，他的身影渐渐模糊，她想去追，一伸手却拽到了另一个人——秦时远，他俨乎其然，居高临下地看着她："你有什么资格怪我？你比我还差劲……"后面的梦境,赵无棉不记得了,她心脏猛地一跳,醒了过来。

睁开眼时,发现自己在家中的卧室里,她坐起来,满脸惊慌地看着眼前的人。

"棉棉,做噩梦了吗?"秦时远握紧她的手,关切地看着她,"不怕,没事了。"

"你,你……"

"我想给你个惊喜,"秦时远苦涩地笑笑,"现在看来倒成了惊吓……对不起,爸妈跟我说了你还没醒,但我迫不及待想看看你。"

赵无棉慢慢反应过来,紧接着又想起了昨晚的事。

秦时远见她愣神,抬起手想为她理理头发。

赵无棉下意识往后躲。

秦时远一愣,手停在半空中。

少顷,赵无棉才开口道:"我要起床了,你先出去吧。"

秦时远凝视了她良久,硬是将她拉进怀中。

赵无棉头皮一阵发麻,双手攥成了拳头,她强忍着想要推开他的想法,皱着眉头目视着面前雪白的墙壁。

"我真的太想你了,所以今天跟上面报备了一天假期。我明天就走,好好陪我这一天,行吗?"

父母还在家,赵无棉不想在新年第一天跟他闹僵,她嗯了一声,推开了他:"你先去客厅,等我洗漱完就出去,好吧?"

秦时远似乎还想说什么,好在赵母在外敲了敲门:"早饭好了,你俩别磨蹭太久哦!"

秦时远这才放过她,一步三回头地出了门。

赵无棉坐在床上,深深叹了口气。她拿起床头的手机,看到了林衍的短信:"草莓糖葫芦好吃吗?我再给你做,好不好?"

昨夜又下了雪,外面的雪还没化。清晨没有阳光,只有彤云密布的天。

赵父赵母见秦时远冒着雪也要跑回家看他们女儿,颇为动容。赵母本就喜欢这个年轻有为的女婿,如今看到他对女儿如此上心,更是对他称赞不止,赵父也开心地和他聊着近况。

"时远啊,你多喝点儿牛奶,增加免疫力的。"赵母叮嘱道,"我做了阳春面,你就爱吃这个,对吧?"

赵父亲自倒了杯牛奶递给他："你也是，这大冷天，路又不好走，还跑回来干吗……"话虽这么说，他眼角的皱纹却透着浓浓的笑意与欣慰，"这阳春面按照你的口味做的，多吃点儿，我们宛东人倒是不太爱吃。"

秦时远接过牛奶，放到赵无棉桌前，然后站起来接过赵父手中的空杯子："爸，我来。"

一家人坐在餐桌前，两个老人都是喜上眉梢的样子，赵无棉却有些心神恍惚。

"昨天几点回来的？又是很晚睡的吧？"赵父敲敲她的脑袋，"作息不规律可不行。"

"可不是。"赵母附和道，"哎，对了，时远，棉棉昨天跟着我做了些小蛋糕，你要不要吃的呀？"

秦时远笑着摇摇头："不了，我不爱吃那个。"

手机屏幕亮了一下，赵无棉解开屏幕锁，还是林衍的消息："我刚想起来你还有季节性肠胃炎，昨晚受了凉，你记得起来先吃点儿清淡暖胃的，再用热水袋暖暖胃。"

赵无棉关了屏幕，把手机放进了口袋。

"妈妈，你煮粥了吗？"她低声问。

"有，你要吃那个啊？不喝牛奶了吗？"

"我昨天受了凉，又熬夜，怕犯肠胃炎。"

"哦，那我给你盛。"赵母说着站起身。

"我去就行。"赵无棉挪开凳子，向厨房走去。

秦时远怔怔地望着她的背影，问岳父岳母："她有肠胃炎吗？"

"季节性的，跟那个过敏一样。"赵父喝了口牛奶，"每年冬天就得犯一次……你不知道啊？"

赵母摇摇头："年纪轻轻，一堆毛病，以后可怎么好。"

赵无棉在厨房里慢吞吞地盛着粥，她又在犹豫了。林衍是个太好的人，她不该如此。

"你干吗呢？搞那么久？"赵母叫到，"你是盛了一桶粥要去救济难民啊？"

赵无棉回过神来，她使劲揉了揉酸涩的眼睛，端着碗出来。

"做事快点儿啦，慢吞吞的。"赵父皱眉。

秦时远停止进食，目不转睛地盯着她。

"你们俩待会儿有什么安排吗？在家待着还是出去？"赵母问道，"或者别出去玩了,大冷天的。时远啊,回你爸妈家看看吧,好不容易抽出一天回来。"

秦时远点点头,依旧看着赵无棉:"可以吗?"

赵无棉淡淡地看了眼他——难得他会询问自己的意见。她又是轻轻嗯了一声,没再多说话。

从家里出来,一阵寒意侵袭,赵无棉打了个寒战,拽紧了围巾。

秦时远穿着厚厚的长大衣,他戴上黑色的手套,揽住妻子的肩。

"车停在那儿了。"他指了指右边。

赵无棉没搭话,只是跟着他走。

进了车厢,赵无棉呼出一口白气。

秦时远侧身为她系好安全带。赵无棉不习惯和他离得这么近,于是抗拒地一直往后靠,可惜有椅背抵着,她也躲不远。

车子缓缓地开动,两人都没说话。

"棉棉,这段时间过得好吗?"

"挺好的。"

又是一阵沉默。

"你不问问我吗?"秦时远看了她一眼。

"问什么?"

"问我过得怎么样。"秦时远沉声说,"你不关心我。"

"你几乎天天打电话,我知道你挺好。"

"你是嫌我烦了?"秦时远低沉的声音满是压抑。

"我没这个意思。"赵无棉不耐烦地说道,又偏过头看着车窗外。

"我只有这一天的假,晚上就得回去。"他忍耐地说,"你对我好一点儿,行不行?"

尽管天气不好,但新年第一天还是热闹的,街边的商铺都装饰着各种红色的物件。

赵无棉默默深吸一口气,忍着不去跟他争吵。她仔细想想,两人认识这么久,似乎从未吵过架。两个不相爱的人,怎么会吵得起来呢?

"说话啊,怎么不说话?"秦时远控制着自己的情绪。

"说什么?"

"说你想说的,"秦时远握着方向盘的手越来越用力,"说你的日常、你的所见所闻，说你有多想我，像我想你那样想我！"

赵无棉皱起了眉。

车子猛地一拐弯，停在了路边。

秦时远低着头不看她，半响，闷声问道："你的戒指呢？"

赵无棉一怔，下意识摸了摸自己的脖子。

"早上四点冷得要命，我爬起来去高铁站，想着马上就能见到你，我冒着雪满怀期待地进门，站在你房间门口我都不敢进去，我怕身上的寒意冻到你。我忍着想你的心，在客厅待了十分钟。你知道我见到你的时候有多开心吗？我坐在你床边看着你，也不敢碰你。然后我就看到你的项链没了。"

赵无棉放下手，依旧没搭腔。

"你知道我当时是什么心情吗？"秦时远偏头看向她。

"戒指在家里，忘戴了。"她平淡地说。

"为什么要摘下来？"

"忘了，"赵无棉的手指在围巾流苏上悠闲地打转，"好像是中秋那天摘的。"

秦时远一顿，无力地垂下了头。

大概过了五分钟，赵无棉心里开始不耐烦了，他才抬起头："回去把戒指戴上。"

赵无棉轻轻点点头，可惜这个细微的动作没有被身边的人看见。

秦时远看着她："好不好？回去就戴上，不要再摘下来了，好不好？"

赵无棉扫了他一眼："听到了，知道了。你还走不走？爸妈要等急了。"

听到"爸妈"两个字，秦时远的心里好受了些，他缓了缓神，发动了车子。

两人都心照不宣地没有再提刚刚的不愉快，到秦家门口，秦母打开门看到的是一对琴瑟和鸣的小夫妻。

"你怎么回来了？"秦母惊讶地问道，"进来吧你们俩。"

"调了一天假，回来看看。"秦时远牵着妻子进了门。

"也没听你说啊。"秦母很高兴，"今天中午就在这儿吃饭了，好吧？"

赵无棉点点头，脱下了围巾和大衣。

秦父正看着电视，见儿子回来了，也乐得咧开了嘴："哦哟，怎么不说一声就回来了？昨天小赵她爸妈还过来做客了呢——小赵啊，你们昨天回去路好走的吧？我好像看之后又下雪了。"

"好走，我们到家之后才又下的。"

秦母倒好水给儿子，又问儿媳妇："小赵，你是不是要喝饮料的？我们这儿还有几瓶可乐，我跟你爸也不喝。"

赵无棉摇摇头："不用，我咽喉反流还要预防，喝不了刺激性的碳酸饮料。"

秦父秦母好久没见到儿子，自然是喜形于色。秦母没说几句话就忙活着去厨房张罗午餐，秦父在客厅与儿子儿媳聊天。赵无棉坐在沙发上漫不经心地听着，偶尔搭一句，不至于不礼貌。

秦母做了一大桌子儿子爱吃的菜，又把几盘拌凉菜端到儿子儿媳面前。

"你就爱冬天吃凉菜，也不知道是什么习惯，"赵母笑呵呵地说着，"吃吧，多吃点儿。小赵妈妈也是厨艺了得的，你难得回来一趟，我们老人可都得在吃喝上招待好你。"

赵无棉听了婆婆的话，若无其事地看了看桌上丰盛的菜肴，满桌都是秦时远爱吃的江心特色菜。

"小赵也多吃点儿啊，"秦母招呼道，"喜欢吃什么自己夹啊。"

赵无棉对婆婆笑笑。哪里有她喜欢吃的？她记得两人第一次见父母时，妈妈给秦时远准备的是一大桌子江心口味的菜，而她到了秦家，秦母准备的仍然是江心口味的菜。

"小赵，吃呀。"秦父示意儿子。

秦时远从眼前的凉菜盘中夹了一些给她。

"我小时候很爱吃这个，"他对她笑着，"但是平时妈妈都不给我做，说是太凉了坏肚子，尤其是冬天。"

"这段时间都别吃凉的。"林衍的短信在脑海中一闪而过。赵无棉盯着碗里的菜，半晌拿起筷子吃了一口。

"好吃吗？"秦父笑吟吟地问，"多吃点儿呀。"

赵无棉抬起头："挺好吃的，但太凉的东西我不能多吃。"

秦时远似乎想起了什么："你有季节性肠胃炎，是吗？那我给你盛碗汤。"

赵无棉在公公婆婆家总是没有在自己家自在，她草草地吃了几口了事，就坐在位置上听他们一家三口聊天。

"小赵最近很忙呀？"秦父问道，"怎么最近都很少见你了，有空多来我们这儿坐坐。"

赵无棉抬起眼:"嗯,好。"

"对了,我昨天还忘了问,今年过年蛮早的,我们两家要不要一起吃顿年夜饭?"

"不了,我爸妈下周就回去。"赵无棉答道,"过完年有空再回来。"

"下周就走?"秦时远看向她,"下下周我才回来呢。还有一星期,你准备在哪儿住?"

"要是两边你都觉得冷清,就来我们家住一周吧。"秦母笑着。

"不用了,不冷清。"

"宛东是鱼米之乡。"秦父说道,"小赵觉得是江心的鱼好吃还是老家的鱼好吃?"

"都挺好。"

赵无棉不知神游了多久,这顿午饭总算结束。秦父秦母又留了两人一下午,就这样,终于到了秦时远快要回南州的时间。

"棉棉,我先送你回去,再去高铁站。"秦时远扣好衣服扣子。

"不用了,高铁站路远,你先去好了。"

"没多远,时间是够的。"他不由分说,揽着妻子走向车位。

赵无棉拗不过他,也就不再争辩,依着他进了车。

"你今天没胃口吗?我看你没吃多少。早餐也是。"秦时远问道。

"嗯,天气不好吧。"

两人又半天没说话。

"是天气不好,还是看到我了没胃口?"

赵无棉皱起眉头:"你回趟家就为了跟我找事吗?"

"我回趟家是想看看你,可你连个笑脸都没有。"

"那你说你想怎么样,你要我做什么你才高兴?"

秦时远知道自己还在开车,他深呼吸,努力让自己冷静一些。

"我不要你怎样,"他慢慢说道,"我就想你多看我几眼,多对我笑一笑,多跟我说几句话,这样不行吗?你以前不就是这样的吗?"

前方就是江心市第二人民医院,赵无棉的注意力被吸引了过去。

"在看什么?"秦时远沉沉地问,"你有听我说话吗?"

"嗯，听了。"她淡淡地应道，"快到我家了，你还要不要上去坐一会儿？"

秦时远深深叹了口气。

"不想上去就算咯，"赵无棉看了他一眼，"叹什么气呀？"

车子在医院门口的路边停了下来。

赵无棉疑惑地望向他："你是要把我放这儿吗？也行，这儿离我家很近了。"说着就解开了安全带，却发现外面下起了小雨。

秦时远扣住了她的手："我们聊一会儿。"

赵无棉又重新靠回椅背。

"棉棉，下下周我就要回来了，你再想躲我也躲不了几天了。"秦时远一字一句地说着。

赵无棉本想开口反驳，但张了张嘴又懒得费口舌。

"等我回来。"他停顿了好一会儿，"我们好好过日子。"

赵无棉依旧没搭话，也没有看他，只是垂着眼，似乎在想心事。

"你整天到底都在想什么？"秦时远单手捏着她的下巴，"你能不能正眼看我？能不能给我个回应？"

赵无棉双手轻推着他宽大的手掌。

"听到了，两只耳朵都听到了。"她瞟了眼时间，"你快来不及了哎。"

秦时远的眼睛有些红丝，目不转睛地盯着她。

"你就气我吧，"他咬着牙低声说，"气死我你就高兴了。"

"我气你什么了？这一整天不是都跟着你吗？"赵无棉平静地说着，"别莫名其妙的，好吧？"

"好，我莫名其妙，我犯贱，大冷天非得跑回江心陪你——"

"我没有非让你回来陪我，"她打断道，"不要感动了自己又赖我身上。"

秦时远阴沉地看着她，少顷，转过头看向前方："下去。"

赵无棉看了眼车窗外的蒙蒙寒雨，犹豫了一下，还是推开门下了车。

刚关好车门，车子就开走了，赵无棉哭笑不得地看着飞驰的车影，扯开围巾盖在头上准备跑回家，结果刚跑一步就被散开的鞋带绊倒了。

摔在地上时，赵无棉才真切感受到了什么叫点背，她看着自己湿了的衣摆和弄脏的围巾，撇了撇嘴，手撑地上想要站起来。

一双温暖的手迅速扶住了她。

"棉棉，摔到哪儿了？"林衍蹲下身子焦急地看着她，"严不严重？起得来吗?"

赵无棉透过凌乱的发丝看到了林衍温和的眉眼。

"我没事。"她赶忙说着,迅速爬了起来。她实在不想让林衍看到自己如此狼狈的样子,于是下意识用手中的围巾捂住脸。

"这个已经脏了,"林衍伸手阻止,又把自己脖子上的黑色围巾拿下来绕到她的颈上,"我的车在那儿,我送你回去。"

赵无棉顺着他的右侧,看到了一辆还没来得及关上门的车。

"嗯,其实也不用麻烦……"她小声说,"我家就在附近……"

"我知道你家近,"林衍柔声说,"可是现在下着雨,如果你想雨中散步,等下次我们带上伞好不好?"

赵无棉被逗笑了:"我可没这个雅致。"

"那就上车。"林衍率先为她开了副驾驶的门。

车厢里暖意融融,赵无棉坐在车座上,抱着脏了的围巾和手套,有些不知所措。

林衍在车外迅速脱下了自己的外套,然后上了驾驶位。

他把自己的衣服给一旁的赵无棉盖上,又把温度调高了一些:"一会儿就不冷了。"

赵无棉感激地看了眼他:"林医生,谢谢你。"

"叫我名字好吗?"林衍淡淡地说,"跟我也不必言谢。"

她咬了下嘴唇,没再说话。

很快就到了小区门口,赵无棉说道:"停在这儿就行了,车库不好开进去,待会儿你出来也麻烦。"

林衍朝前看了看:"这儿离单元门还有点儿距离,雨又大了,我送你过去吧。"

赵无棉解开安全带:"不用了,就几步路,你别麻烦了。"说着就推开了车门。

林衍跟着她下了车,手里拿着自己的外套,悬空盖在她头顶上方:"我记得你免疫力低,抵抗力也差,所以不要淋雨。我们一起跑过去,好吗?"

赵无棉仰头呆望着林衍淋着雨为她撑衣服,鼻子一酸,还没来得及说什么,就被林衍带着小跑起来。

113

到了单元门内,赵无棉胡乱揉了把眼睛,低头把脖子上的围巾摘了下来,举给林衍:"谢谢你,林医生。"

"叫我名字呀。"他轻笑着更正道,又从衣服口袋里拿出一盒益生菌递给她,"一天一小包就够了,不要多吃,也不要长期吃。这段时间要尤其注意自己的饮食,记住了吗?"

赵无棉双手接过益生菌,使劲点头。

"要不要到我家坐一会儿?"

林衍摸了摸自己湿淋淋的头发:"我这个样子就不去见叔叔阿姨了,你到家记得喝碗姜汤,好不好?"

赵无棉又点点头,无言地看着他推开单元门。

"林医生。"她忽然开口。

林衍抓着门把手,转头冲她笑:"什么?"

赵无棉看着外面的蒙蒙细雨,牙齿紧紧地咬住舌头。坦白吧,向他坦白,自己是已婚,刚刚就是被丈夫抛下的。

林衍见她迟迟不说话,松开了门把手:"怎么了,棉棉?"

赵无棉望着他眉宇间的担忧,又狠狠地咬了下舌头,一瞬间的痛让她闭上了眼。

"草莓糖葫芦很好吃。"她不敢直视他清澄的眼。

林衍绽开笑容:"真的喜欢?那我再给你做,好不好?"

赵无棉在林衍离开后又在单元大厅里坐了一会儿,想调整好状态后再进家门。哪知赵父下了楼:"你坐这儿干啥呢?也不回家?时远急得都要跑回来了。"

赵无棉愣愣地看着父亲:"什么?他怎么了?"

"你俩吵架了,是吧?"赵父摇摇头,"时远打了几个电话问你有没有到家,你现在赶紧打回去,别让他真的跑过来了,耽误他时间。"

赵无棉掏出自己手机拨通了电话。

"棉棉!你到家了没?"秦时远急得声音都变了调,"对不起对不起,我不该把你扔在那儿不管,是我不好……我当时真的气昏了头,没有注意到下雨了……"

"我到家了。"赵无棉看了眼在一旁的父亲,"你上车了吗?"

"还没有,刚刚准备回来……你没事就好,我改签到下一班车。"

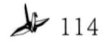

"嗯,那你候车吧,"她平和地说道,"我刚到家,先休息了。"

"我……"秦时远还想说些什么,赵无棉就把手机递给了父亲。

"时远啊,棉棉到家了,你安心上车吧,"赵父和蔼地说,"到了地方跟棉棉说一声,她关心你呢。"

赵无棉轻声笑了笑,拖着父亲的胳膊上了电梯。

赵父挂了电话,不高兴地拍了下女儿的头:"人家都快急疯了,你还笑!你啊,也真是没心没肺!"

赵无棉虽然免疫力低下,这次倒没有受冻感冒。她鼓足勇气在第三天下班后带着自己做的蛋糕去看林衍以表感谢。那天又下了些小雪,医院大门的金色字样被覆了层薄薄的霜色,林衍戴着口罩走出门诊部,和赵无棉保持着一定的距离:"你自己做的吗?谢谢你,我回去就吃。上次阿姨做的也很好吃。"

这时一个年轻的男医生走了过来:"林主任,下班了?您感冒好点儿没?"

林衍对他点点头:"好得差不多了。"

"哇,有小妹妹送蛋糕了啊,"男医生调侃道,"可惜我们林主任不吃这些甜品。"

赵无棉一愣:"为什么?你不爱吃这个呀?"

"他乳糖不耐受,"男医生抢答道,"前天吃了蛋糕还不舒服着呢——恐怕要浪费妹妹一番心意咯,不如给我吧,我能吃。"

林衍微微皱了皱眉头:"你今天查房查过了吗?报告单按时交了没有?"

男医生一怔,含糊道:"查了,交了。"然后火速溜走了。

"你感冒是因为那天淋雨了吗?"赵无棉问。

"不是,"林衍迅速否认道,"是我自己不注意,在办公室受凉了。"

"你乳糖不耐受,为什么不说呢?"赵无棉拿过他手中自己做的蛋糕,忽然有些生气——生自己的气。

"棉棉,我是很轻微的!"林衍见赵无棉想离开,马上捏紧鼻梁上的口罩跟上去,"我没有浪费,你给我的蛋糕我都吃了!"

赵无棉抓紧蛋糕盒:"我知道你吃了,但你有必要这样吗?"

"有,那是你给我的。"林衍拿住她手中的盒子,"这是你亲自做的,给我好不好?我是医生,难道还不知道自己的身体情况吗?我是继发性乳糖不耐受,偶尔吃一次真的没事。"

赵无棉扯过蛋糕盒的边:"不好。"
林衍的目光垂了下来。
赵无棉不忍看他失望的眼,缓和语气道:"我给你做别的,你喜欢吃什么?"
林衍的双眼又微微弯起:"蛋糕。"

1月是个矛盾的季节,红衰翠减又万象更新。
白雪也嫌春色晚,故穿庭树作飞花。
霭霭停云,寒风凛冽,赵无棉站在林衍身前,却觉得雪暖风和。
一辆救护车吼叫着飞速驶进院内,林衍的目光立即被吸引了去。
几个人手忙脚乱地抬下担架,车内又下来两个急救医生。
"林哥!"其中一位戴着眼镜的医生挥了挥手,"这个患者有冠心病!"
林衍的眼神瞬间严肃起来,他匆忙地对赵无棉说道:"我去帮个忙,你早些回家。"就飞奔进了急诊部。
赵无棉眯着眼,看着林衍光而不耀的身影在纷纷飞雪中消失。
"在雪色和月色之间,你是第三种绝色。"

日月其除,转眼间就到了秦时远研修结束的日子。从省城回到江心,他第一时间就去赵家,要接妻子回去。
"好了,时远现在也回来了,我们两个的任务也结束了。"赵母笑眯眯地说。
"妈,今年就留这儿过年吧,离除夕也没几天了。"秦时远看着对父母依依不舍的妻子,"春运期间回家也不方便,你们在这儿,棉棉也高兴。"
赵无棉疯狂点头。
赵父思索了一番,说道:"这样吧,我们跟家里商量一下,家里还有老人呢。"
秦时远牵起赵无棉的手:"好,那我们回去了,明天再来看你们。"
"不用啦,有空再来玩儿,你们两个小年轻分别了这么久,也该多过过二人世界!"赵母笑着送女儿女婿出门,"对了,棉棉这几天做了不少小蛋糕,多拿点儿回去当早餐吃吧,我跟你爸爸也吃不了那么多甜的。"
秦时远接过袋子:"这么多?我又不爱吃这些,她一个人也吃不了呀。"
"那就全塞她嘴里,"赵父笑道,"谁让她做这么多的。"

赵无棉默默拿过蛋糕袋。

春节临近,各大商场超市又开始循环播放《恭喜发财》《好运来》等新年专曲。赵无棉最爱的是她记忆里的春节,年幼无知的她和少不更事的哥哥总会在长辈们相聚一堂时偷偷溜出去放鞭炮。她胆小,不敢放,哥哥就用压岁钱给她买不会炸响的仙女烟花棒。在吃年夜饭时,所有的亲人都聚在奶奶家那不大的餐厅内,在一张大大的圆桌板上摆放出一桌丰盛的菜肴。赵无棉最讨厌敬酒,但是现在回想起来,她愿意再对着长辈们说十次百次的敬酒词,只要能够回到那无忧无虑的童年。

除夕前两天,赵无棉跟着丈夫去购买年货。一进超市就能看到货物架上堆满了春联和红灯笼,一看到这明晃晃的红,赵无棉眼前一亮,这又勾起了她儿时的回忆,张灯结彩的小县城似乎比四衢八街的大城市更有年味。她走上前,拿起一只小灯笼把玩。

秦时远跟在她身后轻笑着:"喜欢这个?那多拿几个,客厅和门前都挂上。"

赵无棉拿了两只灯笼,又开始挑春联。

"棉棉,这个喜不喜欢?"秦时远拿了一副别致的窗花和一件中国结饰品凑到她眼前。

"这些家里有。"

"家里的都是从爸妈那儿拿过来的,这些更好看呀。"秦时远单手搂住她,"去年除夕我们没在一起过,今年算是我们的第一个年,对不对?"他浅浅地笑着,"得有点儿仪式感。"

赵无棉没仔细看窗花图案,直接接过他手中的物品放进推车,又淡淡地说道:"你还会在意仪式感吗?我还以为你懒得管这些东西。"

秦时远左手覆在她握住车把的双手上:"怎么会懒得管?等到除夕我和你一起布置家里。"

赵无棉的手背感到一阵暖,她的眉头不受控制地皱了一下。

"昨天妈让我们挑些散称的糖和糕点,"她开口道,"我还要称水果,这两个地方的队都排得挺长的。你去散装零食那儿,我先去称水果,节省点儿时间。"

"我们一起去不行吗?"秦时远没动弹,"又不赶时间。"

"可是人超多，要排队等好久。"

秦时远看了眼熙熙攘攘的人群，只得同意："好吧。那你称完水果就来找我……或者就在那个货架旁等我，别跑丢了……"

"我不是小孩子，"赵无棉从推车中拿起两袋水果，"我先过去了。"

临近年关，各大超市都摩肩接踵，赵无棉艰难地抱着水果挤入了长长的队伍。

"赵无棉？"一道清脆的声音在耳边响起。

何静推着车站在她右侧。

"何老师？"赵无棉扬起笑脸，"您怎么在这儿？"

"我家旁边的超市可没这儿大，所以和我先生来这儿逛逛。"何静笑着说，"你一个人吗？秦局长呢？"

"哦，他去那边了。"赵无棉往她身后看了看，"您先生呢？"

何静也跟着回头看了眼："我俩又挤散了，人真是太多了。你帮我看一下我的推车，好吗？我去找找他，不然又要重新排队。"

赵无棉点点头，腾出一只手把她的推车拉到自己身边。久闻宋宁大名，今天可以见到他真人了。

当何静挽着宋宁过来时，赵无棉瞪大了眼睛。

是前段时间骑单车在半路上遇到的那个男人。

宋宁见到她，温和地笑了："赵无棉，我们又见面了。"

赵无棉一时语塞，顿了好久才说道："宋市长，您亲自来购物啊。"

宋宁提着一袋葡萄，放进了推车："不然你觉得我平时都不会逛超市吗？"

何静也跟着笑，把自己的推车拉了回来："谢谢啦。"

"不客气。"赵无棉看着那袋新鲜的葡萄，"您爱吃葡萄吗？一下买这么多？"

"嗯，我从小就爱吃。"何静笑吟吟地看着她手中的水果，"你呢，怎么没买多少？"

"我爱吃草莓，可是今天来晚了，都被抢光了。"赵无棉瞪着那袋葡萄，她跟何静相反，从小就不喜欢吃葡萄。

"我刚看那儿还有些呀。"宋宁整理着推车里杂乱的物品。

"那些不新鲜。"何静说道，"这几年流行丹东草莓，今年都没怎么在超市看到过。"

队伍虽然长,但是在说话间也就不知不觉排到了。

赵无棉称完水果,跟何静夫妇告别,接着慢吞吞地去找秦时远。

除夕那天,江心市比往日冷清了不少。赵、秦两家吃完年夜饭,已经是晚上七点多了,两家老人都休息得早,吃完饭就都催促着小夫妻回家,第二天再过去拜年。

两人回到家,秦时远迫不及待地从餐厅中拿出一盒精致的小蛋糕:"妈跟我说,之前每年除夕都会给你订个蛋糕。"

"你什么时候买的?"

"今天中午,你跟妈妈一起做饭时。"

"谢谢,"赵无棉并未太过动容,"一起吃吧。"

"我不爱吃这个。"秦时远牵着她走到沙发前,又打开电视,"慢慢吃哦,春晚应该开始了。"

赵无棉打开盒子,里面是一个漂亮的水果蛋糕。

秦时远拿出勺子递给她。

赵无棉用勺子挖了一小口。

"时远,"赵无棉轻轻笑着,"你为什么买葡萄口味的?"

"嗯?你不喜欢吗?"秦时远转过头来,"我以为女生都喜欢葡萄味的。"

"你为什么会以为女生都喜欢葡萄?"赵无棉饶有兴趣地问,"一般人都会觉得女生喜欢草莓吧?"

秦时远一脸蒙:"是吗?那你是喜欢草莓味的吗?"

赵无棉看着勺子上的葡萄肉,送进嘴里:"我前天还想着要多吃葡萄呢——因为我发现爱吃葡萄的女生会长得更漂亮。"

"下次给你买草莓味的,好吗?"秦时远笑着摸摸她的头,"不要挑食哦,葡萄是补气血的。"

秦时远本来想着今年除夕好好陪妻子,但天不遂人愿,春晚播放到一半时,局里来了个电话。

"秦局长,北贤路发生了重大交通事故,听说挺严重的,我们已经赶过去了。"

秦时远怔了一下:"怎么会?除夕夜马路上都是冷冷清清的啊。"

"我们也不清楚,李局不在江心,交通局的吴局长已经在路上了,您看……"

"我现在过去。"秦时远说完,马上站起身换衣服。

"棉棉,我现在过去看看,要是太晚了你就先睡,好吗?"

"好,你去吧。"赵无棉盯着电视。

秦时远拿上车钥匙,又看了眼茶几上的蛋糕:"怎么没吃几口?多吃点儿呀,放到明天就不新鲜了。"

赵无棉含着勺子看向他,半晌,拿出勺子,说道:"我试过了,可是就是觉得不好吃。时远,何静爱吃葡萄,不代表所有女孩儿都爱吃呀。"

电话铃又响个不停,秦时远头一次没去管他的电话,他呆呆地看着赵无棉:"你在说什么呢?"

"李局长的电话。"赵无棉指了指他的手机。

秦时远依旧站在原地:"这跟别人有什么关系?棉棉,你不要瞎想,好吗?"

赵无棉拿起他的手机接了电话,然后走过去递给他。

秦时远不得不接:"李局,是,我刚知道,我现在就赶过去,大概要二十分钟的样子……嗯,没事。"

赵无棉又坐回沙发上:"我第一次听说除夕夜发生车祸,之前有过吗?"

秦时远拿着电话,摇摇头:"棉棉,你听我说——"

"那你确实要到场,又是重大事故,你快点儿去吧。"赵无棉平静地看着他,"你自己说的,二十分钟就得到。现在已经过两分钟了哦。"

秦时远握紧了拳头,又无力地松开。

"你在家等我回来,我尽快回来。"

秦时远出门后,赵无棉顿时感到一阵轻松,她和小时候一样,跳起来扑到柔软的沙发上,然后给阿秋打了个视频电话,接着在沙发上滚了一圈,翻着消息列表,再一个个地回复新年祝福。

林衍的电话就是这时候打来的。

赵无棉怕见到秦时远,因为她对他的抗拒比自己想的还要强烈,她也怕听到林衍的声音,因为每每面对他,她最怕的人就成了自己。

"棉棉,你在不在家?"林衍温和的声音不疾不徐地传来,"我从我父亲那儿回来,路过你家,方便下来见我一面吗?"

赵无棉看了眼时间,已经快十点了。她犹豫了一会儿,答应道:"好,但我不在家,你得等我十分钟。"

她从沙发上蹦起来,戴好帽子、围巾和手套,又是一阵全副武装地包裹着出了门。

赵无棉看到林衍时,他正独自在小区旁的一座小桥边靠着,静静地仰头望着夜空。

"林医生!"赵无棉看到他,眼睛就不自知地亮了起来,"你在看什么?"

林衍被她打断了思绪,转过头,浅浅笑了:"看月亮。"

赵无棉朝着他刚刚看的方向望了望:"那不是北斗星吗?"她指向另一个方向,"月亮在这边呀——"

林衍不看星月了,只是看着她。

赵无棉站在他面前。路灯下的林衍清和平允,只是身上带了点儿落寞。

悄立市桥人不识,一星如月看多时。

"看我给你带了什么?"林衍开心地笑着,摇了摇手里的仙女烟花棒,"你上次不是说现在过年都没有年味了嘛,贴春联吃年夜饭都有家人陪你,那玩烟花棒的项目就留给我和你一起,好不好?"

林衍掏出一盒火柴,划了两次,终于点燃了烟花棒,绚烂的火花照亮了他清雅的脸庞。

"这个给你。"林衍把两根绮丽的花火交给了赵无棉,自己又点燃了两根。

烟花棒在两人手中绽开,与赵无棉儿时的记忆重合。

"你从哪儿弄来的?"赵无棉好奇地问,"我还没看到超市有卖的。"

"超市当然不会有啦,"林衍轻甩着烟花棒,"我弟弟说他有,所以从他手里抢过来的。"

"你还有个弟弟呢?"

"同父异母,"林衍淡淡地说,"所以亲情浅薄。"

赵无棉看着他,沉默半晌,又抬头问道:"你不是说每年除夕都不愿意去父亲家吗?"

林衍看向她:"嗯……今天就顺便去看看。"

"是为了从弟弟那儿拿烟花棒吗?"

"不算,"林衍又笑了,"主要是为了拿草莓。你不是爱吃草莓吗?我听说最近流行的丹东草莓很好吃,可是在店里没找到,我父亲说他们家有。"林衍又点燃了两根烟花棒递给赵无棉,"所以我就去了。奇怪,今年的草莓这么稀有,往年还能经常看到呢——"

"林医生——"

"叫我名字。"林衍轻轻挥舞着烟花棒,"草莓,我放在保安亭那儿了,你待会儿记得拿回去哦。"

赵无棉盯着手中灿烂的火花转瞬即逝。

"一年将尽夜,明日又逢春。"林衍看着两人手中的烟花渐渐燃尽,"一会儿还得去我母亲那儿,棉棉,提前祝你新春快乐。"

赵无棉的泪浅浅地涌了上来,模糊了双眼。

"林医生,谢谢你。但我不知道怎么向您表达我的……敬意。"

"你说什么?"林衍怔怔地看着她。

好在月色清淡,灯光昏暗,赵无棉垂着头,让人看不出她红了的眼。

"我很尊敬您。"她使劲吸着气想把眼中的酸意咽下去。

"尊敬?"林衍垂下了双手,"你对我是尊敬?"

"嗯。"

赵无棉不敢抬头,烟花棒在她手中差点儿被折成两段。对于林衍的示好,她自知不配;对于自己已婚的事实,她又说不出口。

两人好久都没说话,久到赵无棉想要主动抬起头把真相说出来,才听到林衍一声轻叹:"好吧,那是我的失败。"

林衍拿过她手中燃尽的烟花棒:"给我吧,我扔到那边去。棉棉,我先走了,别忘了拿草莓。如果你不烦我的话,能不能也跟我说声'新年快乐'?"

赵无棉深知自己一张口就会哭出来。

林衍等了一会儿,见她不说话,又是一声叹息:"那我走了。"

赵无棉在小区门口站了很久,当她回到家时,秦时远已经回来了。

"你去哪儿了?"秦时远见状放下了手机,"正想给你打电话。"

"见了个朋友。"她低落地说,"我困了,先睡了。"

秦时远拦住了她:"棉棉,你是不是还在生我的气?"

"生什么气?"她茫然地看着他,反应过来后轻轻摇了摇头,"没有,我就是困了。"

秦时远紧盯着她,忽然心中一滞。

"你去见了哪个朋友?在哪儿见的?"

"你不认识,"她没精打采地说,"经过家门口,就下去说了几句话。我能去睡觉了吗?"

"不能。"秦时远固执地挡在她身前,"我刚从楼下上来,怎么没见到你们?"

赵无棉的后脑勺开始神经性地疼痛,她没心情跟他说话,于是敷衍道:"我不舒服,能不能明天再说?"

秦时远抬起手招住她的下颌,迫使她仰起头:"你能不能正眼看着我?你不想看我,是吗?我们还有一辈子的时间要相互看着!"

赵无棉被击中了一般,她抬眼看向面前的人,眼神惘然。

两个不相爱的人怎么可能组成一个正常的家庭?

阿秋一开始就告诉过她,有些事不能因为害怕面对就逃避面对。赵无棉直视着秦时远。即便没有林衍出现,他们的婚姻也不会走得长远,裂缝已经存在,而且裂得越来越大了。

秦时远的心慌感又上来了。

"你去见谁了?"他沉声问,"你哪个朋友我不认识?"

赵无棉眨了眨眼,镇定地说:"之前的同学,下次介绍给你认识好了。我真的不舒服,明天还要早起,能不能让我去休息?"

如今父母都在江心,又正值春节,等过完年吧,过完年就把事情摊开,她的人生还很长,不能一直浑浑噩噩地拘泥于一场失败的婚姻。

赵无棉侧躺在床上,仍然没有睡着。她头痛欲裂,于是睁开眼看向没拉紧的窗帘,边缘透进淡淡的月光。秦时远躺在她枕边,沉默不语。

转朱阁,低绮户,照无眠。

除夕夜,千家笑语漏迟迟。春晚的倒计时钟声响起,江心市的上空划过璀璨夺目的烟花。

共欢新故岁,迎送一宵中。

八　不应有恨

我们什么都没发生，
但我对你倾注了无尽的爱意。

假期的时间总是过得飞快，转眼间，江心市各家单位都已复工。这天，赵父赵母去往江心市北边的春阳市拜访老友，走后不久又想起卫生间的灯没关，于是叫女儿下了班顺道回家关上灯。

赵无棉一整天都恶心反胃，大概是肠胃炎要犯了，她在单位吃了药就昏昏沉沉地趴在桌子上。同事见状也不敢吵她，只在下班时把她叫醒。

"你还不如请假回家呢，今天也没什么事呀。"王老师和姚主任围在她桌前，"到点了，打个电话叫你老公来接你吧。"

赵无棉虚弱地抬起头："好，你们先回去吧，我没事。"

她眯了一会儿，感觉精神好了些，于是拿起了手机。

秦时远的电话倒率先打了过来："棉棉，今晚我要加班，晚上不回去吃饭了——"话还未说完，赵无棉就听到有人叫他："秦局长，几位领导已经到了。"

赵无棉见他忙，也没再多说："好，那你去忙吧。"挂了电话，她喝了一大杯温水，缓了缓神，走出办公室。

天气没有回温，但没了前几天的大风，走在路上就不感觉那么寒冷了。赵无棉慢慢地走了几百米,反胃感又上来了,一阵阵的,比白天还要严重。她没了力气,于是拦了辆出租车。

"去哪里?"司机问道。

赵无棉想起母亲叮嘱她别忘了回去关灯,于是报了自己家的小区名。

很快到了家,赵无棉跑到卫生间想要呕吐,又吐不出来。她难受地走到客厅,躺在沙发上,想歇息一会儿再看,结果躺下后几乎就没力气起来。

往年犯肠胃炎时似乎并没有这么严重。她又昏沉地闭了会儿眼,胃里像在滚着海浪,时轻时重地上涌。

赵无棉感觉自己的身体没有一丝好转,于是打电话给秦时远,但没人接。无奈之下,她只得打给阿秋。

阿秋到赵家时,赵无棉没有力气站起来,于是在电话里虚弱地告诉她密码。阿秋提了一盒水果和药,看到好友苍白的脸,也愣住了:"这么严重吗?你量体温了没?"

阿秋翻出体温计,不高兴地问:"你病成这个样子,老公是干什么的?"

"他今天加班,"赵无棉虚弱地说,"就是除夕那次的交通事故……"

"那个事故都上微博热搜了,好像是醉驾引起的。"阿秋给她加了半杯热水,"除夕夜的马路是最冷清的,也能出这种事。"

赵无棉没有力气再接话。阿秋拿着热水壶去烧水,回到客厅时,又问道:"你再打个电话给他吧。我感觉你得去趟医院打吊水。"说着拿起她的手机,又拨通了秦时远的电话。

依旧没人接。

"他开会时都是静音,估计开不完会是不会看到的。"赵无棉无力地说。

"要他有什么用?"阿秋拿出了体温计,"我看看。"

"三十九(摄氏)度八。"阿秋放下体温计,"不行,现在去医院。"

赵无棉感到自己的双臂被阿秋拽了起来。

"可是我没劲……"

"我叫个车。我扶你到楼下就行。你靠着我坚持一下。"

赵无棉感到头晕目眩,刚被拖起来,恶心感就严重了几分。

阿秋替她把衣服帽子穿戴好。两人身形体重都差不多,阿秋有些艰难地拖拽着她出了门。

刚走到电梯,赵无棉就忍不住了:"我要吐了。"

阿秋赶紧又跑到家门前,把门打开。

赵无棉进了卫生间就呕吐起来,但一整天她都因为难受,没吃什么,所以吐出来的都是清水。

阿秋手忙脚乱地倒水拿纸。赵无棉吐完,脑子一片空白,左手臂忽然酸麻起来。

"我扶你去床上躺着。"阿秋揽着她道。

赵无棉这才发现自己已经动弹不了了,连一步路都走不动,她想告诉阿秋,却连说话的力气都没有了,只得轻轻摇头。

"躺着不好吗?"阿秋睁大眼问道,"那去沙发那儿坐着?"

赵无棉依旧说不出话,只能摇头。

阿秋似乎明白了什么,立即从餐厅拖了把凳子过来。

赵无棉瘫在凳子上,手臂的疼痛让她神志清醒了些。

阿秋摸了一下她的额头,全是冷汗。

"你等等,我叫救护车。"

阿秋打完120,拿了毛巾蘸热水给赵无棉擦着脸:"你的医保卡在不在?电话里的人说一会儿要用上。"

赵无棉依旧说不出话,只是费力抬起了手,指向书房。

"我去找找。"阿秋把毛巾扔在一旁,火速跑向书房。

江心市院前急救中心。

张勉处理完急救任务,刚回到单位就看到一个熟悉的身影坐在自己的工位旁。

"林哥?"张勉新奇地问,"你怎么在这儿?"

"下班路过,记得你今天值班,就顺路看看你。"林衍温和地笑着,手里把玩着一支钢笔。

"稀客啊。要我说,你得快点儿成家,别没事就来我这儿溜达。"张勉坐在他身旁,一把抢过笔,"别玩掉了,我的笔一放办公室就容易失踪。"

林衍看了看四周:"其他人呢?都去出任务了吗?"

"是啊。"话音刚落,桌子上的电话便响了起来。

"看吧,我就说,消停不了一下。"张勉摇摇头,接起了电话。

"和苑小区是吗？好的，收到。"

林衍抬起了头。

张勉放下了电话："林哥，我不陪你了啊，又有急救任务了。"

林衍也站了起来："我也要回去了。"

两人一起走了出去。

张勉收到了调配电话，马上拨给了求助者："你好，我是急救中心的医生，请问患者现在是什么情况？你是否是本人？……哦，还有呼吸吗？神志清楚吗？"

一阵风吹来，张勉肩上宽大的白大褂有些往下掉。林衍替他往上拢了拢。

"好，您稍等。还有患者的姓名、年龄？"张勉走到了救护车前，打开车门。

"赵无棉，二十七岁。好，记得带上患者的医保卡。我们马上到。"

张勉挂了电话，迅速爬上救护车："林哥，我先——你干吗呢？"

林衍不由分说地随着他上了救护车，车子随即开动。

"和苑小区？赵无棉？"林衍拽着他白大褂的袖子。

"是这个信息，"张勉又看了眼手机上的记录，"你认识啊？"

林衍的手没了力气，从他抬高的袖口上滑落下去。

"我跟你一起去。"他沉声说。

"嗯……那你也把白大褂穿上吧，这儿还有一件。"张勉疑惑地扯下放在车子上的白大褂。

阿秋翻到赵无棉的医保卡，又拿好她的手机，然后在卫生间到大门口之间焦灼地走来走去。好在没过多久她就听到了敲门声。

"来了！"阿秋边喊边跑过去开门，"棉棉，你挺住了啊，他们来了。"

赵无棉微微抬起昏昏沉沉的脑袋，眼睛无神地看向门口。

阿秋刚打开门，还没反应过来，一位高个儿男医生就焦急地进来了，随后跟进的是一位身形小一些的男医生，尴尬地问她："患者呢？"

赵无棉迷迷糊糊中看到一道白影迎着昏暗的灯光冲到自己身边，淡淡的消毒水味儿轻轻允斥于鼻腔。

"棉棉，你怎么样了？"温和的声音带着些慌张。

赵无棉疲惫的眼睛有些睁不开，只是模糊地看到眼前一身白的人俯身靠近。

好熟悉的声音。

"医生,她烧到快四十摄氏度了,动都动不了,浑身都是冷汗呢。"阿秋也跑了过来。

张勉快速走了过来:"小姑娘,能听到我说话吗?看看我。"

赵无棉吐完后精神慢慢好转,现在神志是清楚的,只是没力气。她听到医生的话,半睁着眼慢慢看向张勉。

抬担架的人员在客厅内站着:"张医生,先把她抬上来吧?"

张勉认同地朝他们点点头,又俯身问道:"现在还有劲起来吗?"

赵无棉刚想试着站起身,就被身边的人打横抱了起来。

"棉棉,没事啊,我在这儿。"熟悉的声音在她耳边轻声滑过。

阿秋和张勉都愣了两秒,然后赶忙跟上。

赵无棉身子不舒服,但精神已经渐渐好转,她慢慢睁开双眼,看着自己以平躺着仰视的角度出了家门,进了狭窄的电梯,又出了灯光明亮的单元大厅,接着路过一排排梧桐树。层层葱茏的树叶遮住了月明星稀的夜空,但微弱的星光仍然透过枝叶洒在她苍白的脸上。

阿秋不放心地跟着担架小跑。她疑惑地看着林衍,白大褂的下摆随风飘扬,他没有另一位医生穿得严实,没有戴上口罩和淡蓝色的医生帽,也没有向她询问赵无棉的状况。他只是跟着担架走,紧盯着担架上的人,甚至一刻也没有看路。

"我朋友情况很严重吗?"阿秋问张勉,"需要两个医生来急救?"

"呃……他是江二医院的医生,"张勉尴尬地笑笑,"我想,他们两个大概认识。"

赵无棉躺在担架上,被摇晃得有些头晕。晚上开始有风了,但这风并不大,吹过她耳边,只有些柔柔的凉意。

被抬上救护车时,赵无棉紧张地攥住了绑着她胳膊的担架带。

林衍再次俯身,在她耳边轻语:"别怕,我陪着你。"

赵无棉闭上了眼。他比晚风还温柔。

阿秋跟着上了救护车,她顾不上对林衍的好奇,又低头看好友:"医生,她有季节性肠胃炎,但是以前也没有这么夸张啊,这是怎么回事呀?……我们去哪个医院?江二吗?"

"不,去第一人民医院。"张勉答道,"有可能是肠胃感染,江一的感染科是最好的。"

"能再给她量个体温吗?"阿秋担心地说,"刚刚量着快四十摄氏度了。"

张勉忙着给病人测心率:"要量的,稍等。"

林衍拿起了手边的测体温仪器,轻轻撩开赵无棉的头发,把小探头放进她耳朵里。

赵无棉紧闭双眼,仍然没忍住眼泪的滑落。

林衍皱起眉头,伸出右手轻轻拭去她脸上的泪水,又俯身轻声问道:"哪里不舒服?"

赵无棉不敢睁开眼,只是摇头。

张勉和阿秋对视了一眼,又扯扯林衍:"小姑娘,刚刚吐得多吗?"

"她吐的都是水,因为今天没吃什么东西,"阿秋抢答道,"她中午就开始难受了。"

"那昨天吃了什么?"张勉又问道。

赵无棉张开嘴,轻声说道:"蛋糕。"她发出的声音只有气,没有音。

林衍侧过头把耳朵靠近她:"什么?"

"蛋糕。"她用了点儿力气说道。

林衍摸了摸她的额头,又转头问道:"蛋糕会引起这么大的反应吗?"

"应该不会。"张勉拿下夹子,"心率正常。"

救护车一路狂奔,不到十五分钟就到达江心市第一人民医院。

在被抬下救护车时,赵无棉感到自己胃里的难受感已经消失,身子也回暖了不少。

进了急诊室,需要从担架转移到病床上,赵无棉挣扎着想爬起来,却又被林衍抱了起来。

"我可以自己——"

"哪位是家属?医保卡有没有带?"一位护士问道。

阿秋急忙应道:"带了带了,我去缴费。"

急诊科的医生走过来,跟张勉和林衍打了声招呼,就开始低头询问赵无棉的情况。

张勉拿着一张单子出了急诊室，林衍站在一旁给她盖好被子。

一位护士拿着一堆东西走了进来："需要抽血化验，袖子先弄上去哦。"

林衍握住赵无棉的左手，帮她卷袖子。

赵无棉长长的睫毛抖动着。

"棉棉，还想吐吗？"林衍温柔地问，"身上冷不冷？"

赵无棉摇着头，抓着林衍的手不放。

"我不走，我在这儿陪你。"林衍腾出另一只手抚摸着她的额头。

护士看着两个人，抿嘴笑了一下，开始为赵无棉抽血。林衍站在一旁，单手轻轻覆着她的双眼。

抽完血，赵无棉也跟着抽回手，想要坐起来。

"怎么了？"林衍托着她的后颈。

"我没事了，"她低声说，"缓了这么久，感觉好多了。"

急诊科医生走近她："这么快就能起来了？那应该是没什么事，就是拖了一天导致反应过激。"

"所以病不能拖呀，不然小病也会拖成大病。"张勉又回到急诊室，把手上的单子递给赵无棉，"在下面签个名字。"

她接过单子，低头一笔一画地写着。

等她写完，张勉拿走了单子，对林衍和急诊医生点了点头："我先回去了。"

急诊科医生也说道："小姑娘没什么大事，又有林衍陪着，那边还有个病人，我先去隔壁，有事再叫我。"

急诊室安静下来。不到两秒，一声清脆的轻响打破了宁静。

林衍低下头，蹲下身子把掉的东西捡了起来："这是你的项链吗？"

赵无棉看着他手中的链子，上面穿着一枚小巧的戒指，戒指上面镶嵌的钻石在医院的灯下闪着刺眼的光。

赵无棉接过项链："嗯。"

诊室里没有凳子，林衍本就忙了一天，大概刚刚又是紧张过度，现在也有些累了，蹲下时没稳住，半跪在地上。

"林衍，"赵无棉第一次叫他的名字，"谢谢你。"

"嗯？"林衍微微仰着头看向她，然后笑了，"我说过，跟我不必言谢。"

130

"谢谢你。"赵无棉没有笑,只是看着他,像是要把他看进心里,"你在我风雨如晦的日子里投下了一束光。"

林衍柔柔地笑着,手指轻碰着她清瘦的脸:"那是因为你点亮了我。"

赵无棉闭上眼睛,又睁开。

"这个项链上,穿的是我的婚戒。"

林衍的笑容僵住。

"你是说,你结过婚吗?"他的语气依旧温柔如常。

"我结了婚。"赵无棉正视着他的眼睛,"我的丈夫,是负责你医闹案件的警察秦时远。"

林衍轻抚着她脸的手指在微微抖动。

"棉棉,"他放下手,半跪在地上,虔诚地看着她,"别开这种玩笑。"

"对不起。"赵无棉说出来的时候比自己想象得要冷静,"虽然你没有正面问过我,但我确实在有意瞒你。"

林衍一动不动,只是保持着之前的姿势,看着她。

"我跟他因为合适而结婚。他爱着别人,对我没有感情。然后现在我又爱上了你。对不起,真的对不起。"

急诊室里鸦雀无声,阿秋拿着一堆单子目瞪口呆地站在门口。

林衍终于摇晃着站了起来。

"真是……不知终日梦为鱼。"他呢喃道。

林衍已经走了很久,赵无棉在阿秋难以置信的问话中回过神来,她看向窗外的一抹残月。

梦醒了。

赵无棉的脑中不断地回响着他临走时对她说的最后一句话:"我们什么都没发生,但我对你倾注了无尽的爱意。"

检验结果正如急诊室的医生所说,没什么大事,肠胃感冒拖沓所致。

阿秋把赵无棉送到家门口,又将几盒药与病历单塞入她手中:"拿好了。回去好好休息,顺便想清楚这个婚姻还有没有继续下去的必要。"

赵无棉打开门,见家中漆黑一片,于是摸索着开了灯。

秦时远在黑暗中坐着,听到开门声,才抬起头来。

夫妻俩在灯下对望着。

"你去哪儿了？"秦时远问道，"打你电话不接，去爸妈家也没人。"

赵无棉站在玄关处没动弹。

"爸妈去春阳了，"她答非所问，"所以家里没人。"

"我问你去哪儿了。"

"医院。"她像个木偶一样失神地走向卧室。

秦时远追上前，见她眼睛呆滞地坐在床边的地毯上。

"你怎么了？"他蹲下身子，拿过她手中的药和病历单，仔细看着，"我去给你拿水，先把药吃了。"

"吃过了。"赵无棉呆呆地望着窗外，"今天不用吃了。"

秦时远借着窗外的月光看到她惨白的脸和没有血色的嘴唇，心揪着疼。

"对不起，棉棉，对不起对不起，"他抱紧妻子，"我今天加班，都没顾得上你。"

赵无棉无力地推他。

"你为什么老跟我说对不起？"她眼睛无神地看着秦时远，"你有那么多对不起我的地方吗？"

秦时远放开她，和她相对而坐。

"我一直都愧对你，"他握着赵无棉冰冷的手，大拇指摩挲着她的手背，"你冷吗？医生怎么说？还是肠胃炎，是吗？"

"嗯。"赵无棉面无表情，眼睛也没了之前的灵动。

"你是不是还不舒服？那现在就休息，好吗？"

"不，我有话跟你说。"她轻声道。

秦时远似乎顿了顿才反应过来，他看着妻子，深深地笑了："难得你会主动告诉我，有话对我说。棉棉，之前你也是这样的，每天话多得都说不完，你会跟我分享各种事……"他沉浸在回忆里，眼睛炯炯有神，"你看你现在，都不对我笑了，还老是玩失踪，就像刚刚一样，让我找不到你，干着急。你知道每次找不到你，我有多慌吗？其实元旦那天我突然跑回家，就是因为晚上做梦梦到你不见了，我翻遍所有地方却怎么也找不到你。所以我醒了后第一件事就是订车票跑回来看你。那次回去，还被几个同学笑话了……"

秦时远兴致勃勃地说了半天，才注意到赵无棉面无表情的脸。

"棉棉？"他轻轻摇了摇她的手，"你有没有听我说啊？"

"你说完了吗?"她平心静气,"能让我说了吗?"

"好,你说。"秦时远凑上前亲了一下她的脸,"等我开下灯。"

赵无棉忽然被亲了一下,眼神骤然涌出一些烦躁,她抽出手擦了一下刚刚被亲的地方,冷冷地说:"别开了,刺眼。"

秦时远正想开床头灯,就没看到她的举动,听了她的话又坐了回来。

"你想说什么?"秦时远重新裹住她的手,笑意盈盈地看着她。

"我曾经想过,如果我们离婚,对你的仕途是否有影响。"赵无棉平和地说,"我了解到,只要有正当理由,不违背公序良俗,就不会有影响。当然,若是有必要的话,我愿意做书面证明,替你向组织说明我们婚姻破裂问题在我。"

秦时远脸上的笑容缓缓褪去。

"谁说我们要离婚?"他低沉的声音从喉咙里吐出来。

"我。"赵无棉淡淡地说道,"你不爱我,我也不爱你,为什么非得勉强撑着这个没有意义的婚姻呢?"

"你不爱我?"秦时远死死地盯着她,声音已经嘶哑。

赵无棉认真地摇摇头:"你也能感觉到。"

秦时远不说话,脸上的表情僵住,他握着赵无棉手腕的双手在一点点用力。

赵无棉感到手腕正在被抓紧,她皱起眉头,想把手抽出来。

秦时远松开右手,转而掐住她的下颌:"那你爱谁?"

赵无棉的睫毛不自觉地扑闪了两下。

"没有谁……"她双手抓住秦时远有力的右手,"你放开……痛!"

秦时远把她颤抖的睫毛和睫毛下短暂慌张躲避的眼神看得清清楚楚。

"你爱谁啊?"秦时远失了理智般盯着她的眼,右手也持续用力,"你爱上谁了?除了我,你还能爱谁啊?"

赵无棉痛得使劲摇着头,眼泪也奔涌而出。

秦时远被泪水刺到了眼,理智也慢慢回到脑中,右手松了松。

赵无棉见状迅速脱离他的桎梏,她往床头边挪了几寸,又擦了擦泪水。

秦时远在昏暗的月光下持续盯着她。

"你别这样看我。"赵无棉有些恐慌,"我不是你的犯人。"

两人就这样僵持了好久,就在赵无棉想着要不要逃出去的时候,秦时远站起来,走向她,然后开了灯。

赵无棉仰头望着他,紧张地咽了口口水。

秦时远捡回散落在地上的病历,又看了好久。

赵无棉也想要站起来,这时才发现自己的双腿软得已经站不起来了。

秦时远又捡起药,和病历单一起放在一旁的桌上,然后回身把她抱了起来,放到床上。

"早点儿睡吧,"他给她盖上被子,"你病了,该多休息,明天我帮你请假。"

"我明天可以上班。"赵无棉不高兴地说着,她意识到今天的谈话并不成功,想要顺利离婚,恐怕要打一场持久战。

"你发高烧,要好好睡一觉。"秦时远温柔地摸摸她的脸,"等睡醒了就不会说胡话了。"

赵无棉心里的火气丝丝燃起,她不想再看到眼前的人,于是用被子蒙住头,不再理他。

折腾了一天,赵无棉还没退烧,适才又被秦时远的举动吓到,即使心里愁绪万千,也已经疲惫不堪,于是很快陷入了沉睡。

次日醒来时,天已经大亮,赵无棉迷糊地揉揉眼,慢慢坐起身来,随即看到秦时远在一旁的小沙发上坐着看向她。

"醒了?"他站了起来,冲她温和地笑着,"饿不饿?我给你煮了白粥,今天只能吃这个,对吧?"

赵无棉点点头,又伸手在床头摸索着。

"手机在这儿。"秦时远递给她手机,顺势坐在她身边。

赵无棉看了眼时间,已经九点半了。

"我给你请了假,休息一天吧。"秦时远拂开她额前的碎发。

"你怎么没上班?"她疑惑地问。

"我也请假了,今天陪你。"他柔和地笑着,目光聚焦在她身上。

"棉棉,"秦时远拿出自己的手机,"在我手机里录上指纹吧,密码是我们的结婚纪念日。"

赵无棉默默缩回手:"不用。"

"为什么不用?别人都是这样的。"秦时远摸着她的头发,"把你的密码也设成我们结婚的日子,好吗?"

赵无棉闻言下意识点开手机屏幕。她当初没有给手机输入自己的指纹,所以一直用的都是密码。她正准备解锁,才发现上面显示已经超过输入密码次数,手机停用了,还需要再等一小时才能试。

"你是不是……""有病"两个字还没来得及骂出来,她就看到秦时远唇边的胡楂和疲惫落寞的眼。

"你一晚上没睡啊?"赵无棉问道。

他低低地嗯了一声,站了起来:"你先去洗漱,我去给你准备早饭。"

虽然患的不是什么大病,但经过昨天这么折腾,赵无棉仍然有些浑身无力。她在喝粥之前,含着体温计量了下体温,已经退了不少,但还是低烧。秦时远喂她先吃了药,才把粥递给她。

"中午可以吃点儿别的吗?"他坐在一旁看着赵无棉,"一天都吃这个会不会营养不够?"

"不用,医生说吃这个就行,"她有气无力地说,"你吃你的,别老盯着我看行不行?"

秦时远听话地拿起碗喝了两口,可不一会儿目光又回到赵无棉脸上。

"吃完早饭是出去走走还是要继续睡一会儿?"他又问。

"出去走走吧。"赵无棉不想待在家里,也不想跟秦时远待在一起,"我自己走,你别跟着我。"

"不行。"他立即说道,"你想离开我跑哪里去?"

"我能跑哪儿去?"赵无棉没好气地说,"你在江心手眼通天,我能跑去哪儿?"

她对于秦时远已经有了明显的不耐烦,秦时远倒没生气,只是好声好气地说:"今天爸妈回来了吧,我们去看看他们,好吗?"

"不要,"赵无棉拒绝道,"他们会问我为什么不上班,要是知道我病了,又得担心。"

"那我们在家看电影,好不好?你看累了还可以继续睡。"

"不好。我就想自己出去活动。"

"你还在发烧,一个人出去,我不放心。"

赵无棉把碗里的粥都喝了下去:"你真的大可不必。我以前生着病自己出去,也没见你这么热心。"

秦时远捏着白瓷勺的手微微颤抖。

"以前的事都是我不对,以后不会了,再也不会了。"

以后不会怎么样,赵无棉不想去深究。她又喝了口水,淡然地说道:"你吃完了吗?既然你今天有空,就讨论一下昨天没说完的事情。"

秦时远没说话,也没看她,只是盯着自己的碗,然后舀了一口粥,机械地送进口中。

赵无棉靠在椅背上,面无表情地等着他吃完。

秦时远没有夹别的菜,就这么僵硬地一口一口喝着粥。碗底很快见空,他咽下最后一口,慢慢看向赵无棉。

赵无棉也没再说话,面无波澜地等着他开口。

秦时远艰难地问道:"你是认真的?"

"你看我像开玩笑吗?"

秦时远凝视着她。她怎么和自己印象里的赵无棉不一样了呢?秦时远仔仔细细地看着妻子的脸,平时总是冲他弯起的唇如今不再言笑;记忆里看向他时亮晶晶的眼被长长的睫毛遮掩;她说话时热忱又欢喜的语气,他好像再也没听到过了。

秦时远站起来,走到赵无棉身前,半蹲下来,轻扣住她的双手,然后仰头看着她。

"给我个理由。"他轻声说。

赵无棉对上他虔诚的眼,一阵恍惚。她想到了昨天晚上半跪在病床前仰头望着她的林衍。

"我昨天说过了,"她淡淡地说道,"我们不相爱,你能忍着过下去,我不能。"

"我是爱你的啊,"秦时远满脸憔悴,连说话都没了力气,"棉棉,我爱你。"

"你自己信吗?"赵无棉歪了歪头,"别说我这个当事人,你的父母家人都能看出来你心在何处。从前我喜欢你,所以自欺欺人,不愿深究;现在我只想离开你,也就懒得计较。"

秦时远一动不动,半响,看向她身后的阳台。

当初结婚时,赵无棉在新房的阳台上放了盆水仙和铃兰。如今因为无人打理,水仙没有开花,铃兰也已枯萎。

"能不能……能不能再试试?"秦时远像个脱水的病人,说出来的话只有气声。

"你想试什么?"赵无棉耐着性子,"试着接受我吗?你当初跟我结婚,不就是因为父母的催促,还有身边人相劝吗?你为什么不能抛开他们,遵从自己?或者你现在已经习惯了婚姻生活,那麻烦你去另找一位。"她轻呼出一口气,"我不愿意再试。"

秦时远眼神空洞,缓缓站了起来。

"你决定好了,是吗?"他居高临下地看着她。

赵无棉坚定地点点头。

"好。"他慢声说道,"好。你就自己想着吧,我不会答应。你若想跟我对簿公堂,我也不会配合。而且,棉棉,你没有任何证据能证明我们夫妻关系破裂。你想离婚,你试试吧。"

赵无棉头脑一片空白,等消化好秦时远的话,她也跟着站起来。

"你非得这样吗?"她尽力想让自己心平气和,殊不知本就带了点儿病态的脸已经被气白了,"当初你决定结婚,明明供你选择的人很多,你偏偏挑中了我,是因为我喜欢你,所以我最好骗,对吧?如今又这么对付我……我对你还不够好吗?你为什么老是欺负我?"赵无棉的脸和唇都气得没了血色,她的双手紧攥着秦时远的袖子,似乎想把那布料撕裂。

秦时远的脸色比她好不到哪儿去,他红着眼,一动不动地戳在她面前。

赵无棉身体还未痊愈,被他这么一气,开始眩晕。

秦时远在她快要倒下去的瞬间抱住了她的身子。他惨白着脸,打横抱起妻子,快速走进卧室。俯身把她放到床上时,他也有些头晕,站直身子缓了两秒,又从客厅端了杯温水进来。

赵无棉垂着眼,没有理会秦时远送到她唇边的热水。

"棉棉,不生气了,"秦时远哆嗦着嘴唇和下巴,眼泪都快要奔涌出来,"不生气了,好吗?你身体还没好……"

赵无棉没有去听他说了什么,只觉得惘然。秦时远的话印在她的脑海中。自己没有两人夫妻关系破裂的证据,闹到法庭上又有什么用呢?秦家在江心势力庞大,她真要打离婚官司,又要拖几年才能结束这场闹剧?

"棉棉,你看看我,你跟我说句话。"秦时远不敢碰她,只能双手悬空着环抱着她周身。

赵无棉空洞地看向他。

"离婚吧，我求你了。我们夫妻一场，你就当帮我忙了。"

秦时远奋力吸着气不让眼泪流出来，他死死掐着自己的手心，痛得整个人都颤抖起来。

"不。除了这个，你要什么，我都答应。"

赵无棉深知，两人在短时间内不会再谈出什么结果，相持不下只会让自己病情加重。她无力地闭上眼："那你出去吧，我要休息了。出去把门关上，谢谢。"

秦时远凄然地跪在地上，他看着妻子闭上眼不再理会自己，痛彻心扉也无可奈何。他无力地撑着床沿，艰难地站了起来。

秦时远在走出卧室时又回头看了眼赵无棉，她仍旧面无表情地闭着眼靠在床上。他把门掩上，随后颓然地靠着墙壁滑坐在地上。他从衣服口袋里拿出了一串项链，那是昨夜从赵无棉的口袋里拿出来的。项链上挂着一枚戒指，和他左手无名指上戴着的那枚正成一对。秦时远举起项链，看着那枚戒指吊在链子上轻轻摇晃着，他又伸出自己的左手，看着这对对戒。

秦时远瞧着两枚戒指，竟然淡淡地笑起来。

"小孩子脾气，"他轻笑着喃喃道，"过几天就好了。"笑着笑着，忍了半天的泪滚落下来。

赵无棉怕父母担心，不敢搬回家住，于是决定借助在阿秋家。可惜她还没收拾好东西，就被秦时远扣了下来。

"我不进卧室，我睡客厅睡书房都可以。"他挡在门前低声说，"你别走。"

"我不想看见你。"赵无棉干脆地说，"不然你别回来，我就不用搬了。"

"好，那我住你父母家，"秦时远牵着她的衣角，"跟他们说我被赶出来了，因为你要跟我离婚。"

"你敢？！"赵无棉瞪大了眼睛，"你怎么不回你爸妈家？跟他们说我在阖家团圆的时候撞见你跟何静说后悔娶我，顺便让你姑姑再给你挑几个好的候选人，你去吧。"

秦时远的表情仿佛挨了一枪。

"我没有说过后悔娶你！我从来没后悔过！"秦时远低吼道。

"我后悔嫁给你。"

一句话就把他击溃了。

"你……你后悔也没有用了……"他喘着气，使劲掰着她的肩膀，"你后悔也已经嫁给我了……你……以后不要再这么说……"

赵无棉懒得跟他咬文嚼字地费时间，她不由分说，想要往前够到门把手。

秦时远的力气到底大得多，他长臂一伸，就轻易把女孩儿拦住，然后抱住她扛进卧室，随后反锁住卧室的门。

"你他妈——"赵无棉骂了一半的话又咽了下去，她深呼吸让自己冷静下来，然后细想能解决问题的办法。

深夜，阿秋发了条微信给她："我问过律师了，你想要离婚确实很难，没有确凿证据证明你们关系破裂，而且你们也不存在财产纠纷。如果要分居两年，对你来说拖得太长了，最好的办法还是让他同意和你协议离婚。棉棉，离婚这件事肯定急不得，你一开始就想到了秦时远的态度。这么晚了先休息吧，你明天还要上班，自己还要生活，别还没开始跟他战斗就先把自己搞垮了。"

赵无棉对着手机盯了半天，才关了屏幕躺回床上。

秦时远开始每天接送她上下班，在家里几乎一刻不离开她，就这样维持了一周。赵无棉再好的脾气也给磨没了。一天晚上，她从沙发上拿起一个抱枕往他身上砸去："你怎么不给我上个手铐？我上厕所你要不要也跟着？"

秦时远没躲，挨了抱枕一下，平静地问："我买了对虾，你想吃油焖的还是糖醋的？"

"你做的，我都不想吃。"赵无棉没好气地说着，走进卧室，砰地关了门。

秦时远也跟着走向卧室，但被关在了门外。他敲了敲门："棉棉，那我做油焖的了？我听妈说你小时候爱吃油焖虾。"

秦时远没得到回应，于是回了厨房，打开手机，看着岳母给他发的视频教学，一步步跟着做。

做好晚饭，秦时远兴冲冲地要开卧室门："棉棉，大虾做好了，出来尝尝。"

门却被锁上了。

"棉棉，已经快七点了，你中午没吃多少，别饿坏了。"他又敲了敲门，

"我有钥匙，你要我进去还是你自己出来？"

赵无棉仍然没有回应。

秦时远泄了气，掏出钥匙把门打开。

赵无棉正坐在床上发呆，听到声音，抬起头瞪着他。

"棉棉，你的胃不能饿着，"秦时远走到床前，抱起她，"去吃饭，听话。"

赵无棉不反抗也不说话，只是瞪着他。

"不要这么看我。"秦时远亲吻了一下她的发顶，"尝尝我做的油焖虾，不知道能不能赶上妈的手艺。"

他把赵无棉放到餐厅的凳子上，随后坐在她右侧，剥了一只虾放进她碗里。

秦时远剥完第三只时见赵无棉没有动弹，于是问道："怎么不吃？"说着夹起碗中的虾递到她唇边，"吃一口，乖。"

赵无棉不张嘴，也不看他。

秦时远放下筷子，脸上本就勉强的笑意也消失了："你是自己吃，还是要我用嘴喂你？"

赵无棉气呼呼地用眼神剜他，拿起筷子把碗里的虾都倒进嘴里。

秦时远继续剥虾，把虾肉一一放进她碗里。

"我吃饱了。"赵无棉一字一句地说，"我要出去散步，不奉陪了。"

秦时远擦了擦手，站起身来，把还没走几步的赵无棉拽了回来，又按到座位上："等我洗完碗，我们一起散步。"

"你现在闲成这样了？"她问，"不加班吗？我看到你有好几个工作电话。"

秦时远一口也没吃，仔细地收拾好碗筷："不忙，正好多陪你。"

"我不要你陪！"

"那你陪我。"秦时远抬头冲她笑了一下，"你既然已经陪我吃了晚饭，就顺便再陪我去散散步，好不好？"

赵无棉没想到以秦时远的性格居然能这样死皮赖脸，她感到问题有些棘手。直到秦母给赵无棉打电话让夫妻俩周末去秦家聚餐，赵无棉才想到个旁敲侧击的方法。

"我不去了,让时远去吧。"赵无棉淡漠地说道。

"为什么不来呀?"秦母问。

"不舒服,您跟他说一声吧,我在上班呢,先挂了。"

秦母感到儿媳的态度有些古怪,于是又给秦时远打了电话:"你爸爸想让你们周末来家里吃饭。小赵说她不舒服,不来了,怎么回事?"

"她前几天病了一场,那我们就不去了。"秦时远消极地说道。

秦母听出了不对劲:"周末不来就今晚来,反正你得尽快挑个时间过来看看我们,你们俩多久没来过了?"

秦时远知道赵无棉绝不会答应去秦家做客,他自己也不想让父母多心,于是只好在周五下午请假,提前去了父母家。

赵无棉觉得自己这两周过得很压抑,秦时远像看犯人一样看着她。她自己身体初愈,没有力气和他大吵大闹,也深知吵闹解决不了根本问题。这边还一头乱麻,周六中午,父亲又给她打了个电话:"棉棉,下午有没有空?和时远来玩玩。多久没见你们俩了。"

赵无棉拒绝道:"这周超忙,下周吧。"

赵父在电话里没说什么。谁知到了下午,老人家自己过来了。

赵父进了门,第一时间就打量着女儿,见女儿无恙,又看着秦时远。

"爸,我去倒茶。"秦时远看到岳父登门,倒是有些开心,"吃饭了吗?妈呢?"

"不用了。"赵父摇摇头,随女儿坐在沙发上,"你不是说你们忙?也没见忙什么啊,不都在家待着吗?"

赵无棉抿抿嘴,不说话。

秦时远刚把茶端过来,手机就响了起来。

是李局的电话。

"小秦,你这两周都撒手多少事了?工作不想干了吗?不想干了你说一声,这位置给别人坐!"

秦时远走到阳台上,压低声音:"对不起,李局,是我的问题,我反思。"

"今天政法口的领导来视察,你身居要位,不过来像话吗?"

"我马上到。"

秦时远挂了电话,走进客厅:"爸,我需要去加班,您陪着棉棉,晚上在我们家吃饭，行吗？"

赵父正想和女儿单独聊，他欣然同意："快去吧，晚上我们再说。"

秦时远临走前深深地看了眼妻子："棉棉，等我回来。"

赵无棉没有看他，只是嗯了一声。

赵父等秦时远走后，神色严峻起来。

"你们两个怎么回事？"

"什么怎么回事，不好好的嘛。"赵无棉躲闪着眼神。

赵父看了眼女儿干裂的嘴唇，把水杯推到她面前。

"我时常想着，儿孙自有儿孙福，你们小辈的事我也不好多管。哪知道好好的日子被你们过成这个样子。"赵父侧过头，看着消瘦的女儿，气不打一处来，"你自己照照镜子，看看现在的模样，跟生了场病一样——他也跟生了场大病一样，像什么样子？不知道的还以为我们家出什么事了。"

"爸爸，没那么夸张。"赵无棉喝了口水，"我们俩也没这么严重。"

"你当我们瞎？时远他妈昨天都打电话过来了。"赵父没好气地说，"儿女过得不好，当父母的最操心。"

"他妈妈说什么了？"

"左不过是问我们知不知道你们俩有什么矛盾，说你有段时间没去他们家玩儿了，他儿子也一副落魄样，把你妈妈急死了，我在旁边也不好说什么。"

赵无棉捧着水杯，默默无言。

"到底是怎么回事？你说话啊？"

"爸爸，有些事，我真是不得不承认。"赵无棉放下水杯拨弄着椅子旁的仙人掌，那是秦时远前几天不知从哪儿弄来的，"当初我应该听你们一句话，不该急着结婚。"

"别玩那个，小心扎到手！"赵父把仙人掌移开，"说这个还有什么意义，结都结了！"

赵无棉的目光跟随着碧绿的仙人掌飘到了阳台上。

"爸爸，我告诉您事情经过，但您先答应我不要告诉妈妈。"

"我今天来之前特地打电话给你周阿姨，让她把你妈妈拉出去散心。"

赵无棉喝了口水，把中秋那天的经历都说了一遍。

赵父沉默了良久。

"真是欺负人！"他忽然站起身来，说话都有些咬牙切齿，"从前我跟你妈妈还担心，你从小被我们娇生惯养，结了婚会不会也太任性。没想到这一年都是你在受委屈！"

"爸，我已经没事了。"赵无棉急忙安抚道，"我也有问题。"

"你没事怎么还这么憔悴？你又有什么问题？你这个时候还替他说话？"

"我爱上别人了。"赵无棉坦诚地说道，"我这几天失意、难过都不是为他，不是为这场婚姻。"

赵父目瞪口呆："什么玩意儿？"

"我们两个人之间已经没有感情了，这个家从前还能靠我的一厢情愿撑着，现在散架了。说实话，和他结婚真的是我此生做过最后悔的事。"赵无棉淡然地摇摇头。

"后不后悔的，现在说也没用了。"赵父似乎还没从震惊中走出来，"你现在是怎么想的，是要好好过还是要怎么样？"

"都这样了还怎么过？我提了离婚，"赵无棉懒懒散散地斜靠在沙发椅的把手上，"但他不同意。"

"他不同意的理由是什么？"

"嘴上说是对我还有感情咯。但我想，大概还是因为他的工作吧。他现在正处于上升期，这个时候后院起火会使他的形象大打折扣。"

"是这么回事，他爬到这个位置也不容易，要是因为离婚耽误了前程，那真是得不偿失。"赵父沉沉地叹了口气，"但话说回来，他这段时间对你上心得很，我和你妈妈也看在眼里。你就真这么确定人家对你是一点儿感情也没有？一日夫妻百日恩哪！不是我偏向他，我看着他也是个重情重义的孩子。"

"重情重义所以才忘不了前女友。"赵无棉把杯中的水都喝尽，"我想，他对我好不是因为多爱我，而是因为愧疚。"

"你刚刚说你爱上了别人？你是怎么打算的？是想离婚后和那个人——"

"不是，"赵无棉打断父亲的话，"他是个好人，他一开始不知道我已婚，是我瞒了他。现在他知道了，也不会再跟我有什么瓜葛了。"

"你……你这算是婚内出轨啊！"赵父皱着眉头在客厅里踱步，"你啊，本来是你有理，现在也没理了！"

赵无棉坐在沙发上，仰头望着父亲："爸，你是不是觉得我道德败坏？"

143

赵父心疼女儿,停住脚步,摇摇头道:"人都是自私的,人的感情都是复杂的。"

"那您有什么建议吗?"赵无棉弓着背,双手压在腿上。

"我们可真是没你们年轻人这么丰富的阅历。"赵父讽刺地瞪了女儿一眼。

又是一阵沉默,赵父冷静下来,坐在女儿身旁。

"棉棉,我还是不建议你轻易离婚,"他伸出手抚在赵无棉弓着的背上,"我们老一辈的人总觉得结了婚那就该是一辈子。更何况,你有没有想过,真要离了婚,你自己该怎么过?你和时远都在体制内,秦家又是——"

"爸爸,您说的这些,我在中秋那天晚上就想过了,所以我没有在当天提出离婚,而是忍了这么久。"赵无棉直起身子,"可是我不想忍了,我想得很清楚,就算我没有爱上别人,我也忍不下去了。我不爱他啊,我怎么和一个不爱的人过一辈子?"

赵父没说话。良久,他才轻声道:"我不希望你受委屈,但我希望你能把自己的利益作为出发点来考虑这件事。"

赵无棉后仰着脖子,目光落到窗外——窗外是碧波粼粼的观澜江,和江对岸连绵的南卮山。

赵无棉望着那山明水秀的景,苦涩地笑了笑,喃喃自语道:"每当我想起自己的婚姻,梅花就落满了南卮山。"

九 何事长向别时圆

> 他出现在我面前，
> 明晰，温柔，又一尘不染。

2月份的江心没有白雪皑皑的景，只有凛冽袭人的风。秦时远裹着厚厚的长大衣一身萧索地走出公安局，他本来想按时去接妻子下班，却在这个时候接到了岳父的电话。

"时远，下班了吗？有没有空来一趟我家？"

"爸，我准备去接棉棉，正好我们一起去。"

"不，你自己来就行，我有事想跟你谈谈。"

秦时远在瑟瑟寒风中挺直身子："那我先去接她，我再和您单独谈，好吗？"

"你为什么一定要接她？"赵父的口气有些漠然，"她的单位离你们家又不远。再者，之前不一直是她自己回去吗？"

"这段时间太冷了，"秦时远低声说，"她走回去会冻到的。"

"就几步路，没那么娇惯。你要是不好意思说，我来跟她说。"

秦时远沉默了一会儿，坚持道："那您让她直接去你们家，我就不用接了。到时候我们两个再一起回家。"

"没必要。她想回哪儿就回哪儿。我只问你能不能过来。"

秦时远的心一沉。

"好吧,我过去。那您能不能帮我跟棉棉说一声,下了班就回家,不要到处乱跑?我怕找不到她——"

"我女儿不是你的犯人!"赵父有些恼怒地说道,"你现在给我过来!"

秦时远到了赵家,赵父不苟言笑地迎他进门。见岳母不在家,秦时远便问道:"妈呢?"

"出去逛街了。"赵父冷淡地说,"我把她支开的。她性子比较急。"

秦时远低下眼,大概知晓岳父想要和他谈什么。

赵父与他一同坐下,又沏了杯茶给他:"我上次看你就憔悴得很,怎么今天脸色更差了?人也瘦了不少,"他打量了一下女婿,"这几天没好好吃饭吧?"

"棉棉一跟我吃饭就闹脾气,"秦时远涩然一笑,"看她吃不了几口,我也就吃不进去。"

"既然如此,你干吗非逼着她跟你一起吃饭?"赵父不高兴地瞪了他一眼。

"我们是夫妻,就应该每天待在一起。"他固执地说。

"有意思了,你们一年前就是夫妻,去年怎么没见你这么积极?"赵父冷冷地说道。

秦时远被戳到了痛处,不再吭声。

"我上次就跟棉棉说,儿女过得不好,父母最操心。也是我们疏忽了,要不是你妈妈上周打电话过来,我们还不知道你们已经到了这个地步。"

"什么地步?"秦时远抬起眼,"爸,我和棉棉只是闹点儿小矛盾,很快就会和好。你们别多心,"他有些急切地说,"夫妻之间哪有不吵架的?过几天就好了,真的!"

"这叫小矛盾?"赵父皱着眉,"都要离婚了,这叫小矛盾?"

"我们不会离婚。"秦时远坚定地说,"棉棉只是闹小孩子脾气而已。她是在乎我,才会闹脾气。"

赵父的眉头皱得越来越紧:"我还真是不够了解你,我之前怎么没发现你是这么固执的性子?你们现存的问题有多大,你心里没数吗?是真没数还是自己不愿意承认,你说说!"

赵父气得咳嗽起来,秦时远忙拿起温水递给他。

赵父喝了半杯水，气顺过来。

"我当初就觉得你们都还不够了解彼此就这么潦草地结了婚，总怕你们出什么问题……"他不想再看这个女婿，站起身走向窗边，沉沉地叹了口气，"唉！也怪我没有及时阻拦，任由你们两个年轻人胡来！"

墙壁上的时钟嘀嗒嘀嗒地响着，在静默的客厅里，这声音被衬得格外清晰。

秦时远低头盯着地板，只能听到自己有些重的呼吸声。

赵父转过身，眼睛有些红，他又走回秦时远身前："婚姻中出现问题，两个人多少都有责任。我女儿自有她的错。你的问题，我也不去指责。现在你们两个过成这样，光后悔也没什么用，今后有什么打算？"

秦时远慢慢抬起头，面前头发白了一半的岳父面色凝重地看向他。

"我从未后悔过。"秦时远仰头直视着他，"能和她共度一生，我很开心。"他缓缓摇摇头，"我没有后悔过。"

"这话，你留着自己去跟她说。"赵父居高临下地看着一身颓废的女婿，"我只想知道你们有什么打算。就这么一直冷下去？能冷得了一辈子吗？"

"我们会和好的。"秦时远轻声说道，"只是时间问题。"

"你们啊！"赵父摇头，又坐回桌子边的沙发椅上，"我记得当初结婚是你提的，你一个快四十的人，做事应当是深思熟虑的，你既不喜欢我女儿，跟她结什么婚？"

"结婚是我提出来的。娶她是我此生做过的最美好的事。我爱棉棉，我早就爱上她了。之前的事……我悔不当初，我会弥补。"秦时远揉了揉眼睛，"爸，您能帮帮我吗？您帮我劝劝她，我现在不知道该怎么办了。"

"你不管怎么样，也不能整天绑着她、看着她啊，"赵父蹙着眉，"先不说她受不受得了，你自己吃得消吗？你难道连工作也不要了？整天就在家盯老婆？"

秦时远双手捂住脸。

"我也不想，我甚至看不起这样的自己。可是我没有别的办法，我不能放她走，我怕她真的一走了之，再也不回头。"

"那这个办法有用吗？你自己想想，是不是适得其反了？"赵父也不忍看到女婿在他眼前痛苦的样子，"就算要留住人心也不是你这么干的。"

"那我该怎么办？"秦时远抬起头，迷茫地看着岳父。

赵父也看着他，平日意气风发的男人如今精神萎靡，眼睛布满了红血丝，唇边胡楂明显，头发也长了。

"你先收拾下你自己吧。"赵父无奈地叹了口气，"别一副未老先衰的样子。"

秦时远茫然地揪了一下自己的头发。

"我今年三十六了，"他凄然地一笑，"都快到不惑之年了，连家都守不住。"

"我跟棉棉说过了，你们两个就是真要分，也是好聚好散，别弄得跟仇人似的——你先听我说完。"赵父看着秦时远惊惧的眼神，有些于心不忍，"我的意思是，你们两个不要再这个状态过日子了，不然身体迟早要垮。有问题就好好谈，谈开了才能解决，明白不？"

"可是她好坚定，"秦时远嘶哑着声音，"她一定要离开我。我从没想过她会这么坚决，所以我才惊慌失措，我才会这么看着她。"

"我也看出来了。"赵父背着光端坐在沙发上，"她跟我说……嗯，她大概对你……嗯……感情尽失吧。所以她不想……不想再继续下去。"

赵父这段话说得有些艰难，他实在看不下去秦时远悲怆的眼。

"哎，时远啊，我不是想去责备你什么，"赵父想到之前的事，又开始心痛女儿，"但是棉棉一开始对你的心意，你不该那么糟蹋啊。"

"这是我的报应吗？"秦时远喃喃着说，"可是她真要离开我，我该怎么办？"

"你能怎么办？再娶一个就是，这对你来说也不难吧？"赵父斜睨着她，"以你的条件，你能找个比我女儿好太多的。"

秦时远呆呆地看着岳父，僵硬地摇着头："不行，我受不了，我一想到就受不了。爸，您帮帮我吧，棉棉最听你们的，求求您——"

"行了！"赵父转移目光，"明天，棉棉的堂哥和奶奶都要来江心。她跟她奶奶最亲。我在你来之前也跟她说过了，这段时间你们两个都消停点儿，行吧？老人家有心脏病，别让她以为孙女过得不好！"

秦时远呆了半晌才反应过来。

"谢谢爸，真的谢谢！"他疲惫地笑了，活了三十多年第一次求人，他倒觉得求得不亏。

秦时远从岳父家出来时，夜色已经笼罩整个江心。在回家的路上，他透过

148

车窗观望这座城市,八街九陌,软红十丈。他在江心长大,只有当年上大学时在南州待了四年。秦时远自认为热爱自己的家乡,但他从未觉得江心是个多么让人心向往之的地方。从前赵无棉时常与他分享在江心看到的别样风景,那些景让赵无棉怦然心动,却让秦时远日久忘怀。

停好车,秦时远上了电梯,电梯上闪烁的数字从负二楼跳到了一楼。电梯门打开,赵无棉一脸漠然地出现在电梯门外。

两人对视了三秒,赵无棉依旧目光清冷,面无表情地上了电梯。

"怎么才回来?"秦时远低声问。

"加班。"

"你们很少加班到这么晚。"

"嗯。"

电梯还没到地方,夫妻俩已经无话可说了。

进了家门,赵无棉放下包就去餐厅倒水,秦时远默默地跟着她走到桌前。

赵无棉喝了口水,用眼神询问他。

"没什么事,"秦时远走近了她一步,"奶奶明天什么时候过来?"

"下午。"

"几点?我去接。"

"不用,我哥哥开车一起来的。"赵无棉把杯子放下,又倒了些热水。

秦时远勉强笑了笑:"那晚上下了班我们一起去爸妈家行吗?"

"好。"

"晚饭吃了吗?"他开心了些,眉眼也绽开笑容,"今天想吃什么?"

"吃过了。"赵无棉把水喝完,放下杯子,忽然抬眼看向他。

秦时远被她突然直视的目光惊了一下,身子也跟着一僵。

"去理个发吧。"她淡淡地说,"胡子也该刮了。"

秦时远紧张地摸了一下自己的脸。

"好,我现在就去理发店。"他不好意思地笑了,"我现在的样子是不是很难看?怪不得你不喜欢看我……"

赵无棉没去听他后面的话,脱了厚重的外套,挂在衣架上。

第二天傍晚,赵无棉跟着丈夫驱车前往父母家。马上要见到奶奶了,她再压抑、不快，心情也好了些。为了不让奶奶和妈妈看出什么，赵无棉在车上开始主动和秦时远搭话。

"奶奶眼睛不好，心却很细，"她轻声说，"跟爸爸一样。"

"那你对我好点儿，多跟我说几句话，不然，奶奶就要担心了。对不对？"秦时远左手把着方向盘，右手握住她的左手。

赵无棉的睫毛抖动了一下，她还是忍着没有推开。

"棉棉，奶奶是怎么看我的？"秦时远柔声问，"我们就结婚时见过一次……我觉得她好像……不是很喜欢我。是我多心了吗？"

赵无棉没说话。奶奶确实不喜欢他。

结婚前，两家一起吃了顿饭。奶奶在宴席上一直沉默不语，临走前才摸着赵无棉的手说："小棉花，你该找个疼你的，不然，再好的条件又有什么用？"

"他对我挺好的呀。"赵无棉撒娇地抱着奶奶的手，"奶奶，他就是这个性格嘛，喜怒不形于色。他喜欢我，但是不会表现出来……"最后一句她说得有些虚。

奶奶沉着地凝视了她好久，才摇摇头："你既已认定这个人，那我也没什么可说的了。"

"那您觉得他怎么样嘛？"

"我不喜欢。"奶奶沉下脸，"你若是跟着他好好过，在他们家不受委屈，我也算谢谢他了。"

赵无棉闭上了眼。

"棉棉？"秦时远稍用力地捏了捏她的手，"困了吗？昨天没睡好，还是今天累了？"

"没有，"赵无棉依旧没睁眼，"她挺喜欢你的。"

"嗯？"秦时远偏过头看她，"你是说奶奶吗？她真的喜欢我？"

"对啊，她就是这个性格，"赵无棉睁开眼，平静地说，"喜欢你也不会表现出来。"

秦时远笑了。

"让奶奶多待一些时候，"他的脸上有了些神采，"之后我们每天下班都回去和奶奶一起吃饭好不好？"

150

"不用每天，你工作忙，有空来看一眼就行。"赵无棉看着路边的一排排香樟和路灯一闪而过，想见奶奶的心有些迫切了。

"我不忙，开年事情还不算多。"秦时远对她笑了笑，收回右手，"这一年比较严重的社会事件就两个，除夕晚的车祸和去年9月份的医闹……"

"医闹那件事，处理得怎么样了？"

"你很关心这个呀，之前也问过我。"他唇角藏着笑意，双手把住方向盘，时不时侧头看一眼妻子，"已经审查完，转交给公诉部门了。"

"他们会重判吗？"

"应该会。虽然受害者无大碍——就是那名医生，他恢复得很不错，早就回岗位了，但是这件事的社会影响实在恶劣。"眼见快要到达目的地，秦时远还有些不舍，他放慢了速度。

"车没油了？"赵无棉看了眼仪表盘，问道。

"不是，"秦时远将车开进小区，"难得你跟我说这么多话。"

赵无棉没接话，继续看着窗外。

刘宛英早年与丈夫居住在外地，后被子女接回。如今儿孙满堂，她最疼爱的还是小孙女赵无棉，不仅是因为她是家里年龄最小的一个，还因为她出生的年代正是祖国信息化与知识经济蓬勃发展的年代。正是在赵无棉出生后半年，她如愿回到了故乡宛东。她是看着小孙女长大的，看着褟褓里的婴儿在经济腾飞的中国茁壮成长。

赵无棉刚进家门，就看到了奶奶站在阳台上的背影，她的嘴角扬起了大大的弧度，飞奔向老人："奶奶！"

刘宛英闻声转过身子，接住了飞奔而来的孙女。

"我的小棉花哟！"刘宛英年事已高，脸上沟壑纵横，一双眼睛在看到小姑娘时放出了光彩。

秦时远站在阳台的玄关处，看着夕阳余晖洒在祖孙俩的头顶，绚丽又柔和。

刘宛英看向秦时远，笑着点点头："小秦也来了。"

赵无棉扬着脸，蹦跶着把奶奶拉进屋子。

秦时远看着她开心的样子，也难得地露出了笑容，这是在这么多天中他真正发自内心的一笑。

赵无棉进了客厅,才看到堂哥正坐在沙发上和父亲说话。

"哥哥。"赵无棉腼腆地打了个招呼。

她和哥哥赵无悔从小一起长大,本应该是关系亲密的,却在上了大学各奔东西后少了联系。之前每年春节,他们还能熟络一阵子,现在她嫁到江心,过节几乎不再与哥哥相见了。

赵无悔话也不多,他来江心主要是因为出差,顺便将奶奶带来看孙女。他站起身,与妹夫客气了几句就坐了下来。

一家子吃完晚饭,秦时远进厨房想帮岳母一起洗碗,结果被赵母赶了出来:"哎呀,不用啦,你一个大男人老待在厨房多不好,叫棉棉进来,你跟她爸爸哥哥去聊天就行……"

赵无棉默默地走进来,卷上衣袖,又碰了碰秦时远:"你出去吧,这儿我来。"

秦时远不愿意:"那我和棉棉一起,妈,您出去歇着。"

刘宛英坐在餐厅里,闻言便转头道:"小秦啊,你来陪我这个老人家聊聊天吧,我和你还没谈过心呢。"

见奶奶发话了,秦时远也不好再坚持,只能走出了厨房。

赵母把厨房门掩上,打开水龙头,问女儿:"你俩和好了?"

"嗯……"赵无棉戴上洗碗手套,"我俩本来也没怎么样。"

"且说呢,时远他妈妈上次一个电话打来,我都急死了。"赵母摇摇头,"后来你爸又说已经问过你俩了,没什么事……所以你俩到底是为什么事啊?吵架了,是吗?"

"没有。"

"什么没有,你就是什么事都不愿意跟我们说,跟你爸一个性子,有事都憋在心里。"

"本来就没事,我跟你们说什么?"赵无棉烦躁地说,"他妈妈也真行,不问自己儿子,却打电话惊动你们。"

"你怎么这么说呢?"赵母不满道,"人家也是着急。夫妻之间就是要互相磨合,哪有事事都顺意的呢?你们年轻人啊,就是任性!事事都以自我为中心——"

"妈妈,您能不能别说了?"赵无棉不高兴地说道,"今天我好不容易高兴一回！"

"行行行，"赵母无奈道，"反正你俩没事就行！我们长辈就是希望儿女过得好。你们俩过得好，我们就不操心了。"

赵无棉没说话，她把洗好的筷子放进消毒柜，转头时迅速用胳膊抹了一下眼睛。

奶奶的到来让赵无棉暂时搁置自己的婚姻问题，但她内心中仍然坚持着离婚的想法。秦时远没再像前段时间那样整天看着她，但仍是坚持接送她上下班，姚主任还在办公室调侃过一次："小赵，秦局长对你可是真尽心啊，你家离得这么近，他还风雨无阻地接送。好福气哦，嫁了个好老公！"

办公室的王老师也接话道："小赵这段时间是不是身体不太好啊？我怎么看你瘦了一些呢？气色也不大好。"

赵无棉尴尬地喝了口水："哦，我容易冻着，他有空就顺便开车接送。"

来办公室串门的周平捧着茶杯也跟着说："怪不得秦局长这一阵突然又接又送呢，你说你年纪轻轻，身体还没我们这些中老年人结实！"

"哎，你这么一说，我就想起来了，我有时候看到秦局长站在那儿等你，他好像也瘦了不少，脸色好像也有些差。"

姚主任这话一出，大家都疑惑地望向赵无棉。

"哦，"她抿抿嘴唇，"天气冷嘛，他也容易生小病。"

"不应该吧，"周平嘟囔道，"他到底是名警察，身体素质应该过硬的啊。"

"被我传染了。"赵无棉勉强地笑笑，又开始发愁，自己以后真的离婚了，同事们知道了又会怎么说她呢？

2月下旬，已到了初春，气温渐渐回暖，但风还是很大，吹得人心烦意乱。这天赵无棉刚排完一首曲子，一看表已经过了下班的点，还有手机上秦时远的微信，告诉她今天局里加班，他不来接她了。赵无棉正准备收拾东西回家，结果又被艺术团的负责人堵在了门口。

"小赵，又有任务来啦。"周平乐呵呵地说道，"4月下旬，市总工会要组织一个关于劳动节的文艺演出，也基本都是由各单位各界人士组成的合唱团，上台表演混声合唱。"

"那我们这次准备出什么节目呀?"赵无棉问道,"我需要做哪些工作?还是钢伴吗?"

　　"是的哇,除了你,还能有谁?"周平端着一沓谱子,"我选了三首曲子,你来看看哪一首比较好——"

　　两人正讨论着,急促的电话铃声打断了两人的对话。赵无棉看到来电显示,是哥哥赵无悔的。兄妹俩平时从不联系,看到这突如其来的来电,一丝不好的预感像乌云般缓缓笼罩在她心头。

　　"哥,我在单位呢。怎么了?"

　　"棉棉,奶奶刚刚忽然说心脏不舒服,我刚准备带她回你们家,结果现在……她一直喘气,我现在叫不醒她了……"赵无悔颤声说道,"我现在转路去医院,我们在孝冬路,哪个医院最近?"

　　"江二!我家附近那个!"赵无棉顾不上跟周平解释,慌慌张张地拿着外套就跑。

　　"好,你别急,我们现在正在路上,你赶紧打电话给你爸妈。"赵无悔说着,自己的声音也越来越慌。

　　赵无棉挂了电话,边往单位大门外跑,边胡乱地穿外套,还来不及拉上拉链,也顾不上刺骨的寒风,她露着脖子在路边拦出租车。

　　往往越着急的时候,身边的人或物越容易添乱。这出租车也一样,平日招手就来,今天却怎么也等不到空车,赵无棉心急如焚,也有些等不及了,于是匆匆打了个电话告知父母,然后一路跑到了医院。

　　赵无棉在偌大的医院里一头乱麻,她又打给了哥哥。

　　"哥,你们到哪儿了?奶奶怎么样了?"

　　"刚到,急诊部……"电话里又没了声音,赵无棉顾不上许多,疯狂奔到了急诊部。

　　急诊部的医生护士们动作迅速地推着病床跑过,赵无棉一眼看到了哥哥,于是冲上去对着病床上的人叫道:"奶奶!奶奶!"

　　刘宛英没有完全睡去,她皱着眉,青着脸,呼吸困难,右手一直搭在胸部。

　　"可能是肺动脉高压……大概需要马上手术……"两个医生的声音在杂乱的环境里有些听不清,"通知一下心内科的值班医生……"

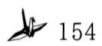

赵无棉呆呆地坐在走廊里,赵无悔蹲在她对面。

赵父赵母刚刚已经到了,现在去前台缴费签字。

"病人已经推进去了……"

"林主任马上就到……"

"家属都在……"

赵无棉弓着身子,手脚冰凉。奶奶中午还和她一起吃饭,没有任何不好的征兆,没想到下午就突然发病。

几位医护人员出现在走廊内,站在手术室门口的一位护士迎过去,对为首的医生道:"林医生,病人在里面。"

"好。你们去换手术衣。"

赵无棉一直拽着自己的衣摆,在医生经过她身旁时,她忽然伸出右手拉住了医生的袖子。

"林医生。"她缓缓抬起头,"对不起。拜托你……"

林衍微微偏过头,垂下了目光。

赵无棉的眼泪滑落下来。

林衍顿了顿,半蹲在赵无棉身前。

"请你相信我。"他轻声说道。

赵无棉泪眼婆娑地看着对面的人,他面容憔悴,眼神疲惫,头发也长了不少,细碎的刘海儿落下来遮挡住了眉毛。

"拜托你。拜托。"赵无棉涨红的眼眶不断地涌出泪水。

林衍凝视着她冻红的鼻子和脸颊,伸出手,拭去了她脸上的泪。

"棉棉,"他为她拉上衣服拉链,"你不相信我吗?"

林衍起身,和同事们一起进了手术更衣室。

赵无棉维持着刚刚的姿势,一动不动。

赵无悔已经站了起来,他瞪大眼睛看着林衍的背影,又看向赵无棉。

走廊入口处,目睹了全过程的秦时远立于昏暗的灯光下,身子站得挺拔又僵硬。

手术室门前红色的灯持续地亮着。赵父赵母缴完费又匆忙赶了过来。

"叔父,叔母,手术的时间比较长,现在时间也不早了,你们回去休息吧。"赵无悔走过去,"我和棉棉在这儿就行。"他又看了眼妹夫:"嗯……

时远也来了。"

"我们哪里放得下心啊，一起等吧。"赵父摇摇头，坐在椅子上。

"可是你们俩毕竟上了年纪，"赵无悔劝道，"别老太太这边刚好，你们俩又累着了。"

秦时远走过来，皮鞋在寂静的走廊中发出清晰的脚步声。

"爸，妈，你们回去等吧，我们三个人在这儿守着就够了。"

赵母看了眼女婿。

"时远，你去陪着棉棉吧，"她小声说，"这孩子跟奶奶亲。"

秦时远点点头，坐在妻子身旁。

"奶奶没事的，"他抓握住赵无棉的手，"那位主治的林医生，"他顿了顿，"医术高明。奶奶不会有事的。"

赵无棉没动弹。

手术的时间并不长，但对赵家人来说像是经历了一整年。

林衍从手术室里出来时，几个人一窝蜂地围了上去。赵无棉刚被吓得腿有些软，导致站不起来，只能坐在冰冷的椅子上仰头望着身着手术服的林衍。

"手术很成功，但需要观察一周。"林衍的双眼透着疲态。

"谢谢谢谢，"赵父点头，"谢谢您。"

"不用客气。"林衍稍稍侧过头，看向呆呆地望着自己的赵无棉。

两人都没说话，只是对视着。

秦时远往右移了一步，挡住了林衍的视线。

"林医生，谢谢你了。"他沉沉地说。

林衍平静的目光落在他脸上。

"秦局长，不必客气。"他温和地回道。

赵无悔走到两人中间，对秦时远说道："今天我来守着，你们都回去吧。"

"一个人守着不方便，我和你一起吧，"秦时远说道，"爸妈和棉棉回去。明天我再和棉棉一起，后天再换你。"

"我也要在这儿，"赵无棉吸了吸鼻子，嘶哑着声音说道，"我要看着奶奶。"

"棉棉，你明天还要上班，熬不住。"秦时远走过去，柔声说道，"听话，好吗？我和哥哥在这儿，你不放心吗？"

"我不要。"她红着眼说,"回去了我也不安心。"

林衍走近了她一步。

"如果人太多可能会打扰到病人休息。"他的声音不大,但很清晰,"一到两个家属守夜已经够了。"

秦时远眼神一冷,直直地看向林衍。

赵无悔又走到两个人中间:"林医生,辛苦您了。您休息去吧,我们家属会安排好的。"

林衍没再多说,点点头便随着同事们一起走出了走廊。

秦时远盯着他的背影,又缓缓地看向赵无棉,然后不自觉地舔了一下后槽牙。

"小棉花,回去吧,啊?"赵无悔拍拍妹妹。

赵无棉低下头。

"那要不今晚我和棉棉一起,明天换时远和我?"赵无悔询问着妹夫。

秦时远冷着眼:"不行,她这几天受了风寒,昨天就没睡好。"

赵父走了过来:"你们是看不起我们这老年人还是怎么着?你们三个明天都要上班,我一个人看这儿就行了,正好明天周五,周末再换成你们三个!就这么定了!"

赵母也坚持道:"我们今晚是不会走的。你们三个也就别犟着了,等到周末有你们孝顺的。"

赵无悔看着两个长辈坚决的态度,想想他们的话也有道理,便说道:"那这样也行,我们三个回去,等明天过来换班,好吧?"说着,他拽了一下妹妹衣服后的帽子:"起来回家,你本来身子就弱,要是熬出什么病,奶奶醒了还要担心你。"

赵无棉软软地起了身,秦时远顺势搂住了他。

"那我们回去吧,"秦时远说道,"如果明天能请到假,我就提前过来。"

赵无棉一整晚都迷迷糊糊的。秦时远不放心她一个人,于是进了卧室,在一旁陪着她。其实这段时间每晚他都会在半夜或凌晨醒来,然后悄悄走进卧室,借着月光或星光看着妻子的睡颜。看到天快破晓,他才会回到客房继续睡。

赵无棉在翻身时感到自己落入了一个温暖的怀抱,一只手轻轻地拍着她的后背,一下一下地哄她进入梦乡。

第二天上午，刘宛英醒来后，第一眼就看到儿子儿媳倦乏的脸。

"妈醒了？"赵母放下心来，赵父按铃叫来了护士。

刘宛英还没劲说话，双眼似乎在找寻什么。

"棉棉和无悔刚走，"赵母给她拉上被子，"还有时远。我让他们看完就回去上班，明天周末，明天再来守你好了。"

刘宛英露出赞同的目光。

"刚开始还死活不愿意呢。"赵父走过来说道，"我说我们两个正好没事，干吗非让他们请假过来呢，总算是说通了，孩子们都没耽误工作。"

刘宛英呈现出放松的状态，又放心地闭上了眼。

赵无棉在单位一上午，一直坐立不安。她本想请假陪着奶奶，一是父母不同意，二是周平一大早过来又给她带来一个好消息。

"小赵，你上次的市文艺会演可真是露了个好脸啊，"周平用手背拍了一下钢琴，"喏，这次工会和妇联两家单位的合唱伴奏也准备请你呢。"

赵无棉轻轻揉了一下倦怠的眼："为什么请我？"

"大概是上次你的演出很精彩吧。"周平端详着她，"怎么，没睡好啊？"

"是有点儿。"赵无棉无精打采地整理着谱子，"那现在需要我做什么？除了我们团的曲子，还要给他们排，是吗？"

"他们是找到我让我问你来着，你要是同意了，我就让他们自己联系你咯？"

"可以，谢谢周老师。"

秦时远在忙完所有事后已经筋疲力尽，他站在办公室的书桌前，感叹自己真是老了，早些年忙个通宵也不会觉得累，现如今不过开几个会就开始感到疲惫。

他的发小儿兼同事周淼前几年入职公安局指挥中心，秦时远快下班时，路过他的办公室，就进去看了眼。

"远哥，什么事啊让你大驾光临？"周淼正在整理工位，见到好友前来，便放下了手里的东西，"领导请坐。"

秦时远笑笑，没有坐："我就顺道来看看，马上就走。你今天不忙吗？"

"刚忙完，这不，桌子弄得乱七八糟。"

秦时远看了眼书桌,上面一本英文翻译手册引起了他的注意:"你还看这个?想改行啊?"

周淼不好意思地挠挠头:"我媳妇儿去年不是在考研吗?她就英语最差,所以现在有空了就整天捧着个英文小说看。我有时候跟着她看,也来了兴趣,就把这书抢过来了。"说着他抖抖书页,"你随便翻一页指一句,我都能翻译。"

秦时远见他兴致勃勃,就随手翻了一页,指着第三句:"就翻这个。"

周淼仔细看着他手指的那句话:"You never realize how much you love someone, until you watch them love someone else."

周淼笑了:"昨天我还在和我老婆一起翻这句话呢,她翻译的是'爱伴随第三者出现'。"

"什么意思?"

"你看,我就说她翻得没人听得懂吧。我翻译得就直白点:你从未意识到自己有多爱某个人,直到你看到那个人爱上别人。"

秦时远瞬间僵住。

"你再选一句。"周淼饶有兴趣地说道。

秦时远恍惚着,右手下意识地指了一下最后一句。

"我看看……哦,这是莎士比亚说过的一句话:'来得太迟的爱情就像执行死刑以后才送到的赦免状,不论如何后悔,都没法挽回了。'我小时候可讨厌学英语了,没想到,到了这个年纪又来了兴趣。"周淼放下书,又看了眼秦时远,"哥,你最近脸色不太好啊,是累着了还是病了?我看你瘦了好多。"

"没有。"秦时远僵硬地答道,"我走了,你继续忙。"

赵无棉心不在焉地上了一天班,晚饭都没心情吃,就匆忙赶到了医院。好在奶奶恢复得不错,虽然还没能坐起来,但已经有劲和大家对话了。

赵无棉放了心,坐在奶奶床边又开始说个不停。

刘宛英听到孙女熟悉的声音,眼角又笑出了皱纹。

不一会儿,秦时远和赵无悔也赶到了医院。赵父赵母守了一天一夜,也有些累了,于是收拾好东西,欲把老人交接给孩子们。

"晚上用不着三个人吧?"赵母说道,"两个人就够了,明天再来换一个。"

"其实一个人就够了,"赵父也跟着说道,"奶奶恢复得很好。"

"今晚就棉棉在这儿吧,"赵母拍了一下趴在奶奶手边的女儿,"奶奶晚上要上卫生间什么的也方便些。时远和无悔晚上就回去睡,明天白天再来好了。"

"我中午问了医生,说是顺利的话,后天就可以出院休养了。"赵父把衣服扣好,"那,妈,我们先回去了,让棉棉陪您。"

刘宛英慈爱地看着赵无棉,欣然点头。

赵无悔也同意道:"行,那明天晚上我守着,看这情况,等到明后天奶奶都能下床走动了。"

秦时远站在妻子身后,轻轻揽着她的肩:"棉棉,今晚我也留下来,好吗?"

"不用啦!"赵无悔忙说,"看这恢复情况,守夜是不需要你咯。"

刘宛英也虚弱地笑笑:"时远啊,这次确实不用麻烦你了,我这也不算太大的手术,其实我自己觉得明天就能站起来了。"

秦时远低下眼看着赵无棉,手指不舍似的摩挲着她的肩。

刘宛英躺在床上,眼睛却看得仔细。其实,在江心待的这几天,她早就看出了端倪。她了解自己的孙女。赵无棉是个爱恨分明的人,她对一个人的感情都写在脸上,画在眼中。赵无棉刚结婚时一说起秦时远就满脸的笑意和满眼的欢喜。现如今,刘宛英一向她问起秦时远,她总是敷衍两句就转移话题。尤其是秦时远跟着她来到赵家,赵无棉就是在长辈面前掩饰再好,但脸上的冷淡和眼中若有若无的不耐总是能被刘宛英捕捉到。

"时远,你这个样子,是一晚上都舍不得与棉棉分开啊,不至于吧?"赵无悔眼里闪过一丝疑虑,但脸上还是笑着,"没想到你俩感情这么好呢。"

秦时远听到后一句话,嘴角也扬了起来。

刘宛英慈祥地笑着:"时远啊,辛苦你照顾我们棉棉了……"说着又有些累了,"这孩子从小就没吃过苦,也没受过委屈……"

刘宛英的声音越来越弱,最后她渐渐睡去。

赵无悔见状,便示意了一下妹夫,两人都默契地没再出声。

赵无棉趴在床边也开始犯困,她有些迷迷瞪瞪,于是也闭上了眼。

赵无悔瞪着她,又走到秦时远身旁,小声说道:"我说她怎么这么安静,原来是跟着奶奶一起睡着了。晚上她哪靠得住啊。"

秦时远把放在她肩上的手转移到她的头顶，轻柔地抚着："让她睡着吧，这几天都没睡好。晚上我留下来陪她。"

赵无悔挑挑眉："行吧，我去个洗手间，你帮忙看着。"

赵无悔刚出去没多久就回来了，他拍了拍妹夫的后背："时远啊，我忽然想到棉棉应该是没吃晚饭，你去外面看看有没有什么小吃给她带一份吧。我也不知道她现在都爱吃什么。"

秦时远一直保持着刚刚的姿势，听到他的话，于是答应道："好，我现在出去看看，有事叫我。"

赵无悔看着他走出病房，缓缓地呼出一口气。他又蹲下身，轻轻地把妹妹叫醒："棉棉，医生来查房了。"

赵无棉睡眼惺忪地抬起头，揉着脸站了起来，结果不小心碰倒了凳子，发出不小的声响。

病房外随之响起了两下敲门声，接着门被推开，两位医生走了进来。

刘宛英被吵醒了，但她的精神状态很好，眼睛眨了几下就逐渐清明。

林衍径直走向了老人，他俯下身子，柔声问道："您现在感觉怎么样？"

刘宛英看着她，脸上生出笑意："挺好的，就是说多话就累，其他没什么。"

"右心管导术本身就不是大手术，所以不用紧张，"林衍温和地笑了笑，然后抬头对赵无悔说道："每天早晨记得测量血压、心率和体温。"

"知道的，谢谢您。"赵无悔点头道。

林衍又低头对老人轻声说道："那我走了，有什么不舒服的地方要及时跟家人说。"

刘宛英笑着点点头。

林衍直起身子，赵无悔走过去，想送送医生们。

几人走到门口时，林衍的手搭在门把上，忽然又说道："家属自己也要注意点儿，这段时间乍暖还寒，抵抗力差的人容易感冒。"

赵无悔愣了一下，他快速瞥了眼安静地站在一旁的赵无棉，然后毕恭毕敬地对林衍笑了一下："谢谢您啊，我们会注意的。"

医生们走后，刘宛英也没了睡意，她侧过头看向孙女："囡囡，你傻站在那儿干什么呢？"

161

赵无棉垂着眼走了过来，给奶奶掖好被子。

"怎么又不说话了？谁惹你不高兴了？"刘宛英浅浅地笑着。

"没有啊，"赵无棉坐在床边，"哥哥，你要是累了就回去歇着吧，明天你再来。"

"我不累，"赵无悔也跟着坐了下来，"你没吃晚饭吧？你老公给你买吃的去了。"

"嗯？"赵无棉撑着下巴淡淡地说，"他还没走吗？让他回去好了。"

赵无悔和奶奶交换了个眼神。

"小棉花，刚刚的林医生，你认识他的，是吗？"赵无悔问道。

赵无棉沉默了一会儿，嗯了一声。

刘宛英打量了一下孙女的脸色。

"那你刚刚怎么不跟人家说话呀？"她慈爱地碰了下赵无棉放在床边的左手，"没礼貌哦。"

"他人挺好的，很敬业、负责。"赵无悔由衷地说道，又悄悄看了眼妹妹。

赵无棉看了眼窗外，搭腔道："嗯，他真的很好。"

刘宛英手术后第三天就能下床走动了。春寒料峭，她望着窗外万物复苏的景象，想出病房走动走动。

这三天秦时远都很忙，但仍然抽出不少时间来医院，刘宛英对这个孙女婿改观了不少。这天一大早，赵无棉和秦时远就来到医院看望。

秦时远放下赵母做的粥，扶奶奶起身："您先喝粥，等会儿再让棉棉陪你在院子里走走，听爸妈说后天就可以出院了。"

"总算可以出去了，我就不爱待在医院。"刘宛英笑盈盈地说，"这几天辛苦你了。"

"不辛苦，我后天请了假，跟爸妈一起接您回家。"秦时远笑着说，"正好在江心多休养段时间，您在这儿，棉棉也开心。"

刘宛英微笑着看了眼孙女，又对秦时远说道："时远啊，你去忙吧，小棉花在这儿就行了。"

秦时远确实该去上班了，他把粥倒进碗里，递给奶奶，又揽了一下妻子的腰："棉棉，我上班去了，有事给我打电话。"

162

赵无棉不动声色地躲开："嗯，你去吧。但你后天不用请假，我已经请过了，我和哥哥都会过来。"

秦时远看着她闪躲的动作，眼色一暗："那正好我们一起过来，到中午一家人还可以吃顿午饭。"

赵无棉刚想张嘴说什么，被刘宛英开心的声音打断："好啊，等会儿我跟棉棉妈说，让她到时候做顿丰盛的。"

秦时远又笑了笑："那我先走了。"

秦时远离开后，赵无棉又活跃起来。她坐在床边看着奶奶吃早餐，叽里呱啦地说自己在工作中遇到的有趣的事，还有江心独有的景。

刘宛英和蔼地听着她说个不停。终于等她说累了，刘宛英放下手中的碗，慈爱地看着她的脸："小棉花啊，你跟时远——"

两下敲门声打断了还没开始的对话，赵无棉抬头望向门口，积极地说："我去开门！"她心情很好地跑到门边，刚碰到门把手，外面的人就推开门，进来了。

"你好，我们来查房。"一位男医生对她点点头，就走了进来。

赵无棉小声说了句"谢谢"，不敢再看向他身边的人，就垂下眼回到奶奶身边。

刘宛英看到医生们，愉悦地笑着："林医生，你们来了。我觉得我恢复得还挺好，是不是？"

林衍温和一笑："是的，心率、血压一切都正常，后天应该能顺利出院。"

"这次真是谢谢你们了，"刘宛英拉了一下枕头，"我待会儿想在院子里走走，我看外面的花儿都开了，没问题的吧？"

"当然，"林衍点点头，"有家属陪同就行。院子里的桃花开了很多。"

赵无棉沉默地看着奶奶。

另一位医生也看了看她的体温，又和林衍一同看了眼病人的伤口。

"那没什么问题了，"他对林衍说道，"我们去下一个吧。"

刘宛英高兴地招招手："慢走啊。小棉花，去送一下医生，傻站着干吗？"

赵无棉勉强笑了一下，跟在医生后面走出了病房。

"林医生，谢谢你。"她低声说道。

林衍的目光在她脸上点了一下，就迅速转移到别处："不客气。"

两位医生走远后，赵无棉低着头，调整好心情，准备进病房。

一个小男孩儿欢欢喜喜地跑过来，撞向了她："大姐姐！"

赵无棉定睛一看，是隔壁病房那个病人的小家属，她在走廊里见过好几次。

"干吗呀？"赵无棉笑着问。

小男孩儿举起一个医用口罩："刚刚一个医生叔叔让我把这个给你。"

赵无棉的胸口酸了一下。

"他还说什么了？"

"没说什么。"

赵无棉拿了口罩，对小男孩儿道了谢，就进了病房。

刘宛英见到孙女与刚刚的活泼愉快截然相反的表情，问道："你怎么了？让你送医生还不高兴了？手上拿着什么呢？"

"没有不高兴啊，"赵无棉戴上口罩，"我们出去走走吧，我先扶您起来。"

"不用啦！我自己已经能起来了，昨天就是自己上的厕所。"刘宛英又看了眼窗外，"外面有这么冷吗，还要戴口罩啊？"

"我对桃花过敏，"她为奶奶披上棉袄，"几年前跟季节性过敏一起得的。"

"也是奇怪了，你小时候是没有的。"

"大概是因为宛东的绿化没有江心的好吧。"赵无棉无奈地笑笑，"第一年犯的时候，结膜炎和鼻炎一起发作的，可难受了。后来我每年几乎都要跑到这家医院来看。"

"你每年都来看，怎么还治不好？"

"医生就说得多吃蔬菜多锻炼，增强抵抗力……"

祖孙俩一边聊着，一边慢慢走出了病房。

桃李争妍，春回大地。

赵无棉戴着口罩和帽子，挽着奶奶的手臂，在医院的院子中信步而行。

"那儿有条长廊，"刘宛英拍拍孙女的手，"陪我过去坐坐。"

祖孙俩在长廊中的石凳上坐下时，一阵风吹来，院子里的花都随风摇曳。

"囡囡，你跟时远怎么了？"

赵无棉愣了一下："没怎么呀。"

"没怎么？"刘宛英淡淡一笑，"你能瞒得过我吗？你呀，跟一年前一样，对他的感情都写在眼里了。"

赵无棉摘下口罩，没有说话。

"你不要以为我老了、眼睛不好了，就看不出你们的情绪。你们两个啊，对对方的态度跟一年前反过来了。"

"奶奶，"赵无棉平静地说，"我跟爸爸说过，我很后悔当初没听你们的话。"

"怎么？不想跟他过了？"刘宛英敏锐地说道，"我不说以前如何，现在时远对你是真心的，我能看出来。"

"那又怎样呢？"赵无棉低落地说道，"我不爱他了。奶奶，我也很悲哀，我的婚姻会这么……这么荒唐。"

"不要说悲哀，"刘宛英把手放到她的背上，"年轻人总要走些弯路的。"

"如果我想离婚，您支持我吗？"

刘宛英认真地看着孙女，半晌，摇了摇头。

"我不支持，我再疼爱你也不支持你随意结婚、离婚，你是个女孩子，不比他们男人，结了又离也不会被人戳脊梁骨。"

"奶奶，现在时代不一样了，谁会因为离婚被戳脊梁骨啊？"赵无棉被逗笑了。

"你不相信，是不是？"刘宛英严肃地说，"小棉花啊，我希望你过得好，但是离婚之后呢？你该怎么过？"

"就这么过呀。"赵无棉不以为然地说，"何况我们两个又没孩子，离婚更是容易。"

"你为什么不爱他了？"刘宛英问道，"你不是喜欢他喜欢得很吗？"

"他不爱我，久而久之，我的感情也被消磨殆尽了。"

"是吗？就因为这个？"

"您不信啊？"赵无棉握着奶奶的手，"不然还能因为什么？我们两个……唉，几句话也说不清，您就别操心了，我会过好自己的日子的。"

两人都沉默了一会儿。

刘宛英沉思了良久，问道："你和林医生是什么关系？"

赵无棉手一抖，口罩掉在地上。

"没什么关系呀，他就是您的主治医师，就这样。"她捡起口罩。

"昨天……昨天我就看出不对劲了。"刘宛英摸着孙女洁白细腻的手，又想起自己年轻的时候十指纤纤，到如今已经变得沧桑、粗糙，"乖囡囡，跟奶奶说实话，奶奶不会怪你的。"

半晌，见孙女仍不应声，刘宛英伸手把她藏在帽子下的脸轻轻抬起来。

赵无棉含着泪看着她。

"我的小棉花，受了什么委屈跟奶奶说哇，"刘宛英摸着她的背，"要是实在不想说，那就算啦。"

"奶奶，我第一次看到他的时候，他就好像带着光。"赵无棉颤着声音说，"但他看不到我。我第二次遇见他时就在想怎么会有这么温柔的人。他站在那儿，我看他的每一眼都是仰慕。"

刘宛英怔了片刻，问道："你说的是谁呀？是时远吗？"

"我从没想过还会第三次遇见他，也从没想过会是以那样的方式遇见。"赵无棉抬手擦掉眼泪，"他倒在血泊里，那样白璧无瑕的人被血染了色。他不该受此折磨啊，他是那么好的一个人。"

"囡囡，不哭啊。"刘宛英心疼地拥着孙女。

赵无棉轻靠在奶奶身上。

"奶奶，我身在自己晦暗、阴沉、快腐败、糜烂的世界里，他出现在我面前，明晰，温柔，又一尘不染。"

"不要瞎说，不要这么说自己。"刘宛英说道，"奶奶听明白了，你说的不是时远，另有其人啊。小棉花，乖囡囡……"刘宛英轻柔地唤着，"人的出现都是有顺序的，你先遇到的是时远，也已经嫁给了他，对不对？"

"对。"赵无棉闷声说，"……出场顺序吗？但我先遇到的是他啊。反正我本身也配不上他，"她呢喃道，"……'安得促席，说彼平生'，也够了……"

长廊外，院景怡人，尺树寸泓，百草权舆。

晚上，赵无棉跟哥哥在医院守夜，祖孙仨已经很多年没有这么聚在一起了。赵无棉一边跟奶奶和哥哥聊着，一边仰头盯着窗外看。

"你看什么呢？"刘宛英也跟着她的目光转头。

"今晚有月亮。"赵无棉淡淡地说。

"还是个圆月,"赵无悔漫不经心地抬头瞟了一眼,"真难得。"

"这个天气,确实很难看到满月哟。"刘宛英感叹道。

"中秋的满月是最好看的。"赵无棉自顾自地说道。

赵无悔忽然想到了什么:"你去年中秋是不是和秦家人一起过的?过得怎么样啊?"

"挺好的,"赵无棉冲哥哥笑了一下,"跟那天的月亮一样圆满。"

三人都静了一会儿,赵无棉撑着下巴望着窗外的夜空。

孤圆月正中,长向别时圆。

十　人有悲欢离合

棉棉，你有没有为我这么哭过？

刘宛英出院那天，全家人都到齐了，赵母开心地做了一大桌子菜，其中一半是宛东人爱吃的口味，另一半是江心人爱吃的口味。

"时远啊，这些天麻烦你了，工作那么忙还跑来跑去的。"赵母由衷地说道，"等会儿你坐里面，你爱吃的菜都摆在那一面。"

"谢谢妈。"秦时远刚把奶奶安顿好，这会儿有些热了，他脱了外套挂在衣架上，"我没什么麻烦的，棉棉和无悔也挺忙的，他们俩也是抽空陪奶奶。"

"那怎么一样呢？"赵母用围裙擦了擦手。

秦时远正准备帮岳母摆放碗筷，闻言又停下手里的动作："妈，怎么不一样？"

"……啊？"赵母愣道，"那当然……还是有些不一样的了，他们两个——"

"妈，我和棉棉是一体的，"秦时远看着岳母的眼睛，认真地说道，"那也是我的奶奶、我的亲人。"

赵母看着他，欣慰又高兴："时远啊，有你这句话，棉棉嫁给你，我是真的放心了。她比你小，又被我们娇生惯养，以后有什么任性的地方，麻烦你一定要包容她……唉，你们两个前段时间吵架了，是吧？可把我跟她爸爸急坏了。"

我看你俩都瘦了不少。"

"我们只是小吵小闹,没什么大事,"秦时远把碗筷一一摆好,"哪对夫妻不吵架?妈,我和棉棉还有一辈子的路要走,您会支持我的,是吗?"

"嗯?"赵母有些没明白他最后一句话,但还是点头道,"当然了。"

秦时远摆完碗筷,直起身子:"谢谢妈。我去叫他们吃饭。棉棉肯定饿了。"

赵无棉请了一天假,一整天都在家里陪着父母和奶奶。秦时远只能请到半天假,赵无悔本就是来出差的,他下午还要去见客户,于是两个人吃完午饭又匆匆离开。直到晚上,一家人又聚在赵家一起吃晚饭。

秦时远在赵家吃饭时,胃口总是会好很多。赵母见了很是高兴,饭桌上一直招呼他多吃菜:"时远啊,你自己多吃点儿,别老顾着棉棉,她还能不知道吃啊?"

赵无悔也抬头看了眼他:"听叔母说那道油焖虾是你做的?我还以为平时都是棉棉做饭呢,原来你也会啊?"

秦时远给赵无棉剥着虾:"之前都是棉棉做,但这段时间……她胃口不好,所以我做得多一些。"

"哦,"赵无悔又看向妹妹,"你为什么胃口不好?不舒服啊?"

赵无棉不动声色地嚼着菜:"没有,就是工作有点儿忙。"

"那以后呢?"赵无悔又打趣道,"以后你俩谁做饭?"

秦时远边擦手边笑了笑:"只要我能空下来,就都是我做,"他说着又柔柔地看着赵无棉:"好不好?"

赵无棉抬眼,见大家都在看他们俩,勉强地笑了一下:"谁有空谁做,大家都这样的。"

"夫妻可不就都是这样的嘛,"赵母笑道,"相互扶持,才能共同把家经营好。"

赵父看了眼女儿:"行了,吃饭吧,都多吃点儿,这几天孩子们都累了,妈也受了罪。"

刘宛英全程都在注意孙女的脸色,她轻微地皱了皱眉头,悄声叹了口气。

晚上,时间已经不早了,赵父赵母催促着孩子们快些回家早点儿休息。赵无棉心中就是再不愿意,也得听话地跟着秦时远回去。

一路上,两个人都没说什么话。到了家里,赵无棉放下包和外套就去洗漱,接着又马上进了卧室,准备睡觉。

秦时远已经坐在卧室的沙发上,他在灯下低着头,听见动静又抬起头来看向妻子。

赵无棉甩了甩还有些湿的头发,坐在他身旁。

"怎么不去睡?这几天辛苦你了,早点儿休息吧。"

秦时远看着她,半晌才开口:"我可以回卧室睡吗?"

赵无棉点点头,声音也柔和了些:"那你睡卧室吧,我去客房,可以吗?"

秦时远的眼色慢慢冷下来:"不可以,我们是夫妻,为什么不能睡一张床?"

赵无棉揉了一下后颈:"你别这样,我们之前不是说好了吗?"

"说好什么?"秦时远冷冷地问,"是你威胁我的。"

赵无棉瞪大眼睛:"我威胁你什么了?我还能威胁得了你?"

"你拿离婚、分居来威胁我,我才不得已去睡客房的。"

"所以,你是觉得现在我们的问题已经解决了,是吗?"赵无棉哭笑不得,"我并没有改变我的想法。"

秦时远深吸一口气,然后缓缓吐出来:"我们的问题到底是什么?"

"我告诉过你,我们之间没有感情,所以这个婚姻是没有意义的。"

"我爱你,怎么会没有意义?"

"我不爱你。"赵无棉平和地说,"我告诉过你,我不爱你。"

"别再说这句话。"秦时远的语气里带着一丝狠劲,他停了一下,随后又放柔声音,"棉棉,我哪里做得不好?你告诉我,我再改。"

"没有,你没有哪里做得不好,都是我的问题。"赵无棉漠然说道,"你做得很好了,是我配不上你,就这样。"

秦时远一动不动地盯着她:"之前的事,我一直不愿意提,是因为一想到我曾那样对你,我就痛到窒息。但现在想来,我不该避之不谈,我该给你道歉。对不起。以前的事,对不起。"

赵无棉总算正眼看了下他。

"我接受你的道歉。"她淡淡地说。

"那么现在该谈谈你的问题了。"秦时远靠近了她,"棉棉,你喜欢谁啊?"他端详着她的脸,"你告诉我,他是谁?"

赵无棉眼里闪过一丝惊慌。

"没有谁啊,"她镇定地说,"我只是不爱你了,不一定非要移情别恋才会不爱,对不对?"

"绵绵,"他把她散落的头发别在耳后,"你是不是忘记我是做什么的了?"他轻笑一声,"你不是个会撒谎的人。"

赵无棉抖着睫毛垂下了眼。

"这么久以来,你主动和我说话的次数越来越少了。"秦时远的手指轻轻绕着她的发丝,"我只记得有几次你问我医闹事件处理得怎么样了,对吧?"

赵无棉长长的睫毛抖动得越来越厉害。

"你很关心他啊,"秦时远离她又近了些,"棉棉……"他叹息了一声,"你和林衍是怎么相识的?你很喜欢他吗?"

赵无棉紧紧地攥着手心。

"没有。"她看着他阴沉的眼。

"没有什么?"他又问道,"没有爱上他吗?"

赵无棉使劲点着头。

秦时远又笑了,他放开她的头发,轻轻地掐了一下她的脸蛋。

"我不信。"

赵无棉慢慢地眨了一下眼睛。她看得清楚,秦时远的态度不是怀疑,是确定。

"是我的问题。"赵无棉咽了口口水,直视着他快速说道,"我单方面喜欢他,他不知道,他什么都不知道。"

"是吗?"秦时远舔了一下后槽牙,"林医生可不是个轻浮的人啊,他为你擦眼泪、拉衣服拉链——你敢说这跟他没有关系?"

赵无棉明白了。

"因为我当时求他……他看我可怜,他是个善良的人……"她语无伦次地说,"医者仁心,所以他就顺便安慰我……"

赵无棉不敢抬头看秦时远,她惶恐不安,自己的婚姻问题却把无辜的林衍扯了进来。

半天没听到回应,赵无棉抬起眼。

秦时远咬着牙把她拽向自己。

"你们到什么程度了？"他低沉的声音像是从地狱里发出来的，"他碰过你吗？"

赵无棉被拽得倒在他身上，她坐起身子，直视着他的眼："没有，我们什么都没发生过。我不是你。"

秦时远心头一震，又松开了手。

"我也什么都没做过啊，"他颤抖着声音，"你是怎么想我的？我在你心里是什么样的人？"

"那就算我们扯平了。"赵无棉慌忙说道，"你不要牵扯进来任何人。这是我们两个人的事。"

"你护着他。"秦时远又重新抓住她的手腕，"怎么会跟他没有关系？要是没有这个人，你绝不会跟我提离婚。"

"你讲点儿道理，难道在他出现之前，我们的婚姻就没问题了吗？"

"在他出现之前，你还愿意待在我身边。"秦时远一字一顿地说。

"但我很抗拒你，你能感受到。"赵无棉扭动了一下手腕，"不需要任何人出现，我依旧会因为抗拒你而提出离婚。不然日子怎么过？你说，以我的状态，还怎么跟你一起过？"

秦时远的呼吸有些重，他颤抖着手提起她的手腕，然后凑过去吻住她的手背，良久也不松开。

秦时远忍下了眼泪，又重新抬起头，冲她浅浅笑着："我忽然想起去年这个时候，我比今年还要忙，每次加班到很晚回家，你都会冲过来抱我。"他又亲了一下她温暖的指尖，"棉棉，想想你爱我的时候。"

"我没有爱过你。"赵无棉坦诚地看着他。

秦时远唇色发白，眼神也凉得像水。

"什么？"

赵无棉想了想，又说道："差一点儿吧。我是喜欢你，我止不住地喜欢你，但你始终没有回应我。长此以往，我就止住了爱。"

秦时远的脸在灯光下煞白。赵无棉被他冰冷的手刺到，趁他这个时候力气不大，她就用劲把手抽了出来。

"你觉得……"他喘着气，"你觉得我会信吗？你就是找借口。你喜欢上别人了，就一心要离开我。"他又捧住她的脸，"棉棉，你一时迷失，我不怪你。我们重新开始。"

赵无棉觉得跟他对话很是心累，干脆不再接话。

"随你怎么想。"赵无棉没了耐心，打掉了他的手，"我要睡觉了。我去客房，你在卧室。"

她站起来走向床，抱起了枕头。

秦时远在她面前挡住了路。

"不，我们还没有谈完。"

"我都不知道你是个这么固执的人，"赵无棉不想离他太近，就退后半步，"你都不愿意接受我说的话，那我们怎么谈？"

"是你故意说气我的话。"

"我说的都是实话。"赵无棉无奈地说，"你自己心里也清楚。别再自欺欺人了，行吗？我不爱你，我真的不爱你。"

秦时远慢慢地把她手中的枕头拉了过来，然后扔到床上。

"我说过了，不许再说这句话。"他的眼里带着绝望的阴鸷，"你想尽快甩了我，然后跟他走，是吗？棉棉，别被他骗了……"他的声音越来越低，"我知道，你年纪小，抵不住诱惑。是他引诱的你——"

"你疯了吗？"赵无棉厉声说道，"你要我说几遍？林医生是个受害者，是我骗了他，是我瞒了他。你有什么毛病非得攻击他？我受过最大的骗就是跟你结婚！"

秦时远静静地看着她本来无波澜的脸开始变红。

"我的棉棉从来没这么生气地跟我说过话。"他扬着嘴角，眼里却没有笑意，"他可真厉害。"

赵无棉知道再跟他争论一个晚上也没用，两人的谈话已经陷入了死局。她不再多说，推开秦时远，摔门而去。

秦时远没再拦着她，只是站在灯下，听着摔门的那一声巨响，顶上的吊灯也随之一颤。

初春暖阳，梅花也开得茂盛，暗香疏影，不同桃李混芳尘。

阳光洒在秦时远站得挺拔的身子上，衬得他刚毅的脸更显冷峻。而在同一片阳光下，林衍却被照得格外柔和，他一身白大褂被风吹得轻轻舞动。

"秦局长，我还在上班。"林衍先开了口，"您有什么事吗？"

秦时远冷冷地扫视着他。

173

"秦局长，如果真有事，欢迎到我办公室坐坐。"林衍温和有礼，眼中却没有笑意，"如果没事，我要回去了。"

"林医生，好手段啊。"秦时远沉沉地说道。

林衍抿抿嘴唇，轻叹了口气，说："如果你是指赵无棉和我的事……不管怎么说，我先向你道歉，就当是我干扰了你的家庭。"

"你倒是挺坦率，"秦时远轻蔑地笑了一声，"看来我高估了林医生的品行，你不觉得着愧？这可不是光彩的事。"

"我对你们的事并不知情。"林衍坦坦荡荡，"我得知你们结婚后就再也没有联系过她。"

"你的意思是，错都在她，你是无辜的。"

"你明明知道。"林衍看着他的眼睛，"我相信她对你肯定是实话实说。"

"好，"秦时远压着心底的火，"好，算我找错了人。你撇得够干净。我们夫妻自己的问题，我不该撒气到你身上！抱歉今天打扰你。"

秦时远转身就走。他不知道自己该怎么办，不知道该怎么面对赵无棉，他有些后悔今天莽撞地来找林衍。这个人一副置身事外的样子，仿佛是他在无理取闹。

"秦局长。"林衍忽然叫住了他。

秦时远回头："怎么？你还想说什么？"

林衍走近了他："我希望你不要误解我，我从来没有想去破坏一个幸福完整的家庭。"

秦时远垂下眼睛，半晌，深吸了口气："我很抱——"

"但是，"林衍字句清晰地说道，"你的家庭并不完整。恕我无礼。"

"你……"秦时远气得又走向他，"你凭什么说我的家庭不完整？你有什么资格评头论足的？就凭棉棉喜欢你？"

林衍的身体微微摇晃。偶尔的鸟鸣和马路边汽车的鸣笛声充斥在和煦的晞光下。

"你的家庭……你自己清楚。"林衍轻轻开口，"你不必对我发火，你们两个的问题绝大部分都不在我。你也不用向我道歉。"他抬头，温和而坚定地说，"我喜欢她是事实。我很遗憾不能和她在一起。"

"你还会遗憾？你不是已经成功把她的心收走了？"

"我有我的底线。"林衍诚恳地说，"秦局长，我想问你，你自己有没有底线？"

秦时远眼里燃着火："你什么意思？"

"我只是想问，你对你的妻子足够忠诚吗？"

"看来你对我们家的事很了解。"他嗤之以鼻。

"我只是觉得，到了我们这个年纪，都应该懂得反求诸己。"

"谢谢你的提醒。"秦时远盯着他，冷哼了一声，"林医生，不管怎么说，我还是要向你道歉，打扰你工作了。"

"我接受你的道歉。"林衍淡淡地说。

秦时远的脑中涌入赵无棉淡泊的脸。

"我接受你的道歉。"她淡然地说。

他们可真是相配。

秦时远咬着后槽牙，紧紧闭着眼，再睁开："希望以后都不要相见。"

"你是说我和你吗？"

"我们和你。"他阴沉沉地说。

林衍垂下目光，又抬起来，朝他礼貌地笑了笑："我回去了，再见。"

夜已经很深了，赵无棉仍然穿着白色的睡裙坐在沙发上，呆呆地听着屋外时不时传来汽车呼啸的声音，连秦时远到家的动静都没听到。

"你在想什么？"低沉的男声冷冷地响起。

赵无绵抬头，秦时远高大的身影立马占满了她的视野。

"没什么。"她淡淡地说，"我去睡觉了。"

赵无棉起身想进卧室，她感到自己的心情一天比一天低落。她还总感觉自己置身潮湿的海边，无奈地等待着暴风雨来临。

"见到我回来就想走？"秦时远一动不动，"你能躲我一辈子吗？"

赵无棉愣了愣，偏过头看向他："我没有想躲你，我就是困了。"

秦时远抬腿走了一步，逼近她："这段时间你瘦了好多……什么人能让你这么沮丧？"

赵无棉心里无限的伤感和惆怅又全部转成了怒火，一点点冒出来。

"你闲着没事找架吵，是吗？"她轻轻地说，"还有，我心里想着谁，你不是很清楚吗？"

秦时远的呼吸渐渐沉重，屋外杂乱的汽车鸣笛声已经很久没响起了，客厅

175

的气温似乎在下降。

"赵无棉,我的忍耐是有限度的,不要试探我的底线。"

"你有什么底线?"赵无棉不甘示弱,"如果你想离婚,我也没意见。"

"别拿离婚威胁我。"秦时远死死盯着她,咬牙切齿地低声说道。

"我能威胁得了你吗?"赵无棉努力让自己保持冷静,"你放心,如果真的离婚,我可以替你向组织证明,是我的问题,尽量不影响你前途——"

"你他妈做梦!"秦时远突然大吼道,"赵无棉,你想走,想跟着林衍走,是吗?!你这辈子都别想!"

赵无棉被吓得退后了几步,她的手脚没由来地抖了起来。她从没见过秦时远发这么大的火,恐惧一瞬间涌上心头,淹没了刚刚的怒火。赵无棉瞪着她身边的这个男人,他像是一个快要发疯的野兽。

秦时远很快印证了她的想法,他狠狠地踹了一脚旁边的茶几,玻璃破裂的声音伴随着他歇斯底里的吼声:"我他妈受够了!我要怎么做?!你要我怎么做?!"

茶几上摇摇欲坠的水壶被他狠狠地打了下来。巨大的破碎声震得赵无棉止不住地发抖,她隐隐觉得有一种冰冷感从脚底蹿升,她想说点儿什么安抚他的情绪,却被吓得发不出声音。

秦时远俯着身子,大口喘着气,他盯着地面,眼前是一地的玻璃碎片,把头顶的灯光映射得凌乱。

半响,秦时远慢慢直起身子,阴冷的目光再次投向赵无棉。

"你以为那个林衍是个什么好东西?我告诉你,他就是个懦夫,你知道吗?"男人眼里透着晦暗不明的疯狂,"你知道他是怎么跟我说你的吗?他把错都推给你呢……呵呵,连为你说句话都不肯,把自己撇得干干净净的。"

寒意没有消散,但发抖的手脚忽然停住。赵无棉紧紧攥着手心,又放松下来。她直视着对面的人,过往的一切像电影一样快速在她脑中滚动。她想起第一次见到秦时远,灿烂的阳光和他沉静的眸子相互辉映;她想起他身着警服在现场指挥,坚毅的脸庞淌着汗珠;她想起他低头朝她笑时的客气与疏离……她想起的所有画面都是她爱他的时候,他们度过了快两年的婚姻生活,最后这婚姻却破碎得像地上的玻璃碴一样。

确定他不会再动手后,赵无棉拿起沙发上他的外套,给他披上:"不管他说我什么,我都没办法反驳,本来错就在我。"她看着他,尽量温柔地说,"这里我来打扫,你去休息,好吗?不生气了。"

秦时远眼里的光好像忽然灭了,他涨红的眼眶盈满了泪水,接着不停地滑落。这是赵无棉第一次看到他流泪。

"棉棉……"他抱住了她,低头埋进她柔软的头发里,"我们好好过日子,好吗?别再想他了,求你了。"

赵无棉想拥抱他予以回应,但双手好像不听她的控制,迟迟不肯动。

"我错了……"秦时远的眼泪止不住地流着,他越抱越紧,手攥着她肩膀上薄薄的衣领,"都是我的错,是我对你不好才让你爱上他的,是我浑蛋……你给我一次机会好不好?棉棉?我什么都听你的,你要我怎么做都行,求你了……"

赵无棉没有半点儿回应。秦时远微微松开她,看着她的眼睛——一如往常的柔和,只是看向他时,眼里再无爱意。

秦时远双手捧着她的脸,慌乱地想吻上去。

赵无棉撇开头,又拉开他的双手:"你不累吗?去休息吧。我没怪你。"

"你还是不愿意我碰。"秦时远流着泪嘲讽地笑了一下,"你到底要我怎么做呢?你告诉我,你给我个期限……"

赵无棉摇摇头:"我不要你怎么做,我想要什么,你知道。"

秦时远痛苦地闭上眼,抬起右手狠狠地把自己的泪水抹干净。

"我们没有孩子,共同财产就是些存款,我一直都没你存得多,我也就不要了。"

赵无棉对上他又睁开的阴沉沉的眸子,往后退了一步,却碰到了沙发边沿。她没站稳,就坐倒在沙发上。

秦时远顺势把她推倒在身后的抱枕上:"没孩子,是吗?我们现在要一个好了。"

赵无棉还没反应过来,就被他重重地压住。她双手用力推着:"时远,我们好好说……"

秦时远钳住她的双手,咬住了她挣扎中露出的肩膀。

赵无棉痛得眼泪飙了出来:"痛!你……"

好在秦时远又及时松了口,也没有继续下一步动作,但仍旧把脸埋在她的衣服里。

赵无棉自知两人力气悬殊,他要真想做些什么,是轻而易举的,反抗只会激怒他，这对自己是无益的。于是她忍着，没有再动弹。

秦时远缓缓抬起了头，他刚擦干净的脸又一次布满泪水。

"对不起，弄疼你了。"他嘶哑着声音，"棉棉啊，棉棉……你都不愿意给我最后一次机会吗？你就这么给我判了死刑……死刑还可以申诉的啊……"

赵无棉看着他通红又凄怆的眼，有些动容地碰了一下他滑到下巴的泪水。

"我很抱歉。"她轻声说，"我们走到这一步，我很抱歉。"

"我不要你抱歉。"秦时远看着身下的人，"你没有错，都是我的错。棉棉，他不爱你啊。"他有些着急地说，"他怎么会有我爱你？你想要什么我都能给你，他都不愿意替你说句话。"

这句话又戳到了赵无棉的痛处，她也跟着红了眼。她挣扎着想起来，但左手被秦时远卡住，右手又被他强硬地十指相扣。

"你……先起来。"她难过地说。

"不，你又想回房间，然后不理我。"

"我没有。"她忍着浅浅的眼泪，"但你不要总说林医生。他什么错也没有。"

"是你老想着他，所以才不要我。"

赵无棉冷静了一下，然后认真地看着他说："有件事我可能没跟你说清楚。"

"什么？"

"中秋那晚没能让我下定决心离婚，不是因为我有多爱你，而是因为我懦弱。"

好像过了一个世纪那么长，秦时远起身，把她抱了起来，又走进了主卧。

"睡觉吧，已经半夜了。"他脸上都是泪痕，轻柔地对她说道，"你明天还要上班。"

赵无棉见他不再闹了，便松了口气，疲倦感油然而生。

秦时远把她放在床上，盖好被子，然后自己也上了床，躺在另一边。

赵无棉皱起眉头，刚想抗议，就被拉进他的怀抱。

"棉棉，不要闹。你就当可怜一下我。"秦时远的声音也充满了疲惫，"我真的累了。我这一个月都没睡好觉。"

赵无棉又是一夜无眠。她心事重重地来到单位时，姚主任已经在办公室烧水。

"哟,今天来这么早?"姚主任回头道,"对了,小赵,听说过段时间的那个劳动节主题的文艺会演有好几家单位都要请你做钢伴?"她和气地笑着,"你这是上次一炮成名了啊。"

赵无棉默然坐在工位上,把包里的东西拿出来放好,才开口道:"姚主任,我一直很奇怪,上次的市文艺会演,我是怎么上去的。我打听过,这次的演出其实也挺大的,我一个钢伴,在台上就是当绿叶的,为什么这些合唱团还会想尽办法来找我?我搞不懂。"

姚主任把水倒好,在她对面坐了下来。

"我听老周说,老周也是听别人说的。上次,好像是个领导指定你的。具体是谁,不清楚。你想想,你认识的高官有哪些人?"

赵无棉无奈地笑笑:"认识最高的官也就秦时远了。"

"那他家那些亲戚呢?"姚主任拿出早餐,咬了一口,"他们家不止他一个是入仕的吧,尤其是他那些叔叔伯伯,可都不是等闲之辈。"

赵无棉摇摇头:"我跟他们交情不深,他们是没有必要也不会去为我做个动作的。"

"哦,这样啊。"姚主任又喝了口牛奶,"我还听老周说,上次你去帮他们排练,当时有市里的领导去视察,副市长什么的都在呢,正好看到你们彩排了。好像就是当天定下来的事,可能是哪个领导看中你了吧。"她又笑道,"不管怎么说,这次也是个很好的机会。这次的演出像上次一样,也会邀请各界人士观看。他们公安局肯定也是要去的。你老公又要去看你演出咯。"

"这次演出还要表彰今年新选出的十佳青年。"同办公室的王老师和孙老师也一起走了进来。姚主任对她们点头笑了笑。

王老师坐在工位上,继续说道:"可惜呀,小赵,结婚早了,不然在这场演出里还能认识几个青年才俊,是吧?"

赵无棉怔住。看到王老师和孙老师似笑非笑地看着自己,她有些不开心,但只能低声应付着:"别开玩笑了。你们怎么都知道了呀?我也是上周临时收到周老师的通知,让我去给另外几家合唱团帮忙。"

"哎哟,什么叫帮忙呀,人家是正儿八经地邀请你呢。"孙老师说道,"我说现在的年轻人真不能小看啊,才来多久呢,就能处处出风头了。"末了,又笑着加了句,"小赵,我们也是为你高兴,大家都说你厉害着呢。"

赵无棉有些委屈,在心里暗暗骂了句,但脸上还是假笑着说道:"你们先聊吧,我去排练厅练会儿琴。"

赵无棉在琴房里窝了一整天,下午接到了秦时远的电话。两个人昨夜争论未果。不知秦时远什么时候已经把客厅打扫好了。到了早上,他仍然像往常一样做好早餐,又把她送到了单位。赵无棉面无表情地看着屏幕上闪烁的名字,拖了好久才接通电话。

"棉棉,爸叫我们今晚回去吃饭,奶奶想你了。"秦时远沉着的声音听不出情绪,"我跟他们说了今天得晚一些下班。大概晚半小时的样子,今天有场专题调研座谈会,市里领导也会过来——"

"那你不用过去了,我跟爸妈说一声,你忙你的好了。"赵无棉无精打采地翻着谱子。

秦时远停了一下,又说道:"我已经跟爸妈说好了我们会一起过去,你在单位等着我去接你,你也别想着甩开我。"

赵无棉的火气又冒了出来:"我是那个意思吗?你有完没完?"

周平推门走了进来。

赵无棉看到同事过来了,便压下了火气:"你不用接我,我下了班直接去你单位等你,我们再一起回去。先挂了。"

周平拿着指挥谱,笑道:"秦局长的电话啊?我可听说市局的李局长快退休了,他很看好你老公呢,秦局长这是有望接替他成为正局啊。"

赵无棉勉强笑笑:"没有,他还年轻,资历尚浅。您过来有事吗?"

周平把谱子递给她:"喏,我问了合唱团成员们的意见,大家选定了这首《地道战》,已经报上去了。怎么样?"

赵无棉欣然点头:"挺好,这曲子短,其他几家合唱团的曲子都老长的,我的眼睛都要练花了。"

赵无棉希望时钟走慢点儿,但还是很快到了下班时间。她磨磨蹭蹭地收拾好东西,又慢吞吞地走出排练厅。一路上碰到了不同科室的同事,他们也在向她调侃着:"小赵老师,下班了?没在排练厅奋发图强?你接那么多家单位的钢琴伴奏,时间哪够啊?到时候在领导面前可要好好表现的!"

赵无棉不高兴地垂着眼,礼貌地回道:"够的。我先走了。"

她气呼呼地一路走到市公安局，看了眼大门，又不愿进去。看到门外桃红李白的景，她找了一个没有花的地方坐下，闷闷不乐地回想着同事们说的话。

秦时远下了会，走出单位，正想给妻子打电话，又一眼看到她正双手托着腮坐在香樟树旁的一级阶梯上。他看到她孤零零的身影，心就发疼，正准备走上前去，又看到一个熟悉的身影出现在赵无棉身后。来者顿了顿，伸出骨节分明的左手，轻轻拍了拍她的脑袋。

赵无棉侧过头往上看，只见宋宁西装革履身形挺拔地立在她身边。他的长相本身比较温和，但架上一副金丝眼镜，又身着黑色西装，就显得严肃了些，好在他的双眼正透过干净的镜片友好地看向她。

一接触到赵无棉茫然的眼神，宋宁就和善地笑了。

"宋市长，您怎么在这儿呀？"赵无棉礼貌地笑了一下。

"我来开会，路过这儿。"他收回左手，搭在栏杆上，"怎么感觉你不开心呢？遇到什么事了？"

赵无棉眼神躲闪，又低下头："没有哇。"

"是因为……"宋宁若有所思，"过几天的市级会演吗？"

赵无棉惊讶地看着他："您怎么知道？"

"我猜的。"宋宁修长的手指点着栏杆。

赵无棉瞪大眼睛看着他。

宋宁和她对视片刻，忍不住，先笑了出来："小姑娘，这么点儿流言蜚语就受不住了？"

赵无棉不服气地撇开眼："您说得简单。我为什么要听他们胡说八道？我上次是被临时拉上去的，我什么都不知道的呀。"

"那你现在该知道了，"宋宁撑着下巴，笑着俯视她，"上次的演出，你是我'钦点'的。"

"真是您呀？"赵无棉也撑着下巴仰视他，"我也猜对了。"

"你怎么猜的？"宋宁说话的语气仿佛在逗她。

"我掐指算的。"赵无棉没好气地说着，站起身来拍拍裤子上的灰。

宋宁笑而不语。

"谢谢宋市长，但我送不起贵礼，以后再重谢好了。"赵无棉赌气般说，"我要回家了。"

宋宁被逗笑了："行了，我送你。"

赵无棉跳下了台阶："不劳大驾。"

宋宁收回放在栏杆上的双手，不紧不慢地跟着走下去。

赵无棉还没走几步就停下了，秦时远在不远处深深地看着她。她这才想起来自己就是来等他的。

秦时远走过来，想牵住她的手，被她不着痕迹地躲掉。

"宋市长。"他沉沉地说，"这是我太太，看来你们已经认识了。"

宋宁温和地笑着："是啊。她是个很有趣的孩子。"

赵无棉的脸瞬间红了。

秦时远强制把她揽进自己怀里："是吗？我刚刚听见，她上次的市级会演是您引荐的？"

"是的。"宋宁没有否认，"是我亲自点的名，倒让小赵同志受委屈了。"

赵无棉听着宋宁的语气又带着明显的打趣意味，也跟着笑了："怎么会，能受您赏识是我的荣幸。"

"我太太比较年轻，人也很单纯，"秦时远收紧了手臂，"您能举荐她，应该是很喜欢她的艺术表达，是吗？"

宋宁饶有兴致地看着他："不然，秦局长觉得我是因为什么？"

"我不知道。"他消沉的声音带着暗哑，好像没休息好。

宋宁又沉着地笑了笑，对着赵无棉说道："我太太很喜欢你，有空就来我们家做客吧。"

赵无棉主动抬眼看了下秦时远，然后声音清晰地说道："我们也喜欢何老师。"

宋宁忽然哈哈大笑："小赵啊，你太有意思了。"他又看了眼在一旁等待的秘书，"好了，我也要回去了。再见。"

赵无棉跟他挥挥手，心里暗暗疑惑着宋宁觉得她哪里有意思。

秦时远看着宋宁黑色的车绝尘远去，一把将赵无棉揽进了怀里。

赵无棉突然被紧抱住，推也推不开，只好莫名其妙地问："你又干吗？这是你们单位。"

"棉棉，"他声音有些闷，只是叫着她，"棉棉。棉棉。"

赵无棉双手垂在两边，没有回应他的拥抱。

"你说。"她沉静地回道。

"少跟他接触，"他侧过头轻吻着她的头发，"还有，别再说那种话。"

"什么话？"

秦时远松开了些，但两只手仍然环抱着她。

"我不喜欢何静，"他认真地看着赵无棉，"以前的事已经烟消云散了。我心里只有你。"

"你们俩为什么分开？"赵无棉挣脱不开他的手臂，又转移话题道，"我还觉得你俩挺配的。"

秦时远被她的话气得脸色发青："我跟她一点儿也不配，我只跟你配……你要是再瞎说，我就告诉爸妈你昨天又跟我吵架。"

"昨天是你跟我吵！"赵无棉生气地说，"我是个成年人，我能决定自己的事。等我跟你离了，他们也奈何不了我。"

秦时远狠狠地盯着她，片刻过后又连拉带拽地把她带进了车里。

到了赵家，赵无棉调整好状态，扬着笑脸进了家门。

中途，赵父找了个空把女儿拉到了一边："又吵架了？"

赵无棉心虚地摇头："啊？没有啊。"

"你们两个神态都差得很，"赵父不满地说，"尤其是他，眼睛下面都泛青了，你注意到没有？"

赵无棉确实没注意到，要不是别人提醒，她都没注意到秦时远还瘦了很多。

"我们两个超级忙。"她赶忙说道，"我接了好几个钢琴伴奏，我跟你们说过的。他……"赵无棉想不出他在忙什么，只能尴尬地低下头。

"闺女，之前的事，咱不提了。时远现在对你是真心的，你是怎么想的？"

赵无棉抬头看着父亲："我还是坚持最初的想法。"

赵父看着女儿，担心地叹口气，说："不知道你奶奶怎么也发现了。唉，但是我们都不希望你离婚。"

"妈妈没发现就行。"赵无棉嘟囔道，"不然才真的要翻天了。爸爸，你们就别操心了，我自己的事，我能处理好。"

赵父看着女儿，看了好久才摇头道："下个月，无悔带奶奶回宛东，我和你妈妈也在这儿待了好久了，我们想着跟他们一起回去好了。你长大了，也已成家，有你自己的日子。我们在这儿待着也是无益，我也不想去过多干涉你的生活。"

赵无棉没说话，站在阳台上听着屋内家人们的欢声笑语。

秦时远听到岳父一家要回宛东的消息，脸色似乎更难看了："爸，妈，江心不好吗？就跟奶奶长住下来吧。"

赵母给女婿夹了块鱼，笑着说道："时远啊，江心是个非常美的城市，我们住得挺好的，但这儿毕竟不是老家，不是故乡。我们还是更习惯回家住着。她奶奶也是。"

刘宛英欣然点头："有空会再过来的。"

秦时远还想争取："可是，棉棉她，她——"

大家都疑惑地看着他。

赵无棉在桌下悄悄拉了一下他的袖子。

"他一直觉得我恋家。"赵无棉解释着，又对身边的人说道，"我没那么依赖爸妈，我都那么大了。吃你的吧。"

秦时远无力地垂下眼。

赵父拿起酒杯跟女婿的杯子轻碰了一下："来，时远。"

秦时远也拿起酒杯回碰了一下，然后把杯中酒一饮而尽。

赵无悔见状又替他倒上酒，然后也跟着碰了一下杯子："我们也喝一杯……你慢点儿吧。"

秦时远接连干了两杯酒，赵无棉怕家人都看出什么，赶忙说道："他平时在酒局都这样喝，习惯了。"

赵父轻轻摇了摇头，又为秦时远倒了小半杯酒，缓缓说道："时远，喝慢点儿。我跟你碰杯，是想谢谢你照顾我的女儿。当初我把她托付给你，也不知是对是错……只希望你们以后能好好的。"

秦时远再次把酒喝空。赵无棉盯着眼前的水煮鱼，听到赵母轻声埋怨道："老赵，你也是喝多了吧，说什么呢……"

晚餐结束，秦时远有些醉意，靠在赵无棉身旁，不愿回去。

赵无悔在一旁有些看不下去了："棉棉，他这个样子开不了车。我开你们的车送你们回去吧？"

赵无棉点点头，在秦时远的口袋里摸出了车钥匙："好，你先下去，我们马上就下来。"

哥哥出门后，赵无棉趁着父母在厨房忙碌，奶奶也进了洗手间，便站起身，用力拽了一下秦时远："起来，别耍赖。我知道你没醉。"

秦时远紧拉着她的手不松开："不，我走不动，我不回去。"

"你是小孩子吗？"赵无棉恼怒地说着，又回头看了眼还没进客厅的长辈们，"我哥哥在外面等着，你别这个样子。"

"那你回去吧，我不走。"

赵无棉火冒三丈，又怕长辈们一会儿就过来问，她深吸一口气，坐回他身边，柔声细语地说："我回去不跟你闹，好不好？"

秦时远侧身抱着她，闷声不说话。

"其实每次都是你先挑事，都是你在闹。"赵无棉摇摇头，"算了，我保证今天不会吵架，你跟我回去吧。"

秦时远静了一会儿，又小声说："我不要分房睡。"

"行行行，"赵无棉一直回头观察着父母和奶奶的动向，"我举着你睡都行。跟我回去，好吧？"

秦时远低声笑了："好。"

赵无棉把秦时远塞进车里时，赵无悔已经等了好一会儿。他讪笑着说道："他也没喝多少啊，酒量这么差吗？"

秦时远靠在妻子身上，声音有些压抑："棉棉都不劝我，我喝再多她也不管我。"

赵无棉恨不得捂住他的嘴："哥，他就是喝多了胡说八道，你开快点儿吧。"

赵无悔踩着油门，慢悠悠地说："时远啊，我怎么记得你刚结婚那会儿不是这样啊。虽然说我跟你也没那么熟，但是我还真看不出来你这么黏老婆呢。"

听不到两人的应答，赵无悔接着说道："我一开始真不太喜欢你，我觉得你对小棉花不上心，你对她不是真心的。"

"哥哥，开你的车吧。"赵无棉说道。

赵无悔挑挑眉："行，我闭嘴。"

赵无棉的日子暂时恢复了平静,秦时远绝口不再提林衍,她又忙于劳动节主题演出,也就搁置了家中事,一心扑在排练上。

转眼就到了演出的日子,一共十个合唱节目,赵无棉要为其中六个合唱团做钢琴伴奏。最后一次排练时,曲目《复兴的力量》新添了一位领唱。

赵无棉抱着沉重的谱夹进排练厅,还没在琴凳上坐稳,就听到一句欢快又熟悉的喊声:"赵无棉!"

她茫然地回头,看到一位高个儿女生正向她飞奔而来。

"姚可?"

赵无棉认清了来人,心情瞬间飞扬起来。她推开椅子,也向姚可扑了过去。

姚可是她的大学室友,毕业后去往杭州发展。旧友重逢,赵无棉发自内心地绽开笑容,她抱着姚可又笑又跳:"你怎么来了?你怎么来了?我好开心!你怎么来了?"

姚可长得很漂亮,她好看的脸蛋因为高兴而变得通红:"我来帮忙做领唱!你呢你呢?是指挥还是钢伴?"

两个女孩儿闹了十秒钟,才意识到周围还有人。她们不约而同地静下来,跑到排练室外。

"毕业后我就没见过你了!"姚可扯着赵无棉的胳膊,"我就知道你一结婚就跟我疏远了,没良心!"

"我怎么没良心,我天天想着去杭州找你哇!但是一直没抽出空——"

"棉棉?"

"啊?"

姚可仔细地端详着她:"你怎么瘦了这么多?减肥了啊?"

"嗯……是的,效果不错吧?"

姚可忽然收起了笑。

"棉棉,你过得好不好?"

赵无棉也停下了笑,平静地看着好友,然后眼睛又一点点涨红。

"受委屈了吗?"

赵无棉垂下长长的眼睫毛,扬起的嘴角也耷拉下来。

姚可眼里的光彩也随着她垂下的睫毛消失。

"棉棉,你过得不好吗?"

3月末的江心被一场连绵阴雨浇得愁云惨淡。演出这晚，回春的城市弥漫着凉气。

赵无棉在下午出门前看着衣柜中的红色长礼服，忽然生出一股厌烦。

昨天在单位，姚主任和周平在排练厅聊天时告诉她，这次演出会邀请警务、医护、社区等各界工作者观看。

"秦局长也会到场吧？"姚主任喝了口茶，"这次演出，你占了六个节目，可真是顶起半边天啊。"

赵无棉尴尬地笑笑："不敢当，我只是钢伴。"

昨天晚上回到家，秦时远难得沉默起来。赵无棉也没管他，只是自顾自地看着书。他却沉不住气了，率先走过来，挡住了她的光线。

赵无棉坐在沙发上，抬起头仰视着他。

秦时远沉声说："明天我和你一起过去。"

"我中午就要去彩排了，你不上班？晚上跟着领导们过去看就好了呀。"

秦时远眨了下眼睛，又抿了一下嘴唇。

"那你明天就待在后台，不要到处跑。"

赵无棉皱起眉头："什么乱七八糟的，你觉得我能跑哪儿去？你又发什么神经啊？"

秦时远低头看着她，沉思着。

赵无棉抱着书转过身，不再理他。

赵无棉看着衣柜中大红色的拖地礼服，迟迟不肯拿出来。她忽然想起秦时远第一次看她演出时发的信息。

"你穿礼服很漂亮。"

然后下一次看节目时，他的眼里就只期盼着台后个子高挑、身穿明艳礼服的何静。

"我又不高，穿礼服一点儿也不好看。"赵无棉对门外的阿秋说道。

"大小姐，怎么又不高兴了？"阿秋进了卧室，提着一个大袋子过来。

"你拿的什么啊？"

"给你的。"阿秋把袋子递给她，"上次就想送给你。然后你那段时间又是生病，又是被你那个老公看得紧……我又想到这个也可以做演出服，就今天拿来给你了。"

赵无棉打开袋子,里面是一件小巧的黑旗袍。

"谢谢姐妹儿。"赵无棉扔了袋子,扑上去抱住阿秋,"我今天就穿这个上台!"

"你得了吧,先试一下再说……"

赵无棉还是舍弃了拖地的礼服,穿了不拖地的旗袍。阿秋满意地打量着:"这个真的比那条长裙适合多了!就是黑色是不是不喜庆?"

"不会,黑色端庄。"赵无棉在外面套了件外套,就抱起了厚厚的谱夹,"你要不要和我一起?"

"今天就不了。"

赵无棉到了后台,因为有姚可的陪伴,这次工作也添了些快乐。她给所有节目彩排完,直到下午五点才开始准备给自己化妆。

姚可是领唱,所以由化妆师给化上了浓重的舞台妆。她在手机上翻着刚发出来的节目单和劳动模范工作者与市十佳青年表彰名单,对赵无棉说道:"你看,上节目之前还有表彰大会呢,我们不着急。"

姚可随意地翻着表彰人物的照片与简介:"这个好年轻呀……这个,我好像也听说过……市十佳青年,对了,你老公是不是也是十佳青年?"

化妆师瞥了眼赵无棉。

"嗯。以前的事了。"

"哎,第二个人,我知道,是去年医闹事件的那位医生……长得还挺好看的呢……"

赵无棉正给自己脸上抹粉底的手瞬间僵住。

姚可翻完名单,又问:"你怎么不说话了?等我化完,要不要这位化妆师姐姐帮一下你?"

赵无棉拿着粉扑机械地拍着脸:"不用,我自己可以。"

演出开始之前就是表彰大会,姚可在后台无聊,于是去舞台后方看热闹。看完后,她跑到候场室找到赵无棉:"你怎么不回我微信?表彰大会结束了,要开始上场了,你是第几个?"

"我的节目是连起来的,最后六个。"赵无棉脱了外套,慢吞吞地站起来。

"我的是最后一个,没想到毕业这么多年还能跟你同台。"姚可拉了一下她的手，真诚地说，"棉棉，我真开心。"

赵无棉笑了一下："我也开心。"

姚可咬了一下嘴唇："棉棉，你笑得都跟以前不一样了。"

"你没打口红和腮红吗？"她又问道，"怎么没有气色，脸也苍白？"

"哦，我忘了，借一下你的口红。"

姚可翻出口红和唇釉，细致地为她涂上："我跟你说，下面坐着的人都穿上了工作服。一排警察，一排医生，一排法官……"

"演出开始了，大家都出来准备吧！"一位工作人员朝里面喊道。

候场室热闹起来，大家纷纷站起身来，拖着厚重的演出服陆续走出去。

姚可拉着赵无棉挤出候场室："要我说，你今天的旗袍真的挺好看的，黑色不会喧宾夺主，还把你衬得挺出挑。"

赵无棉抱着谱夹，在舞台的后台入口坐着。

前面四个节目很快结束。主持人走上台报幕。妇联合唱团的指挥带领成员们走过来："小赵老师，准备好哦。"

赵无棉对她笑了笑，站起身来。

"……让我们欣赏由江心市妇联合唱团带来的女声合唱《满怀深情望北京》。指挥：沈莲。钢琴伴奏：赵无棉。"

合唱团的成员们跟着指挥从后台鱼贯而出，赵无棉拿着厚厚的谱夹，放在谱架上。她上台没有鞠躬，所以也就没有往台下看。

音乐厅内响起掌声，指挥老师面带笑容地看向赵无棉。赵无棉朝她点点头，指挥抬起手。

一首曲子很快结束，接下来的五首曲目全部由赵无棉一人担任钢伴。她坐在琴凳上不紧不慢地翻着谱夹，可能因为台上的光打得太足，她热得出了汗，头也有些晕。在迎来又送走一家家不同单位的合唱团后，终于挨到了最后一首。

总工会合唱团在台上列好队，姚可拖着华丽的礼服走上台。赵无棉抬起头和她对视。这一刻仿佛又回到了曾经的锦瑟年华。两个女孩儿都露出了会心的一笑。赵无棉稍稍歪了一下脑袋，笑容从眼中传递到了指下。

音乐结束时，姚可率先对着观众鞠了一躬，然后再次看向赵无棉。赵无棉也恍惚地看着站在钢琴旁的姚可。

兔缺乌沉，盛年不再。

赵无棉在灯光下惆怅地站起来，收好谱子，扶着琴对观众深深地鞠躬。台下又响起了热烈的掌声。她直起身子，台下的灯光也亮了起来。

台下的人们穿着不同颜色的工作服，赵无棉下意识就望向了穿着白色长褂坐得很靠前的那一排。

林衍凝视着台上的人，双手下意识地跟着大家鼓掌。台上穿着黑色旗袍的女孩儿鞠完躬，把目光径直投向了他。

林衍身子蓦然一顿。

没有目成心授，只有相视无言。

赵无棉又恍惚起来，深深地看了眼台下白色的身影，拿着谱夹下了舞台。

坐在林衍后一排靠左边的秦时远把这涌动的暗潮都收进了眼里。他随着台下的人机械又僵硬地拍着手，后牙都快被咬碎。

赵无棉和姚可道了别，穿着薄薄的旗袍和一件外套，慢吞吞地从候场室走出来。出了那温暖的空间，瞬间感到一阵凉意，她抱起了双臂，低着头，面无表情地夹在一群眉眼带笑的演员中间。有同事跟她告别时，她会微笑示意，但这笑意跟以前大不同，刻在眼睛里的伤感显而易见。

秦时远穿着黑色警服靠在大厅的一角，看着妻子落寞的脸，她和周边喜气洋洋的同事们格格不入。他默不作声地走上前，挡住赵无棉，把从家里带的一件自己的黑色外套披在她身上，又把拉链拉上。宽大的外套把女孩儿裹住，沉重的黑色把她没有抹腮红的脸衬得更苍白，黑色的眼线分明是用来点缀人的双眼，却因为她冷清的神态和下垂的目光显得这双眼睛有些暗淡。赵无棉感觉到暖和了一些，便客气地说了声"谢谢"。

秦时远揽着她的肩膀往出口走，短短的路上碰到了不少熟人。领导、同事、下属、长辈，纷纷向这对看起来恩爱不已的小夫妻打招呼，赵无棉麻目地扬起笑脸，配合地演着琴瑟和鸣的戏。

出了剧院的门，大家走到宽阔的观澜广场上，选择不同的路线回家。广场柔和的灯光代替了残月，夫妻俩沉默地走向地下车库。

赵无棉被秦时远揽着，便不再看路，只管低下头想心事。姚可的话又蹿入她耳中。

"是不是过得不开心？受委屈了吗？"

"棉棉,你笑得都跟以前不一样了。"

她的不开心缘于不幸福的婚姻,还是缘于那个不可能有结果的人?赵无棉想了一晚上,最后归因于生活的磨炼,成年人怎么会一直开开心心呢?

她一边胡思乱想着,一边双手插进了口袋,右手摸到了两张纸巾,于是拿出来将嘴唇上黏腻的唇釉抹去。可能是没做好唇部打底,又或是擦得太用力,嘴角上火的地方被扯破了,赵无棉疼得"嘶"了一声,又拿出另一张纸擦血迹。她光顾着嘴唇的疼痛,所以在秦时远突兀地停下来时也没反应过来,踏出去的脚步被人搂着肩膀硬拽了回来。

赵无棉疑惑地歪头看了眼秦时远,只见到他坚毅的下颌轮廓和路灯下不友善的眉眼。

秦时远目光冷酷地看向前方,搂着她肩膀的手比刚刚用力了许多。赵无棉不舒服地皱起了眉头,也跟着看向前方。

林衍套着崭新的白大褂,静静地站在路灯下看着他们夫妻俩。

赵无棉无措地抿了一下嘴唇,嘴角的血又渗出了一些,她顾不得这刺痛,只想着这时有个熟人来打招呼最好。可偏偏刚刚还在需要不停地应酬的环境,转眼周围就没什么人了,偶尔路过的行人也都是来去匆匆,根本看不清谁是谁。

"林医生,"秦时远低沉的声音从赵无棉耳边飘过,"还没恭喜你,市十佳青年——"他轻轻笑了一声,"今年只有你一个医护人员当选,也算是因祸得福。"

林衍礼貌地点点头:"谢谢,说起十佳青年,您是前辈。"

赵无棉又一次垂下眼睛,她始终不敢正视对方,只能看着地面,僵硬地靠在秦时远怀里听两个人熟悉的声音。

"对了,下周二冯军兄弟俩一审开庭,你知道吧?"

"公诉处已经告知我了。"

秦时远揽着赵无棉肩膀的左手在她手臂上随意地拍了两下,又用手指轻轻点着她的肩头:"那么你会到场吗?"

林衍的目光划过秦时远的左手,又平视着他:"不会,律师会代替我。"

秦时远挑了挑眉,又是一声轻笑:"这次事件社会影响恶劣,大概率会从重处罚。林医生,我作为本案曾经的负责人,看到你这个受害者能从此次事件中走出来,我很欣慰,也希望你能过好以后的日子。"

林衍也跟着一笑:"谢谢您,我会好好生活的。"

赵无棉右手攥着纸巾,机械地擦着嘴角的血迹。她没有看两个人的表情,只是听着他们的声音。对声音敏感的她能清楚地听出,秦时远的语气不似往常沉稳,还带了点儿居高临下,而林衍依旧温和的声音也散着明显的寒意。她头皮发麻,挣脱了秦时远的禁锢,又不敢看林衍,只是低声说道:"你的公事,我不便听,我去车里等你吧。"说完就想走。

秦时远飞快地牵住她的手:"你也算当事人啊,不是你救了他吗?"接着又看向林衍:"林医生啊,说来让你笑话,你当初还问了我们局的那几个小兄弟,想找找当时救你的好心人,是吧?谁能想到她是我太太呢?"他又笑着看向赵无棉,玩世不恭地捏了捏她的手:"棉棉,你还真是做好事不留名啊,对这件事,你是只字不提,嗯?"

赵无棉轻轻蹙起眉头,她抬起了眼睛,但依旧不看二人。她心中尴尬又愤怒,长长的睫毛在微微抖动。

"秦局长,"林衍的声音冷冷地响起,"她一整晚脸色都不好,不带她回去休息吗?"

秦时远脸上的笑意瞬间消失,他当然早就发现了赵无棉苍白无力。只是一看到林衍,他的理智和自持仿佛就被抽走了一半,他默默地深呼吸,让自己冷静下来。

赵无棉鼓起勇气看了眼林衍,他也正看向她,目光复杂,在昏暗的灯光下更显疲态。她忽然又看了眼秦时远。

姚可问她怎么消瘦了那么多,其实状态不好的何止她一个人呢?

此时,在街边的路灯下,她看得清清楚楚,秦时远和林衍都是肉眼可见的憔悴。秦时远从前贴身的警服明显宽大了一些,坚毅沉静的脸带着浓浓的戾气;披在林衍身上的白大褂也不太合身了,一向春风和气的脸看起来很是消极。

赵无棉心中一酸。林衍是个多么好的人,善良、正直、仁心仁术。他不该遇见冯军和冯景,不该遇见她赵无棉。他应该开开心心地活着。

林衍也看得清楚,赵无棉看向他的眼神在变化,从无助地躲闪,到一瞬间的清明,然后是显而易见的泪光轻闪。

赵无棉不敢开口,她怕自己哭出来,那样未免太没出息,也害怕惹丈夫生气,他又对林衍不依不饶,那会让大家都难堪。她明白此时只有自己适当示弱才能让秦时远消气,于是忍着泪怯怯地摇了一下他的手。

秦时远低头看向赵无棉，湿润的眼睛和微颤的睫毛仍然低落地垂着，嘴唇还带着少量的血迹，这抹红在苍白的脸上有些触目惊心。他心疼得重新搂住她，闭了闭眼，平复好情绪，冷冰冰地对林衍道："我们走了。"接着带着妻子离开。

江边的风比市里的风更凛冽一些。

林衍双手插在白大褂的口袋里，不停地摩擦着张勉中午送给他的那一小瓶酒，他的背挺得笔直，一动不动站在寒风中，面无表情地盯着夫妻俩的背影，直到那两人消失不见。

当医生多年，林衍对烟酒并不感兴趣。

他拿出口袋里的酒瓶，看了半晌，用力拧开瓶盖，一饮而尽。张勉说这酒度数不高，且绵长回甘，可林衍只觉得酒精辣得烧心。酒的冲击让他有些站不稳，他随意地把空瓶子扔进路边的垃圾桶，摇摇晃晃地往江边走。

林衍做事从来问心无愧，但每当他面对赵无棉和秦时远时就仿佛看到自己清白的人生沾上了一个不大不小的污点。

道德是半悬在他头顶上方的一柄利剑。

赵无棉坐在副驾驶位上，侧过头看着右边的车窗外。万家灯火与车水马龙交替着闪过，城市的夜晚永远灯火辉煌。

秦时远默默地打开车载电台，频道的两个主持人一会儿言笑晏晏，一会儿又放几首风格迥异的流行歌曲，这才使得沉默的车厢没那么冷清。

赵无棉的口袋忽然振动起来。她掏出手机看了眼屏幕，马上用手转了个角度，让手机屏幕不至于让旁边的人看到。

秦时远瞥了眼右边的人，握着方向盘，没有说话。

林衍是个孤标独步的人，若非有事，他不会再主动联系她。

赵无棉接通了电话，默不作声地等着对方开口。

沉默，和不太平缓的呼吸声。

赵无棉坚持等着他先说话。

电台主持人用愉快的声音说道："接下来请大家欣赏尾号 3560 的听众点播的歌曲《关键词》。"

"赵无棉，"林衍清和的声音一字一句地刺进赵无棉的耳朵，"你这个骗子。"

吉他声柔和地弥漫在车厢里，伴随着女孩儿悒悒又绵长的歌声。

电话挂断。赵无棉垂下拿着手机的右手，双眼呆滞地看着前方的路。

"好好爱自己，就有人会爱你，这乐观的说辞……"

（"棉棉，你过得不好吗？"姚可拉着她的手，皱着眉问道。）

"……沉默在掩饰，快泛滥的激情，只剩下语助词——"

（"棉棉，别开这种玩笑。"林衍半跪在急诊室的病床前，虔诚地望着她。）

"有一种踏实，当你口中喊我名字——"

（"小棉花？"林衍站在绮丽的晚霞下，笑意盈盈地看着她。）

"落叶的位置，谱出一首诗，时间在消逝，我们的故事开始……"

（"这是秋风吹观澜，落叶满江心。"林衍捡起一片枫叶，笑着递给她，"拿这片吧，这片好看。"）

……

"有一种踏实，是你心中有我名字。"

"赵无棉，你这个骗子。"

车子靠路边停了下来，广播被关掉。秦时远双手搭在方向盘上，良久，侧过头看着她。

赵无棉已经泪流满面。

秦时远心底一片悲凉。他紧紧攥着方向盘，双手的关节都青到泛白。

"你是不是，很后悔嫁给我？"他一字一顿，缓缓地问。

赵无棉哽咽难言，满是泪水的双眼无神地看着前方。她慢慢地点点头。

秦时远的声音嘶哑得像个老人："后悔也没办法，我们是结发夫妻。"

赵无棉闭上眼睛，任由眼泪流淌。

人的情绪总会有一天超出自己的控制范围。赵无棉压抑了许久的悲愁，终于在今晚的凄怆流涕中迸发。她哭得哀哀欲绝，为林衍的那句话，为自己失败的婚姻和高低不就的人生。

秦时远解开自己的安全带，又侧身解开她的，然后抽出两张纸为她擦拭眼泪。

"是他的电话？"

赵无棉哭着点点头。

"他说什么了？"秦时远抚摸着她沾满泪的脸，轻声问。

她哽咽地喘着气，说："他说……我是骗……子。"

"他说你骗了他？"秦时远温柔地重复着。

赵无棉视线模糊不清，眼泪汩汩地涌出来。

"不哭。"秦时远哄着，"还说什么了？"

她摇摇头，整个鼻头都哭红了。

秦时远搂着她，拍着背安抚着。过了一会儿，他又拿起纸巾为她擦脸，只是两张纸都浸湿了，眼泪也没有停下来。

"他讨厌我。"赵无棉含糊不清地说着，双手紧攥着秦时远的衣袖。

秦时远沉默地低着头，然后双手捧着她已经哭花的脸："你很喜欢他？"

她用力点头。

"那还爱我吗？"他不死心地问。

赵无棉看着近在咫尺却模糊不清的人，认真地摇了摇头。

悲不自胜，秦时远已过而立之年，终于体会到了这四个字的含义。

"棉棉啊，"他叹息般轻语，但语气异常坚定，"你和他没可能，你知道吧？"

赵无棉悲哀地点头，眼泪坠落在秦时远右手的虎口上，砸得他生疼。

"知道就好。"他又一次拥住赵无棉，摸着她长了不少的头发，"以后要乖一点儿。"

车开回了小区，秦时远把妻子从车里抱出来。进了家门，他又把她放到沙发上。赵无棉呆滞地坐在沙发上。没过一会儿，秦时远端着一盆热水放在沙发旁边。他蹲下身子，一声不吭地把赵无棉的鞋和袜子脱下，再把她的双脚放进热水里。

脚底渐渐回暖，赵无棉也止住了泪。

两人默契地都没有说话，也没有对视。一盆热水随着时间的流逝缓缓降温。

秦时远为赵无棉擦干双脚，又端起水进了洗手间。

赵无棉用手背使劲擦着脸。

秦时远拿着毛巾走过来，扒下了她的手，又用热毛巾轻轻地为她擦拭哭花的脸。

"明天爸妈他们就要回宛东了。我们早上八点得过去送送他们。"秦时远放下毛巾，又起身把她抱进卧室，"不要哭了，"他又轻叹了口气，"眼睛都肿了。"

赵无棉想到家人，于是又抬起右手揉眼睛，想让眼睛的红肿消下去。

"别这么揉，"秦时远把她放在床上，又拿开了她的手，"我去做点儿冰块，明早起来用毛巾包住敷一下就行。"

赵无棉闻言放下了双手。

"睡吧，好好休息。"他给她盖好被子。

赵无棉听话地闭上了眼睛。她没去管秦时远的神态与动向，只是疲倦地呼吸着。

在迷迷糊糊中，她仿佛又听到了那声熟悉的叹息，还伴随着一句轻语。

"棉棉，你有没有为我这么哭过？"

4月芳菲，春山如笑。

赵无悔和妹夫一起把行李箱都搬到了车上，又问道："东西都齐了吗？"

赵父拍拍手掸了一下灰尘："齐了，辛苦时远了。"

秦时远摇摇头。

刘宛英笑盈盈地望着远处的观澜江："春来江水绿如蓝。江心的春天真美啊。"

"那你们就留下来啊……"秦时远低声说道。

赵母听着女婿带着点儿委屈的口气，又是奇怪又是好笑："时远啊，棉棉没欺负你吧？"

赵无棉站在一旁扶奶奶上车："妈妈，你坐后面会晕车吗？"

赵母又想起了什么："哦，对，我得吃粒晕车药。"

赵父走过来，拍了一下秦时远："你跟我来一下。"

赵无棉正给妈妈掏着药，赵无悔忽然凑了过来："棉棉，你过来。"她把药递给妈妈，就跟着哥哥走到旁边的一棵树下。

赵无悔看了看四周百花争妍的景，又看着面前的赵无棉。他们从小一起长大，不想成年后却不即不离。

"棉棉，你跟他过得好不好？"

赵无棉没想到哥哥会这么问，她怔了一下，还是点点头。

"我觉得你的状态很差。"赵无悔直言不讳,"我始终记得你们刚结婚时他对你漠不关心的态度。即使他现在有了很大的转变,我依旧不看好他。虽然我不清楚你们之间发生了什么,但我只会向着你。有什么事就告诉我,如果你不想跟你爸妈说的话。我是你哥哥,是你的家人。"

赵无棉又不争气地红了眼。

"你们说什么呢?"刘宛英从车窗里探出头,"无悔,该走了哦。"

赵无棉迅速揉揉眼。

"那我走了。"他揽了一下妹妹,走向轿车。

赵父也上了车,他深深地看了眼女儿和女婿。

"你们两个好好的。"他说道。

秦时远牵起妻子的手。

黑色的车子绝尘而去,留下了拂面的春风,别离了满眼的春色。

"怎么眼睛又红了?"秦时远柔声问,"等放了假,我和你回宛东好不好?"

赵无棉怅然若失,睁大眼睛想把泪水忍回去。

人有悲欢离合,花开又花谢,忽如远行客。

十一　月有阴晴圆缺

> 我们好不容易，我们身不由己。

冬去春来，霜凋夏绿，桃花也已凋谢。赵无棉摘下了密不透风的口罩，在春和景明的 4 月步行于观澜江边。

秦时远揽着她的肩，低眉垂眼地徐徐低语："马上到五一小长假，我们出去旅行好不好？"

赵无棉目视着前方，没有看他："去哪儿？"

"你想去哪儿？"他扬着唇角，"我们去近一点儿的地方吧？比如杭州、苏州？"

赵无棉懒懒地望着水波不兴的江面，未置可否。

"不想去？"秦时远柔声轻语，"你有想去的地方吗？"

"没有。"

"你再想想嘛，"他轻笑着哄道，"我们都没有度过蜜月。"

听到"度蜜月"三个字，赵无棉慵懒的脚步停住了。

"怎么了，棉棉？"

"前几天在我家，你说要满足我一个生日愿望，你还记得吗？"赵无棉抬眼直视着他。

"记得呀，怎么会忘？"秦时远牵起她的双手，眼里都是期待的笑意，

"你想好了什么愿望?"

赵无棉静静地看着他亮晶晶的眼。

秦时远也看着她古井无波的眸子,笑意渐渐变淡。

"棉棉,只要你不胡来……你要什么我都给你。"

赵无棉眼里划过一丝嘲讽,接着认真地说道:"我想一个人出去走走。"

"不行。"秦时远断然否定,但又马上意识到自己态度太过强硬,随即垂下眼,调整了一下情绪,又看向她。

"一个女孩子出去不安全的呀,对不对?"

"那我叫一个朋友一起。"赵无棉说道。

秦时远看着她,眼里的光散了些。

"你就是不想和我待在一起,是吧?你就想方设法地逃离我。"他紧紧拉着她的手,语气像个孩子,"我不要,我非跟着你。"

"你刚刚还说会满足我的愿望。"赵无棉冷冷地说,"既然做不到,那就别承诺。"

"这不一样!"他不服气地说道,"你老想着离开我,我怎么实现承诺?"说着又硬把她拽进了怀里,"你要是哪儿也不想去,我们就待在家里,在家里也挺好。"

赵无棉皱着眉头用力推他,却怎么也推不动。

"这是在外面。"她放下双手,冷冰冰地说道。

"那又怎样?我抱我太太又不犯法。"秦时远摸着她被江风吹得有些凌乱的头发,"你头发长长了好多。"

赵无棉僵着身子垂着手,呆滞地看着路过他俩的行人掩嘴偷笑。过了一会儿,她不耐烦的情绪开始压不住了:"你差不多行了吧?放开!"

过了好久,秦时远才闷声说:"棉棉,你很久都没抱过我了。"

赵无棉没说话。

"棉棉,你抱我一下。"他松开一只手,想把她的胳膊环绕到自己腰上。

赵无棉趁机推开了他。

"我想去西藏。"她面无表情地说。

"这么远?"秦时远愣了一下,但依旧不忘重新握住她的手,"那我陪你去。"

"我不想和你去,我想和阿秋去。"赵无棉认认真真地说,"我们小时候就约过，但一直没有付诸行动。你能不能理解我？"

"我理解你。可是西藏太远了，要不你和她去近一点儿的地方——"

"我就要去那儿。"

"棉棉！"秦时远盯着她的眼，"你再这么不听话，我就当众吻你了。这儿可经常能遇到熟人。"

赵无棉难以置信地看着他，她知道现在的秦时远做得出这种事。她瞪了他几秒钟，然后甩手往回走。

"你想回家了吗？"秦时远跟上她，"晚上想吃什么？或者我们出去吃，楼下商场开了家——"

"你能不能别烦我？"赵无棉顾及在外面，有意压低了声音，"我每天这么跟着你你高兴吗？"

秦时远怔了怔，又笑了："高兴呀。你从前就很黏我的。"

"你也知道是从前？"她没好气地说，"从前你嫌我烦的时候，我照顾着你的情绪不去吵你，你怎么不学着点儿？"

秦时远眨了眨眼："那我也不吵你了，但你不能离开我的视线，不然我又找不到你。"

"你这样有意思吗？"

"有。"

"我最近太累，没劲跟你闹。但我从没改变过我的想法。"赵无棉抬头看着他，"如果你觉得每天这么跟着我就能让我回心转意，我劝你别做梦。"

秦时远被这话击中了，他本来温柔的眼神又变得阴沉起来："我告诉过你，你要闹，我奉陪到底。你可以试试，想离开我——我也劝你别做梦。"

两个人对视的目光又开始锐利起来。

"别用这种眼神看我。"他自己却瞋目切齿，"我是你丈夫，不是你的仇人。"

草长莺飞，春水碧于天。美景良辰入眼不入心，过往行人只叹可惜。

赵无棉在网上查找到梅里雪山的位置。

"原来它在西藏和云南的交界处，"她给阿秋发着微信，"得从云南的丽江过去。"

"这么远呀。而且我看了攻略和笔记，你说的日照金山不是很容易看到的，要碰运气呢。"

"那以我的运气估计是看不到了。"赵无棉泄了气。

"先不说你能不能看到日照金山，先说你能不能逃开你们家那座五指山吧。"

赵无棉看着这行糟心的文字，又气呼呼地抬头怒视着坐在她身边的人。

秦时远正为她倒水，感受到身边人的怒气，茫然地看向她。

"怎么了？我又有哪里惹到你了吗？"

"你凭什么限制我的自由？"赵无棉不高兴地说道，"我就想和朋友一起去旅游！"

"我没有不让你去呀，我只是说不要去那么远的地方，不安全。"

"我就想去那儿。"

"那我和你一起去。"

"我不要和你去！"

"那没办法了。"秦时远放下水壶，"你自己选。要不和我去，要不你就别想踏出家门。"

赵无棉抓起一个抱枕就狠狠砸向他。

秦时远眼疾手快地接住了抱枕。

"你要是不开心就打我，枕头砸得又不痛。"他挪一下位置，离赵无棉又近了很多，然后抓起了她的右手，"你想打我哪儿？"

"我打不过你。我也不想碰你。"她冷若冰霜，起身想走，"我自己活该。"

秦时远紧握着她的手腕又把她拽了回来："你活该什么？"

"活该我自己没脑子，才能被你轻而易举地骗婚！"赵无棉甩开他的手，用力踩着地板走进了卧室。

秦时远僵了一下身子，又神色自若地走到卧室门口："棉棉，你穿戒指的那条项链不是容易掉吗？我给你换了条新的链子，就在抽屉里，你记得戴上。"

赵无棉没有理会。

秦时远在门口站了一会儿，又朝门里说道："你别忘了，不然我就进来帮你戴上。"

他说完，也不在乎里面的人没有应答，右手就下意识摸了一下左手无名指上的戒指。他转动着戒指轻轻笑了一下。

赵无棉以为自己和好友一起旅行的计划要落空,但事情在周末迎来了转机。秦父秦母打电话命令儿子儿媳周六必须回家吃饭。

秦母在电话里不高兴地问儿子:"你们两个每天都在忙什么?十天半个月的都见不到人影,孝顺是嘴上说说的?"

秦时远脸色难看地挂了电话,又为难地看着赵无棉:"棉棉,你就陪我去趟爸妈家好不好?去一会儿就回来……"

"行。"她放下手中的书,也不看他,站起身来去换衣服。

秦时远愣了好一会儿,才欣喜地问道:"真的?"

赵无棉没搭理他,过了一会儿换好衣服走出来,神色淡然地说:"我家人来的时候,你帮了不少忙……我也该过去一趟。"

秦时远开心地披上外套:"说什么帮忙,我们是一家人啊。我妈叫我们中午留在那儿吃饭……行不行呀?"

"嗯。"

秦父开门时,看到儿子的状态吃了一惊:"你怎么又瘦了这么多?脸色也不好,怎么回事?病了?"

秦时远牵着妻子进门:"没有,可能最近有点儿忙吧。妈呢?"

秦母从厨房里跑出来:"时远,让我看看你——确实瘦了不少,去医院看过吗?别把身体搞垮了!"

秦时远笑着摇摇头:"我没事,过几天闲下来就好了。妈,你做了什么,这么香?"

"不都是些你爱吃的?"

秦时远拉着赵无棉进餐厅看了眼,又回头问母亲:"妈,有虾吗?这个排骨有没有放糖?"

秦母奇怪地看着他:"虾没买。排骨放糖干吗?你不是爱吃红烧的?"

秦父从厨房里端出一大锅山药排骨汤:"喏,你妈妈煲了一上午的,你爱吃面,等会儿可以把面放进去煮。"

赵无棉挣脱秦时远的手,接过秦父手中的锅:"爸,我来。"

秦时远跟着母亲进了厨房:"妈,有没有红薯粉?"

"怎么,你又不吃挂面了?"

"棉棉不爱吃面,换成粉吧。"说着,他又回到餐厅,把小排拿了进来,

"这个能不能做成糖醋的?算了,我自己来吧。这段时间我学了很多新菜。"

"哦哟,难得你还学做菜,你不是说忙吗?怎么有空练厨艺,没空看我们?"

餐厅里,秦父给儿媳舀了碗汤:"来,小赵,我看你也瘦了一些,你们两个自己在家要多注意身体啊。"

秦母拿着些红薯粉放到桌边:"小赵,我们先吃。时远又不知道哪儿来的兴致,非要把排骨做成糖醋的,随他去好了。"

赵无棉默默接过秦父递给她的汤,坐在椅子上。

秦母侧过头看了看在厨房忙碌的儿子,又看了眼身旁的儿媳:"小赵,你奶奶身体好些了没?"

"已经康复了。"

"那就好。哦哟,那段时间可把时远忙的啊,天天跑医院,人都累瘦了一圈。你也是,你今天多吃点儿哦。"

秦时远忙活了一阵,端着糖醋小排进了餐厅:"来,爸,妈,尝尝我的手艺。"说着又率先给妻子夹了两块。

赵无棉拿碗接住,但没送进嘴里,只是静静地喝着汤。

秦父秦母尝了口排骨:"不错。我们也是难得吃到你做的菜。"

秦时远不好意思地笑笑,又夹了块鱼肉放进妻子碗中。

秦母看得清楚,儿子讨好的神态和儿媳淡漠的眼让她有些不舒服:"时远,你别光顾着我们,自己多吃点儿,你看你憔悴成什么样了。"

秦时远嘴上应着,但仍然眼睛不离妻子,手中的筷子也一直在给她夹菜。

"小赵,你最近都在忙什么?"秦父问。

"她刚结束一个市级演出。"秦时远抢着替她回答,眼里还透着骄傲。

"问小赵呢,你急什么?"秦母微微皱了皱眉头。

赵无棉抬起眼,平静地说:"没忙什么,主要是他比较忙。"

秦父又看向儿子:"哦,那你在忙什么?"

秦时远光顾着给妻子挑鱼刺,自己没吃几口:"就各种事,开会也挺多的。"

"上次,我们在超市碰到李局长,"秦母不高兴的神态已经显而易见,"他问我们你这段时间是不是有什么事,加班推托不去就算了,还请了好几次假。"

饭桌上只剩下赵无棉手中的勺子轻碰瓷碗的声音。

秦时远把挑好刺的鱼肉放进她碗里,抬眼看着母亲:"我——"

203

"他帮我照顾奶奶。"赵无棉淡淡地打断,"主要是那段时间请假多。"

秦时远赶忙说道:"不是因为这个——"

"李局说的主要是2月份,"秦父悠悠地说,"小赵奶奶3月份才进医院吧?"

"2月份我病了。"赵无棉面不改色,"不好意思,耽误他工作了。"

秦父注视着儿媳:"我们不是怪你,时远——"他又严肃地看向儿子,"你自己说说吧,别老让你老婆帮你挡枪。"

秦时远心疼地看了眼妻子:"爸,确实是我自己的问题,我那段时间也不舒服,所以多少有点儿偷懒,以后不会了。"

秦母又给儿子夹了几道菜:"行了行了,吃饭,吃完饭再说吧。"

夫妻俩胃口都不好,两人都没吃多少。秦父秦母就是再迟钝也能看出问题。尤其是秦时远对妻子的态度,秦母看着是又奇怪又心闷。

收拾完碗筷,秦时远本想借口早点儿回家,母亲却不同意:"你们下午有事吗?急什么啊?让你们回家一趟都难得很!"

赵无棉垂着眼,静静地喝着茶。

秦母看着清冷的儿媳,忽然说道:"小赵啊,家里没水果了,你去买点儿,你爸爸爱吃北林路那家的枇杷,你去那儿买吧。"

赵无棉抬起眼。

"我去就行。"秦时远站了起来,一只手按在她的肩膀上。

"我让小赵去。你坐这儿,你爸一会儿还有话跟你说。"秦母不悦地说。

"那我和她一起去,等我回来再和爸爸聊天。"秦时远坚持道。

秦母瞪圆了眼睛:"现在我说话,你不听了,是不是?"

"我去就是了,你干吗非跟着?"赵无棉扯了一下他的衣摆,"你在这儿陪爸妈吧,我买完就回来。"

"就是。小赵啊,你自己想吃什么也顺便买回来,今天在这儿多待会儿,好吧?"

赵无棉走后,秦母的脸马上沉了下来。

"你们两个怎么回事?到底出了什么问题?"

秦时远别过头:"没事,我们很好。"

"你当我们傻,是吗?"秦母生气道,"你的状态也太不对劲了,你自己照过镜子没?你看看你现在憔悴成什么样了?"

"我是忙工作累的。"

秦母重重地放下了水杯。

"你今天不跟我说实话,我待会儿就去问小赵。"

"妈!"秦时远眼色一沉,"别为难她,都是我的问题!"

"你什么问题,你倒是说啊,你想急死我?"

秦时远沉默了一会儿,沉沉地叹了口气。

"妈,中秋那晚,我没去家宴,是因为何静回来了。"

秦母愣了一会儿,又瞪着眼睛问道:"何静回来跟你有什么关系?你那晚不会是去找她了吧?"

"我喝多了。酒局结束,我就去了师大的滨江校区。然后,对,我找了她。"

"那……你们做了什么?你都干什么了?小赵是不是知道了?"秦母看着死气沉沉的儿子,有些恨铁不成钢地打了一下他的手臂,"你啊,你这么大的人怎么会做这种事?!"

"棉棉听到了我和何静的对话。"秦时远抬手捏了一下鼻梁。

"那怎么办,她和你闹了,是吗?"

"没有,她什么也没做。我宁愿她跟我闹一场。"

秦时远忽然用双手捂住脸。

"妈妈,她不爱我了。"

秦母呆坐在一旁,不知所言。秦父刚忙完,走进了客厅。她向丈夫使了个眼色,让他回书房避一避。

"时远,你告诉我,她是怎么说的?"秦母温柔地拍着儿子的背。

"她就说她想安静几天,然后就出差去了。之后,我又去南州研修了三个月。我回来的时候,一切都变了。"

秦时远哑着嗓音,放下的手握成了拳头。

"妈妈,她不爱我了。我该怎么办啊……"

"儿子,你跟妈妈说,小赵都是怎么做的?"秦母侧着脸俯身,心疼得嘴角都向下弯了。

"她不理我……不对,是不主动跟我说话,也不对我笑了。她对我很失望,你知道吗?她以前不是这样的。"秦时远冰凉的双手被母亲握住,"妈妈,我不想失去她，我爱她啊。"

"好好好……"秦母安慰地紧握着他冰冷僵硬的双拳，"她有说要离开你的话吗？"

"今年过完年，她就跟我提了离婚。"

"年前呢？年前她一直没说过吗？"秦母疑惑地问，"怎么过个年就转变态度了？真想要离，也应该是中秋那晚，可能当场就提了呀。"

秦时远悲怆的眼里闪过一丝阴鸷。

秦母见儿子不说话，轻叹了口气。

"时远，你这段时间是怎么做的？你怎么跟小赵相处的？我听你舅舅说，这段时间你每天都要接送小赵上下班，还跟着人家加班，老干部局是上上下下都见过你的身影啊——你这是陪着人家，还是看着人家？"秦母有些小心翼翼地说道，"你是不是跟看犯人一样看着她？"

秦时远沉着脸，眼里都是红血丝。

"我不看着她，她就不回家。我是没办法——"

"时远！"秦母的神情严肃了起来，"要留住人心也不是这么干的。你想没想过这样会适得其反？你每天这么跟着她，有效果吗？你自己动脑子想想！你们两个啊！"秦母又摇摇头，"你真当大家看不出来？两个人的状态都差得很，你还整天跑人家单位去晃荡？你舅舅早就看出你俩不对劲了。唉！"秦母收回了手，"让人看笑话！"

见儿子不说话，她又说道："话说回来，你也没干什么啊，是吧？你跟何静什么都没发生。小赵呢，也是有点儿不懂事了，发发脾气就行了，怎么还跟你僵这么长时间？看把你弄得，瘦了这么多，脸色也这么差……"秦母说着，眼睛也有些红，"待会儿我跟她聊聊。就算是你有错在先，也不能这么折腾你——"

"妈，你别为难她！"秦时远抬起眼，断然拒绝道，"我们自己的事能处理好，不用麻烦您——"

"行了你，我还能欺负她怎么着？"秦母窝着火说道，"之前也没见你这么为人家操心过！"

一时间，母子俩都没再说话。

过了一会儿，赵无棉提着大袋的水果回来了。

秦时远迅速抹了把脸，走上前，接过她手中的袋子。

秦父从书房走了出来,看了眼坐在客厅的妻子,又对儿子说道:"你跟我进来吧。小赵,陪你妈妈聊聊天哈。"

赵无棉刚提过几斤的水果,有些累了。她点点头,坐在婆婆身旁。

见儿子进了书房,秦母拿了杯水递给儿媳。

"小赵啊,你知道时远最近在忙什么吗?我看他饭量大减,而且瘦得也太多了,面色也不好,这样下去身子吃不消啊。"

"不知道。"赵无棉放下茶杯,"他的事,我不好过问。"

"哟,你这是哪里的话?"秦母不悦地说,"夫妻之间还有什么不好过问之说?看时远这个精神状态,你不担心的啊?"

赵无棉看着婆婆的眼:"妈,我之前话太多,一问他的事,他就会不耐烦,我可不得改改吗?"

"这不一样吧?我只是叫你关心一下他。小赵,不是我说你啊,夫妻之间小吵小闹很正常,该关心的时候还是要关心,是不是?"

赵无棉看了眼窗外午后的阳光,心不在焉地点点头。

秦母看她漫不经心的态度,更不高兴了:"你跟时远能走到一起也是缘分。当年我们给他介绍了不少优秀的女孩子,他一个都不喜欢——"

"他也不喜欢我。"赵无棉揉了一下指甲,"妈,当初你们看到他领我回来,是不是很不可思议?"

"哪里的话,我们很满意你啊。"

赵无棉轻轻笑着:"其实,如果我是您,我也不会满意。我这条件跟他的前任比,真是一个天上一个地下。"

秦母拿起茶杯轻啜了一口。

"小赵,时远告诉了我去年中秋他去找何静的事。我已经说过他了。但归根结底,他俩什么都没发生,是吧?你没在当天提出离婚,说明你对我们时远还是有感情的。既然这样,为什么就不能好好过日子呢?你看看他现在的精神面貌……哦哟,你不心疼,我这个当妈的心疼啊!"

赵无棉收起了笑容。

"那您应该去劝他,让他好好工作好好生活,不要整天跟在我后面,劝我没用。"

秦母没再说话,她靠在沙发背上,打开了电视。

赵无棉无心看电视,只好盯着茶杯里翠绿的茶叶。

"小赵，你是铁了心要离婚吗？"秦母低声问道，"如果你非离不可，我就去劝劝他，我儿子也不是非你不可的。"

"是啊，真是委屈他了。"赵无棉客气地说道，"那谢谢您了。"

秦时远刚从书房出来，又被母亲拽了回去。再出来时，他的脸色很不好。

"行了，天色也不早了，你们回去吧。"秦父说道，"下次再来。"

秦母没有出来送他们，赵无棉朝公公告了别，就随秦时远出了门。

回家路上，夫妻俩都没再说话。进了家门，秦时远才拉住她。

"你上次说想和你朋友去旅行，"秦时远沉沉地看着她，"你去吧，我不干涉你了。"

赵无棉暗暗松了口气，朝他笑了一下："好，谢谢你。"

秦时远看着她的笑，双眼都迷蒙了。好一会儿，他才回过神来。

"明天，我就不接送你上下班了。"

"好。"

赵无棉向单位申请了婚假调休，她计划在五一小长假之前和阿秋去一次云南。

"我的年假终于派上用场了。"阿秋开心地说，"你老公怎么忽然放行了？他知道累了？"

"他父母劝的。"赵无棉翻看着旅游攻略笔记，"我估计……等旅行完回来，他就会同意离婚了。"

"这么顺利吗？我有点儿不信。"阿秋撇着嘴摇摇头。

"他本来就没有多爱我。这半年他对我的态度不过是因为对我的愧疚，还有发现枕边人移情的不甘。"赵无棉把攻略发到阿秋的微信上，"都到这个年纪了，哪里会有谁离不开谁之说呢？我们每个人都是独立的个体。"

4月下旬的一天，赵无棉拒绝了秦时远要送行的好意，和好友踏上了去往丽江的飞机。

当飞机抵达云南丽江时，夜幕降临，天色已晚。赵无棉和阿秋走出机场，一股清新的空气扑面而来。这空气和江心的清甜不同，带着陌生的清爽，把游人们愉悦的心抚得荡漾，也把赵无棉沉闷的心沁得畅快、飞扬。

阿秋也兴奋地深吸了口气："吐故纳新。棉棉，我们这次开开心心地玩一场。"

两人在丽江疯玩了两天，第二天下午刚回民宿时，阿秋忽然捂住了肚子："棉棉，我肚子好疼……"

"玩累了吧？中午喝的饮料也太凉了。我给你烧点儿热水。"

阿秋捂着肚子进了卫生间。

"棉棉！我来例假了……怎么办……"阿秋有气无力地哀号着，"怎么提前了啊？"

赵无棉赶紧走到洗手间门口："你等着，我现在去下面给你买卫生巾。"她拿着手机匆匆下楼，在推开旅馆的玻璃大门时，手机振动起来。

是秦时远的电话。赵无棉看到这个名字的时候还怔了一下，从上飞机那一刻起，秦时远就没有再过密地联系她，只是在微信上简单问过几句。她怕家里有什么事，赶忙接了电话。

"棉棉，你现在在哪儿？还在丽江吗？"

"是啊。"

秦时远没再说话。

赵无棉向旅店旁的便利店走去："喂？听得到吗？"

"听得到。"秦时远沉声说，"你住哪家酒店？给我发个定位。"

"啊？"赵无棉一愣，"干吗啊？"

"我就想知道你在哪儿，现在就发。"

赵无棉不喜欢他命令的口气："阿秋忽然不舒服，我得去给她买药。空了再跟你说，先挂了。"

"棉棉！"秦时远低沉的声音好像在微微发颤，"现在就发给我，好不好？我现在就要看到。"

赵无棉不希望自己盎然的兴致被破坏，她挂了电话，打开微信给他发了个定位，然后进了便利店，挑选卫生巾和红糖。

阿秋喝了红糖水就躺在床上没劲动弹了。

"要不要我再去买点儿布洛芬？"赵无棉给她拉好被子。

"不用，我休息一晚上就好了，明天还要去德钦县呢。"

"行，那我们今晚就好好休息。"

阿秋拉了一下她的手："棉棉，你就别待在这儿了。我们民宿离那些网红打卡地都很近，你就按照计划出去玩，晚上去逛逛吧。"

"那你……"

"我只是来例假，又不是生病了。大老远来一趟的，你看到好看的地方再拍张照给我看，我也算是不虚此行了。"

"行吧，夜生活也得晚一点儿，我先陪你，到了七八点的样子再出去。"

晚上七点半，阿秋有些虚弱地靠在床上看电视，赵无棉穿上外套准备出门。

"我就不带包了，出去逛一圈就回来。"

"你多转几个地方吧，不过也别太晚了，明天还要早起呢。"阿秋看着她，"手机带了没？"

"带了。"赵无棉把拉链拉上，"你有事就给我打电话啊。"

夜晚的丽江沉醉在五彩斑斓的霓虹灯下，赵无棉独自一人穿梭于别具一格的古城网红街。城口的大水车辘辘着在水中缓慢地转着圈，一旁种植着五颜六色的鲜花，在夜色与灯光下尽显妖冶。赵无棉看着成群结队的游人在各种小店门口购物、拍照，也跟着人群走进了小巷深处。

一座城市的特色一般都来自它的历史记忆与风景名胜。真正能够区别于其他地方又能增加文化特色和辨识度的，当是这座城市的文化底蕴。现在几乎所有的网红步行街都是"千城一面"的代名词，赵无棉走在商业化的网红街上，觉得自己更喜爱昨天去的玉龙雪山和蓝月谷。

古巷里热闹非凡，赵无棉晃荡到一家人不多的小清吧门前，犹豫了一会儿就走了进去。

不同于五光十色又震耳欲聋的酒吧，这家清吧内只有昏暗的灯光和柔和的音乐声。赵无棉走到吧台前，看着琳琅满目的酒柜。她从不喝酒，但阿秋爱喝。赵无棉拿起手机给阿秋发微信，问什么酒比较好喝。

"你可别逗了，就你半杯倒的酒量，别再在街上让人拖走了。渴了就去买杯可乐吧。"

赵无棉给她发了个表情包，又收起了手机。

吧台小哥晃荡着走过来："您好，想要喝点儿什么？"

"嗯……有推荐的吗？"

"这款长岛冰茶,还有桃子果酒,都比较适合女生喝……您是一个人吗?"

"那是什么?"赵无棉盯着大片的酒柜,被一瓶血红色的酒吸引了,瓶盖上还有只银色的鹿头,在昏沉的光线下闪耀着神秘的光。

"莫罗三号,别名'女王的药'。"吧台小哥客气地介绍着,"这个度数有些高哦,不过可以搭配牛奶和苏打水混合。要来一杯吗?"

"'女王的药'。"赵无棉复述了一遍,觉得很有意思,"好的呀,来一杯吧,但我要外带的。"

"没问题,您稍等。"

赵无棉付了钱,坐在吧台前静静地等待。

一杯桃粉色的酒放在她面前。

"您的莫罗三号,我给您搭配了牛奶,"小哥笑道,"祝您……生活愉快。"

赵无棉拿起酒杯,喝了一口。

入口是酸酸甜甜的蔓越莓味,随即又有了些奶香。

"好喝。"赵无棉开心地对他一笑,接着站起,"谢谢你,再见。"

街道的尽头是另一个景点。赵无棉拿起手机看了看地图,已经到了忆持巷。

这儿比刚刚的步行街热闹很多,赵无棉咬着吸管进了巷子,播放着特效灯光的顶棚代替了外面的夜空,人们周身都飘舞着泡泡。

"等到八点半,这里会有人工降雪!"身旁的女孩子们叽叽喳喳地聊道。

前方是个高高的舞台,台上的歌手刚唱完一首歌,又开始紧接着下一首。

潺潺的弦声流淌在整条小巷中。

"我怕来不及,我要抱着你。直到感觉你的皱纹有了岁月的痕迹……"

赵无棉感觉酒劲似乎上来了,又或许是因为有音乐加持,她的心里涌起异样的惆怅。她持续地吸着杯中的酒,台上的歌曲也进行到了一半。

"如果,全世界我也可以放弃……"

游客们都开始合唱,赵无棉觉得有些闷热,头也有点儿昏沉,她不再喝酒,转身想往出口走去。

头顶上方的灯光由深蓝色转成了淡蓝色。

赵无棉站在一群举着手机的游客中,蒙眬地看着立于她对面的人。

林衍身着薄薄的白衬衫,站在人群中怔怔地看着她。

"你，你……"

赵无棉听到他讶异的语气，歪着头笑了。

音乐充斥于耳，从顶棚飘下来的泡泡慢慢消逝，一场雪纷纷扬扬洒落下来。

"这算什么啊，"赵无棉跟跄着走近林衍，在他耳边嘟囔道，"我跟你淋过真的雪啊，你还记得吧？"

林衍看着她手中的酒，皱起了眉，把她带到了偏一点儿的地方。

"你一个人来的吗？"他问道。

"跟朋友。"

林衍拿过她手中的酒，想扔进一旁的垃圾桶。

"你干吗？我还没喝完！"赵无棉伸手想去抢。

"你朋友呢？"林衍一把拽住了她不安分的手腕。

"在旅店呀，她不舒服。"赵无棉抬起手想摸他的脸，被他躲开了。

"你……怎么也不刮胡子？"她咯咯地笑了，"你头发长长了好多哎！"

"你住哪儿，我送你回去。"

"不用呀，我自己认识路。"赵无棉挣脱他的手，"我知道你不想见我，你觉得我是个骗子。"

林衍没说话，拿着剩下的酒跟在她身后。

赵无棉停下脚步，又回了头。

巷子里的人都被人造的雪淋白了头，身旁的游客们纷纷举起开着闪光灯的手机，和台上的歌手一起合唱。

"我们好不容易，我们身不由己……"

赵无棉抬手把眼里的泪抹掉。

林衍的喉结上下动了动，似乎在压抑什么。

赵无棉怕自己酒后失态，又转过身快速走出了巷子。

林衍紧跟上来，再次抓住了她的胳膊。

"你连路都走不稳了，我送你回去。"

"你猜，我第一次见你是什么时候？"赵无棉反手扯住了他的衣袖，"我刚毕业，在你们医院一楼大厅，你从我身边飞奔而过，差点儿撞到我……我捡到了你的工牌，然后记住了你的名字。他说要跟我结婚的时候，我一开始没答应，因为我们相识时间太短了。哎，我都没有爱上他……那后来怎么又答应了

212

呢?"赵无棉的手渐渐没了劲,松开了他的袖子,"你听过这么荒唐的事吗?我就是因为看他那晚……嗯……穿着白衬衫,在灯光下的身影很像你……唉,太荒谬了,林衍……我先遇到的是你,再遇到的是他。你说,我俩是不是还挺有缘分的?"

赵无棉已经有些口齿不清,说话也没了逻辑。

"你不该遇到我……你讨厌我,是不是?你是不是觉得我道德败坏?"赵无棉笑嘻嘻地说,"对不起嘛,都是我的错,你别恨我啊。"

她推了一下林衍拿着酒杯的手:"这个很好喝,你尝尝?"

林衍凝视着桃粉色的液体。他早就未饮心先醉。

"我跟你说哦,明天我就要去看梅里雪山了。你跟我说过,看到日照金山的人能幸运一整年,对吧?"

一轮明亮的月亮高挂在空中,月光顺着忆持巷内柔和的街灯,像刚刚那场雪一样洒在人们头顶上,沐浴着整条街道。

赵无棉安静下来。

今夕复何夕,共此灯烛光。

"今晚的月亮真好看……"她抖动着睫毛,双手拽住了林衍的衣领,然后踮起脚在他唇上吻了一下。

"林衍,你是想象的人,也是具体的人。"

林衍接住了她倒下的身子。

赵无棉是在早上六点被阿秋叫醒的,两人都没睡醒,眯着眼睛洗漱完,又拖着疲惫的身子坐上了大巴,去往德钦县。

坐上车时,两人都清醒了不少。

"棉棉,昨天你是被林医生抱回来的。"阿秋正视着好友,"昨天你睡着了。你现在跟我说说是怎么回事。"

"他怎么知道我住哪儿?"赵无棉茫然地问。

"还说呢,叫你别乱喝酒。我也是无语了。"阿秋不满地说,"还好碰到了他,要不然被坏人带走了,你现在都不知道被卖到哪儿去了。"

"我都不知道酒劲这么大。"

"昨天我看你还没回来,就给你打了电话。结果是个男人接的,可把我吓了一跳。"阿秋靠在椅子上,"我要去接你,他说不用,现在把你送回来。如果我不认识这个人,昨天听到他的声音肯定第一时间就报警了。"

赵无棉不好意思说话,只好低着头。

"你怎么会碰到他啊?你俩不是商量好的吧?"

"没有!"赵无棉否认道,"真的是碰巧的。"

"这么巧?"阿秋似乎有些不信,"这还没到五一小长假啊,还是工作日呢。"

"我真的不知道。"

"好吧。"

两人沉默了一会儿,赵无棉又开口道:"阿秋,我还记得我昨天做了什么事。"

"什么?"

"我……我喝多了,然后……"她有些难以启齿,"我借着酒劲亲了他一下。"

阿秋深深地叹了口气。

"棉棉,我拜托一下你。你现在还没离婚,太任性对自己没好处。"

"我知道,以后不会了。"赵无棉心虚又愧疚,赶紧转移话题,"我看了天气,今天下午开始多云转晴,运气好说不定能看到日照金山呢。"

两人没聊几句,就在摇摇晃晃的大巴上挨着彼此睡了过去。中途被吵醒了一次,赵无棉感到有些胸闷、恶心,但好在并不强烈。

历经六个小时,大巴终于到了站。两人又互相搀扶着下了车,然后打车到了之前订好的一家民宿。

进入房间时,阿秋有些受不住了,苦着脸吃了粒高原安胶囊。

赵无棉一边拿着便携式的氧气罐吸氧,一边拉开了阳台的窗帘。

映入眼帘的是莽莽的主峰卡瓦格博,是她们心心念念的梅里雪山。

赵无棉第一次看到这雄伟壮观的连绵雪山,一时被迷了眼。

阿秋的高原反应比她严重些,但在看到阳台外的景时也忍不住惊叹了一声。

"真好看。"赵无棉呆呆地说,"我们躺下休息,明天早起去飞来寺看日出。"

雪山静静地屹立着,层层叠叠的云在山头飘荡。

两人靠在床上看着窗外的杳霭流玉、云蒸霞蔚。

4月29号早上六点，赵无棉在闹铃声中爬起来，又把一旁的好友拽了起来。

"阿秋，快起来！天气这么好，我们肯定能碰上日照金山！"

阿秋打着哈欠，迷迷糊糊地爬起来洗漱。

两个人匆忙吃完早餐，穿好衣服，走到飞来寺时已经六点四十分了。

飞来寺门口冷冷清清，赵无棉先阿秋一步走到售票处。

售票的大爷戴着厚厚的帽子，笑呵呵地对她说道："你是今天第二个来的……"

"那现在第三个人也来了！"赵无棉兴奋地招呼走在后面的阿秋，又问大爷，"第一个人已经进去了吗？"

"是啊，进去有一会儿了。我刚刚还跟他说，今天的天气不错，说不定能看到日照金山。这景观可是十人九不遇啊。"

"那我们会幸运一整年啦。"阿秋戴紧了帽子。

两人拿上票进入飞来寺，爬上了观景台。此时的天又黑又冷，两个女孩儿的睡意都被驱散了。

皑皑雪山在夜幕下依旧显眼。一弯淡月落在卡瓦格博的山头上，月亮的身旁散落着万点银星。

观景台空荡荡的，只有前方几座白塔静静地立着。赵无棉拉着阿秋开心地跑向栏杆，然后猛地停下了脚步。

赵无棉看着前方的人，觉得这背影有些熟悉。

许是感受到背后有人盯着，那人也转过了身。林衍站在挂满经幡的栏杆前，与雪山一同注视着她。

繁星如沸，卡瓦博格在月色下闪着银光。

阿秋挣脱好友的手："那个……我到那边去看看。"

赵无棉躲闪着眼神："我和你一起。"

"你就在这儿吧。"阿秋拒绝道，"待会儿太阳出来了，我们可以拍不同视角的雪山。"

赵无棉走近了栏杆。

早晨七点，游客们陆陆续续进入观景台，还有人架起了三脚架。

"25号我来过这儿，想要看日照金山，"林衍淡淡地说，"但没有碰到。26号早晨又等了一次，还是没有看到。前天晚上听你说会来，我退掉了机票，决定再来碰一次——最后一次。"

赵无棉抿了抿唇。

"林医生，对不起。我前天晚上喝多了，冒犯了你，对不起。"

"你过得好吗？"林衍没有看她，只是静静地看向远方的雪山，见她没有回答，又说道，"我记得你说过，我们每次相遇都是在黄昏时分。"

赵无棉仍旧没说话。风吹过栏杆上五颜六色的经幡，藏民们传诵祈福的经文随风飞向山顶。

七点零五分，坠兔收光，月落参横。

"太阳要出来了！"游客们期待地呼喊着。

七点十分，太阳缓缓从东边升起，金灿灿的阳光从峰顶漫延下来。

"我们看到了！"

"快许愿……"

谷地升起浓浓的雾，悠悠地飘荡在山前。金色的卡瓦格博向人们献上了哈达。

大家纷纷发出了惊叹。风再一次吹动经幡。

云雾交织，燃烧的橙色吻遍了山谷。

"我想正视自己的心。"林衍温润的声音透着不易察觉的颤抖，"赵无棉，你过得好不好？"

被誉为"雪山之神"的金顶在人们的注目礼下熠熠生辉。许多游客都已经湿了眼眶。

"如果你……不爱他，"林衍轻轻呵着气，话说得艰难，"那就分开吧。我可以……可以好好对你……"

赵无棉泪眼蒙胧地看着远方金色的梅里雪山。也许是泪水模糊了眼，让她觉得那高不可攀的景物近在咫尺。她闭上眼，把这日照金山的景记在了心里："好。"

十二　此事古难全

祝你日升月恒，祝你云程发轫。

赵无棉和阿秋下了飞机都感到很是疲倦。阿秋男友来到机场接她，赵无棉正准备搭他们的便车回去，却接到了秦时远的电话。

"我在机场西南门等你。"

赵无棉耸耸肩，向阿秋告别："他已经来了，那我先往那边走了。你们回去吧。"

她走出西南门，一眼看到了自家的黑色轿车。

"你是请假过来的吗？"赵无棉拉开车门问道。

"嗯。"秦时远淡淡地应了一声，侧身想为她系上安全带。

"我自己来。"她挡住了他的手，自己系好了安全带。

秦时远倒也没说什么，坐直身子发动了车。

一路上，江心的八街九陌和车水马龙都给了赵无棉熟悉感。她心情大好，对秦时远说话的态度都好了很多。

"你吃饭了吗？"她语气愉悦地问。

"没有。"

"你们五一放几天？还是按照法定假日来吗？"赵无棉把车窗开了一半，

感受着江心的春风。

"嗯。"

她对秦时远冷淡的态度不以为意，反而在心里生出了些希望。这希望就是对新生活的期待。她始终记得林衍在梅里雪山下注视着她："我不逼你，你自己选。"

"你可以等我吗？"赵无棉热泪盈眶，不知道是因为日照金山的奇观，还是因为和她一起看景的人。

"好，我等你，等久一点儿也没关系。"

秦时远将车驶进了和苑小区，赵无棉惊讶地看向他。

"我知道你更想回这儿。"秦时远沉稳地说，"在你心里，这儿才是你自己的家，是吗？"

赵无棉笑了。车子停稳，她心情畅快地推开车门，从后备厢中拿出了行李。

秦时远也走出了车厢，静静地站在一旁看她。

"呃……你要不要上去坐坐？"

"当然。"他沉沉地拉过她手中的行李箱，"我有话跟你说。"

赵无棉的心期待起来，她跟在秦时远身后上了电梯。

进了家门，赵无棉积极地给他倒了杯水。

秦时远没有接那杯水，只是面无表情地坐在沙发上抬头看着她。

"你是不是也有话跟我说？"

赵无棉咬着嘴唇笑了一下，点点头。

秦时远盯着她亮晶晶的眼："坐下说啊。"

已是傍晚时分，房间内昏沉的光线让人很不舒服，赵无棉打开了大灯，坐在一旁。

"不过我建议还是先听我说。"秦时远拿出手机，开口道，"我想给你看个东西，你最好看完再决定要不要说你的事。"

赵无棉看着他阴沉的目光，眼里的笑意褪尽了。

"什么东西？"她寒声问。

秦时远盯着她的双眼，站起身来坐到她身边，把亮着屏幕的手机放在她眼前。

手机里是她踮脚亲吻林衍的照片。

赵无棉长长的睫毛狠狠颤了两下。

"哦，还有一张。"秦时远伸出修长的手指，在屏幕上轻滑了一下。

另一张照片中，林衍双手横抱着她，同时垂下眼看着她的脸。

赵无棉感到寒意从脚底上升，把她的手足都冻得僵硬起来。

"我还奇怪你为什么非要去那么远的地方玩，"秦时远嘴角微扬起，"你俩商量好的，是吗？"

"不是，"赵无棉否认道，"真的不是，我们真的是偶遇。"

秦时远嗤笑了一声。

"说来也巧。27号下午，大姐一家忽然有事，让我陪叔母去江二看心内科。"他紧盯着她呆滞的脸，"我挂号时见林衍的牌子上显示他停诊，就顺口问了身边的护士，然后她告诉我，林医生去西藏旅游了。我记得啊，你一开始也说想要去西藏的，想去看雪山，对吧？"他挠了挠赵无棉的手心，"所以那个雪山到底在哪儿啊？我好奇呀，就查了一下，原来在云南德钦和西藏察隅的交界处……那么，雪山好看吗？"

"你想做什么？"她轻声问。

"你不是一直苦恼没有实质性的证据证明我们夫妻关系破裂吗？"秦时远在她耳边轻语，"我给你送证据啊。不过，棉棉，"他的目光不离她的双眼，"这样一来，林衍是第三者的罪名也坐实了。"

"是我，是我勾引他的，"赵无棉慌乱到口不择言，"照片上是我亲他，他不是……他没有！"

"他没有什么？"秦时远左手食指轻轻勾了一下她的下巴，"他没有推开你，还是没有抱你？"

"你……你跟踪我？我以为……我以为你……"

"以为我妥协了？"他和煦地笑了笑，"棉棉，你还是不够了解我。"他带着笑意轻叹了口气，"我放你出去旅行，只是想让你开心。可你不该这么对我，"他又看了眼手机上的照片，"我生气了。"

"你到底想怎么样啊？"赵无棉看向他的眼神都带着畏惧。

"我不想怎么样。"秦时远关上了手机，"倒是你，如果你坚持要起诉离婚，那我们就法庭见好了。你放心哦，这次我不会阻拦了。我还会给你提供这两份证据——"他温柔地在她眼前晃了一下手机，"不过要委屈一下林医生了。"

二院心内科副主任医师、江心市十佳青年……真要闹得身败名裂，那真太可惜了。"

赵无棉大脑一片空白，过了好久才把他说出的话消化掉。

"可是如果不离婚，我们……怎么过啊？"她费力地说道，"我们两个……要这么折腾下去，你能受得了吗？何必啊？"

"那就看你了啊。"秦时远收起手机，"你不想跟我好好过，可以提离婚。我不是告诉你了嘛，我可以给你提供有力证据啊。"

"你是在威胁我吗？"

秦时远一只手撑在低矮的沙发背上，手指轻轻点着自己的太阳穴。

"我不舍得，但我没办法。"他看着她说道。

客厅内一片静默。

秦时远站起来，居高临下地看着她。

"对了，你不是也有事要跟我说吗？你说吧。"

赵无棉缓缓抬起眼睛，她第一次对秦时远有了恨意。

"别这么看我。"秦时远冷声说道，"恨我，是吗？那就恨好了。"他又蹲下来和她对视着，"我还记得小学的时候，语文老师给我们解释'恨'的意思。她说，恨的反面就是爱。当你恨我时，说明你对我心存爱意。我喜欢这个解释。"

赵无棉的双眼浸在他阴狠的目光中瑟瑟发抖。

秦时远见她不说话，又问道："今晚在哪儿睡？在这儿还是跟我回家，你自己决定。"

"照片是谁拍的？"她无力地问。

"你不必知道。但我确实费了些力气。"秦时远抬起左手慵懒地轻抚着她的发尾，"我给了他一些报酬……"他又叹了口气。

赵无棉明白过来。

"是谁？"她急着问，难以置信地看着他，"你是在徇私枉法？滥用你的职权？"

"没有。"秦时远断然否认，"枉法营私的事，我从来不屑。"他放下了手，凝视着她，"倒是林衍，私德有亏，品行不端，才引得身边人都对他下眼相看。"

月亮周身裹了一层淡淡的光圈，空气也是潮湿的。

月晕知风，础润知雨。赵无棉在风雨欲来的江心城枯形灰心。她跟着秦时远回了家，在进入家门时，她窥见冷淡的月光洒向了客厅的窗棂。

黄粱一梦终须醒。

江心的雨一下就是好几天，淋湿了杏雨梨云，掩盖了柳弹莺娇。

秦时远身着黑色的警服在副市长的办公室和宋宁相对而坐。

"秦局长，稀客啊。真是难得，你居然会主动找我。"宋宁靠在椅背上，礼貌地微笑着。

"您说笑了。"秦时远也回着笑意，只是眼无波澜。

"有什么事就说吧。"

"宋市长，冒犯地问一句，您来江心的这半年，工作开展得还顺利吗？"宋宁深邃的目光透过金丝框眼镜，穿入对面人的眼中。

"你这问话，确实唐突。"

"希望您不要误会，我其实绝无冒犯之意。"秦时远身体微微向前倾，"我今天只是想与您坦诚相待。"

"哦？怎么个坦诚相待法？"宋宁饶有兴致地问。

秦时远呷了口茶，说："铁打的江山按部就班，江心的局势固若金汤。我知道，您现在是孤掌难鸣，独木难支。我的叔叔与姑父们或许能替您牵个线。"

宋宁双手的十指合住，放在桌面上。

"真是想不到。"他轻笑着，"我确有此意，但我一直以为来找我的人会是你的哥哥秦帆。"

"看来还是长子更引人注目。"秦时远笑道。

"你对我一直有偏见，我知道，因为何静。"宋宁坦率地说，"但有一点我要搞清楚，你拉我上船，那么需要我为你做什么？"

"也没什么，"秦时远看了眼窗外的连绵阴雨，"我们从前的事一笔勾销。今后我们两个……合作愉快。"

"那是自然。"宋宁不以为意，"应该还有事吧？你讲就是，我会量力而行。"

"我有件私事想拜托您帮忙。"秦时远诚恳地说道。

"说吧。"

秦时远深吸了口气。

"怎么?"宋宁笑了,"这么难以启齿啊?"

"我太太,赵无棉,您还有印象吗?"秦时远开口艰难。

"当然,我对她的印象可比对你深得多。"

"我们……嗯……我们……我们夫妻关系一直很好,"秦时远的目光垂下又抬起,"但后来她又结识了一个人。第二人民医院的林衍医生,今年刚获得市十佳青年的表彰。您主管江心的文教工作,应该也知道他。"

"我知道,他曾帮助过我的母亲,也是去年'9·12'医闹事件的受害者。"宋宁疑惑的目光似乎清明了一些,"赵无棉喜欢他啊?"

后一句太过直白,令秦时远挺拔的背颤了一下。

宋宁把他微小的动作看在眼里。

"这是你的私事,告诉我实在不妥吧?"

"不仅不妥,而且需要鼓足勇气。"秦时远深深地叹出一口气,肩膀往下沉了沉,"因为要拜托您帮忙。宋宁,您是她的贵人,为她提供过帮助。我想,有些话您来说会有很大的效果。"

"所以,你委身跟我合作,主要还是为了让我做个说客去劝你太太?"宋宁讶异又不屑地一笑,"当初对我不理不睬的也是你。你还真是个情种。"他眯起眼看向对面人落魄又难堪的脸,"秦局长,你这样真的难成大事啊。"

"我跟您合作,是因为我们秦家看好您。"秦时远冷目而视,"我把私事告诉您,是因为我信任您。"

"你不是信任我,是实在没办法了吧?"宋宁换了个坐姿,淡淡地看向他,"行了,我明白了,我会尽力而为。"

南州市不同于江心的雨丝风片,这儿阳光明媚,沐浴着满城的红情绿意。

秦时远风尘仆仆地来到南州姑姑家。

"时远啊,你来了。"罗穆严肃的脸上堆积着笑意,"你姑姑出去跳舞了。"

秦时远客气地笑着,把手中的礼盒放在一边。

"姑父,您爱喝茶,所以给您带了点儿西湖龙井。"

罗穆年逾半百,满头银发,长了一张不怒自威的脸。

"谢谢,你费心了。"他也没推脱,只是淡淡地瞥了眼地上的礼盒,"坐吧。"

秦时远眼看着长辈坐在沙发上，才跟着落座。

"怎么样啊，时远，最近工作忙吗？"罗穆靠在沙发背上问道。

"比较忙，"秦时远颔首道，"李局快退休了，新局长人选定好了吗？"

"还没有。"罗穆指了指桌子上的水果，"吃点儿橘子。"

"哦，我不吃。您吃吗？我来剥吧。"

秦时远说着就拿起一个黄澄澄的柑橘，细细地剥皮。

"时远啊，我就直接问你了。"罗穆和颜悦色地看着他，"你平时跟我来往也不多，今天是不是有事啊？"

秦时远面不改色，仔细地为他剥橘子。

"姑父，您在省委工作，又和二叔关系密切，我想，您肯定知道我前几天临时求二叔让他帮忙提拔我们单位的一名干部。"

"嗯，我知道。"罗穆淡然地点点头，"怎么了？"

"今天我来求您了。"秦时远把完整的橘子果肉都给了他，"您愿不愿意给副市长宋宁跟龙书记搭个桥？"

罗穆没有接橘子，他放下了叠起的双腿，坐直身子看着他。

"宋宁现在是四面楚歌，我为什么要帮他？你又为什么要帮他？"

"正因为他现在孤立无援，所以更需要给他抛个线。"秦时远不慌不忙地说道，"帮助他，对您也有益。"

"你还没有回答我，你为什么要帮他？"

秦时远放下了橘子。

"姑父，我曾经希望靠着自己直上青云，所以不愿沾你们的光。现在我摸爬滚打了这么多年，也明白了。"

罗穆开怀大笑。

"时远啊，你开窍挺晚的啊。我早就告诉过你——"他前倾上半身，认真地看着身旁的年轻人，"峣峣者易折。"

"您说的是。"秦时远也跟着微笑，"二叔已经批评过我了。"

"你去找你二叔那天，当晚我就和他碰过面了。"罗穆又掰下一瓣橘肉，"我知道你的来意，宋宁确实是个不错的合作伙伴。就算你不来，我也要让秦帆出马。"

秦时远轻笑着点头。

"离李局长退休还有段时间,你是怎么打算的?"罗穆又看向他。

秦时远已经听懂了姑父的意思。

"我自认为还不够格,资历尚浅。"

"更重要的是,"罗穆接话道,"龙书记那边,你也得走动走动。"

"是,还需您和二叔帮忙。"秦时远低眉顺眼地说道。

"那是自然。所以啊,时远,不要太书生意气。"

秦时远从南州回到江心时,天已经放晴了,花都开了。赵无棉下了班,从单位出来,却无心观赏城市的美景。她落寞地往回走着,在快到观澜江边时被一个熟悉的声音叫住。

"赵无棉,走路要抬头看路。"

她站住,见宋宁立于前方一棵枝叶茂盛的树下。

"宋市长。"赵无棉礼貌地打了个招呼。

"刚下班吗?"宋宁笑道,"往哪儿走啊?"

"那边,"她指了一下前方,"您准备去哪儿?"

"哦,我刚从教育局开完会,现在也要回家了。"宋宁走近她,"我也往那边走,一起吧。"

赵无棉没推辞,跟在宋宁左侧。

"您今天怎么走回去?没让秘书送吗?"

"没有,今天难得不加班,所以想活动活动。"宋宁温和地说,"我怎么看你神色不好?一脸憔悴。"

"大概昨晚没睡好。"赵无棉敷衍道。

"是吗?"宋宁笑了一下,"你这么累,怎么没让秦局长接你?"

"他挺忙的。"

"哦,你们两个还好吧?"

赵无棉闻言抬起双眼。

宋宁也笑着和她对视:"怎么了?"

"您为什么这么问?"赵无棉面无表情地看着他。

"我没有恶意。不过,"宋宁看向上空的晚霞,"去年最后一天,就是你们年轻人说的跨年夜那晚,我看到你和林衍在江边看烟花。"

赵无棉的心猛地跳了一下。

"我和林医生是偶然在江边遇到的！不是您想的那样——"

"别激动，小赵，别激动，"宋宁急忙安抚道，"我当时只是路过，也没有告诉任何人——难道你觉得，"他又笑了，"我会去告诉谁吗？"

赵无棉冷静下来，但还是心有余悸。

"你跟秦时远是怎么认识的？"宋宁随意地问道。

"他舅舅介绍的。"

"哦。"他忽然指了一下观澜江面，"这个季节的观澜江还是水波不兴的。去年中秋，我刚来江心一个月，那时市民们都扎堆在这儿看观澜江涨潮。我的母亲还没看到潮水上涌就开始心悸，随后晕倒在地上。我和太太都有些手忙脚乱，但还好林衍医生也在一旁。他冲过来，跪在地上为老太太做了心肺复苏，又把她背上了救护车。"

赵无棉目视着宽阔的江面。

宋宁忽然驻足，面向她。

"林衍医生的父亲是我市第一人民医院的院长，你知道吗？"

赵无棉淡淡地摇头。

"他的母亲是省卫健委的主任。"

"所以呢？您到底想对我说什么？"赵无棉冷冷地问。

"林家和秦家同属一个圈子。"宋宁认真地看着她，"小赵，我不清楚你和秦时远的婚姻状况究竟如何，作为局外人，我也不该多管闲事，但我还是想多句话，"他严肃地说，"我不想视溺不援——林衍，他本该如日方升，有似锦前程。小赵，别毁了他。"

晚霞明处暮云重。赵无棉沉着地看向他："知道了。"

宋宁满意地点点头："我说过，你很聪明。"他又指了下左面的道路，"我家在那边，先走了。"

赵无棉客气地应道："好的，您回去吧。"

宋宁刚往路旁走了两步，忽然又回头道："小赵，我再多说一句——秦时远对你是真心的。"

赵无棉面无表情地看着他。

"好好生活。"他又说道。

赵无棉目送宋宁离去，然后拿出手机拨通了林衍的电话。

"棉棉？"林衍清和的声音响起。

"林医生。"赵无棉开了口，却不知道从何说起。

"你说。"电话那头的声音友善又温润。

赵无棉轻轻吸了一下鼻子。

"你不知道怎么跟我说，是吗？"林衍问道。

"嗯。"

"那就让我来说吧。"他温和地说，"你，要不要离开他？"

赵无棉被满眼的泪堵得说不出话。

林衍等了一会儿，又轻轻地问："棉棉，你是要拒绝我，是吗？"

她的鼻子也被酸意堵得难以呼吸："嗯。"

林衍没再说话。过了好一会儿，他又开口道："你是哭了吗？"

"没……有……"

"不要哭，"林衍柔和地说，"你不用对我感到抱歉。"

赵无棉深深地吸着气。

"林衍，我一点儿也不好，"她压抑着哽咽的声音，"不值得你为我做任何事。"

"我告诉过你，不要妄自菲薄，对不对？"林衍叹了口气，"我尊重你的任何选择。"

春风吹向江面，无情送潮归。

"对不起，谢谢。"赵无棉说完就挂了电话。

知不可乎骤得，托遗响于悲风。

赵无棉调整好情绪回到家时，秦时远已经做好了晚饭。

"今天下班这么晚吗？"他解开围裙，"我做了你喜欢的南瓜粥，去洗手吃饭。"

赵无棉有气无力地把包放在椅子上："谢谢。"

秦时远对她笑了笑，又去厨房盛好粥，放到桌子上。

"怎么不开心呀？"他看着洗完手的妻子恹恹地坐在桌前，摸摸她的脸问道，"谁欺负你了？"

赵无棉勉强笑了一下："没有，我很开心。"

"好，那我们吃饭。"秦时远笑着坐在她身边。

"棉棉，爸妈让我们下周五一起回去吃饭。"

"不。"赵无棉下意识拒绝道。

秦时远刚拿起的碗又放下了："为什么？"

赵无棉不想再找理由，于是直接说："我不想去。"

"哦，"他的双手离开了桌子，上半身靠在椅背上，"又要闹脾气吧？"

"不是，我真的不想去。"赵无棉诚恳地说。

"那就是不听话了，"秦时远沉着地说，"如果我一定要你去呢？"

赵无棉委屈地攥紧了勺子，机械地舀着碗里的南瓜粥。

"我问你话呢。"他淡淡地问。

"那我只能听你的。"她回答道。

秦时远的唇角露出一抹讥笑："这才对。棉棉，以后要乖一点儿。"

5月中旬，江心市的樱花都开始落了，观澜江边的道路上，时刻下着淡红色的樱花雨。

赵无棉走在观澜江边被誉为"最美樱花道"的路上，看到了靠在栏杆前望江的林衍。

观澜江渟膏湛碧，道路旁花木扶疏，樱花瓣纷纷飞舞，行道树俯仰生姿。整座江心市都沉浸在韶光淑气中，正是江南好风景。

林衍看向走近他的赵无棉。

"你来了。"他憔悴的脸露出温和的笑，"真可惜，我还是只能跟你看黄昏时分的江景……棉棉，你怎么又瘦了这么多？病了吗？"

赵无棉看向他手中拿着的一支满是蓝紫色花的枝条："没有，我很好。"

"很特别是不是？"林衍看着手中的花枝，又递给了她，"江心到处都是樱花，云南昆明却种满了蓝楹花。这是我在临湖区的阳春公园摘下来的。"

赵无棉沉静的目光从蓝楹花又转向了他。

"林衍，我始终都要对你道歉。"她正视着他，"我的出现打乱了你的生活，浪费了你不少时间，也为你带来了不少麻烦。对不起，真的对不起。"

林衍摇摇头："别这么说，能遇到你，我很开心。我始终感谢你的出现。"

残霞夕照，几度斜晖，渔船悠悠荡清波。

"我约你出来，是想和你道个别。"林衍看了她一眼，又继续凝视着远山，"我前段时间递交了援藏申请书，今天已经公示完毕了。"他抿嘴一笑，

"在江心待了三十年，总算要背井离乡了。"

赵无棉被江风吹得眼睛发酸："所以你上个月去西藏不是为了旅游。"

"是啊，我和另一位预备申请援藏干部的朋友一起去了西藏察隅县。后来我俩又去了云南德钦县，可是没有看到日照金山——我跟你说过的，"林衍侧过头看向她，"我们就顺道去了丽江游玩，然后遇到了你——"他欲言又止。

"如果我答应你……你是准备撤销申请的，是吗？"赵无棉艰难地问道。

"嗯，"他点头承认，"看来我是注定要远行了。"

"怎么想到去那儿的？"她垂下眼，掩盖自己的情绪，"留在江心不好吗？"

"江心……"他眺望着远方，"说实话，我有些舍不得，真的有些……舍不得。"他笑着轻叹了口气，"但我在这儿也没什么好留恋的了。不为我高兴吗？"林衍轻轻歪着头，看向赵无棉的双眼，"未必非要妙手扶桑梓呀。良医亦念民，去偏远地区行医救人，我同样很向往。"

夜幕降临，一船行月淡淡地悬挂于南卮山上方。

"我该回去了。"林衍站直身子，双手离开了栏杆，"我希望你过得好，所以，好好生活，好吗？"

赵无棉没有动弹："林医生，祝你一帆风顺。"

江风拂向岸边的人。祝你日升月恒，祝你云程发轫。

风吹动林衍的衣摆，他仰头看着那拱弯月，又收回目光，冲赵无棉浅浅一笑。

"棉棉……"林衍不疾不徐的声音忽然变得无奈又缱绻，"我也陪你看过月亮啊。"

星星也散落在残月周围。

"你何止陪我看过月亮，你陪我看过月落星沉、旭日初升，还陪我看过花晨月夕、春日秋云。"赵无棉心想，但只敢回予他一抹不真诚的笑。

"那么，林医生，再见了。"

林衍垂下自己不舍又缠绵的眼。

"好，再见。"

赵无棉淡漠地揉了揉眼，仰头看了眼夜空。

参商各一垠。

锦水汤汤。滔滔不绝的观澜江又向岸边送来一阵江风,赵无棉被吹得迷了眼,但仍然努力睁大眼睛,目视着林衍的背影与她渐行渐远。
　　愿为西南风。

十三 但愿人长久

● ◐ ◑ ◒ ◓

他在我贫瘠的心上种过玫瑰，
我怎么轻易忘得了他？

赵无棉大病了一场。她发了高烧，蹙着眉头躺在床上出冷汗，不管秦时远喂她吃什么，她都会吐出来。

医生给她开了药打了点滴后，把秦时远拉到一旁叮嘱道："她这是心情极度低落导致的自主神经功能紊乱，回去后多喝水，多吃富含维生素和高纤维的食物。最主要的是一定要让她心情舒畅，不然病情会加重，这样的话，后期可能需要进行心理疏导了。"

秦时远着实被吓坏了。他把赵无棉抱回家后，一刻也不敢离开。他不停地用毛巾蘸水，擦她因高烧发红的脸颊。

三天后，赵无棉总算是退烧了，但依旧萎靡不振。她苍白着脸躺在床上，不说话也不愿睁眼看人，甚至死死闭着嘴巴，不肯吃秦时远喂她的药和食物。

"你别这样。"他无力地跪坐在床前，"你这是在折磨我。"

赵无棉安静地闭着眼睛，嘴唇也没了血色。

屋外春深似海，纷红骇绿，屋内的人却只有满心的萧索。

秦时远把她拉拽起来，将药丸硬塞进她嘴里，自己又喝了口水堵住她的嘴唇，想要把水灌进她的口腔。

赵无棉猛地被胶囊卡住，奋力推开他，把水吐了出来，然后难受地对着床

230

边咳嗽。

秦时远见她咳得涕泪横流，赶忙拿起毛巾为她擦脸。

赵无棉渐渐止住了咳嗽，又没了力气，半靠在床头。

"等你好了，我陪你回宛东，行不行？"秦时远红着眼眶问。

赵无棉没有搭话，只是虚弱地敛着眸。

"你想跟我耗着，"秦时远嘶哑地说，"可你的身体受不了啊。"

又过了一会儿，他费力地撑着床沿站起来。

"我带你去看心理医生吧。"他高大的身子挡住了窗外透进来的明媚春光，"医生说，如果你持续这样，就需要心理疏导。"

赵无棉慢慢睁开眼睛，抬起了无神的眸，喑哑的嗓音说出了患病以来的第一句话："你怎么不去？"

秦时远顾不上自己因跪坐太久而酸痛异常的腿，他坐在床边，和赵无棉平视着。

"我为什么要去？"他的眼下和唇周围都发青，"生病还不配合的又不是我。"

"你为什么抓着我不放？"赵无棉无望的目光落在他眼中，"你怎么会这么执拗？"

"那你为什么非要离开我？"秦时远暗沉的眼尾满是颓丧，"你怎么又这么执着？"

赵无棉的眼越过他投向窗外。

"今天几号？"她忽然问道。

"20号。"

"医疗援藏队伍是不是昨天已经离开江心了？"她轻抿了一下自己干涸的嘴唇，"这会儿该到西藏了。"

"赵无棉，你诚心气我是不是？"秦时远颤声问，他攥着药板的手被锋利的板边刮破了皮。

"我哪敢气你啊，"赵无棉摇摇头，喃喃地说，"我不敢。"

秦时远猛地站起身来，走了出去。

赵无棉在卧室里也能听到他压抑又不均匀的粗喘声。

过了一会儿，喘气声渐渐归于平静，他又推开门走进来。

"你把药吃了，乖乖养病。我问问爸妈能不能下周过来陪你。"

"我不要，"她虚声拒绝道，"不要麻烦我爸妈。"

"那我带你回宛东。"

"我也不要回去。"赵无棉消极地说。

秦时远黑冷的眸子在红眼眶内显得有些决绝。

"那你想要什么？"

赵无棉没说话，然后慢慢垂下了头。

就这样僵持了两天，赵无棉本来圆钝的小脸现出了尖尖的下巴，她浑身没有力气，只能躺在床上不动弹。

秦时远半筹不纳，第一次给阿秋打了电话。

阿秋冷着脸上了门，进卧室前，她拦住了想要跟进去的秦时远："你出去，我单独跟她聊。"

阿秋关上门，站在窗前，看着好友的样子，气不打一处来。

"起来。"她冷声说，"你连工作也不准备要了，是吧？"

提到工作，赵无棉抬起了眼皮，无神的眼望向阿秋。

"你从宛东的小县城考到江心市，费了多大力气？"阿秋疾言厉色道，"你爸妈花了一辈子的积蓄给你在这儿买了房安了家。怎么，你就把日子过成这样？"

赵无棉长长的睫毛抖动着。

"赵无棉，你是为谁活着？又是为了什么活着？"

阿秋的神色慢慢平静下来。

"我当你是为了理想和抱负，为了亲情与责任，为了爱情和自由。"她淡然地说，"世间种种，山高路远，你不该拘泥于一件事或一个人。棉棉，我始终记得幼时仰望星空满怀梦想、毕业时眺望远山满腔热忱的你。"

阿秋从卧室走出来时，看到秦时远坐在沙发上沉默不语。见她出来，他眼中立即生出期待，弓着的身子也挺直了。

"我先走了，让她自己缓几天。"阿秋冷冷地说完，就走到了玄关。

秦时远马上站起身来，跟到了门口。

"谢谢你。"他恳挚地说，"真的谢谢。"

阿秋看了眼他沉静的脸，忽然来了气。

"当初你们结婚,我第一个不看好。她不听啊,非得结。她知道你不是真心的,结果跟我说什么爱不是一见钟情,是细水长流、与日俱增,结果呢?"阿秋厉声说道,"增了吗?增了个鬼!"

秦时远感觉自己心头挨了一棍,他颤动了下眼皮,缓缓看向眼前的人。

"赵无棉愿意当这个冤种,是她自己活该,我不同情她。"阿秋目光凌厉,"但你也别太过分了。秦局长,我拜托你出去看看,有哪个女孩子嫁人不办酒席、不办婚礼、不拍婚纱照?!你们结婚真是什么都没有啊,你有心吗?!"

秦时远的右手死死抓住玄关前的柜子。

阿秋激动得红了脸:"我到现在还记得,她在跟你结婚前,眼睛亮亮地对我说她有多喜欢你。不过一年的时间,她在去年中秋平静地说,她被爱冲昏了头,她是咎由自取。"

秦时远布满血丝的眼盈着浅浅的泪。

阿秋本来就跟他不熟,见他这副难堪的样子,满心的愤怒与不满也化成了尴尬。

"你……反躬自省吧。"她目光转移开,又犹豫道,"其实……我一直想对她说,爱没有用,相爱才有用。现在看来,不明白这个道理的是你。"

大门关上,秦时远在原地僵了很久,然后拖着沉重的步子来到卧室门口,缓缓滑坐在地上。

到了晚饭时间,秦时远才站起身来,轻轻推开卧室的门。赵无棉已经坐了起来,扬着清瘦的脸和他对视。

两人对视了半分钟,秦时远开口道:"你饿不饿?"

赵无棉没说话,只是静静地看向他。过了好久好久,她慢慢低下了头。她认命了。

赵无棉的病情渐渐好转,她吃了两天药,到了第三天,已经可以回单位上班了。

秦时远这两天的状态好了许多,同事们看着他精神焕发的样子,都调侃着问:"秦局长,您这几天是不是有什么好事啊?"

李局长见到他,也笑盈盈地拍拍他的肩:"时远啊,我看你这精神状态,总算恢复如初了。"

秦时远下了班,路过一家花店,见店门口摆放着各式各样的花,其中那一枝枝向日葵很是惹眼。他看着那朝气蓬勃的花朵,竟笑了起来。

赵无棉下了班,慢吞吞地走回家。观澜江与晚霞交相辉映,黄昏之景依旧明艳如画。她却绕开了观澜江的人行道,走了另一条小路。

长云漠漠,俯仰昔人非。赵无棉再不愿观赏傍晚的观澜江。

她到家时,秦时远也刚回来。他把一袋零食放在桌子上,另一只手握着两枝向日葵。

"回来了?"他柔和地笑了,又指了一下茶几上的零食,"我买了些你爱吃的小零食。晚上想吃什么?"

赵无棉扫了一眼零食袋,淡淡地说:"我都行。有什么就吃什么吧。"

"那我就把中午的乳鸽汤热一下。你身体刚好,还得多补补。明天想喝什么汤?"秦时远一边说着一边把花从袋子中拿出来,又期待地看向赵无棉。

"我来吧,你累了一天了。"她没有理会那两枝扬着笑脸的向日葵,脱了外套,向厨房走去。

秦时远马上拦住了她:"不行,你刚好,不能累到。"

赵无棉敛着长长的眼睫毛,面无表情地看着他。

"我去做就行。"秦时远伸手将她拉近自己,"你看,向日葵。我们新婚那一年,你送过我一枝向日葵,你记不记得?"他柔柔地说,"那是我长这么大第一次收到花。"

赵无棉嗯了一声。

秦时远看着她垂下的眼,凑上去吻了一下她的眼尾。

赵无棉迅速止住了自己想皱起来的眉头。

"棉棉,你笑一笑。"秦时远低着头,看着她被睫毛遮住的眸子。

赵无棉勉强抬了一下嘴角。

"不对,你要看着我笑。"秦时远的右手轻轻抬她的下巴。

赵无棉看了他一眼,又机械地笑了一下。

他的大拇指摩挲着她的嘴角:"乖,我去做饭。你帮我把花放进花瓶里好不好?"

赵无棉点头,接过花,转身时眼中又恢复了消极的平静。

赵无棉即使心里再不愿意，还是随着丈夫去了秦家。

秦父秦母脸上堆着笑，把夫妻俩迎进门。

"病好了？"秦母客气地笑着，"我和他爸爸本来想去看你，但时远不让，说会吵到你。"

"不会。"赵无棉也同样客气地笑了一下。

秦时远揽着妻子不撒手："妈，棉棉身子刚好，晚上的菜——"

"我知道，"秦母有些不耐烦地打断，"我炖了排骨汤，你昨天说过了。我能忘记啊？"

秦时远笑了笑，搂着妻子的肩坐在沙发上，又微微低下头轻声问道："奶奶是不是要来江心复查了？什么时候来？"

"下周。"

"几号？我去接她们。"

"不用，我去就行。"

秦父也坐在一旁的沙发上，他沉静地看着儿子盯着自己妻子时温柔缠绵的眼。

"时远，最近工作怎么样？和你叔叔姑父联系过没？"他出声问道。

"联系过，二叔那边，我会经常跑动的。"秦时远转头看向父亲，但左手依旧搂着赵无棉的肩，"姑父那边，只要有空，我就会亲自去拜访的。"

"哦。"秦父点点头，又看向儿媳："小赵呢？你大病初愈，回去工作还顺利吗？"

赵无棉淡淡地点头道："顺利。"

"对了，云南那边好不好玩呀？"秦父又问道，"你是不是因为高反不适才生病的？"

"可能是吧。"赵无棉应道。

秦父微微蹙起了眉头："小赵是不是还没什么力气？"他又不经意地笑了笑，"话是越来越少了。"

赵无棉勉强笑了一下："没有呀，已经好了。"

秦时远揽着她肩膀的手滑到她放在腿边的左手上，然后紧紧握住。

"棉棉比前几天好多了，"他有些心疼地看着赵无棉，"前几天嘴上都没有血色，人也瘦了好多。"

秦父的目光在两人之间穿梭："哦，好了就行。不过，时远，你也跟着瘦了不少,自己也要注意身体。"

秦时远心不在焉地点点头。

秦母在餐厅中喊道:"饭好了,都过来吧。"

秦父率先站起来进了餐厅,秦时远牵着妻子的手也走了过去。

"来,小赵,先喝碗汤。"秦母扬了扬下巴。

赵无棉挣脱丈夫的手,想要去盛汤。

秦时远马上拿过她的碗:"我来,你坐这儿就行。"

秦父秦母交换了下眼色。赵无棉把公公婆婆的动作都看在眼里,她接过秦时远盛好的汤,又放到婆婆面前:"您先喝。"说着又拿起公公的碗盛汤。

秦母这才又露出笑容:"小赵,你身体刚好,多吃点儿啊。"

秦父也跟着说道:"时远,给她多夹几块排骨。"

一顿晚饭吃完,夫妻俩又坐了会儿,就要起身告别。

秦父忽然叮嘱了句:"你们两个,好好的啊。"

秦时远与妻子十指相扣,坚定地说道:"好。"

赵无棉淡漠地点点头。

6月份的江心已入夏,但并不炎热。刘宛英和儿媳一起再次来到这座山光水色的城市。

赵无棉见到奶奶和母亲,心情好了许多,她站在高铁站的出口对着她们恬静地挥手笑。

赵母一眼看到了女儿,眼尾随即泛起了笑意盈盈的皱纹:"棉棉,怎么瘦了这么多呢?"说着又走近她仔细打量了一番,"气色倒还行。"

赵无棉接过母亲手中不大的行李箱:"你们就带了这点儿东西吗?"

"奶奶复查完就回去,不多待。"赵母说道。

刘宛英身体恢复得不错,脸色泛着红润的光:"小棉花啊,晚上叫上时远一起吃顿饭吧。"

"好。"赵无棉拦下了一辆出租车,把小行李箱放进了后备厢。

午后的阳光明媚、灿烂,刘宛英靠在书房舒适的沙发椅上,慈爱地看着她面前已长大成人的孙女。

"小棉花,你和时远最近怎么样?"

"我挺好的，"赵无棉平心静气地说，"他也很好，我们俩都挺好的。"

"你过得开不开心啊，奶奶一眼就能看出来，"老妇人把玩着手串，"你们还年轻，以后的日子还长得很，乖囡囡，不要跟自己较劲，要把心收回来。"

赵无棉低下了头："我早就心如止水了。"

"你才多大呀就心如止水，"刘宛英笑呵呵地抬起女孩儿的下巴，"我们棉棉呀，还是个小孩子。我老了，也不知道还能看着你们多久。"

赵无棉看着奶奶苍老的脸和不太清亮的眼睛，眼眶不禁酸了。

"怎么啦，"刘宛英看得清楚，"怎么还要哭了？奶奶哪句话惹到你啦？"

"我昨晚做了个梦，"赵无棉轻声说，"我梦到自己回到了小时候，爸妈还年轻，哥哥还在跟我抢零食，奶奶您坐在家里的摇摇椅上看我和哥哥斗嘴。"

窗外的阳光透过茂密的树叶渗进屋内，年逾古稀的祖母与风华正茂的孙女在书房内相对而坐，一如二十年前。

"我时常也会想起幼时的你们，"刘宛英慈祥地说，"你那个时候啊，走路还不稳，我在门口站着对你说：'小棉花过来。'你就摇摇晃晃地跑过来，结果跑到一半就摔倒了。你哥哥站在一旁，笑嘻嘻地看你哭。"她柔和地笑着看向窗边沐浴着阳光的绿植，"我还在恍惚呢，转眼间你就嫁人了，无悔也成了家。你们都要离开我们了……宛东是个安宁的地方，却留不住年轻人。"她又叹了口气，"唉……只要孩子们发展得好，飞得远一些也没事。"

赵无棉看着窗外的绿荫，慢慢地咽下眼泪。

"囡囡，有些事，有些人，就是因为成了遗憾才会让你念念不忘，但时间能冲走一切的。"刘宛英端详着她，"奶奶常年不在你身边，只希望你过得好。"

赵无棉转过头，看到斑斑点点的阳光洒在老人铺满皱纹的脸上。

"奶奶，我会好好生活的。"她把手搭在老人的膝盖上，"我们去医院吧。"

秦时远加完班，立马来到岳母家。

"时远，你怎么过来了？棉棉跟奶奶去医院了。"赵母笑呵呵地迎他进门，"工作忙完了啊？"

"忙完了。"他微笑着说，"妈，棉棉中午吃的是什么？"

"我中午做了番茄鱼片，她挺爱吃的。"赵母为女婿倒上水，"不过看她最近饭量减了不少啊，人也瘦了。问她，她就说自己在减肥。"赵母坐在女婿右侧，"时远，你跟我说实话，她是不是又生病了？"

237

秦时远犹豫了一下，承认道："是的，前段时间她肠胃炎又犯了，不过已经好了。"

赵母皱起了眉头："我最担心的就是她的身体。现在的年轻人也不注意自己的健康。时远啊，我看你也瘦了很多。不是我说你们，你们两个平时好歹都得注意点儿吧，这才多大年纪就一身病的，老了可怎么办？"

秦时远点点头："您说的是，我回头会多注意她的饮食起居。"

"我不是那个意思，"赵母缓和了语气，拍了拍他，"你已经够忙的了，哪里还能整天看着她？注意身体这种事，主要是看自己。"

秦时远喝了口水，又问道："妈，您刚刚说的番茄鱼片，棉棉很爱吃，是吗？能不能教教我？"

赵母欣慰地笑了："好啊。你今晚就在这儿吃吧，她们估计还有一会儿才回来。"她拿了一旁厚厚的相册，"我刚刚闲着没事，在这儿翻老照片呢。"

"什么老照片？"

"主要是棉棉小时候的照片，她爸爸那时候就爱给她照。"赵母浅浅地笑着，"你看，这是她满月的时候。"

照片中白白嫩嫩的小婴儿瞪着不谙世事的双眼看着镜头。

秦时远伸出手指轻轻抚了上去。

"她小时候长得可招人喜欢了！"赵母自豪地说，"唉，长大了倒没那么好看了。"说着又笑了。

"现在也好看。"秦时远注视着照片，认真地轻声说道。

"你再看这张。"赵母翻了一页，相片中的小女孩儿站在模糊的烟花下，眼睛亮亮地看向前方，手中还牵着一个气球，"这是她三岁半那年的除夕照的，就为抢这个气球，还跟她哥哥打了一架……"

秦时远唇角浮起了笑意，食指又摸了摸小女孩儿的脸。

赵母又翻了一页。

小女孩儿扎着双马尾，抱着一个大大的兔子玩偶，对着照片前的人灿烂地大笑。

"这好像是她四岁那年照的，"赵母回忆道，"她奶奶宠她，老是给她买娃娃。哎，到现在她还喜欢这些小孩子的东西呢，什么积木啊，玩偶啊……真是长不大。"

秦时远凝视着照片中笑得开心快乐的小姑娘，半晌，犹豫着问："妈，这张照片可以送给我吗?"

"啊?"赵母似乎没反应过来,"哦,行啊。"

"谢谢妈。"秦时远也没客气,立刻小心翼翼地将照片从册子中抽出来,"我会好好保存的。"

"哎呀,没事,"赵母笑了一下,"这些照片以后都是你们的嘛。"

下午的江心市第二人民医院依然人很多,刘宛英和孙女站在自动扶梯上往下俯瞰,能看到熙熙攘攘的人拿着医保卡和病历单在医院大厅内奔走。

刘宛英复查完感到有些累,于是对孙女说道:"我们在这坐一会儿再走回去吧。"

"您累了?"赵无棉拿出手机,"那我打车吧。"

"不,我想走回去。"刘宛英拦道,"我一会儿还想往江边散步。你之前不是经常说傍晚的观澜江特别好看吗?"

赵无棉咬了下嘴唇:"行,您坐这儿歇会儿,我去大厅那儿的便利店买瓶水。"

从便利店出来,赵无棉慢悠悠地往心内科走,却在左侧的一面墙边停了下来。

人们路过大厅内的这面墙时,总会有三三两两的人像她一样驻足观望。墙上展现着江心市第二人民医院的援藏医生团队,每位医生都有相应的照片和介绍,他们的简历下方还有一片留言区,一旁的桌子上放着签字笔和便利贴,以便群众留言。

赵无棉站在展现墙面前,仰头望着照片上的林衍穿着白大褂笑得温和又好看。他的简历下写着:"我二十岁时投身杏林,如今已行医十年有余。我时常害怕自己名高难副、力不胜任,所以告别故乡,支援西藏,愿以行证道。夫医者,非仁爱之士不可托,非聪明理达不可任,非廉洁淳良不可信。我会一直朝着才高行洁的目标努力。观澜水不休,我心永不已。"

赵无棉在展现墙前默然伫立良久,然后拿起签字笔在便利贴上写道:"高山安可仰,徒此揖清芬。"她将便利贴贴在林衍的留言板下方,然后转身离去。

赵无棉挽着奶奶走出医院大门时,看到秦时远的车停在一边,他正靠着车身低着头抽烟。刘宛英马上朝他喊了一声。

秦时远听到她的声音，赶忙抬起头。他一见到赵无棉，就匆匆熄灭了烟，快速走向祖孙俩。

"你什么时候开始抽烟了？"赵无棉惊讶地问。

"前段时间。"秦时远不好意思地说，"你要是不喜欢，我就不碰了。"

"我还想着走回去呢，你看你，又麻烦你来接。"刘宛英笑道。

"您要是想散步，吃完晚饭我和棉棉再陪您一起。"秦时远替她打开车门，"妈在家已经做好饭了，我们先回去。"

吃完晚饭，刘宛英谢绝了秦时远要陪同她散步的好意："时远啊，你俩回去吧，我暂时不想走了，等晚一点儿和棉棉妈再出去看看夜景也行。"

秦时远闻言也不好再说什么，只能和妻子一同回家。

回家路上，赵无棉又恢复了平常清清冷冷的状态。秦时远在开车时多看了她几眼，然后把车停在一家大型的玩具店旁。

赵无棉正发呆，还没反应过来就被秦时远从车里拉了出来。

"我们逛逛吧。"他眼里的温柔都要溢出来了。

赵无棉淡淡地看着夜色下流光溢彩的玩具店。

"这是玩具店，我们要逛什么？"她面无表情地问。

"逛你喜欢的东西。"秦时远轻轻摇了摇她的右手，"我们进去看看嘛，你喜欢什么我都买给你，好不好？"

"我不喜欢这些。"赵无棉拒绝道。

秦时远将她拉进自己怀中。

"那你喜欢什么，"他低着头柔柔地问，"可不可以告诉我？"

赵无棉踉跄地撞进他怀里，只好无言地低头看着地下。

"棉棉？"秦时远轻轻撞了一下她，在她抬起头时又往她的额头上吻了一下，"不可以不理我。告诉我，你喜欢什么？"

"我不知道，想不起来。"赵无棉心不在焉地回应道，"我想回去。"

"想回家？"秦时远拥着她的肩，温存地笑着，"好，我们回家，下次再来玩儿。"

赵无棉跟着秦时远回到了熟悉的家。她打开房门时，漆黑的屋子瞬间把人包裹起来，她有些恍惚，家不似家，似牢笼。

秦时远在身后啪地打开了开关，大灯骤然亮起。赵无棉下意识遮了下眼睛。

"怎么，太亮了，是吗？"他扳过她的身子，"我明天去换一个柔和点儿的灯泡。"

赵无棉适应了一会儿强烈的光线，放下了手。

"不用了。"她淡然地说道，"都在这儿住这么久了，我也该习惯了。"

秦时远注视着妻子躲闪的眼，半响，又拥住了她。

"我的棉棉今天过得怎么样？"他低声问，"有奶奶陪着，开不开心？"

"嗯。"

秦时远低头吻着她的脖子。过了一会儿，他又在她耳边说道："棉棉，多跟我说几句话。"

赵无棉在他的怀抱中呆滞地看向雪白亮堂的墙壁。

"我很开心。你今天忙不忙？"

秦时远听着她没有起伏的语气，仍旧很欢喜："今天滨江分局召开了年度执法规范化工作会议，明天随李局去市工会……其实我觉得有点儿累，我都营营逐逐了快半辈子了……真的有点儿累。"他喃喃地说道，抚摸着她后颈的左手滑到她的胳膊上，"抱抱我。"

赵无棉听话地抬起双臂轻轻环着他的腰。

秦时远满意地噙着笑："棉棉乖。"

赵无棉眼神空洞地看向窗外，南厄山上方那一船行月也未能照亮暗淡的夜色。

刘宛英和儿媳在江心待了一周就要回宛东。她们临走时，秦时远要陪同领导视察，所以未能去送。这个时候，阿秋来到赵家，和赵无棉一同将两位长辈送到了高铁站。

目送着妈妈和奶奶进入站口，赵无棉惆怅地叹了口气，说："又只剩下我和你了。"

阿秋微微蹙起眉头："棉棉，我们去江边走走？"

"不想去那儿。"

"为什么不想去？"阿秋反问道，"江心市就是沿江发展的，观澜江也是你每天回家的必经之路。"

"可是快到黄昏了，"赵无棉低落地说，"我不想这个时候去。"

"那你每天下班怎么回家的？"阿秋不耐烦地拽起她的手，"就往那边走,我有事跟你说。"

日薄西山,江水溶溶。赵无棉往远处眺望,云海天涯两杳茫。
阿秋靠着观澜江步行道的栏杆,沉静地看着好友。
"你这一年,经历了不少事。"
赵无棉也斜倚在她身旁的栏杆上。
"我做错了好多事,"她转过头看了眼落日,"我不该那样仓促又不顾后果地结婚,我不该在当断即断的时候选择逃避。回想起去年中秋,我在那个时候就应该马上离婚。"
"人生怎么可能一帆风顺?年轻的时候总会做错一些事。"阿秋安慰道,"而且,棉棉,你那时候有你的考虑,你的那些考虑并没有错……再说了,即使你当时提出离婚,秦时远就能痛快答应吗?你们还不知道要演多久才能结束这场闹剧。"
赵无棉苦涩地笑笑。
"也是……算了,你上次的话也点醒了我,我不是只为了一场婚姻而活的。"
阿秋点头赞同:"你的人生还很长。"
一道残阳铺水中。江边的行人都放慢了脚步,凭栏观赏。
"棉棉,我一直很疑惑,你为什么没有选择林衍?"
赵无棉转了个身,正面对着江水和南屲山。
青山依旧在,几度夕阳红。
"林医生对我一直持有滤镜,但生活不能靠滤镜维持。我若真和他在一起,长久下来,滤镜总会消失,我对他而言,是抽象的人,不是具体的人。"
"那你又是怎么生那场病的?我一直以为是秦时远因为林衍的事为难了你。"
"生病吗?"赵无棉低头俯视着橙色的江面,"大概是从云南回来受了高反的影响吧。"
"是这样啊。"阿秋轻松地笑了笑,"我还以为……那是我瞎操心了。我生怕你想不开。"
赵无棉无奈地笑笑:"不至于,现实中哪有那么多为爱殉情的事?生活总要继续。"
"你不是说有事跟我说吗?"赵无棉看着好友,微笑了一下,"什么事啊?"
阿秋紧抿着嘴唇,正视着她。

"棉棉,我要回宛东了。"

赵无棉愣了一下。

"你请过假了?什么时候回来?"

"不是。我要回家生活了。虽然江心有你,但我还是不适应。"

赵无棉怔怔地看着她:"你也要离开我?"

太阳落下山,波光粼粼的江面归于沉寂。

"我跟他分手了,我的工作也不是很顺利。"阿秋平淡地说,"我妈上周说,在宛东给我找了个正式的工作,能和你一样稳定。在宛东,也会有适合的相亲对象。"

"可是——"

"没有可是,"阿秋打断她,"棉棉,我们都不年轻了。"

赵无棉静默了半晌。

"对不起,阿秋,这段时间都没关心你。我没有照顾好你。"

"别这么说。"阿秋伸手轻拍了一下她的左臂,"人生到处漂泊。棉棉,我们从小一起长大,我希望你过得好。"

一弯醒月缓缓探出头。江岸上的人无奈也无力,只有这满江风月替人愁。

人生的事,往来如梭。

"我记得我们俩在小时候——很小的时候,约过一起去远方旅游,一起看日月同辉、山川河流,一起嫁人,一起留在宛东做伴。"赵无棉失意地瞥了眼月亮,"故山犹负平生约……阿秋,你也要过得好,你一定会过得好。"

阿秋走上前抱了一下好友:"我该回去了。我买了下周的高铁票,你不用来送我。"

夏江愁送君,蕙草生氤氲。

阿秋往前走了三步,忽然又站住,回了头。

"棉棉,既然如此,忘了他吧。"

赵无棉落寞的脸被昏暗的光线覆住。

"他在我贫瘠的心上种过玫瑰,我怎么轻易忘得了他?"

两人对视了三秒,自不待言。

赵无棉望着阿秋的背影在地上拉出了一道长长的影子,随着她越走越远,影子也随之渐渐消失。

青山一道同云雨,明月何曾是两乡?

十四　千里共婵娟

🌑🌘🌗🌖🌕

🌘 愿援藏医生步步灿然，岁岁平安。

春生夏长，寒来暑往。新故相推，日生不滞。

8月下旬，江心市要举办中秋文艺晚会，老干部局合唱团应邀出演。

周平和团员们拟定了一首混声合唱的乐曲，然后把钢琴伴奏谱带给了赵无棉。

"我们选了这首《在灿烂的阳光下》，你听过吗？"

"当然听过，"赵无棉接过伴奏谱，"很好听的老歌。"

"很少有年轻人喜欢这种老歌。"周平笑道，"你倒挺不一样。"

两人正说着话，合唱团的成员们陆陆续续走进了排练厅。

"大家都来了？"周平回过头，召集道，"那就先站好队吧。我们排的歌对各位来说应该是耳熟能详的了，毕竟我们这个年纪……"

说着，大家都自嘲地笑了起来。赵无棉也微笑着把伴奏谱平展在谱架上。

成员们列好队，周平站在正前方，右手轻轻扬了一下。

排练厅的门窗都大开着。从院子里吹进一阵风，香远益清。

赵无棉瞥了眼窗外，江心的茉莉花又开了。

"我们在时代春风里，春风催我永开拓……"

曲闭，赵无棉放下双手，看向合唱团的成员们。他们皓首苍颜，雪染霜鬓,却依旧满面春风,容光焕发。他们的眼中燃烧着对生活的热爱、对未来的憧憬。

排练结束后,赵无棉独自站在院子中的茉莉花旁。

秦时远刚下班就来到老干部局接妻子。在走近排练厅时,他看到她对着一簇簇茉莉花发呆。

一双手放在她的肩上。

"在看什么?"低沉的声音传入赵无棉耳中。

"应是仙娥宴归去,醉来掉下玉搔头。"她呢喃着,"茉莉又开了。"

秦时远从身后拥住了她。

"我第一次见你时,这儿的茉莉花开得正好。"他在她耳边温柔地说,"我在你们办公室等你……你一进来就一身花香。"

赵无棉对这段回忆没什么兴趣,她垂下了眼,转过身子时顺便挣脱了他的怀抱。

"你怎么来了?"

"今天不是很忙,"秦时远噙着笑,低下脑袋轻轻碰了一下她的额头,"所以提早下班了。"

赵无棉淡然地垂下目光。

"哦。"

"晚上想吃什么?"他亲吻了一下她的鼻梁,"要不要出去吃?"

"回去吃吧。"赵无棉没有看他。

秦时远捏了一下她的脸蛋:"棉棉,说话的时候要看着我。"

赵无棉无声地叹了口气。她抬起眼,重复了一遍刚才的话:"回去吃吧。"

秦时远又低头吻了一下她的眼尾:"好。"

"你们两个,稍微注意点儿啊。"

一道熟悉的声音传来,赵无棉立即抬起头,看到曹老站在不远处,啼笑皆非地看着他俩。

秦时远的双手放开妻子的肩,转而牵起她的手,然后才慢悠悠地转过身子。

"舅舅,"他打了声招呼,"还没回去呀?"

"正准备回去,就看到一对年轻人在这儿腻歪。"曹老笑着摇摇头,"走近一看,原来是你俩。"

赵无棉看着曹老似笑非笑的样子,顿时红了脸。

"你看看,小赵脸皮薄。"曹老又呵呵笑道,"哪像你……你说你都多大的人了?"

秦时远看了眼她红通通的脸,也笑了。

"小赵?"周平在远一些的地方喊道,"我们刚刚商量,曲子的反复部分想改动几小节,想听听你的意见,麻烦你再过来一下!很快就好!"

赵无棉如释重负,赶紧甩开了秦时远的手。

"我先过去,你们聊。"

曹老看着赵无棉消瘦单薄的背影,又转头对秦时远说道:"小赵这一年好像沉静了不少,没以前活泼了,这是和你在一起久了被你影响了啊?"

秦时远眼里的笑意渐渐褪去。

曹老见他不说话,又自顾自地说道:"这感情啊,还真得靠培养。你俩刚结婚那阵,你对小赵也太不上心了。我还记得她那时候大冬天的抱病去演出,剧院离得那么远,你也没想着去接她……没想到现在你又整天跑过来腻着人家。"他说着又笑了。

秦时远身形一顿,半响,又抬起眼睛。

"谢谢舅舅。"

"嗯?"曹老愣了一下,"谢什么?"

"谢谢您带我认识棉棉。"秦时远抿了一下嘴唇,"和她在一起是我的幸事。"

"哦哟,你这话说得我都要脸红咧!"曹老开怀大笑,"行,你们过得好就好,我这个红线没白牵!"

8月昼长夜短,赵无棉跟着秦时远回到家时,天还没黑。藏青色的夜幕想要压入人间,却被倔强的夕阳和残留的白昼硬生生地隔开。赵无棉看着黄昏时分的天,觉得心口压抑。

秦时远关上门,把手中的草莓放进了厨房,然后一颗颗清洗干净,又端给妻子。

"我去做饭,你先吃点儿草莓。"他擦干手揉揉她的脑袋,又叮嘱道,"别吃多了哦,一会儿又吃不下饭。"

赵无棉看着盘子里颗颗饱满的果子,忽然想起了它的另一种吃法——用麦芽糖浆裹着草莓，那香甜都加了倍。她没了胃口。

秦时远做完菜走进客厅时，见盘子中的草莓仍旧满满当当，赵无棉坐在盘子前发呆。

"你没吃吗？"秦时远坐到了她身旁，"鱼还要焖一会儿呢。"

赵无棉慢吞吞地拿起一颗草莓，咬了一口。

"甜不甜？"秦时远笑着问道，"我现在很会挑这个了。"

赵无棉无精打采地点点头。

秦时远从盘子中拿出一颗草莓递给了赵无棉，然后顺手拿走了她手中咬过的那颗。

赵无棉咬了一口红红的草莓尖，有气无力地咽了下去。她还没吃完，这一半草莓又被拿走，然后还是一颗新的草莓放进她手中。赵无棉慢慢反应过来，她转头看向身旁的人。

秦时远刚咽下她吃了一半的草莓。

"你在干吗？"

"嗯？"他正将新的草莓递给她。

"你为什么要吃我咬过的？"

"我之前看你吃草莓时好像更喜欢吃上面的部分。"他尴尬地笑笑，"每次咬到草莓下半身，你就会吃得慢很多……哦，鱼好了。"他抽出纸巾擦擦手，牵起了妻子的右手，"我们吃饭吧。草莓留到晚上吃，好不好？"

赵无棉被他牵着踏入餐厅，一阵浓厚的番茄香味扑鼻而来。

秦时远走进厨房，欣喜地将一盘鱼端了出来。

"这是妈上次教我的番茄鱼片。"他将盘子放在桌上，双手捏着自己的耳垂，"你快尝尝！"

赵无棉刚坐下，他就迫不及待地夹了一筷子鱼片送到她嘴边。

"快尝一口，"他的眼睛亮晶晶的，"看你喜不喜欢。"

赵无棉看着唇边的鱼片，只得咬了一口。

"好吃吗？"秦时远期待地问，"你喜不喜欢呀？"

"好吃，谢谢。"

"我说过了，不要跟我说谢谢。"他坐在她一旁的椅子上，将大块的鱼夹进她碗里，"好吃就多吃点儿，下次再给你做。你还喜欢吃什么样的菜？我多学几个,这样你也不会吃腻……"

说着说着,秦时远又不满意了。

"棉棉,你怎么只听我说呀?"他推了推赵无棉的手臂,"你都不跟我说话的。"

赵无棉恍惚了一阵,空洞的眼神转向他:"嗯……好吃,谢谢。"

话说完,两个人都愣住了。

赵无棉看着秦时远愣怔的眼又缓缓眯起,恐惧油然而生。她不知道该说什么,只好连夹两筷鱼片放进他碗里。

秦时远看了她半晌,将碗中的鱼片送进口中。

赵无棉不敢看他,低着头慢慢地扒着米饭,过了一会儿才又抬起眼看向他。

秦时远早就停止进食,只是坐在一旁看着她。

赵无棉又给他夹了菜。

秦时远垂下眼,再次把碗里的菜吃完。

赵无棉食不知味,匆匆吃完碗里的饭:"我吃饱了,你还要吃吗?"

秦时远凝视着她,摇摇头。

赵无棉起身将两人的碗筷拿进厨房,放进洗碗池。透明的水哗哗地流下,听着这流水声,她才松了口气。

秦时远也进了厨房,搂着她的腰吻了一下她的耳朵。

"我来就行。"他松开手,接过赵无棉手中被浸湿的碗筷。

江心连下了几天的雨。当淅淅沥沥的雨终于不再落入大地时,老干部局的混声合唱节目已经排练完毕。

赵无棉恍惚地看着日历上的数字。

连雨不知春去,一晴方觉夏深。

又是一年中秋。

中秋节前一天,赵无棉又穿上了阿秋送给她的黑色小旗袍。

"晚上会不会有点儿冷?再穿件外套好不好?"秦时远说出的话是在询问,但双手已经不由分说地把一件薄外套披在她肩上。

赵无棉听话地穿上外套,犹豫地仰头看着他。

"你晚上要加班,是吗?"

"对,我请不了假。"秦时远抬起右手摸着她的脖子,"真可惜,不能去

248

看你演出。如果我这边结束快的话——"

"我今晚能不能自己回去?"

秦时远微怔:"什么?"

"我想自己回家。"赵无棉的睫毛又轻轻颤抖起来,"你不用接我,可以吗?"

"可是江心剧院离家不近呀,"秦时远摇头道,"你一个人怎么回来?"

"走路、骑车都行,我就想自己走走……"赵无棉请求地看着他,"可不可以啊?我结束了就回家,不会去别的地方。"

秦时远看着她恳求的双眼,有些动摇。

"我的节目很靠前,如果你忙得太晚,我还得在那儿等你,"她又继续说道,"我保证不会到处乱跑……可以吗?"

秦时远注视着她,少顷,亲了一下她的下巴。

"好。你到家了告诉我一声。"

江心大剧院如往常般亮起了五彩灯,观澜广场也展示着五光十色的灯光秀,大剧院门前的音乐喷泉犹如映月湖中的荷花,在一片璀璨的灯光中错落有致,俯仰生姿。

赵无棉下了车,独自站在广场正中央。

观澜广场临江而建,被称为江心市的城市阳台。赵无棉刚来到江心时,曾在它宽大的台阶上一蹦一跳地往上攀,趴在栏杆上观景闻涛,在一旁的江心图书馆中找寻各种书籍,在大剧院里看着艺术家们演出。她每每被江风吹得凉意渐起,内心又被大气磅礴的灯光秀渲染得火热。

赵无棉怀念那段时光,怀念最初的自己。

老干部合唱团的节目是第三个。演出完毕,赵无棉心情畅快地把谱子折叠整齐,她想要在今晚独自攀跳步步登高的台阶,看晶莹剔透的喷泉随着音乐拔地而起,在观景台感受江风肆意,在广场高处眺望江对岸高楼林立、灯光璀璨的市中心,然后骑着单车在飞扬的江风中沿江漫游。

赵无棉永远怀念年轻时满怀热忱的自己。

妇联合唱团的指挥沈莲老师带着自己的成员来到舞台口。

"小赵老师?"沈莲笑着打量着背起包的赵无棉,"你是现在就要回去了吗?"

"是呀,下一个就是你们的节目?"

"嗯，马上就是，你听完再走嘛。"

赵无棉欣然点头："好。"

妇联合唱团的曲目是女声合唱《我们的生活充满阳光》。合唱团的成员们依次站好队，沈莲抬起手，笑容在她有了岁月痕迹的脸上绽开。这是首欢快的曲子。

"幸福的花儿心中开放，爱情的歌儿随风飘扬……"

赵无棉听着这怡情的音乐，嘴角也跟着扬了起来。

秦时远忙完局里的事，已经是晚上八点了。他拖着疲惫的身子坐进了驾驶位，慢悠悠地在马路上行驶着。

江心刚下完雨，气温已经没有那么高了。秦时远在等红绿灯时，被自己左侧马路边的一对小情侣吸引了目光。

行人在潮湿的路边行走，一个年轻的男孩子正站在树下笑着望向迎面而来的女孩儿，女孩儿见到男孩儿，扬起了灿烂的笑脸，飞奔向他。

这对年轻人在葱茏的枝叶下热烈拥抱。那毫不掩饰的热情刺进了秦时远的双眼。曾经的赵无棉也是这样笑靥如花又毫不犹豫地奔向他。

秦时远怔怔地看着他们，绿灯亮起，后面的车鸣笛催促。他愣愣地发动车子前进，却在一个路口忽然掉头。

赵无棉正听着妇联合唱团的演唱，手机又振动起来。她马上接了电话。

"棉棉。"

"嗯，"赵无棉的身子也随着合唱团的律动轻轻摇摆，"你说。"

秦时远听到她柔和轻快的声音，眼中弥漫着缕缕柔情。

"棉棉，我想你。"他低沉的声音缓缓流淌，"你还在剧院，是吗？"

"对。"

"我去接你。"

"嗯……嗯？"赵无棉微怔，"不用，我已经结束了。"

"但我也快到观澜广场了。"秦时远温柔地说，"你等我，我马上就到剧院。"

赵无棉脸上的笑容散尽，身子僵硬地盯着舞台上眉开眼笑的合唱成员和眉飞色舞的指挥。

250

"你不是答应了今天让我自己回去吗?"她眼中忽然涌起浅浅的泪。

"我又想来接你了,"秦时远没听出她已经带着哭腔的嗓音,依旧语气温存地问道,"你是到门口等我还是在后台等我?"

钢琴伴奏指下活泼的和弦伴着整齐愉悦的女声。

"亲爱的人啊携手前进,我们的生活充满阳光……"

"为什么啊?我就想自己待一会儿,我就想自己去骑车,你明不明白?"她委屈地低吼道,"你说话不算数!"

秦时远在观澜广场一旁的车库内停住了车。

"棉棉,你怎么了?"他不知所措,"谁惹你不高兴了?"

电话挂断。

台上的指挥转身向观众鞠躬,台下响起热烈的掌声。

赵无棉独自坐在剧院门口的台阶上,皓月千里,朗风恣意,她已无心迎风赏景。

秦时远匆匆赶到剧院时,见到妻子正坐在门口落寞地低着头。

"棉棉,"他跑上前,蹲在她面前,"棉棉……"

赵无棉没有抬头。

"棉棉?"秦时远伸出双手捧起她的脸,"怎么了?"

赵无棉早已擦干无用的泪,她睁着湿润的眸子盯着他。她从前只当是自己矫情,现如今却觉得这个人从未懂过她。

"哭过了?"秦时远满眼的担心化为心疼,"谁欺负你了?你告诉我。"

灯火璀璨,满月生辉。风把赵无棉过肩的头发吹起。

"我好压抑。"她无力地说,"我们非得这么过吗?"

秦时远本来布满疼惜的双眼涌出了一股沉郁。他紧盯着她,过了三分钟,又拉着她站了起来:"我们回家吧。"

中秋前的月光亮得像盏日光灯,可当它想要沐浴这座城市时,还是被城市喜爱的霓虹灯淹没了。

车子在跨江大桥上飞速行驶,赵无棉起伏不定的心已恢复成无波的古井,她平静的双眼持续地望着车窗外与通明的灯火和如玉盘的月亮交相辉映的观澜江。

冰轮为谁圆缺？不知江月待何人，但见长江送流水。

秦时远上了车就没再说话。直到下了高架桥，车子在一个红绿灯路口停下，他偏头望向自己左侧的车窗，过了半晌，又缓缓转过头看着坐在他身侧的赵无棉。

她感受到了身边人的目光，也侧头看向他。

"又怎么了？"她疑惑地问。

秦时远抬起右手，轻轻抚摸着她的脸。

"明天中秋了。"他轻声说。

"我知道。"

"明晚有家宴。"

"我知道。"赵无棉清冷的眼是昏暗的车厢中唯一又微弱的一点儿光，"今年你要和我一起去吗？"

秦时远的右手猛然顿住。

绿灯亮起，赵无棉推开了他的手。

车子经过一家蛋糕店时，秦时远又问道："明天要不要一起做蛋糕？我跟你一起做，好不好？"

"你不是不爱吃蛋糕吗？"

秦时远转了个弯，车子进入了小区。

"我现在爱吃了。"

"我现在不爱做了。"

小区的大门打开，保安向车内的两人微笑示意。

"棉棉，"秦时远双眼直视着前方的路，"那我来做蛋糕给你吃，好不好？"

农历十四的圆魄下了寒空，中秋而至。

赵无棉早早地醒来时，秦时远已经做好了早饭。她洗漱完就无精打采地坐到餐桌前，一口一口地抿着热腾腾的小米粥。

"我们出去走走吧。"秦时远给她剥了一个鸡蛋，"晚上再去酒店。"

赵无棉望了望窗外，茉莉凝露，丹桂飘扬。

"嗯，好。"

秦时远见她咬了口鸡蛋,自己也跟着剥了一个:"你想去哪儿?"

"不知道,你定吧。"

"听说慧净寺的花开得茂盛,景色宜人,我们去那儿吧?"他展颜道,"你以前是不是经常独自去?"

"你不是不喜欢去寺庙吗?换个地方吧。"

赵无棉安静地吃着手里的鸡蛋,窗外明媚的光洒在她脸上,秦时远看着这场景,心中温澜潮生。

"我现在想去了。你陪我去嘛……我还想烧烧香拜拜佛……"

"你还会去烧香拜佛?"她用勺子舀了口粥,"我以为你是坚定的唯物主义者。"

秦时远赧然一笑:"大概是我年纪大了,竟也开始求神信佛。"

慧净寺坐落在江心市景区中的一隅之地。通往寺庙的小道上,奔涧鸣雷,松竹荫映,往远处眺望,还能见到空翠烟霏的南屺山。

赵无棉被丈夫牵着,路过一片莺歌啁啾、鱼跃清池后,终于看到朱柿色的庙宇墙立于眼前。

因为是假期,寺庙里的人比往常要多一些,赵无棉和秦时远各买了三炷香,在寺庙院子中的大香炉旁点燃后,朝四方拜了拜又插进了香炉。

两人烧完香,一起走进了大雄宝殿。

秦时远成年后再没来过寺庙,他已经不记得拜佛时应该做什么,于是望了望身旁的一名香客。那人正跪在拜垫上,闭着眼睛双手合十。

赵无棉见秦时远跪在中间的垫子上,于是自己也跪在一旁的拜垫上。

殿外秋阳杲杲,鸟鸣呖呖。殿内佛像坐在高处俯视着众生,香火缭绕,经声延绵,一年又一年。

赵无棉拜完佛,又站起来,独自去一旁抽了签,顺便又去抽了一首签诗。她展开小字条,见上面写着两行黑字:"东曦既驾牵寸肠,转眼浮云梦一场;静听笙歌渔唱好,看完花卉稻芒香。"

赵无棉把签诗放进口袋,随着秦时远走出了大殿。还没走几步,她就到了藏经阁。

藏经阁的门前刻着副对联,右面是"茫茫尘寰随风散",左面是"悠悠因果皆随缘"。赵无棉觉得这金色的行书字体很是好看,于是站在门前仰头看了会儿。

秦时远站在她身旁,静静地看着她白皙的侧脸。

"棉棉,你刚刚许了什么愿?"他忽然低头轻声问道,"你的愿望里有没有我?"

赵无棉敛了下眸子,淡淡地说道:"说出来就不灵了。"

秦时远沉吟不语,看着她清冷淡然的脸。

逛完寺庙,已经到了中午,两人正往车库方向走去,秦时远又一次接到了李局长的电话。

"今天?"他左手拿着手机,眉头不悦地皱起,但说话的语气依旧恭敬,"李局,我晚上有家宴,六点之前能不能结束?"

赵无棉走在一旁,漫不经心地听着电话里李局长模糊的声音。

"好,我知道了。"秦时远挂了电话,对赵无棉说道,"棉棉,我不能陪你吃午饭了。我先把你送回家,好吗?"

"你去忙吧,我可以再逛逛。"

"你要去哪儿逛?"

赵无棉想了一会儿又说道:"你一会儿把我送到前面的路口就行,我自己随便走走。"

"下午太阳会很大……"秦时远犹豫着说,"你回去休息不好吗?晚上还有家宴。"

赵无棉眨了下眼睛,然后看向他。

"每次我想独自出去,你都会拒绝或阻拦。"她平静地问,"你是怎么想的?"

秦时远垂下眼:"我怕我找不到你。"

赵无棉沉默半晌,又问道:"我今天到底能不能自己逛?"

"要不你叫个朋友陪你吧……"秦时远抿了下嘴唇,"你一个人,我不放心——"

"那回去吧。"赵无棉面无表情地打断。

秦时远看着她冷淡的神色,抬手想抚摸她的脸。赵无棉歪头躲开了他的手。秦时远的右手僵在一旁,他顿了一下,又拿起挂在她脖子上的戒指,然后凑上前吻了一下。

254

"棉棉听话，晚上我回来接你。"他搂住赵无棉，走向停在前方的车，"中午想吃什么？你找家想吃的店打包回去，这样就不用做饭了……"

赵无棉回到家，吃完秦时远给她买的面条，困意就袭来。她靠坐在沙发上看书时，迷迷糊糊地睡着了，醒来时已经到了下午四点。秦时远正巧给她来了个电话。

"棉棉，我大概还要一个小时的样子，你可以先准备一下，我再回家接你。"

"不用那么麻烦，我去你单位找你吧，"她看了眼阳台外被粉色浸染的天空，"我走过去差不多要四十分钟。"

"走过来会累到你呀，"秦时远不情愿地说道，"你等我回去接你好不好？"

"不好。"赵无棉干脆地说道，"我就想走过去。"

"你要是想散步，等家宴结束我陪你——"

"我说了我现在就想出去走走。"赵无棉站起身，"到了地方我给你发微信。"说完，不等秦时远接话，她就挂了电话。

赵无棉依旧不愿意在傍晚时分走江边的路。她在右侧的小道上感受着风带来的桂花香，秋水明瑟，花草盈街。

赵无棉走到一半，便看到了路边停着的共享单车。于是她又骑着车来到目的地。

在到达市公安局时，时间还早，赵无棉把车停在一旁。她不想进秦时远单位里面，于是准备去附近再走走。

"嫂子？"一道男声叫住了她，"是来找远哥的吗？"

赵无棉抬头，是秦时远的发小儿周淼，他拿着手机对着耳朵，好像正在打电话。

"周主任。"她颔首笑了笑。

"我正跟他说话呢！"周淼又忙对着电话说道："远哥，嫂子来了。"

赵无棉闻言，笑容又不知不觉地消失了。

"好的，我知道了。"周淼挂了电话，又对她说道，"远哥马上就忙完，我先带你去他办公室等着。"

赵无棉只得跟着他往局里走。

这是赵无棉第二次来秦时远的办公室,第一次是她新婚时给大晚上加班的丈夫送饭,当时秦时远只是淡淡地说了声"谢谢"和几句应付的话,就再没有留她的意思了。

赵无棉走进不陌生也不熟悉的办公室,转身客气地对周淼说道:"我在这儿坐着就行,你去忙吧。"

周淼点点头:"那我先走了,有空去我们家玩哈!"

赵无棉目送周淼离开后,正想坐在一旁的小沙发上,却无意间瞥到了秦时远办公桌上的一个相框,相框里似乎是一张小女孩儿的照片。她疑惑地走上前,见照片中的女孩儿四岁左右,双手抱着一只大大的兔子玩偶,正对着照片外的人灿烂地大笑。

赵无棉怔看了好一会儿,脑子才慢慢反应过来这是她小时候的照片。她感到莫名其妙,心中五味杂陈。

"棉棉?"熟悉的低音从她身后传来,"对不起,我才忙完。"

赵无棉没有回头。

秦时远走到她身边,顺着她的目光看向相框。

"这……我……"他有些惊慌失措,上前一步挡住了赵无棉的视线。

"你从哪儿找来的这张照片?"赵无棉平静地问。

"上次,妈送给我的。"他低下头,睫毛顺着上眼皮微微抖动。

"你放办公室干吗?"她又问。

"我就是……我挺喜欢这张照片的。平时上班又看不到你,我就……放在这儿了……"秦时远有些语无伦次,"我们俩都没有合照……我也找不到你的照片……"说着,他无力地眨了下眼,"之前没跟你照过,现在你也不愿意跟我照了。"

赵无棉沉默了一会儿,又说道:"我不喜欢照相,你也不喜欢吧?"

"嗯……但我想和你——"

"今晚去哪个饭店?"她打断道。

秦时远抬起头:"爸爸刚给我发了定位,我看看。"

两人来到酒店门口时,赵无棉挑挑眉:"去年也是这家。"

秦时远的眼神随着她的话顿了一下。

也像去年一样，秦家的成员已经到齐了。秦时远牵着妻子走进包厢，第一件事就是对姑父和二叔打招呼。

大家都看向他俩，赵无棉淡然地撑着笑脸。

"棉棉来啦？"秦母招呼道，"你们两个怎么又这么晚才到？"

"我今天临时加班，真不好意思！"秦时远抱歉道，"待会儿一定自罚三杯。"

长辈们纷纷笑了起来，秦慧扫了眼他紧攥着妻子的手，也说道："先坐下来吧。棉棉过来跟我坐，我们不喝酒。你们男人等会儿要一醉方休，都坐近点儿。"

赵无棉闻言便点点头，挣脱秦时远的手，坐在秦慧身边。

秦时远也跟着她走了过去，拉开了她左边的凳子："我坐这儿也一样。"

秦父皱起了眉。

"你去跟哥哥他们坐，离你叔叔伯伯们也近，你不是说要自罚酒吗？"

姑姑也打量着他："时远，去年我就坐在棉棉旁边，今年啊，我们两个还要坐一起呢。"

赵无棉对着姑姑笑了一下。

秦时远见状只好把位置让给了姑姑，自己坐到堂哥秦帆身旁。

人都已到齐，服务员开始陆陆续续地上菜。秦慧拿了三小瓶橙汁，分给了赵无棉和姑姑。

赵无棉说了声"谢谢"，刚想拧开瓶盖，就听秦时远在对面说道："橙汁是不是凉的？"

秦慧笑道："怎么，你也想喝啊？你得喝酒哦！"

"棉棉胃不好，要少喝凉的呀。"他对秦慧说道，接着又拽住一旁上菜的服务员，指了一下赵无棉，"您好，能帮忙把她的橙汁热一下吗？把饮料放热水里泡一会儿就行。"

服务员把菜摆上餐桌，走过来，拿走了她手中的橙汁。

餐桌上的人都看向了赵无棉，惹得她瞬间面红耳赤。

姑姑笑了笑，又朝服务员要了杯热水："你先喝水。"

大伯也笑道："行了，大家都饿了。同志们，开动吧？"

餐桌上热闹起来，姑姑和堂姐都为赵无棉夹了菜，她道了谢就慢吞吞地吃起来。

"一换季秦帆就感冒，"堂嫂说道，"今年也是，我让他不要贪凉，他也不听，每天就恨不得站在那空调下面吹。"

秦帆无奈地笑笑："本来今天还想跟你们对酒当歌呢。今天的酒挺好啊！"

"那也是你没口福。"大伯抿了口酒，"今天我们几个老人家只能试着把时远喝趴下了。"

"哎，我儿子虽然平时不喝酒，但他酒量可不差。"秦母反驳道，"谁把谁喝趴下还不一定呢。"

秦时远端起酒杯——向叔叔伯伯们敬完酒，又为他们蓄满杯中酒。

"是吗？他平时不喜欢喝酒？"秦慧笑着问秦母，又看向赵无棉："小赵，他平时有没有醉醺醺地回过家？"

赵无棉刚磨磨蹭蹭地咽下一口菜，突然被搭话，差点儿被呛到："呃……没有，他挺好的。"

服务员把热过的橙汁放在赵无棉面前。

"谢谢。"她小声说道，

"小赵怎么看着瘦了不少？"二叔母忽然说道，"我记得你之前是小圆脸呢。"

"哦，我……年纪大了嘛，"她尴尬地说，"胶原蛋白流失了。"

"得了吧，你还是个孩子模样呢。"堂嫂在一旁笑道，"不过你头发长了不少啊。"

秦慧的小儿子长高了许多，五岁的男孩子正是皮的时候，他从妈妈身旁的椅子上跳下来，跑到赵无棉身旁。

"小舅妈，我换了个新魔方，"他稚嫩地大声说道，"你帮我把它转好吧！"

赵无棉微怔："哦，好的。"

"吃完饭再玩！"秦慧笑着问道，"你为什么让小舅妈帮你转魔方？"

"去年就是她帮我转好的呀！"

赵无棉听他这么说，似乎有些印象。去年中秋家宴，大家酒足饭饱后在餐桌前聊天，赵无棉百无聊赖，只好和这个小外甥一起玩。

秦时远看着赵无棉和小外甥对视的画面，眼里也生出了温存和期盼。

"你记性倒挺好。"秦母对着小男孩儿笑道，接着目光又转向赵无棉：

"棉棉,你们准备什么时候要孩子?哎,我好像去年就问过了。"

大家都笑了。

"我们不急。"秦时远忙替她说道,"是我觉得自己这几年太忙,还不急着要孩子。"

"哦哟,你都多大年纪了,你还不急?"秦母不以为然地说,"再说了,你不为棉棉想想啊?女人年纪越大,产后恢复越慢的!"

秦时远点头道:"好,知道了。"

"问你你就说,知道了,再看。"秦母不高兴道,"不靠谱!"

"棉棉自己想不想快点儿要孩子啊?"姑姑问道。

赵无棉牵强地笑了一下。

"我……我都行。"

秦父抿了口酒,对儿子说道:"你看,棉棉也是想要的!"

秦时远把她笑得勉强的脸看在眼里,他低落地垂下目光,又迅速扬起嘴角:"是,我们尽快。"

赵无棉坐在秦家人中间,心不在焉。她慢吞吞地停下筷子,往右面的窗外看去。

去年中秋也如这般。今夜清光似往年。

一轮明月点缀着江心,桂花香从窗户飘进来。

人闲桂花落,吹断月中香。

家宴结束,秦时远的酒量敌不过几个长辈,他起身时已经有些站不稳了。

"我送他们俩回去吧。"秦帆扶住他。

堂嫂欣然同意:"行,我开车和孩子先回家,你开时远的车。我们两家顺路,你到时候走回来或者打车回来都行。"

赵无棉和秦帆一同扶住秦时远,把酩酊大醉的他推进了车后座。

"麻烦你了。"赵无棉把车钥匙递给了秦帆。

"别客气。"

车子在路灯和月光下前进,秦时远靠倒在妻子身上。

"棉棉。"他闷声叫道,"棉棉,棉棉。棉棉……"

赵无棉蹙起眉头,又看了眼前排驾驶座上的秦帆。

"我在这儿,别叫了。"她对身旁的人说道,"马上就到家了。"

秦帆轻笑了一声。

"我都不知道你们俩感情这么好呢。"他悠悠说道,"平时见你比较少,有空多来我家坐坐啊。"

赵无棉尴尬地回道:"好的,一定。"

到了楼下,秦帆又下车开了后座的车门,把秦时远连拉带拽地拖了下来。

"你说你喝这么多干吗。"秦帆搀住他。

好不容易进了家门,赵无棉为兄弟俩倒了杯水。见秦时远已经靠在沙发上,她把水递给了秦帆:"真谢谢你了,喝点儿水吧。"

秦帆看着秦时远闭着眼瘫在沙发上,接过水,一饮而尽。

赵无棉把秦帆送到门口,正准备开口告别,他忽然转过身站定。

"棉棉,对他好点儿,他也不容易。"

楼道里的两盏灯坏了一盏,只剩下两人头顶前方的那盏发着不明不暗的光。

赵无棉结婚两年,今晚是第一次听到秦家人叫她小名。

"今天谢谢哥哥了,有空带孩子来我们家玩。"她心平气和地说。

秦帆叹了口气,转身走入电梯。

赵无棉看着电梯门关上,转身进了家门。

秦时远听到关门声,睁开了双眼。

"你早点儿睡吧。"她站在他面前,"我扶你进去?"

秦时远抬头看着她。

"我们没办过婚礼,"他有些口齿不清地说道,"也没有拍过婚纱照,我们还说好一起去旅行呢……"

"所以呢,"赵无棉平静地问,"你不是不想做这些事吗?"

"我想。我们……重新来一遍……"他挣扎着想站起来,但是没成功,"我想看你为我穿婚纱。"

赵无棉看着他想起身又没力气的样子,没有伸手相助,依然静静地站在他面前。

"有必要吗?"她平和地说,"我不在意这些。"

秦时远伸出右手,想要把她拉到自己身边。

260

赵无棉躲开了他的手,坐在一旁的另一张沙发上。

"棉棉……"他拼命挣扎起来,踉跄地扑到她面前,"我们要个孩子吧……"

赵无棉静静地看着他跪倒在自己面前,也不肯伸手去扶。

"好啊,要吧。"她漠然说道。

秦时远双手趴在她膝盖上,仰头望着她的脸。

两人对视了片刻,赵无棉又说道:"你去睡吧。"

秦时远轻轻歪了一下头,身子没动弹,眼睛依旧看着她。

赵无棉刚进门时关了刺眼的大灯,只开了盏小灯,她此时坐在沙发上,回视着眼前人的目光。

屋内昏暗的灯光不及窗外如水又明亮的月光,赵无棉看着月光和灯光下秦时远刚毅的脸——这一年的时间,他似乎苍老了很多。

"棉棉,你能把心收回来吗?"

"什么?"她怔了一下。

"把心收回来。"两行泪忽然从他眼中滑落,"忘了他吧。棉棉,忘了他。"

赵无棉的眼光倏然变冷。

"你没完了,是吗?"她冷冷地问道。

秦时远跪在地上,睁着泪眼乞求道:"你忘了他,我们好好过日子。"

赵无棉推开他的双手,站起身来:"我一直在跟你好好过日子。"

秦时远双手落了空,他身子一斜,瘫在沙发前的地毯上。

"你没有。"他低声哽咽,"我都找不到你的心。"

赵无棉走到窗台边。她推开窗户,望着中秋的明月。月光流入窗内,洒在她身上。

唤起一天明月,照我满怀冰雪。

秦时远在她身后喃喃自语。

"他有什么好的?他有什么好?"

屋内安静了一会儿,赵无棉又听到他问:"你在看什么?你不愿意看我一眼吗?"

"看月亮。"她轻声回道,"此生此夜不长好,明月明年何处看啊……"

"月亮……"秦时远呆滞地重复道,"我以后每年都能和你看月亮……吗?"

年年此夜，华灯盛照，人月圆时。

"你今天对着佛神许了什么愿？"秦时远自顾自地说道，"我跪在佛前，心里默念了三遍'但愿人长久'。但愿人长久。但愿人长久。我很虔诚的。佛会听到吗？"

赵无棉望着月光下的观澜江和南厄山。

山辉川媚，时和岁稔。

她自是记得自己在佛前默念的话语。

"愿援藏医生步步灿然，岁岁平安。"

金轮高挂在夜空，那皓彩素晖洒向人间，沐浴着鹊笑鸠舞，包裹住酒酽春浓。

愿逐月华流照君。

玉轮清晖不减，它俯瞰着江心市，又高照着宛东下的县城，也散落在偏远的西藏自治区。

天涯共此时，千里共婵娟。

后记

祝愿诸君所爱皆所得。

"我们以为贫穷就是饥饿、衣不蔽体和没有房屋，然而最大的贫穷是不被需要、没有爱和不被关心。"

罗翔老师说："很少有哪个词像'爱'一样被庸俗对待，但是爱是可以承载真正的严肃和崇高的。我们爱，因为我们匮乏；我们爱，因为我们希望超越每日的锱铢必较。……我们在爱人身上放弃了自我，又发现了自我，因为我们回忆起我们原初的美好，回忆起我们的过去，并且盼望我们的将来，我们希望重塑我们的自我。"

赵无棉的故事结束了，我们的生活还要继续。

"人生海海，山山而川，不过尔尔。"

感谢各位听我絮叨完这冗长又拖沓的"十四句"。祝愿诸君所爱皆所得。

番外一　此水几时休

在我见到他的第一眼，
就像第一次看到江心的春天。

宛东的秋天是奔放的。

在我幼时，这儿的经济还不发达，是个没有评上"贫困县"的贫困县。每当放假的时候，爸爸会骑着摩托车载着我和表哥从县城驶往乡村。我坐在后座，放眼望去，大片油菜花的色彩随着路上飞扬的灰尘一齐扑向我的双眼，我的右手抬起又放下，弥漫在我眼中的是蝶为其舞的袭人灿灿。

后来，我走出宛东，见识到了江心的四季，那儿的美含蓄也蓬勃，温柔又盎然。

宛东县在长江下游北岸。我自幼怕水，却总爱缠着爸爸带我去望江。大江东去浪淘尽，三三两两渔夫撑着破旧的桨半弓着身子摇晃着渔船，离岸边的人越来越远。我看得眼馋，也想坐上那摇摇摆摆的小舟，去探索长江的波澜壮阔，去触摸水天一色的边界线。

"九八年这儿发大水，到处都在抗洪。你是坐过这船的。"爸爸拽着我的帽子不让我滑向前，"那时候你才点点大……"

"比我现在还小吗？"我双手扑腾着问。

"是的，比你现在还要小。"爸爸把我抱起来，笑意盈盈，"你妈妈说，你怕水就是那时候被吓得。"

等再长大一些,我背着粉色的小书包和阿秋手牵手走进教室,当然是在还没打铃的时候。有时快要迟到了,阿秋就会拽着慢吞吞的我,红着脸吼道:"你快一点儿!我不要罚站!"

早读课上,我捧着语文书和全班大声一起朗读"孤帆远影碧空尽,唯见长江天际流"。坐在我后桌的阿秋会偷偷踢我的凳子腿。

再大一些的时候,我和阿秋曾一起逃课,偷溜到江岸边,看着一望无际的江水,感受着涛澜汹涌、风云聚散。

后来我在江心市看到了和长江完全不一样的观澜江。观澜江碧波浩渺,江水粼粼,还有映月湖的琉璃千顷和杨柳丝丝。江心市美艳似画,又温婉如诗。

再后来,我在落日余晖下的观澜江畔与阿秋告别。我说,故山犹负平生约。

我在江心求学,又在江心定居,还嫁给了生长于江心的秦时远。在我见到他的第一眼,就像第一次看到江心的春天,百草权舆,万物明朗。

我是实实在在地喜欢过他的,我不确定有没有爱过他,我们之间美好的回忆未免太少了点儿,不是我追着他跑,就是他拽着我不放。爱情绝不是这样的。

阿秋质疑过我们的年龄差,我那时信誓旦旦地说,这根本不是什么问题。其实现在想来,横在我们中间的问题不少,而年龄差确实是最小的一个。

时远对我总是不冷不热的,婚后倒是好了些。但当我牵着他的手叽叽喳喳地制造话题时,他便挣脱开,然后皱着眉头拍拍我的肩膀,沉着地说道:"棉棉,你安静点儿。"

我喜欢听他低沉的声音叫我的小名,很温暖。于是我不恼,安静下来待在他身边。当他不在我身前时,我就手机不离手,隔一小段时间就给他发一到两条微信。他回得少,我一开始还心急,后来也就习惯了,我会耐心等待他不咸不淡的回话。

我始终相信爱是可以培养出来的,他愿意娶我,就是对我曾经那一眼倾心最好的回复。

我搬进那套新房时有些不习惯,那套婚房装修得冷冷清清,客厅的大灯倒是亮得刺眼。每晚进家门时,我总想着在黑暗中摸索着先开小灯。还有沙发上灰色的抱枕和卧室深色的床单被套,和我自己家卧室里卡通的床单和堆满玩偶的沙发都截然不同。我始终不敢也不好意思问我的丈夫:"我们的婚房可以换颜色吗?"其实问一句也没什么,但我面对他时就是说不出口。我怕他嫌我幼稚。

我当然幼稚,妈妈说我是娇生惯养长大的,妈妈还说我总是长不大。

不过也要谢谢我的丈夫,他让我一夜之间长大,在那个花好月圆的中秋夜。

我们新婚时,时远经常加班。他一般都会让我先睡,但我不愿意,我就想等他。在他回到家的第一时间,我就兴冲冲地抱住他,我想让这个满身凉意的人能在回家的第一瞬间就被温暖包裹。他刚开始还蛮惊讶地问:"你还没睡啊?"然后也笑着接住我,心情好时会顺手摸摸我的头,心情不好时就拍拍我的背,然后把我推开。好在那一年是他的事业上升期,大部分时间他心情好。

我以为夫妻二人只要同床共寝就能举案齐眉,我们从不吵架就能白首同归。那一年的婚姻中,我都沉浸在自己编织的梦里,我和我的丈夫鸾凤和鸣,松萝共倚。

我倒是忘了一个关键词——相敬如宾。

既是夫妻,为何要如宾?

说实话,他从未真正冷落过我,他也在尽丈夫的职责。他对我的关心虽然永远不及时,但从未落下过。

比如我不舒服时,他就算再忙也会打个电话问候,虽然只是平淡地问几句话,但我确实没什么大事。只有一次,我痛经得厉害,想打电话告诉他回来时记得买盒布洛芬,他加班忙到没有接电话,于是我发了微信和短信。但让我失望的是他仍然忘记了这件事。他回到家时,我撑起身子和他四目相对,看到他愣神的双眼流露出的歉意,我忽然委屈得湿了眼眶。我什么也没说,我清楚他也不是故意的,而且我从未和他发过脾气。但我就是难受。

时远在那晚少有地主动拥抱了我,然后马上出门为我买药。在那一瞬间,我的难过与小小的不满随即消散。

其实,在我们第一年的婚姻生活中,我委屈的时候不少,可最让我印象深刻的还是这件事,不是因为他忘了买药,而是因为在不久之后我无意中得知那晚不仅是我的生理期,也是何静回江心的日子。

宋宁在江心安顿好后,何静也随夫回到了她的家乡。所以当时我的丈夫满心想的大抵都是他曾经的爱人,从而忘了等他回家的我。

时远是优秀的,他样样都比我强。

我曾独自咽下一次又一次失败的饭菜,把最后成功的佳肴装进便当盒,精心打扮后提着饭盒去他的单位。他没有接我的电话,我也不知道他的办公室具体在哪儿。公安局不是谁都能闯进去的,我尴尬地拿着手机对门口站得笔挺也忍不住向我投来好奇目光的安保人员说:"我可以站在这儿等一下吧?"

还好遇到了准备回家的周淼,他是时远的发小儿,恐怕也是时远同事中少有的几个见过我的人之一。他把我带到了恢宏大楼内,为我指了路。我看着大厅中的长廊,想到时远看到我和吃到我做的食物后露出的笑容,竟抑制着自己欣喜又紧张的情绪,敲了下他的办公室门,又推开。

时远在看到我时确实是惊讶的,但好像只有惊讶,没有过多的表情。他接过我手中的保温盒,淡淡地说了句"谢谢",又说了几句应付我的话,我不记得了。我看着他淡然的表情,又想看他尝一尝我费了些劲才敢放入食盒的菜。可是他好像很忙,双眼紧盯着电脑,整理着繁杂的文件。我想,他实在太忙了,没有和我温存的意思,我也该懂事些,于是便主动离开了。

我关上他办公室的门时,说不难过是假的,那时我们新婚宴尔,其实我很想抱抱他,在他耳边说想他。

我走在公安局冰冷的长廊中,心想,我拥有那么优秀的丈夫,应当懂事,应当温柔,应当贤惠,应当感恩。

后来我对当时的自己的想法有些不明就里,我要感恩什么?

在我的人生中,我始终该感恩的都是父母、朋友和我自己。

我和时远差了九岁,我喜欢的东西,他都不喜欢。我是看着迪士尼的电影长大的,上海迪士尼刚开业时,我兴奋地摇着他的手又蹦又跳,他嘴角虽挂着笑,眼里却只有揶揄:"小孩子才喜欢吧?"于是我不好意思再邀他陪同。

在我生日那天,阿秋陪我去了迪士尼。我开心地买了一对玩偶,是《玩具总动员》里的胡迪和翠丝,他们曾陪我度过美好的童年。我想,我的丈夫大概不会感兴趣,但还是满怀期待地捧着这两个我童年梦里的主角来到他面前。他听了我说出的天马行空的故事,似乎想忍耐,但又实在忍耐不了:"你多大了,幼不幼稚?"我哑然失笑,被他似笑非笑的眼光看得不好意思,我想,我确实有些幼稚。

我捡树叶是幼稚,爱吃糖葫芦是幼稚,我看到乐高玩具走不动路、在广场上和小朋友一起吹泡泡、对着漫天繁星编造梦境都是我幼稚。妈妈经常这么说我,那么我的丈夫这么想我也无可厚非。

可是我好像忘了一件事,妈妈说完我会给我买糖葫芦,会买好看的裙子让我下次去迪士尼穿,会在逛街时看到精致的玩偶就拍照发到微信上问我想不想要。

我在妈妈眼里永远是小孩。

而我在我丈夫眼里是个幼稚的大人。

可是时远他真的很优秀,我有再多的不愉快,在看到他时都会烟消云散。他对我挺好的,我想,是我做得还不够。我们是要过一辈子的。

我在我们婚后的第一个跨年夜买了一束向日葵送给他。他从未送过我花,那我就主动送给他,反正我们之间都是我在主动。我们第一次拥抱和第一次亲吻都是我主动,那么送束花又怎样呢,反正是我喜欢他。

时远单手接过我的花,带着我回了他家。在楼梯间,我们碰上了对门的那户人家。一个老妇人正领着她的小孙女出门,那小姑娘扎着辫子,很是可爱。她看到时远手中的向日葵,开心地指着花笑。

"这是向日葵。"老妇人笑着教她说道。

小女孩儿踮着脚想够那束花。

时远犹豫了一下,把花递给了她。

"好了,摸摸就行了,还给叔叔。"老妇人拍了一下小女孩儿的头,又和我们寒暄道:"什么时候搬婚房去呀?"

"快了,年后就搬。"时远笑道。

"哦。"老妇人点点头,开始催促小女孩儿归还花束。

小姑娘当然不愿意,她紧握着花茎,嘟起了嘴。老妇人皱起了眉头。祖孙俩开始僵持不下。

时远犹豫了一下,开口道:"那她拿去玩吧,一束花而已。"

老妇人道了谢,领着小孙女走了。

我们俩默契地都没说什么,这束向日葵就这样与我们无缘了。真可惜,我送他的这份新年礼物没能留住。

如果是我,也会把花送给那个小女孩儿吧,一束花而已。

但是,如果他能在这几分钟里看我一眼,也许我会心甘情愿再跑出去买几束送给他。

是我矫情了。

还好我的矫情止于那个桂花飘香的中秋。我在那棵枝繁叶茂的梧桐树下听着我的丈夫诉衷情。

"何静,你后悔吗?"
"我要是没风度会把你让给他?"
"我跟她,只是合适罢了。"
"当初跟她交往时,我就害怕自己坚持不下去。"
"今天家宴,我也没去……我就想来看看你。"
我终于能正视压在我心底最深处的恐惧了——我的丈夫不爱我。
今夜清光似往年。
我的丈夫说他跟我只是合适罢了。
我们真的合适吗?我们有一千个一万个不合适的点,都被我主动磨平、掩盖。因为我想和他在一起,所以不合适也会变成合适。
在听到他的第一句话时,我脚底就生起了寒意,腿肚子和手指尖止不住地颤抖,泪已经模糊了双眼。好在路灯昏暗,我又站在那棵郁郁葱葱的梧桐树下,婆娑树影遮住了我平庸的脸、我懦弱的神情和我发抖的身体。即便何静向我走来,那树影也能很好地掩盖我无用的悲痛。但我的自卑好似从眼中溢出来了。她真的很漂亮。
我快速抹去眼泪,自卑也化为虚无。
我坐在无人的家中,清明的蟾光陪了我一夜。
我摘了戒指,删去了朋友圈和相册里的一张张照片。
即便很多年后,我也不愿去回想那一夜是如何度过的。
当时我紧攥手机,欲哭无泪。我坐在沙发上弓着背,手脚都在发麻,凌晨时分,好像还对着垃圾桶呕吐了两次。
还好不过是一夜,我就消化完了自己的情绪。其实,说是消化,不如说是强吞硬咽。
直到坠兔收光,我想通了。

日子总得过下去。我也习惯了在我们俩的婚姻中我总是自我消化的一方。我以为自己缓几天就能好,但没想到,我对时远的抗拒程度比我自己想的还要严重。

我开始后悔了，我该提离婚的。

好在我有出差任务，他又要去培训。那四个月简直是我最清静的时光。

也是我最快乐的时候，我毫不回避地想。那是因为我遇到了林衍。

那么好的林衍啊。

和他相处的那小半年，真是何似在人间。

他能记住我所有的喜好，他从不对我的幼稚嗤之以鼻，他温和得像初春的江心。

韶华如驶，我和林衍短暂地相知又分别，那是我前半生蹉跎的岁月中描绘完写意山水后的留白。

对于林衍，我对他做过此生最卑劣的事——我隐瞒了已婚的事实。我触犯了道德的底线，还差点儿把他拉下水。

那么干净的林衍。

时远在中秋那晚问我，林衍有什么好。

我站在窗边回过头看他。

我的丈夫想的是但愿人长久，我想的是天涯共此时。我们在同一片月光下，我早已与他离心。

过完中秋，我和他依旧维持着水波不兴却暗流涌动的日子。国庆长假，阿秋告诉我她要结婚了。时远坚持带着我回了宛东，这也是他第一次回我家。

10月，宛东的秋天是奔放的。

我一直看不透时远，我不明白他究竟想要什么。他前一天对何静念念不忘，隔一天就敢拉着我的衣角说爱我。我不相信他，他就死拽着我不放，甚至到后来拿我和林衍的那两张照片来要挟我。最后，林衍走了，我依旧困于这场荒唐又绝望的婚姻。

时远第一次来宛东，他很好奇地看着周遭与江心截然不同的小县城，他牵着我的手在爸妈的带领下左看右看，又问道："长江在哪儿？离这儿近吗？"

妈妈很喜欢他，依旧做了一桌子好吃的菜，依旧迁就他的江心胃。

我想，妈妈已经知道了什么。她支开了爸爸和时远，把我拉到了我小时候的卧室。

我看着卧室里兔八哥图案的窗帘和黑色的旧钢琴，还有书架上已经积灰的童话故事书,一晃眼,我都快三十了。

妈妈已然对我和时远的事了解了个大概。但我不清楚爸爸是怎么对她说的。

"你还跟他闹离婚没?"

我摇头。

有那两张照片,我就永远闹不起来。

"他对你好吗?"

我不知道怎么说,就只能沉默。

"应该是挺好的吧?"妈妈试探地问,"我看着觉得,他对你是真心的。"

"你前面受了委屈,我知道了。"妈妈双手握着茶杯,杯中是醇厚的江心茶,好像是时远刚给她泡的,"如果他一直这么对你,那我也支持你离婚。可是,棉棉啊,你的错更严重啊!"

我坐在窗边,秋天的暖阳令人燥热。

"时远其实也可以了,有几个男人能做到这样?知道你出轨了还愿意接纳你——"

"妈妈,不要把你的思想强扣在我心里。"

"你不听我的,以后也要后悔。"妈妈开始不高兴,"你还年轻,年轻人就是任性!"

"我有我的错。我不需要他来原谅我。"我也不高兴了,"他可以不原谅。"

"你们两个离婚,吃亏的是谁?还不是你?!"妈妈眉头紧锁,"女孩子跟男人是不一样的。你离婚了,嫁的只会一个不如一个!那你以后怎么办?"

"我的生活为什么非要和嫁得好挂钩?难道我的人生就只有结婚生子吗?"

妈妈气得重重地放下了杯子。

"不结婚生子,等你老了怎么办?那时候我们都不在了,谁来关心你、照顾你?我和你爸爸以后走了都不放心你!"

这句话让我有些控制不住眼泪。

"时远是个好孩子。"妈妈缓和了语气,她是心疼我的,"棉棉啊,你奶奶让我告诉你,婚姻的基础不是爱情,是责任和担当。你不要陷在死胡同里走不出来了。人这辈子,还长得很哪……"

我知道,妈妈的想法也是爸爸和奶奶的想法。他们是最爱我的亲人。在我

271

的人生路上，一切都离不开他们的支持，唯独对这场婚姻，他们集体反对我的想法。

阿秋告诉我她要结婚时，我嫌高铁不够快，恨不得立刻飞到她身边。
"你和他才认识多久就要结婚？"我实在不可置信，"殷鉴不远，我的教训还不够你看的？"
"嗯……我们认识很久了……"阿秋有些不好意思，"大二的时候，我谈过一个不同系的老乡，我跟你说过的，不知道你还记不记得。"
我有些印象，随即反应过来。
阿秋陪伴和参与了我的前半生，除了大学那四年，我们不在一座城市。
"相亲那天看到是他，我俩对视的第一眼就都笑了。"
"你不早说，我白操心了。"我放下心来，"那也可以多谈段时间吧，非得这么快结婚吗？"
阿秋不以为然地挑挑眉，又转移话题："你和他怎么样？"
"就那样。"
"棉棉，我觉得，你不要太拧巴了。"
我停下脚步。
"既然你跟林医生已经不可能，为什么不放过自己呢？我到现在也不喜欢秦时远，但这段时间他对你已经可以了。"
"阿秋，你也这么觉得？"
"是的，"她点头，"我觉得，你是不是太倔了点儿？他是有错，但他的错和你的比……也是小巫见大巫了。"
我忽然委屈到不行。
"如果……如果他对我好一点儿，我就不会去医院，我就不会遇到林衍。如果他能有一次回应我的欢喜，我也不会在面对林衍时爱上他……如果我当时有幸福的婚姻，如果我有爱人的话……"
"是，这个我知道——"
"你不知道，"我打断她，"……你怎么会不知道？我的所有经历，你是最清楚的一个，你是最了解我的。可是你现在也这么说我。"
阿秋不再说话。我们又陷入了沉默。
"连你也这么说我，看来真的是我的问题。"我又说，"你也觉得是我不知好歹，是吗？"

"我没有这么说。"阿秋面对着阳光，"我问你，你愿意辞了你现在的工作，随林医生去西藏吗？"

我没吭声。

"我想，你不会。我自认为还算了解你。好不容易考来的工作，又有不错的生活，我想，你是安时处顺的。那么林衍会为了你做什么吗？好像也没有。"阿秋摊了摊双手，"大家都是成年人——"

"阿秋，我们说偏了。关于我的婚姻问题，不应该扯上林衍。"

"当然跟他有关系。你们中间横着一个他。"

"是，我遇上他之后就不想再维持自己的婚姻了，即便我心里清楚我们两个根本没可能。但是我不爱时远了，我们婚姻的问题在这儿，我们两个之间没有爱。"

阿秋停了半晌，又问："婚姻的基础是爱吗？"

"不是，是责任和担当。我妈已经说过了。"

"我同意阿姨说的。"

我深知，我的家人和朋友们劝导我的出发点都是为了我，而不是为了秦时远。他们想让我过得好。

奶奶的身体恢复得很不错，时远陪她散完步，又自告奋勇要去做晚饭，让我陪奶奶去客厅聊天。此时天还未黑，我透过低矮的窗看向院子里的邻居们，北窗高卧，怡然自得。

其实小县城的生活也很不错。

奶奶又看了眼在厨房忙碌的时远，笑眯眯地问我："你们两个人现在还好吧？"

我坐在一旁按着遥控器。

"您应该问过他了吧？他又是怎么说的？"

"时远说，你们挺好的，就是他还不太会照顾你，一直让我说你小时候的事，还问你喜欢吃什么别的菜。"

我没想到他会这么说，一时哑然。

"时远对你是真心的。"

"您之前说过了，我知道了。"

"嫌我烦啊？"奶奶摸着我的手，"我老了，你爸妈也老了。不知道再过几年，我能不能抱上重孙子。"

我没再说话，奶奶就一直踮着脚轻轻地摇着摇椅。

"这日子啊，怎么过都是过。我最大的心愿呢，就是你和无悔能过得好，过得开心。"

我望向厨房里忙碌的背影。

"你明天可以睡懒觉了，"我听到奶奶说，"时远非要明早跟我学做糖葫芦，他说外面卖的不干净，到时候你又闹肚子。"

晚饭做好，我看着时远随意地擦了把额头上的汗珠，然后快速洗完手坐到了我身边。

我的手边多出一杯花里胡哨的奶茶，杯身的图案好像有些眼熟。

"昨晚我看你一直盯着那家店门口放的饮料，刚刚就顺手买回来了。"他替我插好吸管，"少喝点儿，多吃菜。"

听他这么一说，我有些印象。马路边新开了家奶茶店，年轻人们纷纷拥在门口，我不过是看人多，所以多望了两眼。

"奶奶，明天可以再教我做粉蒸排骨吗？"他又问，"妈说棉棉只爱吃您做的。您用了什么调料？"

"无悔也爱吃我做的，"奶奶慈爱地笑着，"明天我做给你看，跟外面的可不一样呢。"

我和家人们说晚上要去见一个同学，然后独自来到长江畔。

这些年，我时常观望月下的观澜江，但很少看到夜晚的长江。

我始终不明白我的婚姻到底是如何维持的，我也不懂为什么时远的态度能转变得如此大。

既然离不了婚，我终究是要和他走下去的。那么，在之后的漫漫人生路上，我们俩对对方的感情态度是否又会再次转换？

我会被他持之以恒的温情打动，他会对我长久的冷漠生厌，然后我们又开始新的纠缠与不甘。

江畔何人初见月？江月何年初照人？

"不要在个别的人和事上寄托太多的希望，否则人迟早会失望。因为人和事的有限性，根本无法承受我们对无限希望的期待。"

我不知道未来的路,只能无数次抬头望月。

月有倦时落栖枝。

我的人生没有结局,我的故事就止于此。

国庆假期结束前一天,我再次独自来到长江北岸。

时隔一年,我回到养育了我的宛东县,立于奔腾不息的长江边。我想起江二医院的展现墙内林衍写的话。

"观澜水不休,我心永不已。"

我生长于长江边,常听到人们在劳碌时欢快地哼着一首悲伤的歌曲。

"我住长江头,君住长江尾……此水几时休,此恨何时已。"

或许再过几年我会淡忘与林衍有关的回忆,我所有的惆怅与遗憾都将消逝于滔滔不绝的江水中,分散在居诸不息的岁月长河里。又或许再过个十年二十年,在星奔川骛中,我会再度怀疑脑中那模糊的记忆。

林衍是否真实存在过?他是否只是当时年轻的我困在风雨如晦的婚姻中惟日为岁,从而心生出的一个幻想?

六岁时我站在长江边,看到的是大江东去,奔流不止。

如今我又望向长江,天低吴楚,眼空无物。

番外二　此恨何时已

◗ 我用什么才能留住你？

江心的秋天是内敛的。

秋色老梧桐，焜黄华叶衰。只有玉轮高挂的时候，我看向窗外的观澜江，方能察觉到湖光秋月两相和的景围绕在我身边。

我太太总说，江城如画里。我却不以为然，江心再美，却不敌南州繁华、兴盛。

年轻时的我向往八街九陌的省城，也不知是真的喜爱这座城市还是被何静刺激的。

那时她一双秋水盈盈的眸子看着我，冷静地说："时远，实在抱歉。人都要往高处走，他能给我我想要的，我也是真的喜欢上他了。"

我拉不下脸挽留，装作不屑又随意的样子："可以理解，你走吧。"

我无数次在夜里想到她，既难过又不甘，我不承认自己比宋宁差多少，他不过是资历比我深而已。何静真是不会看人。

我从未受过这种打击，当所有人都说我跟她般配，所有人都在祝福我们，当我自以为我们就这样过一辈子的时候，她遇到了宋宁，然后头也不回地跟着宋宁走了。

我在父母为我们的将来准备的新房中，狠狠地砸碎了柜子上的花瓶，那是何静跟我一起挑的。

她说人都要往高处走,所以她选择了能让她一蹴而就的宋宁,抛弃了刚毕业不久又拒绝家庭帮助的我。

那就随她去吧,我不会挽留,也不会改变自己的想法。我憋着一口气,夙夜匪懈,力争上游,拼命地想证明我自己。

好在久坐地厚,短短几年,我争得了自己想要的位置。

但其实这已经是我的极限,我仍旧比不上宋宁。何静早就嫁给了他,调到了她一直想去的机构任职。

我时常在想,何静会后悔吗?或许她会在某一天想起我们的曾经,然后想起我的好,说不定她早就想回头。

我又问自己,如果她回头,我会原谅她吗?

"当然不会。"我又暗自否认。

可惜事情从未按照我预期的发展,宋宁在南州顺风顺水,而我对何静的不甘却与日俱增。她给我的打击实在太大,我从小到大都是优秀的,没有人能让我如此充满挫败感。

我的父母已经没有耐心了,我每天扑在工作上,再也没有倾心过哪个女孩儿。一晃几年过去,我的年龄成了他们口中常常提起的数字。

家里开始给我介绍相亲对象。一开始我也见过几个,说实话,她们的条件都很好,而在我不经意地拿她们跟何静比时,心里就不再有继续接触下去的欲望。那些女孩儿在看出我的冷淡后,自然也就没了兴致。就这样,我一拖再拖。

我的母亲终于在一天发了火,说我今年若再不能领个女朋友回家,以后也不必再进家门。

其实这句话她说过好几次,只是这一次她是真的动了怒。

没办法,我又无奈地应了舅舅的邀请,在一个周五的下午去往老干部局的文艺中心。

那天老干部局开满了茉莉花,我磨磨蹭蹭地进了那间办公室。舅舅说那个女孩儿还在音乐厅排练。

我对舅舅这次介绍的女孩儿并没什么兴趣,她才二十六岁,比我小了那么多。但迫于母亲昨晚的火气,我只能过来应付。

我靠在窗前的椅子上,暖阳把我照得有些热。我心生出些不耐烦,刚想站起来出去走走,一个短发小姑娘蹦蹦跳跳地闯进来。
　　她背对着光,我没有第一时间看清她的脸,只闻到了一缕缕茉莉香。
　　舅舅似乎很喜欢她,笑着拍拍她的胳膊,又使了个眼色示意我。
　　我礼貌地站起来,看清了她的脸。
　　太年轻了,就是个小孩儿。
　　她见到我的第一眼脸就红了,我倒没什么感触,只想着应付几句话,也好回去报告给母亲。
　　我站在老干部局盈盈满枝头的院子里,满眼都是素洁的白,鼻尖充斥着怡人的清芬。我随意地拨弄着垂下来的花朵,她呆呆地看着我,左手也跟着抬起来抓了一条花枝。
　　我瞥见了她手腕左侧的一颗褐色痣。
　　点点银花在她轻捏着的枝叶上摇曳。
　　我的父母在听到舅舅介绍她的条件后,倒也没有催促我去和她聊天、约会。确实,和之前的相亲对象比,她的各方面条件都要稍逊一筹。
　　我对小姑娘依旧没什么兴致,在冷冷淡淡地回应她的热情后,家人又给我塞了几个女孩儿。
　　我好像对谁都没有感觉。
　　母亲越来越恼怒,连一向沉稳的父亲都开始沉不住气。
　　在一天夜晚,他单独把我拉出去散步。
　　"你还忘不了何静,是吗?"父亲紧皱着眉头,"你妈妈愁得头发都白了好多。你以后要怎么办?就准备孤孤单单地过下去了?"
　　"没有。"我矢口否认,"以前的事早就忘了,跟以前的人也没关系。"
　　母亲开始没事找事地挑我的刺儿。
　　"你还回来吃什么饭?在单位吃完就好啦!这么大还不成家,不知道外面怎么说你哦!我和你爸爸也跟着丢脸!"
　　面对母亲无端的指责,我从来都是默不作声。但不过一周,我就忍不住了。
　　我并不打算一辈子都孤孤单单下去,我终究是要成家的。
　　"就在年前,你必须给我领个人回来!"
　　我麻木地点开微信。
　　我第一个想到的就是赵无棉。她是喜欢我的,我能感受到。

母亲曾问我，为什么是赵无棉。

我反问："她不好吗？你不满意吗？"

母亲不以为然："小姑娘嘛，蛮好的，就是各方面条件吧，都一般般的。不过，她对你确实是真心真意的。你们两个能把日子过好就行，我以后也不操心你了。"

她甚至开始催促我们的婚事。

"要是觉得都差不多了，就把事定下来好了，别又拖个几年的，最后还是没结果。"

这件事，我倒是没反对。虽然我自认为没那么喜欢她，但我的年纪确实拖不起了。

赵无棉对我实在是热情，好像我怎么都推不开她一样，每次约会，我像是例行公事，她永远满怀热忱。

小年轻就是活泼。我有时觉得她吵，有时又觉得我们俩很合适。

我向她提出结婚时，她第一次沉默了。

我一直觉得我们俩是有缘分的，其实在相亲之前我见过她一次。

那时刚跟何静分手，我已经颓废了三天，又恰逢小长假，我没刮胡子也没理发，就这么邋里邋遢地在观澜江边瞎走。

我已经如此颓丧了，来江边只是想散散心。正当我沉浸在自己的消沉中，一个踩着滑板的女孩儿飞快地向我撞过来。

她右手还拿着杯喝了一半的饮料，在撞到我时，吸管滑落在地上，橙色的果汁洒了一地，弄脏了我胸前的衣领。好在我快速接住了她，才令她安然无恙。

女孩儿自己也吓到了，她的左手下意识地紧紧地拽着我的衣领。晚霞的余光下，我看到她白皙手腕上有一颗明晰的褐色痣。

她反应过来后，胆怯地看了我一眼。我只记得她吓得长长的睫毛一直在抖动。

"对不起，我不是故意的，对不起……"大概是被我萎靡的脸吓到了，她抖着睫毛拼命地向我鞠躬道歉，黑色的短发被江风吹得凌乱。

我从心底冒出的火气也随之散去。

"没事。"我低沉地说道，随即看到她的卫衣上绣着江心师范大学的校徽。

我就算有再大的火，又怎能冲一个学生发呢？

"我帮您擦……"她慌乱地用干净的左手擦我的衣领。

我拽住她的手腕，食指触碰到了那颗痣。

"不必。"我放开手。

"我陪您一件……都是我的错，是我全责！"

"不用。你走吧。"我的声音很嘶哑。我想，我的嗓音和容貌都吓到了她。

她小心翼翼地又看了我一眼，眼里的慌张并未完全散去。

"那我……我真走了……实在抱歉。"

我点头。

"谢谢叔叔！"她又鞠躬。

我心头的火实实在在地冲了出来。

"你叫谁'叔叔'？"

她稚嫩的脸在夕阳下惊慌失措。

"对不起，哥哥！我近视，我真的没看清！您别生气！"

我忘了棉棉是如何忽然间答应和我领证结婚的。对于结婚，她一直不置可否。直到我见过她父母的那天晚上，她抱住我的胳膊，踮着脚主动吻了一下我的嘴角。

我有些惊讶，又瞥见月光下她笑着眯起的眼，很像观澜江水中映着的那眉弯月。

年末那天，棉棉远远地扬着一束大大的向日葵对着我傻笑。晚霞行千里，我看着她永远热诚洋溢的脸，又想起很久之前在观澜江畔她踩着花里胡哨的小滑板惊愕失色的样子。

娶个小孩儿也挺好，她心思单纯，冲过来抱我的时候总能笑得无比灿烂。

棉棉说向日葵是送给我的。我就这样收到了人生中的第一束花。男人收到花应该很奇怪。我从前给何静送过一次，在此之前也给妈妈送过花，还给老师送过花。但从来没有人送过我一束花。

淡淡的欣喜在我心中飘荡，只可惜我还没来得及带回家，那束向日葵就被对门的小女孩儿拿走了。我不好意思拒绝一个小孩子，也不好意思看向我身后的送花人，只能装作一副无所谓的样子。

我的婚姻生活一直很平淡，但是棉棉总能不经意地为我创造一些惊喜。我对一些节日并没有什么仪式感，而她会在我回家时在客厅里放上小夜灯，在我呼唤她的名字时从阳台上探出头，然后吹出一连串的泡泡；在我生日那天，我下班回到家，发现餐厅里放满了气球，她捧着自己做的花花绿绿的蛋糕，又在上面插满蜡烛逼着我许愿，我许完愿睁开眼，又猝不及防地被她亲吻……

我不知道我爱不爱她，但我是想要和她一直走下去的。有她的地方才是我的家。可惜我悟出这一浅显的道理时，已经晚了一步。

宋宁终于仕途失意，新的南州市委书记从中央空降，没过多久，他回到了江心。

有一天晚上我在加班，听说何静回来了，正准备在江师大任职。尘封了一年多的记忆又涌上心头，原来我从未真正放下过。我忽然很想见见现在的何静。

刚分开那段时间，我每天都想着能看到她后悔的样子，我还想向她证明我自己，让她知道我不比宋宁差。后来他们夫妻俩离开江心，我的生活又被赵无棉真诚的心意填得满满当当。没想到时隔一年，她又回来了。

我在一场演出中见到了台上的何静。棉棉也在那儿。我在台下看着故人，觉得有些心神恍惚。

棉棉演完自己的节目就一直坐在我身边握着我的手。其实，有她在，我会心安很多，因为我笃定她不会离开我，她会一直在我身后。

我越来越想知道何静是否像我曾经那样痛苦过，她曾那样糟蹋我的真心，最后还不是随着宋宁回到了江心？

就这样，我在中秋家宴那晚，做了此生最后悔的事。

我醉醺醺地去江师大的门口堵何静，在看到她平静的脸后，心中的不甘又一次冒了出来。

我已经记不清当时自己具体说了什么做了什么。只知道在第二天从家中醒来后，整个屋子里只剩下我一个人。

酒醒了，我回忆起昨晚的事，有些难为情。我都这个年纪了，已成了家，还能拦着前女友说些莫名其妙的话。

棉棉没有像往常一样抱抱我，然后招呼我吃早饭。家里没有她的身影。

从母亲的电话中，我猜出了什么。小姑娘肯定是生气了。

棉棉从未跟我闹过脾气。后来我想到，新婚那一年，她肯定咽下过不少委屈，只是她一直在包容我。而我就这么心安理得地享受着她无条件的付出，直到之后被反噬。

棉棉头一次没有接我的电话,当时我还没反应过来事态有多严重,我只当她赌赌气就好了。然后在我去老干部局,想把她接回家时,何静告诉我,昨晚棉棉也在场,她听到了我们的对话。

我头一次感到身子在慢慢僵硬,好像有寒冰将我冻住。我跑到排练厅内,脑子中预演着她会怎样和我吵闹,我又该怎样平息她的怒火。只要她不提离婚,一切都好说。

我的妻子实在是出乎我的意料,她确实没有提离婚,甚至没吵没闹,她平静地说,对我失望至极。

我独自在家中坐了一夜,又等了两天。她出差期间一个电话都没给我打过。

出差前一天,她在市江二医院目睹了一起严重的刑事案件。当我在医院大厅内看到她满身是血地站在楼梯口时,平生第一次感受到了莫大的恐惧。我的脑中一片空白,在我刚刚疯狂地在医院内大声呼喊找寻她时,我的双手止不住地颤抖。如果她出了什么事,我该怎么办?

我又想,我会失去她吗?那太可怕了。我的心里立马反驳了这个想法。

好在只有那名医生受了伤,我的棉棉安然无恙。

经历了这次差点儿失去她的事件,我后怕起来。我在家中度日如年,时刻盯着手机的信息,可惜没有一条是来自她的。我翻看着我们的聊天记录,整页的记录都在叙述着她对我的关心和温情,然后这显而易见的爱意在中秋那晚戛然而止。

我在家一刻也待不下去了,恐惧包围着我。我驱车赶往南州市。

棉棉是通情达理的,棉棉是爱我的,她马上就会原谅我了。失而复得的喜悦又冲击着我发昏的脑袋。

她真的原谅我了吗?

她再也没有主动问候过我。在出差的半个月里,她开始冷漠,甚至不耐烦。我始终安慰自己,没关系的,等她回来就好了。而在这半个月中,我差点儿忘了我的工作,只要一有空就开车前往她所在的城市,一次次抚慰我自己的心。

好不容易等到她回来,我又要去培训三个月。这时间真是太长了,我头一次那么不喜欢南州市。

培训时,我不能再随意地请假回家,而棉棉对我若即若离的态度让我心慌意乱。我每天的心情都被远在江心的她左右,她只要回句消息,我就会放下心来，她若是哪天不接或者直接挂了我的电话，我就马上打给她父母。

我就这么惴惴不安地过了两周。到了周末，我火速赶往她父母家，好在岳父岳母都很喜欢我。我很想棉棉，想第一时间见到她，然后拥她入怀，抚平我思念的心。

回了我们的家，棉棉依旧对我不冷不热的。我送她花，她只是淡淡地看了一眼，然后告诉我她有季节性过敏。

我这个丈夫当得有多不合格。

晚上躺在床上，棉棉也没有像曾经那样往我怀里扑，更没有温言软语地问我这两周过得怎么样、有没有想她。她只是沉默地背对着我。

我知道她没睡，她的右手还攥着枕头边呢。

我紧拥着她，对她诉说我的思念。分别两周，我想她想得要命。原来这就叫小别胜新婚。

棉棉固执地不回应我的话。她还生着气呢。她是太在乎我了才会生气。

但我想，这没什么要紧的，夫妻哪有没矛盾的，我和她还有一辈子的时间来磨合，我们的日子长着呢。

我和棉棉从没吵过架，即使经历了中秋那件事，也没有争吵过。第一次吵架应该是元旦那天。

跨年那夜我忽然做了个很不好的梦，我梦到棉棉甩开我的手，要跟别人走，我伸手去抓她，但抓不住，不一会儿，她就消失得无影无踪。我疯了一样四处追寻，却依旧寻不到她。就这样我被惊醒，醒来时心脏剧烈地跳动着。梦醒了，失去她的真实感在我心中挥之不去。我翻身起来，立马订了一张最早的高铁票，大半夜赶往高铁站，然后瞪着眼紧盯着候车厅的时间牌上的红色数字。

我风尘仆仆地赶到家时，岳父岳母都起床了，他们看到我时都很高兴。岳母想要把棉棉叫起来，我拦住了她。

我坐在棉棉的床边时，她睡得也不太安宁，眉头轻蹙了起来，或许她也是做噩梦了。我伸出右手想摸她的脸，又怕弄醒她，于是只敢轻抚她的发尾。

我看见她白皙的脖间空空荡荡。

我一愣，又看到我绕着她发丝的左手无名指上的戒指。

她的戒指呢？

那是我们的婚戒啊,棉棉怎么能摘下来?她想干什么?
昨晚的惶惶不安又浮上心头,她也被自己的梦惊醒了。
我看着她,她也看着我。
我想给她惊喜,我以为她会笑得弯着眼睛和嘴角,扑进我怀里。
但她的眼里只有惊惶。
我想摸她的脸,她却下意识地躲开我的手,我把她拽进怀里。
原来现在的她需要我伸手拽着,才能不远离我。

我们在车上吵了一架。
她没有再像以前一样叽叽喳喳地制造话题,她冷清得像个陌生人。
她对我无话可说,还嫌我烦。
我又委屈又生气,她却淡淡地说:"不要感动了自己又赖我身上。"
我气昏了头,把她丢在医院门口。
当我发现外面暴雨倾盆时,心也渐渐冷静下来。我立马改签,想要回去看她。
岳父告诉我棉棉已经到家了,让我放心。
这一天的假期就这样被我搞砸了。

当我结束培训,从南州回到江心时,不安的感觉依旧没有消除。我时常看着棉棉清冷的脸,就会想起她从沙发上蹦起来抱我的样子,曾经的一切不停地在脑中回放,都过去这么久了,她还没消气吗?
我想我做得还不够好,于是我尽力弥补。
然后棉棉在年后的一天向我提出离婚。
我的脑子又是一片空白。我问她:"谁说我们要离婚?"
她依旧平静地说:"你不爱我,我也不爱你。"
她不爱我吗?
我又问她:"那你爱谁?"
她的眼神里有慌张,还有逃避。
她爱上别人了吗?我竟一点儿也没察觉到。
我从未见过棉棉那么坚定的模样,她是铁了心要和我离婚。
曾经何静离开我时也是这样坚决。当时我拉不下脸去挽留何静,但我不能没有棉棉。

何静离开我,会刺激我成长、拼搏、向上。但棉棉若是不要我,只会让我走向毁灭。

我被她提离婚的想法逼得要发疯,我开始监视她,我不愿让她离开我半步。若不是两人都需要上班,我恨不得时刻把她禁锢在我身旁。我一向注重事业,但那段时间我不再有心思去管我的工作。棉棉要走,我的家都快没了。

我的妻子是出了名的好脾气,她从前对我从来都是言听计从,她很乖巧的。但自从她和我闹离婚,她对我越来越不耐烦,只要我和她一起吃饭,她就气呼呼地瞪着我,不管我找岳母学了多少好吃的菜,她都没有一点儿兴趣。

不管我再做些什么,我的棉棉都一心只想离开我。

我无能为力。

中国的文字实在是一针见血。无能为力,我想不出比这更能形容我当时心情的词了。

后来,我在赶到医院看急诊室的奶奶时,亲眼看见林衍半蹲着给我的妻子擦拭眼泪。

我总算感受到了一年前棉棉在后面听到我对何静胡言乱语时的感受。

我整夜整夜地睡不好觉,我回忆着当初医闹时林衍向我们市局道谢,又问我的同事们能否帮忙找到事发时陪伴他的小姑娘。可惜那个废弃的楼梯口的监控坏了,也没人去修。

我胡乱地责怪着,为什么坏了不去修?为什么监控总在需要时坏?

如果当初我及时发现帮助林衍的是我太太,我可以领着我太太一同去看望他,也好断了他的念想,他们二人也不会发生后面的事。

棉棉不要我,就是因为林衍吗?

我在一个晚上质问她,她慌里慌张地说不关他的事。

怎么不关他的事?是他引诱了我的棉棉。

棉棉生气地说她没爱过我,还说我是个疯子,不准我攻击林衍。

我已然克制不住自己,我不管什么自尊,我去找林衍对峙,想让他知难而退。

当晚我又和棉棉大吵了一架。

我又一次感受到了无能为力。

我大声地吼她,踹碎了茶几上的水壶,她被吓得又离我远了几步。

我不知道该怎么做才能挽回这段婚姻，如今无论我做什么，棉棉都毫不在意，她眼里心里装的不是我，所以她看不到我。

我弄丢了棉棉给我的心，我只能死抓着她的人不放手。

后来，我的母亲和我单独谈了一次。她竟不愿意去帮我争取，她劝我放手，说棉棉不爱我了，让我同意离婚，还说我不是非她不可的。

母亲不了解我。我就是非她不可。

最后，母亲只好叹了口气，说也许我放她出去旅行一段时间，我松松手，或许我们的关系会有所改善。

我一直不敢松手，我怕一松手，她就会像断了线的风筝般被风吹跑。

母亲说，她是女人，她比我更了解女人，我该试试让棉棉自己出去透透气。

对于我们岌岌可危的婚姻，我本身也是无计可施。我只能试一试。

我有很多后悔的事，我后悔之前对棉棉不够好，后悔中秋那晚做的混账事，同样我也后悔这次放她去旅行。

我让林衍的那个同伴注意他俩的动向。我心里始终相信棉棉不会做出什么出格的举动，林衍也不会。

当那个人聪明地给我发来两张照片时，我面无表情地从单位回到了家。

我在沙发上坐到半夜，然后狠狠地给了自己一耳光。

林衍应该庆幸他再也没和我见过面。我真的想捅他几刀。

东方欲晓，晨光熹微。天亮时，我看着自己的警服，脑子慢慢清醒过来。

倒是也要谢谢这两张照片，它们是我可以制衡棉棉的关键。

棉棉再也不敢提离婚，也不敢再和我闹脾气。

多可笑，她只是怕我害了林衍。

我和棉棉结婚快两年，她在我干涸已久的心上浇灌出一朵朵玫瑰，然后又放任这片玫瑰凋零。

我想恨她都恨不起来。我只能圈着她，不放手。来日方长，我始终坚信我们总有和好如初的一天。

我再次面对宋宁时，也有些看不起这样的自己。为了让棉棉对林衍死心，我把自己最难堪的一面展现给了宋宁。

宋宁似乎意想不到，他讥笑我说，我这样难成大事。

他俯视着我近乎没有的自尊，我也不在乎了。能把棉棉留住，我可以付出一切。

又是一年中秋夜，我借着酒劲再次提起了林衍。我问棉棉，他有什么好。棉棉依旧冷冷淡淡的，不理我。

我看着站在窗边望月的她，想起大学时我们曾创建过的读书会，我为大家朗读的是博尔赫斯的诗。

"我用什么才能留住你。

"我给你瘦落的街道、绝望的落日、荒郊的月亮。

"我给你一个久久地望着孤月的人的悲哀。"

我久不进寺庙，也曾跪在佛前祈求"但愿人长久"。

"我给你一个从未信过神明的人的忠诚。"

博尔赫斯是怎么收尾的？

"我给你我的寂寞、我的黑暗、我心的饥渴；我试图用困惑、危险、失败来打动你。"

国庆长假，我带着棉棉回到了她的家乡。

宛东县在长江边。岳父带我去望江时，听到有人哼唱一首很老的民歌。

"我住长江头，君住长江尾……"

棉棉曾经说过，这首歌，她小时候经常听到。

我眯起眼看向四周，仿佛看到一个小棉棉在江岸边奔跑。

"此水几时休，此恨何时已。"

我又看向远处，江入大荒流。

番外三　关于林衍

她在千里暮色下向他挥手告别，双眼一如初见那天一样澄澈。

林衍在跟随大部队去往西藏的前一周又独自去了宛东一趟。

林衍生长于江心市，他所以为的江水便是几度斜晖，暮山好处，空翠烟霏。直到他立于长江边时，才真正见识到浩浩荡荡的江水，衔远山，横无际涯。

宛东是个朴素的小县城，单调但并不贫乏。林衍独自一人漫步在热闹的小街上。正值周末，街道上人来人往，路边充斥着各色的音乐与叫卖声，还有年轻人们嬉笑打闹，这儿是一片祥和的土地。

母亲又一次打来电话。林衍轻皱着眉头，看了一会儿手机屏幕上跳动的备注，还是接起了电话。

"你在哪儿呢？下周就要去西藏了，这会儿又找不到你人。"

"我不在江心。"他平和地说，"有什么事吗？"

"我能有什么事？还不是操心你！你爸爸昨天又问我，你怎么就好好地非要去西藏，还一下去五年。你是好日子过烦了啊？"她不满地说，"那里艰苦得很，你在那儿谁照顾你？"

"妈妈，"林衍轻声说道，"我在江心三十年，大部分时间都是自己照顾自己的。既然都是一个人，在什么地方生活对我又有什么区别呢？"

母亲沉默了半晌，又开口道："我们对不起你。"

"您不要这么说。养育之恩,没齿难忘。"

"你爸爸说,如果你愿意,你的公示可以撤销——"

"我想去。"

四周熙熙攘攘的人流声包围林衍,有人牵着妻儿路过他,有人挽着同伴在他耳边高声语,他们说的是宛东话,这不熟悉的方言飘进林衍没被手机覆盖着的右耳里,提醒着他此刻正在外乡。

林衍挂了电话,垂下拿着手机的左手。

他从来都是一个人。

从十岁那年父母离异开始,他大部分时间都是跟着爷爷生活。他的父母并非真的不负责任,只是他们更注重自己的事业,从而忽略了家庭。直到这对分飞鸟各自发展成功后,也都拥有了新的家庭,获得了新的幸福。

十六岁的林衍背着沉重的书包,礼貌地跟继母打过招呼,又去象征性地摸了摸父亲抱在怀里的刚出生的小弟弟。

高考结束那个夏天,江心市花团锦簇,母亲挽着一个高高大大的男人,向刚从试卷中抬起头的男孩儿挥手。

爷爷一直是精神矍铄的样子,他逢人就夸自己的大孙子从小就懂事。

"他爸妈都没怎么管过他!"老爷子自豪地对自己的棋友说道,"学习都自觉得很,根本不用我们操心!"

林衍工作第一年,爷爷神采奕奕的双眼渐渐萎靡,他干瘦的手抚着孙子黑色的短发,声音有些颤抖。

"我们家阿衍,要快点儿成家,爷爷走得才放心……"

站在爷爷病床前的主治医师也是林衍的同事,客客气气地拍了拍他的后背:"我们出去说。"

"这种病,只要发现了,基本都是晚期。"

"嗯。"

"小林,你作为家属,就尽量在这段时间多陪陪老人家吧,其他的……也是多说无益。"

"好。谢谢。"

爷爷走的时候,林衍平静地看着年过半百的父亲含着热泪跪在病床前,继母牵着年幼的弟弟捂着嘴抽泣。

林衍从未怨恨过自己的父母,他们给了他生命,给了他一个完整的家庭,即便之后两人又共同将它打破。他们还给了他富足的生活条件和良好的教育。

爷爷走后,林父将那栋老房子留给了林衍,又和前妻一同出钱在江心市中心买了套房子留给大儿子做婚房。

"谢谢爸爸,谢谢妈妈,我不需要,我可以自己挣钱。"

"你才工作几年?你又多大了?"林父在电话里问道,"结了婚,总不能还住这老房子吧?"

"阿衍,别跟我们犟。我和你爸爸虽然已经各自成了家,但我们从来不会亏待你什么。"

林衍把全部家当搬进新房时,看着装修简洁舒适的客厅,总觉得空空荡荡。

父母时常张罗着给他相亲,同行也不乏优秀的女性,他却一一回绝了所有的示好。

林衍穿着白大褂站在医院的急诊室门口,望向点缀着黑夜的北斗星,他想着自己也许是个怪胎,父母的分离打碎了他的童年,从那时起,他就无法再以组建家庭的名义和女性交往。

林衍的父母在离婚时没吵过架,在分开后仍旧能带着各自的家庭点头微笑,他们两个始终像朋友一般相处。

幼时的林衍曾在说起父母时倔强地忍着眼泪,可他颤抖的声音又控制不住。

爷爷把他抱起来放到草坪上,温和地安慰他:"我们阿衍最乖了,爸爸妈妈说周末要一起带你去公园呢。"

长大后,林衍已然明白,他的父母爱他,但可惜的是他们并不相爱。他们曾经相爱过,而这拟制的亲情并没有因为林衍的诞生得以延续,而基于血缘的亲情却不得不随着他的成长不断拉长,又时刻伴随着他的人生。

林衍坐在一个小村头的土地上时,他的右手紧紧握着氧气罐,他的胸膛起伏着。这种缺氧的感觉远不及他在医院的走廊中被人砍那一刀来得剧烈。他甚至来不及惊讶,求生的本能就从脑中蹿出,他奋力地逃离,又拼命地撞开那扇大门,直到发现自己已是一身血,他没了力气,滑倒在地上。

赵无棉就是在他如此狼狈不堪之时闯进他的眼里的。她惊惶的双眼瞪着林衍无力的脸,被吓到颤抖的手用尽力气去为他包裹伤口。即使在很久之后,林衍也没能忘掉她温暖的双手捂住他的耳朵,她含着泪坚定地在他耳边说:"别听他们的，你真的是个好医生。"

林衍忘了自己是怎么被拖到病床上的，他醒来时，床边围满了人，他只记得自己在失去意识前，赵无棉的目光还在追随他。

母亲哭着抚摸他打着点滴的手，继父搂着她的肩膀安抚；父亲和继母也坐在病床边，见他醒过来，两人眉头间的疲惫感都在松弛。

林衍躺在病床上，撑着困意袭来的双眼四处找赵无棉的身影。痊愈后，他托当时在场的同事和警察帮他询问，可惜一直没有结果。

两个月后，赵无棉穿着白裙子在耳鼻喉科的大诊椅上晃晃悠悠地张望时，林衍近乎小跑着来到耳鼻喉科的门诊办公室。在推开门前，他竟有些紧张地胆怯。

林衍推开门，赵无棉歪着头看向他。

她盯着他伤过的肩膀，问他还痛不痛。

她跟他聊天时蹦蹦跳跳。

她眼睛弯弯地从口袋里拿出奶糖给他。

她在千里暮色下向他挥手告别，双眼一如初见那天一样澄澈。

林衍陷入那双眼中，如同春雨滴进映月湖。

母亲打电话问他，什么时候把那个姑娘带回来看看。

"等她喜欢上我的时候。"林衍柔和地笑，"妈妈，你别操心我的事了。"

除夕夜，父亲与继母挽留他多待些时间，他抱着一大盒草莓和仙女棒，摇头拒绝："待会儿要是太晚了，小姑娘不好从家里出来的。"

林衍想着，自己到了而立之年还不会追女孩儿，他不愿意向父母透露太多关于赵无棉的情况。要是爷爷在就好了，他愿意跟爷爷说。

他记得赵无棉趴在玻璃橱窗上看乐高玩具的眼神，他就把那款乐高玩具买下来。他听赵无棉说觉得草莓是最好吃的水果，他就主动找继母要草莓。他记得赵无棉给他的奶糖的牌子和口味，于是买了一堆一样的奶糖，每次和她相见时，口袋里都会备着些。

林衍觉得自己做得不够好，赵无棉还是不喜欢他。

后来林衍才知道，赵无棉不是不喜欢他，是已经喜欢上了他。

她结了婚，然后又喜欢上了他。

林衍被她的话浇得头脑发蒙，他回到家，气得狠狠踹了一脚沙发。

291

他也不知道自己是在生谁的气。

林衍的心沉寂了好一阵子,直到赵无棉在丽江主动吻他那个晚上。

他的心像烟花般炸开。

林衍在很多年后又想,看到日照金山的那天早上,他是实实在在地昏了头。

还好赵无棉又拒绝了他。

良心是唯一不能从众的地方。道德是唯一不能从心的准则。

林衍在跟赵无棉告别时,告诉她自己从未后悔遇到她。

但当他站在长江边,心里想的又是,何如当初莫相识。

林衍看着江上的落日滚成一团火,燃红了远处的山。天际孤云来去,水际孤帆上下,天共水相邀。

林衍在很多年后,也没忘记过在他绝望时向他施以援手的女孩儿,但他再也不记得赵无棉。

出版番外　不及南柯一梦长

> 刚刚好像还下着雪，
> 转眼窗外却是响晴天。

当茶馆对面的梧桐树开始生绿芽时，我就想，春天总算是到了。

春为发生，我家的小茶馆总在青阳之时就有宾客盈门。果然是万物复苏。

我说春天的南州比不上江心，爷爷却说哪里的春天都比不上苏州的，讲完又要提起他的昆曲史——胡琴一拉，咿咿呀呀，月琴、洞箫、小鼓拍板也通通跟着摆起了架势。

请来的旦角还没开口，爷爷就先在我耳边唱着："原来姹紫嫣红开遍，似这般都付与断井颓垣……"

我笑他："都是些老掉牙的东西，谁爱听？"这些年，互联网使苏州评弹翻红，昆曲依日不时兴。

爷爷不理我这话，每月都要固定请人来茶馆唱曲儿。久而久之，我们的茶馆真的由此出名。

爷爷像小孩儿似的向我邀功："你看，谁说没人听？茶馆生意大好，来的都是年轻人。"

我不服气。我们茶馆的后山坡有一片茶园，若有风吹，它们便绿海似的波涛起伏，从窗口望过去，碧波荡漾，那才真叫人心旷神怡。年轻女孩儿来我们茶馆，不过半盏茶的工夫就和同伴们抱着相机跑去茶园拍照了，谁有心思听曲儿？

爷爷仿佛看不出客人们的心思，他只管听曲儿。有时请的并不是专业演员，而是他的票友，我在旁听多了，也知他们最爱的是《游园惊梦》。台上的旦角微微翘起食指，眼波流转："不到园林，怎知春色如许？"

我见爷爷含着笑点头，仿佛也置身于"画廊金粉半零星"的园林，只可惜我们茶馆没有那"池馆苍苔一片青"。

等唱到"山桃红"，我就开始在心里默念爷爷将要念出口的台词。

"则为你如花美眷，似水流年，是答儿闲寻遍……"

爷爷听到这一句便要看看我，再看看四周的年轻茶客——他混浊的双眼满是怅惘："你们都是如花美眷，我呢，只剩下似水流年了。"

这话我是从小听到大的，每听一次《惊梦》，就要听一遍爷爷的这句词儿，当真是恒久不变。

起初茶馆的生意不好，我提议改为咖啡店。城市的灯红酒绿最是迷人眼，连阿公阿婆们都不兴出来喝茶了，人人手中都要握着杯咖啡，再来几盘精致的西洋小甜点配着苦咖啡——再有春光相随，物皆炳然，生活也玲珑起来。

爷爷不同意。他说："在咖啡馆里唱昆曲，岂不是不伦不类了？"

我站在茶馆里，看着四四方方的桌子和板凳，觉得生硬得很。

爷爷说："你不懂，旧时的文人雅客都爱来这儿，听戏、喝茶实为人生两大乐事。"

爷爷把茶馆取名为"留听阁"，我便趴在柜台前对着往来的客人说："留听阁是个好地方，你们不仅能听到曲儿，还能听到来自五湖四海的故事。"

有客人听了觉得稀奇，就坐下来问我："小老板，你有什么故事要讲给我们听？"

我的故事都是从茶客们口中收集来的，每位客人的眼里都藏着独特的回忆。

我向爷爷炫耀说："我的故事可比您的昆曲更吸引客人呢。"

爷爷上了道，他故作神秘地问年轻的茶客们："你们可听过南州往事？"

客人们摇头，爷爷就滔滔不绝地开讲。

等他讲完，我便赞叹："您像个说书人，这故事是真的吗？"

爷爷说："当然不是。"

我说："您真会骗人。"

于是爷爷的故事又引来一批新茶客。

来店里的客人有一心品茶的,有专门听曲儿的,还有来听爷爷说书的,一时间履舄交错,留听阁终于日日都热闹了。我便有了个新的爱好:每每坐在柜前写作业,都是笔未动耳先行,听着南来北往的茶客围坐在小方桌前讲述他们形形色色的人生。

隆冬刚过,专程来围炉煮茶的年轻客人少了些,好在一到周末爱拍照的顾客又拥来了。他们各个打扮得漂漂亮亮,喝几口茶就要背着相机去后山茶园拍照,真是来得快,走得也快。

爷爷看着他们成群的背影,茫然地问我:"这茶园有什么好拍的?我们茶馆布置得不好看吗?不如就在店里拍。"

我笑爷爷不懂时尚:"小店布置得再好看,哪里比得上一碧万顷的景?返朴还淳的照片更能叫人眼前一亮。"

当然,不只我这么想。

左边靠窗坐着的一位茶客双手捧着已经不烫的茶杯取暖,栀子色的乌龙茶在小玻璃杯中微微荡着,像铺满杧叶的一汪泉水。他朝我们笑着说:"小老板说得对。"

我正得意忘形,又听到他说:"我去年冬天来这儿散心,路经茶园,无意中发现你们这家小茶馆,本想进来取取暖,没想到当中真是别有洞天。"

爷爷听了很受用。他笑眯眯地说:"这位先生,我经常见到您来我们店。"

我抛下作业本,从柜台后端出一盘瓜果,谄媚地送了过去:"先生,免费送您一盘小食,感谢您对我们生意的照顾。"

他愣了一下,说:"不用客气,我一个人也吃不了那么多。"

我尴尬地站着,硬是把果盘放在他面前。

还是爷爷懂相处之道,他拿着包新茶走过去,一边为这位客人洗杯、置茶,一边不紧不慢地说:"您常来我们店,喝的都是冻顶乌龙,今天我请您尝尝我们家的雀舌香片,也是别有一番风味。"

茶壶在爷爷手中升起又落下,他说这叫"悬壶高冲"。茶水从壶中流入杯里,他说这是"祥龙行雨"。爷爷又拿来两只茶杯,将剩余茶水匀入客杯中,他说这叫"凤凰点头"。

我见此时店里的客人都无须照应,便偷懒坐下,又听到爷爷说:"先生,请用茶。"

那茶客脸上露了笑意,他手边的雀舌香片泡在茶杯中,鲜明的绿叶悠悠地被禁锢在那一小方天地。他说:"谢谢老板,这茶还未入口就已浸心了。"

爷爷问他:"您贵姓?"

他说:"免贵姓林。"

"我观察到,我的客人们大都是三五成群地来小聚,只有您独来独往。"

"我工作之余觉得疲乏了便来你们留听阁品茶听曲儿,真是放松得很。"他又笑自己,"大概是我的年纪到了。"

爷爷说:"您还年轻呢。"

旁边有客人问:"老板,什么时候有昆曲表演?"

我回道:"整点听曲儿,半点听书。客官,您再等等。"

林笑道:"小老板真是有模有样,都够独当一面了。"

我不好意思地跑回柜台后,听到爷爷说:"她还得历练。"

我坐在作业本前发呆,坐久了生出困意,于是趴在本上入睡。正做着春秋大梦,我恍惚间被笛声惊醒,听到有人在唱"恁今春关情似去年?"。我眯着眼伸懒腰,看见窗外又是一派绿色——根荄以遂,逢草逢花都发新叶了。

待到艳阳高照之时,茶馆外的梧桐树已是枝叶扶疏,炎炎日光被那些繁枝遮拦,落下一片星点。孟夏清和,万物遂茂。

外面火伞高张,茶馆里开了空调,令人舒适得很。我坐在爷爷身边,搭着脚看窗外夏山如碧,青翠的茶园仿佛镀了一层金光,层层叠叠,荧荧煌煌。

爷爷感叹:"天一热,茶馆都冷清了。"

我说:"等到傍晚客人就多了,夏天就是这样,太阳下山我上班。"

爷爷说:"你现在连账都不会算,上的什么班?"

我不服气:"我会招呼客人。"

爷爷摇头,他说我的待客之术还有待提高。

向晚时分,茶客们果真纷至沓来。我抛开作业本,一边为客人们端茶倒水,一边哈着腰说:"各位再等等,整点听曲儿,半点听书。唱曲儿的老师马上就到。"

爷爷见了又摇头,他问我:"倒茶中的'凤凰点头'是什么意思?"

我说:"就是把茶水均匀地倒进客杯里。"

爷爷又问:"为什么要均匀地倒?为什么不是客人多倒,而主人少倒?"

我不懂,只好愣头愣脑地坐着。

爷爷说:"均匀地入客杯,以示宾主之间平等,谓之'凤凰点头'"。他又说,"对待客人,礼貌即可,不必低首下气。"

我点头,再上茶时就挺直了腰杆。

一位熟客见了便说:"小老板看着好像长高了些。"

唱昆曲的老师迟了五分钟。她上台前甩了甩袖子,上台后便是秀美的闺门旦。灯下的头饰在她的一步一摇间烁烁,她扮的还是杜丽娘,唱的还是《惊梦》:"剪不断,理还乱,闷无端……"

我发现了一位不一样的茶客。

她坐在左边靠窗的位置,只身靠在椅上,点的是乌龙茶,但四溢的茶香吸引不了她。她是专程来听曲儿的。

我问爷爷:"您的票友里还有这么年轻的朋友呢?"

爷爷看了她一眼,说:"这位客人,我从未见过。"

我说:"我也没见过,这是新客呢。"

这位新客沉浸在昆曲中,右手食指轻轻扣着桌面打拍子。她始终一副僄倓的样子。

一曲毕,我才上前:"您今天是第一次来吗?"

她点头。

我照例送了一小盘瓜果:"新客福利,希望您常来。"

她笑着接受,然后看着台上说:"老师唱得很好,月琴也弹得很好听。"

爷爷听了,开心地说:"您是懂行的。"

她说:"算不上懂行,只是大学时选修过昆曲课。"她又说,"我已经多年没有接触过昆曲了,再听已是时异事殊。"

我还想跟她聊会儿,但爷爷不让,他把我拽到柜台后,小声说:"不要打探客人的私事,除非她主动讲。"

台上唱起了"皂罗袍",我悄悄地瞥那位女茶客,发现她在跟着唱,但她双眼里尽是怊怅。

曲终后,我提醒她:"这一段的昆曲已结束啦,再等一会儿,半点听书。"

她朝我笑了笑,也是怃然的样子。她说:"留听阁真是个好地方,可惜我从江心来,恐怕不能常常光顾。"

297

我失望地想,刚刚的果盘白送了。

爷爷在我身后说:"哪怕您只来这一次,若是小店能为您留下好的印象,那也是我们的荣幸。"

她又朝爷爷笑了笑。

我以为不会再见到那位女茶客,没想到隔了不到两周,她又来了。

我见了她就觉得惊喜,像是见到了久别重逢的老友。她坦然地笑着说:"最近要常来南州出差,只要有空就想来留听阁歇歇脚。"

点的还是乌龙茶。她说:"其实我不会品茶。"

我上茶时说:"下次您带朋友一起来。"

爷爷拍我后背,示意我这句话说得不对。

但话已出口,好在她没介意。她说:"我在南州没有朋友,而且来你们留听阁,我更希望只有我一个人,这让我觉得很适意。"

爷爷说:"可惜今天没有昆曲儿,我们只有周末才表演。"

她说:"没关系,我一个人能找个地方静一静也好。"

我觉得她心情不佳,便不敢再打扰,只瞧着她一个人倚窗而望。

我偶尔随着她的目光看向窗外,此时朱明盛长,芳草亦未歇。

再见她时天已转凉,玄气高朗。中秋即到,我们在为茶馆的装饰发愁。很快我就想出个新点子。我对爷爷说,左面的空墙上可以让顾客留言。

爷爷问:"怎么个留言法?"

我把自己书包里花花绿绿的便利贴掏出来,一股脑倒在窗边的方桌上。我说:"让客人在便利贴上写自己想写的,然后贴到这面墙上。我看好多店都这样做。"

爷爷说:"这也没什么不妥的,反正年轻人点子多,就按你说的弄吧。"

爷爷难得采纳我的意见。我又买了一堆新的便利贴和精致的贴纸,墙上也装了一块白板。

我首当其冲,在便利贴上写:"生意兴隆。"想了想又觉得太短,于是添了句,"中秋快乐。"

爷爷把我写的便利贴贴到最高处。

我抱怨说:"太高了,别人看不见。"

爷爷说:"谁想看你的?人家要自己写。"

纸和笔就放在白板下的桌子上,却鲜有人问津。白板上只有寥寥数语,我嫌不够张扬。于是我在店内大张旗鼓地宣传留言活动,又挑了个最花哨的便利贴递给那位从江心来的女茶客。

我说:"您有什么心愿都可以写上去,说不定就实现了。"

她接过纸笔,很给面子地写了句"财源广进"。

我说:"哎呀,不要考虑我们嘛,写您自己想写的啦!"

爷爷把我拽走。他说:"你戳在那儿,人家怎么好意思写?"

于是我挨个把纸笔留给客人们。他们写字时,我就装作很忙的样子到处跑。爷爷说我这是没事找事。

门外的老梧桐到了"焜黄华叶衰"的时候,风一吹,树叶就纷纷扬扬落下来,铺织成金煌煌的地毯。秋风再一扫,这地毯便延伸到留听阁门口。

我在茶馆门口拍了许多照片,然后捡回一片最大的树叶,进门时见林坐在左边靠窗的桌前朝我笑。

我跑过去说:"好久没见您了。"

他说:"最近忙得很,好不容易才有假期,就来茶馆了。"

爷爷说:"冲您这句话,今天的茶我请您了。"

我想,爷爷真是听句客气话就分不清东南西北。

我捏着叶子跑回柜台前。我问林:"您看到这面留言墙了吗?这是我的主意。"

林说他看到了,很新颖。说完,他的目光就在店内四处巡视。

我想,他在骗我,很明显,他并没有看到。

爷爷上茶时给他指了一下方向:"林先生,留言墙就在您身后。"

他双手接过茶,回头看向后面的留言板,看得很仔细。

我想上前凑热闹,让他也添一句。他的字应该是很好看的。他却对着一张便利贴发怔。

爷爷叫我写作业。

我写作业时,眼是最尖的。我拿着笔问林:"您觉得哪句最好?"

他不答我的话,回过头喝茶,喝了一口,又喝了一口。他再次回头看。

我来了兴趣,丢了笔,凑过去看。

林正对着的那张便利贴上写着"天涯共此时"。

我说:"这一看就是中秋那天写的。"

林犹豫了一下,问我:"这是谁写的?"

我说:"您这可是难为我了,客人们写的,我也记不住呀。"

爷爷端着小食出来。他问我:"不是叫你去写作业,怎么又在这儿吵客人?"

我灰溜溜地坐回柜台后。

我眼睛看着本子上的黑字,耳朵听着爷爷说话:"还没问过林先生是哪里人。"

林说他是江心人,刚来南州工作不久。

爷爷又问:"您成家了吗?"

林说,没有。他还说,他怕是要孤寡一生了。

我咬着笔帽想,从江心来的茶客还挺多。

我拿着捡来的树叶把玩,听到爷爷对着我问:"你写几个字了?"

我赶紧低下头,装作三年不窥园的样子。

等爷爷去了后院,我探出头问林:"您要不要也写一张?"

林难得心不在焉。他点头,但不动笔,时不时地回头去看贴在他眼前的那张便利贴。

我在心里嘀咕,那张"天涯共此时"的便利贴有那么好看吗?

林再来店里喝茶时都快入冬了。百草枯折,茶馆外尽是枯枝败叶。他裹着厚厚的围巾进门,摘了围巾,衣领上还沾着残叶。他一进门就照例坐在左面靠窗的位置。

我给他上茶,见他又回头看向留言板。

我沏了茶,说:"您不愿写,倒爱看别人写呢。"

他问我:"那张便利贴呢?"

我不知道他说的是哪一张。

他说:"天涯共此时。"

我想,便利贴的黏性没那么强,每隔几天就有掉下来的,就像门口零落的枯叶一样,我就捡起来扔掉了。

爷爷走过来说:"林先生,那一张可能是掉了,白板上的留言越来越多,我们需要定期处理的。"

林点头,说:"理解。"

爷爷接过我手中的茶具,继续为他泡茶。

我看见林从口袋里拿出一张白色的便利贴,看起来年代久远。爷爷让我去拿果盘,我匆匆跑回去又端过来,偷偷瞥见他的那张旧便利贴上的前一句写着"高山安可仰",后一句看不清,被他的手遮住了。

我问林:"这是谁写的?"

爷爷对我说:"你的话不要那么多。"

林一向很和善,他说:"没关系,小孩子都有好奇心的。"

他大方地把便利贴递给我看。他说,他也不知道留这张字条的人是谁,这是几年前他们医院设置的留言板上的,他日保存得很好。

我红了脸。我想,他是在责怪我没有存住那张便利贴。

林又说:"我不是在怪你,小老板已经很会做生意了。"

我又高兴起来。

还是爷爷聪明,他问林:"您是不是觉得这张纸上的字和上次在我们店看到的那张字迹相同?"

林说,是的。

可惜那张便利贴已经没了。

林又说,他援藏回来时,看到医院里有那么多患者朋友的留言,心里很是感动。

我垂头丧气地回了里屋,心想,以后一定要留存好每一位客人的留言。

等我写完作业出来时,林已经走了,但他这次写了便利贴,贴在留言板上。

我跑过去,爷爷指给我看。上面写着"观澜水不休,我心永不已"。

我说:"他是不是更喜欢江心呀?南州不好吗?"

爷爷说:"故土难离,哪里能比得上自己的故乡呢。"

又过了很长时间,我一直没有见到林,想必他忙得很。

茶馆外,老梧桐光的枝丫已经光秃秃的。我透过门缝朝外看,见那光秃秃的枝丫像极了我们茶桌上歪歪扭扭的裂痕。倒是茶园外的那几棵柏树依旧是历玄英不减其翠。

于是我在周记本上写道:"梧桐不如柏树,因为柏树常青。"

爷爷在我身后说:"你写作文只会凑字数。"

我正要回嘴,就见那位懂昆曲的年轻女茶客又来了。

我见到她便觉得亲切,此前见她在店外捡落叶,爷爷说,远看着她,像另一个我。

她进了门便坐左边靠窗的位置,是留言板的斜前方。我想,这个位置是她和林最喜欢的,还好两个人没碰过面,不然他们争起来,我该把这座位留给谁呢?

女茶客点的还是乌龙。她说,她不会喝茶,只是来散散心,所以只会点冻顶乌龙。

爷爷见了她便说:"今天您可有耳福了,我们店里聚了好几位票友,先唱一折《惊梦》,再唱一折《痴梦》。"

女茶客对我们笑了笑,她不太爱说话。

我端茶水给她时,她正对着留言板角落的那张便利贴发愣。上面前半句写着"观澜水不休",后半句因为反光,我看不清。

这回我是鉴貌辨色,热情地跟她说:"这是我们的一位老顾客写的,他也是江心人,跟您是老乡呢。"

我上了茶便照例坐在柜台后,看着票友们着戏袍戴头花。那头花在灯下明闪闪地晃,晃得我直犯困。

我听到爷爷问那位女茶客:"您光顾小店这么久,也算是我们朋友——还不知道您姓什么。"

我在心里笑,又是爷爷的小伎俩,为了拉近跟客人的距离。

女茶客说:"我姓赵。"

台上的演员声腔又细又柔。趁着客人们都在听曲儿,我想,先偷懒打个盹,他们不会发现的。

赵却走了过来,我只得瞪大眼睛显得自己精神抖擞。她张口还未说话,茶馆门又被推开了。

我抬头见到来人,便说:"林先生,您的老位置被这位茶客坐了,介不介意你们两个人坐一桌?或者我给您换个位置。"

赵回头。我想,她和林性格都很好,大概不会为了一个位置争起来的。

爷爷把我按回座位上。我想,有爷爷处理,我就安心打瞌睡好了。

林关上门。我窥见茶馆外飘飘扬扬,似在下雪。今年的雪来得太晚。

留听阁的暖炉烧得热烘烘的。台上的生角唱:"你身子乏了,将息片时,小生去也……"

我昏昏欲睡,又听到他唱:"妙啊——'睡去巫山一片云'。"

302

胡琴的音调绵长似鸣转，爷爷拍我肩膀："又偷懒。客人走了，去收拾桌子。"

我迷迷糊糊地走到左面靠窗的位置，心里想着自己睡了多久。我记得刚刚好像还下着雪，转眼窗外却是响晴天。

台上已经换了曲儿。《惊梦》唱罢，《痴梦》登台——是早已登台，旦角在台上哭唱道："……原来，是大梦一场啊……"

我想，刚刚是不是做了场梦，好像梦到窗边这桌坐了两个熟客。我走过去，四方桌上摆放着两杯冒着热气的乌龙茶——栀子色的乌龙茶在玻璃杯中微微荡着，像铺满杯叶的一汪泉水。

我将杯盖置于杯口上方，袅袅热气就被困在其中，于是茶杯里兀自下了场雪。

图书在版编目（CIP）数据

十四句 / 多吃维 C 著. -- 南京：江苏凤凰文艺出版社，2024.2
ISBN 978-7-5594-6504-7

Ⅰ.①十… Ⅱ.①多… Ⅲ.①长篇小说－中国－当代 Ⅳ.①I247.5

中国国家版本馆 CIP 数据核字（2023）第 204868 号

十四句

多吃维 C 著

责任编辑	白　涵
特约编辑	丛龙艳
装帧设计	白砚川
特约印制	赵　明　赵　聪
出版发行	江苏凤凰文艺出版社
	南京市中央路 165 号，邮编：210009
网　　址	http://www.jswenyi.com
印　　刷	万卷书坊印刷（天津）有限公司
开　　本	880 毫米 ×1230 毫米　1/32
印　　张	9.75
字　　数	342 千字
版　　次	2024 年 2 月第 1 版
印　　次	2024 年 2 月第 1 次印刷
书　　号	ISBN 978-7-5594-6504-7
定　　价	49.80 元

江苏凤凰文艺版图书凡印刷、装订错误，可向出版社调换，联系电话：025-83280257